August Sach

**Asmus Jakob Carstens Jugend - und Lehrjahre**

August Sach

**Asmus Jakob Carstens Jugend - und Lehrjahre**

ISBN/EAN: 9783743629578

Hergestellt in Europa, USA, Kanada, Australien, Japan

Cover: Foto ©Raphael Reischuk / pixelio.de

Weitere Bücher finden Sie auf **www.hansebooks.com**

# Asmus Jakob Carstens'

# Jugend- und Lehrjahre

nach urkundlichen Quellen.

Von

## Dr. August Sach,

Oberlehrer an der Domschule zu Schleswig.

––––––––––

Halle a. S.,

Verlag der Buchhandlung des Waisenhauses.

1881.

Dem Herrn

Geheimen Justiz- und Oberappellations-Gerichtsrat

# Dr. jur. A. L. J. Michelsen

zugeeignet

von

dem Verfasser.

# Vorwort.

Die Darstellung der Jugend- und Lehrjahre des Malers Asmus
Jakob Carstens ist auf Grund zahlreicher, bisher unbekannter
Urkunden und Aufzeichnungen entworfen, die der Verfasser im Verlauf eines
Jahrzehnts hat sammeln können. Während die Lebensbeschreibung des
Künstlers von der Hand seines Freundes Fernow für die spätere Zeit,
wo derselbe mit ihm in vertrautem, persönlichem Verkehr stand, auch
nach neueren Forschungen im Berliner Staatsarchiv sich im wesentlichen
als zuverlässig erwiesen hat, bedurften die Jugendjahre desselben bis zu
seiner Lübeker Zeit um so mehr einer quellenmäßigen Untersuchung, als
der Fernowsche Bericht für diese Periode ausschließlich auf späteren mündlichen Mitteilungen des Künstlers beruht und in hohem Grade an all
den Gebrechen leidet, die Erinnerungen aus der Jugend und gar einer
nachträglichen Aufzeichnung derselben durch andere anzukleben pflegen.
Indem der Verfasser an der Hand urkundlicher Überlieferung den Gang
darzulegen versucht, welchen Carstens' geistige und künstlerische Entwickelung bis zu seiner Heimkehr aus Italien, womit er selber seine
Lehrjahre als abgeschlossen betrachtet, genommen hat, war er zu gleicher
Zeit bemüht zu zeigen, wie jene frühere Zeit schon all die Keime enthielt, die seine spätere Laufbahn zur vollen Blüte brachte.

Von archivalischen Quellen, deren Benutzung ihm vergönnt war,
haben neben dem Staatsarchiv die Archive der Stadt Schleswig, der Domschule und des hiesigen Amtsgerichts, die Vormundschaftsprotokolle, soweit
sie von der Einstampfung i. J. 1867 verschont blieben, und die Kirchen-
bücher zu Boel, Eckernförde, Husum, Kappeln, Oland, Poppenbüll, Schleswig, Schwabsted, Süderbrarup und Tetenbüll reiche Ausbeute geliefert.

Außer genauen genealogischen und sonstigen Nachrichten über die Brunnsche Familie in Eckernförde, die dem Verfasser von den Angehörigen des verstorbenen Obristl. v. Matthisson, eines Nachkommen derselben, freundlichst mitgeteilt wurden, gaben die „Oden und Elegien von Jakob" und Auszüge aus den umfangreichen, jetzt leider verlorenen Tagebüchern des Mechanikus Jürgensen, eines Vetters des Malers, wichtige Aufklärungen.    Auch aus der Tradition der Carstensschen Familie, vor allen der Nachkommen einer Halbschwester des Künstlers, konnte einiges benutzt werden.

Indem der Verfasser diese Gelegenheit ergreift, um allen, die ihn bei seiner Arbeit unterstützt, seinen ergebensten Dank auszusprechen, hat er insbesondere noch der freundlichen Beihilfe zu gedenken, die der Herr Justizrat Bruun, Oberbibliothekar der königlich dänischen Bibliothek zu Kopenhagen, die Direktion der Hamburger Stadtbibliothek und die Herren Pastoren der obengenannten Gemeinden ihm haben zuteil werden lassen.

Schleswig, 1. Oktober 1880.

Dr. August Sach.

# Inhaltsverzeichnis.

# Carstens' Herkunft und Kindheit.

Am ersten Mai des Jahres 1739 waren die Bürgermeister und Ratsherrn der Stadt Schleswig zu einer besonderen Sitzung versammelt, und vor ihnen stand in ländlicher Tracht, in blauem, mit silbernen Knöpfen geziertem Rocke ein mittelgroßer, kräftig gebauter Mann, der in niederdeutscher Rede einen „für Stadt und Land nutzbringenden Plan" entwickelte.

Es war der Müller Jürgen Carstens aus Schwabsted, einem kleinen Flecken an der Treene im Amte Husum, dem alten Sitz der schleswigschen Bischöfe, wo er als Nachfolger seines Vaters Hans fast zwei Jahrzehnte eine königliche Windmühle in Pacht gehabt hatte, damals in einem Alter von fünfundvierzig Jahren. Er war zu Wagen nach Schleswig herübergekommen, um mit dem Rate der Stadt wegen Errichtung einer zu jener Zeit hier zu Lande noch ziemlich seltenen Mühlenart, einer sogenannten Graupenmühle, zu unterhandeln und um Überweisung eines geeigneten Bauplatzes unter billigen Bedingungen nachzusuchen.

Als freier Leute Kind, friesischen Stammes,[1] von gutem Gerücht und Leumund und nicht ohne Vermögen, fand er mit

---

[1] Der Name Carstens, Cerstens oder Karsten, Kersten, der in ursprünglich friesischen Gegenden, wie im Amt Husum und in der Vogtei Schwabsted, und auch sonst in den Herzogtümern als Geschlechts= und Vorname häufig vorkommt, ist aus Christian umgebildet: „Christianus geheten

seinem Anliegen bereitwilliges Gehör und erschien den Ratsherren auch des ehrsamen Bürgerrechts nicht unwürdig.

Wie beschränkt auch immer die städtischen Freiheiten den königlichen, mit Zwangsgerechtigkeit begabten Mühlen gegenüber waren, so hielt sich doch der Rat nach reiflicher Erwägung auf Grund seines Stadtrechts hinlänglich zur Anlegung einer städtischen Graupenmühle befugt. Indem er, ohne erst die landesherrliche Genehmigung einzuholen, den Bau derselben mit dem beschränkten Privilegium für „Graupen, Graupenmehl und Graupengrütze" sowie für „Vorkmahlen" gestattete, konnte den königlichen Mühlen, die noch nicht mit Graupengängen versehen waren, in keiner Weise Abbruch geschehen; auch glaubten die Ratsherren um so mehr dem unternehmenden Schwabsteder Müller entgegenkommen zu müssen, als der Bau einer Graupenmühle, * wie sie damals in der ganzen Landschaft Angeln noch nicht vorhanden war, schon längst als ein Bedürfnis empfunden ward und ganz besonders „zum Besten der Stadt und zur Vermehrung ihrer schlechten Einkünfte". beitragen konnte.

Mit „wohlbedachtem Mute und freisinnigem Rate" ward wenige Tage später, am funfzehnten Mai des Jahres 1739, ein Kontrakt ausgefertigt und von der ganzen Stadtvertretung unterzeichnet, wonach dem Müller Jürgen Carstens aus Schwabsted aus besonderem Wohlwollen für sich und seine Erben auf der sogenannten Reeperbahn an der Angler Landstraße zwischen dem

---

Carsten up dudesk. Fries. Arch. 1, 316. Daher bedeutet das noch gebräuchliche Verbum: karsten, kersten = zum Christen machen, taufen.

Bemerkenswert erscheint, daß der Geschlechtsname der alten Müllerfamilie schon mit dem Urgroßvater des Malers, Hans Carstens, der 1660 geboren und seit 1690 mit Martha Hansen aus Schwabsted verheiratet war, stehend ward. Bei der Familie der Mutter des Künstlers geschah dies erst in der ersten Hälfte des vorigen Jahrhunderts mit ihrem Vater.

Dorfe St. Jürgen und dem Galberge ein Stück städtischen Gebietes von vierundneunzig Fuß Länge und vierundzwanzig Fuß Breite ohne allen Entgelt erb- und eigentümlich überlassen ward. Carstens verpflichtete sich, innerhalb dreier Monate auf dem ihm angewiesenen Platze die Graupenmühle fertig zu stellen und von dem Tage an, wo das Fundament gelegt werde, zehn Reichsthaler (36 Mk.) jährliche Rekognition an die städtische Kasse zu zahlen. Er durfte sich daneben ein Wohnhaus und einen Stall errichten, darin gegen Erlegung des gewöhnlichen Nahrungsschatzes Wirtschaft und andere Hantierung treiben und mit Ausschluß aller anderen Verkäuferei Grütze und Mehl auf der Mühle und auf öffentlichem Markte zum Verkaufe stellen. Wie allen anderen Gewerbtreibenden, so wurde auch ihm vorgeschrieben, sein Getreide nur auf dem Markte oder auf dem Lande einzukaufen und nichts von dem, was vom Lande in die Stadt gebracht werde, an den Thoren unter irgend einem Vorwande an sich zu bringen. Während ihn der Rat von jeder Steuer und Abgabe in Friedenszeiten befreite, in Kriegsläuften mit Bezug auf seine Verpflichtungen den privilegierten Eingesessenen der Stadt gleichstellte und gegen jede Bedrückung und Anfechtung zu schützen versprach, ward ihm anderseits, um von vorn herein jede Streitigkeit mit der Zwangsgerechtigkeit der landesherrlichen Mühlen auszuschließen, bei hoher Geldstrafe und bei Verlust seines Privilegiums das Mahlen und der Verkauf jeder anderen Kornart als Gerste aufs strengste untersagt. Überzeugt, daß die Graupenmühle trotz ihres beschränkten Privilegiums für die Bürgerschaft und die Einwohner der Stadt von dauerndem Nutzen und Vorteil sein werde, behielten sich Bürgermeister und Rat ausdrücklich das Vorkaufsrecht vor, um der Stadt für alle Zukunft den Besitz derselben zu sichern.

1*

Mit dem Privilegium des Magistrats ausgerüstet, begann Jürgen Carstens schon im Monat Juni den Bau der berühmt gewordenen Mühle. Er nahm mit seinem ältesten, damals zwanzigjährigen Sohne Hans in St. Jürgen Wohnung, um selbst Hand ans Werk zu legen. Nach der Sitte jener Zeit hatten beide als Müller auch das Zimmerhandwerk bei kundigen Meistern erlernt; die nötigen Risse und Zeichnungen waren ihnen zur Hand, und schon nach zwei Monaten erhob sich auf dem ihnen angewiesenen Platze eine sogenannte „Bockmühle," ganz aus Holz erbaut, die, auf einem Pfahl ruhend, von selbst vom Winde gedreht ward. Etwas weiter nördlich, nahe an der Grenze St. Jürgens am Wege, lag, ohne doch strenggenommen zu der Dorfgemeinde zu gehören, ihr kleines, niedriges, unscheinbares Häuschen, gleichfalls in wenigen Wochen von der Hand der beiden Müller aufgezimmert.

Mit dem Oktober desselben Jahres machte sich Jürgen Carstens auf, seine Familie aus Schwabsted herüberzuholen. Mit seiner ihm gleichalterigen Frau Anna Maria Elisabeth geb. Hansen, seinen erwachsenen Kindern Martha, Hans, Katharina, Elisabeth und dem zehnjährigen Jürgen verließ er das schöne, mit Hügeln und Thälern abwechselnde Treenethal, um sich auf der Höhe vor Schleswig inmitten einer freundlichen Natur eine neue Heimat zu gründen. Vor sich in tiefem Grunde erblickten sie die Altstadt Schleswigs mit ihren roten Ziegeldächern, deren erbgesessene Bürger sie werden sollten; aus der Mitte stieg jenseits des alten Stadtthors, von dem der Wächter noch immer die Stunden ankündigte, der mächtige Bau des Doms empor, der mit fernherübertönendem Glockengeläute sie fortan zum Gottesdienste rufen sollte. Links winkte von der Halbinsel Holm herüber das St. Johanniskloster, rechts auf der Höhe erhob sich die

damals noch in ihrer alten Gestalt erhaltene, durch ihren Rund=
bau im ganzen Norden einzig dastehende freundliche Michaelis=
kirche; weiterhin schimmerten die fernen Dächer des Schlosses
Gottorp, des Sitzes des königlichen Statthalters. Über alles
hinaus erhob sich von der Höhe der Mühle ihr Blick auf die lang=
gestreckte Schlei mit ihren Buchten und Krümmungen; hier in der
Mitte haftete er auf der von zahllosen Möwenschwärmen belebten,
sagenumsponnenen Insel, wo vor sechs Jahrhunderten der schles=
wigsche Held Knud Laward und nach ihm die ruhmreichen Wal=
demare hofhielten; dort drüben am jenseitigen Ufer winkte
die einsame, von bewaldeten Höhen umkränzte Haddebyer Kirche,
nach der Sage einst von Anskar, dem Apostel des Nordens,
gegründet.

Wandten sie ihre Blicke nach Norden und Osten, so schau=
ten sie hinein in die fruchtbaren Fluren Angelns, das ihrem
Gewerbe fortan Nahrung bieten sollte. Dort, wo in vergangenen,
mittelalterlichen Zeiten ein Hospital St. Georgs gestanden, brei=
tete sich vor ihnen das kleine, noch halb zum städtischen Gebiete
gehörende Dörfchen St. Jürgen aus, mit seinen freundlichen,
nach anglischer Weise gebauten Häusern, die sich mit Wohnhaus
und Scheune immer zu einem Dreieck zusammenfügen.

Noch in späteren Jahren, als Asmus Jakob Carstens
längst und für immer seine Heimat verlassen hatte und sich von
Kopenhagen aus rüstete, mit seinem Bruder nach dem Süden zu
ziehen, schwebte dem einsam und fremd in der Welt dastehenden
ernsten Manne das liebliche Bild seiner Vaterstadt, wie er es so
oft mit seinen Eltern und Geschwistern als Knabe von ihrer
Mühle herab geschaut, lebhaft vor Augen.

„Mit Ehrfurcht, o Schleswig,"
so singt er in seiner seltsamen Sprache,

„staun' ich Deine zertrümmerte Mauren an,
und Dich, kleiner Insel,
der du im Schooße des Stromes weilst,
wo einst Knud Lawards mächtiger Arm
schwerbewapnet auf die Scheitel barbarischer Wenden herabbrang."

In ländlicher Umgebung, wo erst seit einigen Jahrzehnten die niederdeutsche Mundart das Anglisch=Dänische zurückgedrängt, mehr in freundschaftlichem Verkehr mit ihren ackerbautreibenden Nachbarn in dem Dorfe St. Jürgen als mit den Einwohnern der Stadt, deren Mitbürger sie geworden, lebte die Carstensche Familie nach altgewohnter Sitte in patriarchalischer Weise. Eltern, Kinder, Magd und Müllergesellen saßen zu gemeinschaftlicher Mahlzeit beisammen und falteten vor und nach zu gemeinsamem Gebete die Hände. Hatten Arbeiten und Geschäfte sie zerstreut, die bestimmte Stunde führte alle wieder in dem kleinen Häuschen zusammen. Des Tags über kamen manche vorsprechende Leute, welche die Straße von Angeln nach Schleswig entlang wanderten, um einen Trunk in der kleinen Wirtschaft einzunehmen; andere, Männer, Frauen und Kinder aus Stadt und Land, zu Fuß und zu Wagen, erschienen auf der Mühle, um Graupen und Grütze einzuhandeln.

Das Müllergewerbe brachte es mit sich, daß Vater und Sohn zur Herbst= und Winterzeit häufig über Land zogen, um in den Dorfschaften und auf den Höfen Angelns Korn aufzukaufen. Währenddessen blieb tagelang die Führung des Haus= und Mühlenwesens der Mutter und den erwachsenen Töchtern überlassen; sie hatten den Handverkauf auf der Mühle zu besorgen, an den Wochenmarkttagen am Sonnabendvormittag am Eingange der Stadt auf bestimmter Stelle mit Säcken und Gefäßen auszustehen, Bürgern und Landleuten Grütze und Graupen feilbietend. Unter eintöniger Regelmäßigkeit, die nur durch die Ruhe des Sonntags

unterbrochen ward, vollbrachten Mutter und Kinder jahraus jahr=
ein ihr Tagewerk.

Jürgen Carstens galt als ein guter Wirtschafter und spar=
samer Haushalter; seine Vermögensverhältnisse „hatten einen guten
Stand," und nur eine Schuldverschreibung von hundert Thalern
(360 Mk.) lastete auf seinem Besitztum. Er vermochte auch seine
beiden ältesten Töchter Martha und Katharina nach den dama=
ligen Verhältnissen wohl auszustatten, als sie sich einen eignen
Haushalt gründeten und die eine sich mit dem Bürger und Brenner
Ratje Streve (1740), die andere mit dem Müller Johann
Knudsen auf Nortorf (1744) verheiratete.[1]

Sein ältester Sohn Hans, dem er die Mühle als väter=
liches Erbe zu hinterlassen gedachte, stand ihm während einer
Reihe von Jahren als Meistergeselle zur Seite. Derselbe betrieb
neben seinem Müllergeschäfte, sowie die Gelegenheit sich fand, auch
die Zimmerei; ja, um zu einiger Selbständigkeit zu gelangen, hatte
er sechs Jahre lang mit einem Bürger der Stadt zusammen eine
königliche Schäferei auf Mielberg in Pacht genommen, die „nicht
wenig Nahrung abwarf." Unter diesen Umständen konnte er trotz
seiner Abhängigkeit von Vater und Mutter daran denken, im
November des Jahres 1747 seine verlobte Braut, die Tochter

---

1) Ratje Streve starb schon im Jahre 1742, und ein Jahr darauf
heiratete seine Witwe den Bäckermeister Johann Anton Jürgensen im
Friedrichsberg, dessen ältester Sohn Jens Christian nachmals bedeutenden
Einfluß auf den Maler gewann. — Katharina zog später mit ihrem Manne
von Nortorf auf eine Mühle im Norberkoog bei Ulvesbüll, wo sie unbeerbt
ein Jahr nach dem Tode ihres Mannes am 2. Sept. 1802 starb. Knudsen
war strenger Mennonit; sein mehrjähriger Dienst auf der Carstensschen Mühle
sowie die Heirat mit einer Tochter deutet auf den religiösen Sinn hin, der
in der Müllerfamilie heimisch war. (Nach den Kirchenbüchern zu Ulvesbüll
und Schleswig.)

eines Bürgers und Rollfuhrmanns, Katharina Elisabeth Nissen, heimzuführen, die ihn während einer kurzen, kaum dreijährigen Ehe mit einem Mädchen Anna Maria Elisabeth und einem Knaben Jürgen beschenkte.[1]

Fast drei Jahre lebte Hans Carstens noch mit seinen Eltern und seinen beiden jüngeren Geschwistern als Witwer zusammen, als er zur Unterstützung seiner schon alternden Mutter, welche die Geschäfte im Hause und auf der Mühle nicht mehr allein zu besorgen vermochte, und „aus väterlicher Zuneigung zu seinen beiden Kindern in Gottes Namen" zu einer neuen Heirat schritt und im Juli des Jahres 1753 seine zweite Ehefrau, die Mutter unseres Malers, in sein elterliches Haus führte.

Vor Vollziehung der Ehe hatte er mit seinen beiden Kindern erster Ehe den Landesgesetzen gemäß wegen des ihnen zustehenden mütterlichen Erbteils im Einverständnisse mit ihrem Groß-

---

1) Die Tochter Anna Maria Elisabeth, geb. Sept. 1748, gestorben am 31. Oktober 1825, war zuerst seit dem 7. Mai 1772 mit dem Schlachter Peter Christian Sager und nach dessen Tode mit dem Schlachter Nikolaus Jürgen Stühr in Schleswig verheiratet. Unter den Nachkommen einer ihrer Töchter, Christina Elisabeth, die mit einem Schlachter Frahm verheiratet war, ist bis zur Stunde die Jugendzeit des Malers in lebhafter Erinnerung geblieben. — Der Sohn Jürgen, geboren am 18. Febr. 1750, zuerst Müller in Tating, verheiratet mit Anna Beata Hansen aus Rödemis bei Husum, starb als Brenner und Brauer in Husum am 20. Febr. 1831. Er hinterließ zwei unverheiratete Töchter und einen Sohn Johann Jürgen, der in seiner Ehe mit der noch lebenden Margarete Christine Jürgens, verw. Lindemann, in Husum keine Kinder hinterließ. Er starb als Brenner ebendaselbst am 16. März 1850. (Nach den Kirchenbüchern von Schleswig und Husum und Privatmitteilungen). — Wir erwähnen bei dieser Gelegenheit, daß der Husumer Carstens nach der Familientradition an das St. Jürgener Stift daselbst oder an die Kirche ein Porträt Luthers geschenkt hat, welches von den Gebrüdern Carstens aus Schleswig herstammen soll. Sollte dies auf Wahrheit beruhen, so könnte das Bild wohl nur von Friedrich Christian Carstens herrühren.

vater als Vormund Richtigkeit zu treffen. Mehr als alles andere ist der Aussagebrief vom 10. Juli 1753 geeignet, die einfach bürgerlichen Verhältnisse, in denen die Müllerfamilie lebte, deutlich vor Augen zu führen. Er verpflichtete sich seine beiden Kinder in aller Gottesfurcht und christlicher Tugend zu erziehen, sie fleißig zur Kirche und Schule zu halten und mit Essen,. Trinken, Kleidern, Schuhen, Linnen und Wollen und allen anderen Bedürfnissen bis zu ihrem vollendeten achtzehnten Lebensjahre väterlich zu versorgen. Während er seine Tochter Anna Maria Elisabeth im Nähen, Stricken und anderen weiblichen Fertigkeiten unterweisen lassen und ihr bei ihrer künftigen Verheiratung ein Bett oder statt dessen funfzig Mark (60 Mk.) gewähren will, macht er sich anderseits anheischig, seinen Sohn Jürgen eine ehrliche Profession oder Hantierung frei erlernen zu lassen, ihn während der Lehrjahre zu unterhalten und bei deren Beendigung mit einem Gesellenkleid zu sechsunddreißig Mark (43,20 Mk.) und außerdem zur Beförderung seines Glückes mit hundert Mark (120 Mk.) an barem Gelde auszustatten.

Nach allem, was sich aus urkundlichen Quellen schließen läßt, war Hans Carstens ein Mann von scharf ausgeprägtem Charakter; energische Willenskraft leuchtete, wie eine Quelle sagt, aus seinen dunkelblauen Augen; seine gedrungene, durch stetige schwere körperliche Arbeit etwas vorübergebeugte Gestalt zeigte noch in späteren Jahren Kraft und Gewandtheit. Als wandernder Geselle war er nach damaliger Anschauung ziemlich weit in der Welt umhergekommen, hatte Hamburg und Lübek gesehen und sich im Verkehr mit Leuten aus den verschiedensten Ständen eine etwas vornehme Haltung und eine gewisse Bildung angeeignet. Im Gegensatz zu seinen Schwestern, die bei gerichtlichen Urkunden mit „geführter Hand" unterzeichnen, der hochdeutschen Sprache und selbst der lateinischen Schrift wohl kundig, wie uns vorliegende Schriftstücke von seiner Hand beweisen, durch seine Zimmerkunst bei seinen Handwerksgenossen in besonderem Ansehen, war er als fleißiger, strebsamer und rechtlicher Mann auch bei der Bürgerschaft der Stadt wohlgelitten. Selbst der Magistrat nennt ihn in einem Berichte an die Oberbehörden den böswilligen Verläumdungen gegenüber, die die Pächter der königlichen Mühlen über ihn verbreitet hatten, „unsern treuen, geschickten Müller" und rühmt ihm, was in jenen Zeiten nicht wenig sagen will, ausdrücklich nach, daß er seine Steuern pünktlich entrichtet und das enge Privilegium, welches ihm mit der Graupenmühle erteilt sei, niemals überschritten und seinen ihm auferlegten Verpflichtungen treu und redlich nachgekommen sei. Als Bürger der Stadt war er seit 1751 auch Mitglied der damals hochangesehenen Altstädter Schützengilde, die Herzöge, Grafen und die gesamten höheren Beamten wie auch den Kammerherrn v. Warnstedt, mit dem sein ältester Sohn später in Kopenhagen in nähere Berührung kam, zu ihren Genossen zählte, und nahm mit seiner Familie an den regelmäßig wiederkehrenden Festen und Freuden des bürgerlichen Lebens jener Zeit mit Vorliebe teil.

Die Urkunden sind es fast allein, die von dem Vater des Künstlers noch zu uns reden; aber sie dürften doch so viel bezeugen, daß der Vater es war, von dem er nicht bloß seine äußere gedrungene Gestalt, sondern auch die Energie seines Charakters, ja sein Talent ererbt hatte. Wenn freilich selbst den Kindern der ersten Ehe, die ein hohes Alter erreichten, das Bild von dem allzufrüh verstorbenen fast entschwand, wie darf man sich wundern, daß es in der Erinnerung seines berühmten Sohnes, der ihn kaum mehr gekannt, vollständig vor dem leuchtenden Blicke der mütterlichen Liebe zurücktrat?

Wer kennt nicht das liebliche Bild, welches Fernow nach Carstens' mündlichem Berichte von der Müllerin auf der Graupenmühle vor Schleswig entworfen? Wer wird nicht tief gerührt von der kindlichen Liebe, die der Künstler auf der Höhe seines Lebensweges in Rom der längst dahingeschiedenen im fernen Norden bewahrt hat?

„Seine Mutter," erzählt Fernow in seiner Biographie des Malers, „war die Tochter eines Advokaten in Schleswig und hatte in ihrer Jugend eine vorzügliche Erziehung erhalten, welche sie in den Stand setzte, auch ihre Kinder besser zu erziehen, als unter Dorfbewohnern dieses Standes zu geschehen pflegt. Ihr Vater selbst hatte sie in mancherlei wissenschaftlichen Kenntnissen und in der lateinischen Sprache unterwiesen, auch zeichnete, malte und stickte sie artig, und obwohl die Geschäfte des Hauswesens ihr nur selten und späterhin gar nicht mehr erlaubten, sich mit dergleichen Dingen zu beschäftigen, so weckte sie doch die Neigung dazu zeitig in ihren Kindern, und seinem eignen Geständnisse nach verdankte auch unser Asmus (richtig: Jakob) diesen frühen Anregungen, daß der Trieb zur Kunst sich schon im zarten Alter bei ihm äußerte. Sie war dabei eine höchst rechtliche Frau von religiöser Gesinnung und sanfter, duldsamer Gemütsart, aber von schwächlicher Gesundheit, und mit den Anlagen zum Guten und Schönen, die eine so vorzügliche Mutter, deren Andenken dem Sohn stets teuer war, in seine Brust gelegt hatte, empfieng er leider auch von ihr den Keim des verzehrenden Brustübels, welchem sie selbst zeitig erlag."

Es thut uns leid, daß wir diese Angaben, so zuversichtlich sie auch auftreten, im wesentlichen für irrtümlich erklären müssen. Wenn auch Fernow den mündlichen Bericht des Künstlers unmittelbar nach der Erzählung, und wie man an einzelnen Ausdrücken

ſehen kann, mit deſſen eigenen Worten niedergeſchrieben haben
mag, ſo geben doch gleichzeitige urkundliche Nachrichten von der
Mutter ein gänzlich anderes Bild, vor deren Autorität Fernows
Darſtellung nicht beſtehen kann. Angeſichts des ſchreienden Wider-
ſpruchs bleibt nur die Annahme übrig, daß Fernow ſich eine
Verwechſelung hat zu Schulden kommen laſſen und des Künſtlers
Erzählung von ſeiner Eckernförder Lehrzeit auf Schleswig übertragen hat. Denn wie verklärt auch immer demſelben in ſpäteren
Jahren das Bild der Mutter vor Augen geſtanden haben mag,
ſollte er ſelbſt nichts Genaueres von ihrer Herkunft, ihrer Abſtam-
mung gewußt, keine ſeiner mütterlichen Verwandten, die doch ſo
oft auf der Graupenmühle eingekehrt waren, bei ihrem Familien-
namen gekannt haben? Allerdings hatte er Grund genug, man-
ches von dem trüben Geſchick ſeiner Angehörigen zu verſchweigen,
aber wie ſollte er dazu kommen, im gewiſſen Sinne ſeine getreue
Mutter zu verleugnen?

　　Nicht eines Advokaten Tochter aus Schleswig, dem man
ſpäter nach fälſchlichen Angaben unkundiger Verwandten und auf
die Autorität eines ſchleswigſchen Geiſtlichen hin den Namen Paap
beigelegt hat, war die Mutter unſeres Künſtlers, ſondern die
Tochter eines freigeborenen Bauern, eines angliſchen Bonden.[1]

　　1) Da die Taufregiſter in den Kirchengemeinden der Herzogtümer nach
der allgemeinen Sitte jener Zeit bei ehelichen Geburten nur den Namen des
Vaters und der Gevatter, nie den Namen der Mutter angeben, auch die
Kopulationsregiſter der Domgemeinde für eine Zeitperiode von 20 Jahren bis
1770 verloren ſind, ſo begreift man, wie die mütterliche Herkunft unſres
Künſtlers ſelbſt in Schleswig unbekannt ſein konnte. Die Erfindung einer
Advokatenfamilie Paap, die erweislich nie in Schleswig exiſtiert hat,
ſtammt von dem verſtorbenen Paſtor der Michaeliskirche, Peterſen, nach dem
Profeſſor K. W. Nitzſch ſeine Angaben in den „Neuen Kieler Blättern“ vom
Jahre 1844 p. 122 mitteilte. Seitdem iſt die falſche Notiz in alle Biographien
des Künſtlers übergegangen und ſelbſt von Riegel und Woltmann (All.

Nicht eine hohe wissenschaftliche Bildung, nicht die Kenntnis der lateinischen Sprache, nicht Malen, Zeichnen und Sticken ist ihr nachzurühmen. Die Schriftstücke, die uns von ihrer Hand vorgelegen, zeigen wohl einige Kenntnis der hochdeutschen Sprache, weisen aber in keiner Weise über denjenigen Bildungsgrad hinaus, den eine gute Angler Dorfschule der damaligen Zeit Töchtern von Bauern zu verleihen vermochte.

Es ist Christina Dorothea, die älteste Tochter des Bonden Asmus Petersen auf Winkelholm bei Brebel in der Landschaft Angeln, die Hans Carstens auf seinen Reisen über Land kennen gelernt hatte. Ihre Familie stammte väterlicherseits aus dem anglischen Dorfe Sandbek unweit Kappeln an der Schlei, wo sie sich als erbgesessene Lansten der schleswigschen Domkirche urkundlich bis ins 16. Jahrhundert zurückverfolgen läßt.[1] Darf

___

deutsch. Biog. d. N.) in Treu und Glauben angenommen. Das Richtige ergeben die im Anhange mitgeteilten Urkunden aus den Schuld- und Pfandprotokollen der Stadt; auch beim Tode der Geschwister des Malers, insbesondere seines Bruders Hans Hinrich, wird der Name der Mutter in den verschiedensten Kirchenbüchern richtig angegeben.

1) Das „Sandbeker Buch" im Stadtarchiv ergibt folgende Genealogie: Claus Petersen (1600), Asmus Claussen (1612 † 1643), Hinrich Asmussen (1662), Peter Hinrichsen († 1715), verheiratet mit Anna Petersen geb. Dietrichsen, Asmus Petersen, get. 25. März 1695. Der Name seiner Ehefrau wird in keiner Urkunde angegeben. Wir wissen nur soviel, daß sie mehrere Jahre vor ihrem Manne, um 1745, gestorben war. Übrigens steht der Familienname erst mit dem Großvater des Malers, nach dem er Asmus getauft ward, fest. Hinrich Asmussen nahm am 17. Juni 1662 an der Huldigung Herzog Christian Albrechts teil. Von Peter Hinrichsen, seinem Sohn, sind mehrere eigenhändige Klageschriften in gut geschriebenem Hochdeutsch erhalten. Von der Urahne des Geschlechts heißt es aus dem Jahre 1611 in einer Beschwerdeschrift gegen Asmus Claussen von Seiten seiner Brüder, Schwäger und der ganzen Gemeinde: „dat he sik also mit der maget ingelaten, welches eine bose godtlose minsche is unde wy brodere, swagere unde de ganze naberschop willen soliches kortut unde kortum nicht staden, dat he se schal hebben unde ok nicht im dörpe mit se wanen schal."

man aus den hochdeutschen Schriftstücken von der Hand ihres
Großvaters Peter Hinrichsen und seiner Söhne, die von ihm
nach anglischer Weise den fortan feststehenden Namen Petersen
führten, etwas schließen, so scheinen die nahen Beziehungen zum
Dome Schleswigs nicht ohne Einfluß auf ihre Bildung gewesen
zu sein. Wenigstens weist die Thatsache, daß einer derselben, Die=
derikus, im Jahre 1714 im Album der Kieler Universität als
Student aufgeführt ist, ganz bestimmt auf die Domschule hin.
Welche Wohlhabenheit und „Behäbigkeit" in dem Lanstenhause zu
Sandbek geherrscht haben muß, geht insbesondere daraus hervor,
daß der Vater seine anderen drei Söhne mit bedeutenden Besitzungen
ausstatten konnte. Während der älteste, Christian Friedrich,
den Festebrief für die väterliche Hufe erhielt, erwarb Asmus
um das Jahr 1725 käuflich die Bondenhufe zu Winkelholm; der
dritte Sohn, Jakob, gelangte sogar 1739 in den Besitz des
adeligen Gutes Voelschubyegaard, welches, eine Stunde nordwest=
lich von Winkelholm belegen, bis in die jüngste Zeit in der
Familie forterbte.

In Winkelholm[1] an der Orbek, einer von Groß=Brebel
ausgebauten Hufe, wurde Christina Dorothea Petersen am

---

1) Der Name stammt von der Lage auf einer Insel oder Halbinsel
(Holm = Insel). Das Gut stand damals zu 11 Mark Goldes, was eine Größe
von c. 100 Ht. repräsentiert. Jetzt ist es nach mehrfacher Parzellierung im
vorigen Jahrhundert auf c. 45 Ht. herabgesunken. Wer heute dorthin wan=
dert, um die Heimat der Mutter unseres Künstlers aufzusuchen, findet das
Wohnhaus der Familie Petersen, von einigen Restaurationen abgesehen, noch
in seiner alten Bauart erhalten. Es war ein großes Bauernhaus, nach ang=
lischer Weise eingerichtet, mit großer Tenne, Vorbielen, Küche und Keller, mit
der Wohnstube, dem Pesel, worin damals die geschnitzten „Laden" mit dem
heimlichen Reichtum, dem Leinenzeug, aufbewahrt wurden, der Brautkammer,
der Leutestube u. s. w. Zahlreiche Urkunden, die uns von dem jetzigen Besitzer
und Bewohnern der benachbarten Höfe zur Benutzung überlassen sind, ergeben
bis ins einzelne eine Geschichte Winkelholms und der Familie Petersen.

30. Dezember 1726 geboren und wuchs unter der Aufsicht ihrer Mutter als älteste unter vier Geschwistern als Bauerntochter auf. Damals noch „eine der schönsten und größten Bondengüter in ganz Angeln" mit einem reichen Waldbestande, herrlichem Wiesengrunde und fruchtbarem Ackerboden, mit sechs Katenstellen, erhob Winkelholm seinen Besitzer fast in die Reihe der adeligen Grundherrn. Ausgestattet mit Privilegien und Gerechtsamen aller Art, unter seinen Kirchspielsgenossen durch den Besitz eines gemauerten Erbbegräbnisses in der Süderbraruper Kirche ausgezeichnet, hätte Asmus Petersen als einer der reichsten und angesehensten Bonden Angelns gelten können. Aber während sein jüngerer Bruder Jakob als Gutsherr zu Wohlhabenheit gelangte, vermochte Asmus auf seiner Hufe nicht recht fortzukommen. Es scheint, als wenn die üblen Zeitverhältnisse nicht allein, sondern daneben eine nicht erspriessliche Bewirtschaftung seiner Ländereien auf seine Vermögensumstände ungünstig eingewirkt und ihn schon bald genötigt haben, den reichen Waldbestand zu schmälern und zur Befriedigung seiner Gläubiger selbst größere Teile seines Besitztums zu veräußern.

Unter solchen Umständen konnte er auch nicht daran denken, nach dem Vorgange seines Bruders Jakob, seine Kinder durch einen gelehrten Hauslehrer unterrichten und erziehen zu lassen. Dieselben besuchten bis zu ihrer Konfirmation wie die anderen Bauernkinder die gewöhnliche Dorfschule und lernten hier, was für Dorfbewohner damaliger Zeit als notwendig erschien. Die Hauptsache blieb die häusliche und wirtschaftliche Erziehung unter der Leitung der Eltern. Sowie die Töchter der Schule entwachsen waren, mußten sie mit den Dienstmädchen die Kühe melken und in schweren Eimern die Milch von der Weide nach Hause tragen; sie hatten zu ramen und zu buttern, lernten Käse berei=

ten, Bier brauen, diemten das Heu zu Haufen zusammen, banden
zur Erntezeit die Garben, harkten und luden, führten wohl statt
der Männer die beladenen Wagen in die Scheune und scheuten
sich nicht, wenn es not that, mit eigner Hand die Dreschflegel zu
schwingen. In den Wintertagen saßen sie mit der Mutter und
den Mädchen zusammen daheim, Lichter gießend, Strümpfe strickend
oder Flachs und Wolle spinnend zu selbstgefertigten Kleidern,
wie Brauch und Sitte es verlangte. Seit dem Jahre 1745, wo
die Mutter, deren Namen und Herkunft wir nicht kennen, mit
Tode abgieng, war die Führung des Hauswesens der ältesten
Tochter überlassen.

Als der Vater Asmus Petersen am ersten Mai des Jahres 1752 im Alter von siebenundfunfzig Jahren starb, wurde die
Hufe von seinem einzigen Sohne Detlev Johann nach Angler
Erbrecht käuflich übernommen. Nach Abzug der Schulden von
zweitausend Thalern (7200 Mk.) blieb für Christina Dorothea,
die verlobte Braut des Müllers Hans Carstens, und jede ihrer
Schwestern [1] nur ein Erbteil von dreihundertsechzig Thalern
(1300 Mk.) übrig; sie mußten auf das gesamte Inventar und den
vollen Beschlag an Kühen und Pferden Verzicht leisten, durften sich
nur aus den eichenen Brettern, die der Vater noch hatte schneiden
lassen, Kisten und Koffer anfertigen lassen und allein zu ihrer

---

1) Anna Margarete, Katharina Hedwig und Ida Sophie.
Die zweite ward verheiratet mit dem Hufner Claus Paulsen auf Süldensee,
der 1760 Winkelholm im Konkurse käuflich erwarb; die erstere am 24. Jan. 1755
mit dem Amtsbäcker Jürgen Nikolaus Böse in Eckernförde. Böse starb
am 30. Aug. 1759, dreißig Jahre alt, seine Witwe am 26. Mai 1766 im Stadt-
armenhause. Sie hinterließen eine Tochter Margarete Christine Charlotte und einen Sohn Asmus Hinrich, geboren am 24. Sept. 1758, mit
denen Carstens während seiner Eckernförder Lehrzeit in Berührung kam.
(Nach den Kirchenbüchern von Süberbrarup und Eckernförde.)

Aussteuer mitnehmen, was sie im letzten Winter an Betten, Lei=
nen und Linnen für sich selbst gemacht hatten.

Am 12. Juli 1753 zog Christina Dorothea Petersen,
damals schon sechsundzwanzig Jahre alt, in Hans Carstens'
Haus, um zugleich Mutterpflichten für ihre beiden Stiefkinder zu
übernehmen. Mitten in Verhältnisse gestellt, die ihr als Bauern=
tochter ungewohnt und unbekannt waren, fand sie in ihrer neuen
Heimat noch Schwiegereltern und zwei erwachsene Geschwister ihres
Mannes vor, zu denen ihre sanfte, bescheidene Sinnesart, ihr an=
schmiegendes, sich stets gleichbleibendes, einfaches und natürliches
Wesen sie bald die richtige Stellung gewinnen ließ. Die gemein=
same Haushaltung brachte ihr nur wenig Beschäftigung; die Sorge
für die einzige Kuh ihres Mannes, die sie an die Wirtschaft ihres
elterlichen Hauses erinnerte, die Wartung des Schweines und das
Füttern des Federviehs blieb ihr als „Meistergesellin" überlassen.
Erst nach und nach wurde sie auch eingeweiht in die Geheimnisse
des Grütze= und Mehlhandels; sie lernte tagtäglich auf der Mühle
beim Handverkauf wiegen und messen oder, was ihr das Schwerste
war, nach Weisung der Eltern im Winter und Sommer auf den
Wochenmarkttagen in Begleitung ihrer Kinder mit den Städtern
handeln und feilschen. Erst nach einigen Jahren (1756), als die
beiden jüngsten Geschwister ihres Mannes sich verheirateten,[1] die

---

1) Anna Maria Elisabeth, 1756 verheiratet mit Claus Thoms,
Müller auf der Ostermühle zu Poppenbüll, geboren 1724, starb am 21. Januar
1777; sie hinterließ mehrere Söhne, deren Nachkommen noch heute im Eider=
stedtschen und in Tönning leben. — Jürgen Carstens, geb. 1729 in Schwab=
stedt, ward Müller in Tetenbüll und starb daselbst am 14. Mai 1779. Aus
seiner Ehe mit Anna Magdalena Brauer hinterließ er mehrere Kinder,
von denen der älteste Sohn Jürgen Hinrich die Mühle gegen eine Höckerei
in Leck vertauschte (1786). (Nach den Kirchenbüchern in Poppenbüll und
Tetenbüll.)

Großeltern die Mühle mit Zubehör gegen vierhundert Thaler (1440 Mk.) dem ältesten Sohn käuflich überließen, um mit ihrem jüngsten, Jürgen, auf eine Mühle zu Tetenbüll in der Landschaft Eidersted zu ziehen, gewann sie als „Müllerin" eine selbständige Stellung und wurde seitdem mehr von der Sorge für das Hauswesen in Anspruch genommen. Während der Abbruch der Bockmühle und der Bau einer neuen Windmühle die Thätigkeit ihres Mannes kurz nach der Übernahme des Gewesens vollauf in Anspruch nahm, war sie mit der Anlegung eines kleinen Gartens beschäftigt, wozu der Magistrat ihnen ein Stück Land gegen zwei Thaler Rekognition auf ihr Ansuchen überlassen hatte.

Schon am 10. Mai 1754 in der Frühe des Morgens hatte ihr erstgeborener Sohn das Licht der Welt erblickt. Am Nachmittage des neunzehnten versammelten sich die Verwandten von nah und fern, um der Tauffeier, die der Hauptpastor Kramer zu vollziehen hatte, beizuwohnen. Auch der Gutsherr Jakob Petersen von Boelschuhygegaard war der Einladung gefolgt, um neben seinem Neffen Detlev Johann Petersen auf Winkelholm und der Dorothea Nissen aus Kattsund eine Gevatterstelle zu übernehmen.[1] Jenem vornehmen Verwandten zu Ehren und nach seinem verstorbenen Großvater ward der kleine Asmus Jakob geheißen. Sein Rufname war Jakob, aber nach der ländlichen Sitte jener Zeit ward er von Eltern und Geschwistern gewöhnlich mit seinem vollen Namen benannt.[2]

---

1) Im Taufregister der Domgemeinde steht unter d. 10. Mai bemerkt: „Hans Carstens' Söhnlein: Asmus Jakob. Gevatter: Jakob Petersen, Johann Petersen, Dorothea Nissen."

2) Carstens hat später gleichfalls geschwankt; in seinen Gedichten, Briefen und in der Korrespondenz mit dem Minister v. Heinitz findet man nur Jakob, auf seinen Zeichnungen Asmus Iakob und Jakob. Fernow und andere nach ihm nennen ihn fälschlich Asmus. Eine Unterschrift, die

Von Jahr zu Jahr wuchs die Zahl der Kinder, so daß ihr kleines Haus kaum Raum mehr bot. Freude in Fülle, meinte der Geistliche, sei mit ihnen bei den Eltern eingezogen, und doch hatten sie auch Leids genug mit einander zu tragen. Ein Knabe und ein Mädchen wurden ihnen kurz nach der Geburt wieder entrissen, die übrigen Hans Hinrich, Anna Katharina und Friedrich Christian mehrfach gleichzeitig von heftigen Fiebern ergriffen, die sie dem Tode nahe brachten und sie nur allmählich wieder zu Kräften kommen ließen.[1] Nur der erstgeborene Asmus Jakob wuchs, so heißt es, mit seinen beiden Halbgeschwistern

---

allein den Namen Asmus enthält, kann niemals von der Hand des Künstlers selbst herrühren. Unter seinen Werken sind es besonders zwei, die in dieser Beziehung Zweifel erwecken müssen, wie sie unseres Wissens noch nicht geäußert sind: Der Federumriß „wie Dionysos tyrrhenische Seeräuber in Delphine verwandelt," früher im Besitze Thorvaldsens, jetzt in dem des Lieutenant Grünwaldt in Kopenhagen, mit der Bez.: „Asmus Carstens fc. Rom": dann der in Weimar erhaltene Abguß des verschollenen Modells der Atropos mit der Bez.: „Asmus Carstens, Rom". Erstere könnte von Thorvaldsen oder anderen sehr wohl hinzugefügt sein; wie ist aber die falsche Inschrift des Abgusses zu erklären, wenn man nicht anders die mehrfach geäußerten Bedenken der Bildhauer verstärken will?

1) Die Namen der Kinder sind folgende: Asmus Jakob, Joh. Gerhard (get. 24. Aug. 1755; † vor 1760), Hans Hinrich (geb. 25. März 1757; † 14. Jan. 1836), Christ. Dorothea Katharina (get. 7. Juni 1758; † vor 1759), Anna Katharina (geb. 6. Mai 1760; † 13. Nov. 1775), Friedrich Christian (geb. 1. Februar 1762; † Oktober 1798). (Nach den Vormundschaftsregistern und dem Taufregister der Domgemeinde.) Über die Schicksale der rechten Geschwister, seiner beiden Brüder und seiner Schwester, wird weiter unten in anderem Zusammenhange die Rede sein. Wir bemerken hier nur, daß die heute noch lebenden Träger des Namens Carstens von dem zweiten Bruder Hans Hinrich stammen, der das Geschäft des Vaters erlernte und um das Jahr 1797, kurz vor dem Tode des Malers in Rom, wieder durch Tausch in den Besitz der früher im Konturs verkauften väterlichen Mühle auf dem Galberge gelangte, ohne sie jedoch auf die Länge halten zu können.

2*

und im Verkehr mit den derben Bauernkindern St. Jürgens in leiblicher und geistiger Frische und Gesundheit heran.

Seine Spielkameraden in St. Jürgen wurden auch seine ersten Schulgenossen. Bei dem nur plattdeutsch redenden Schulmeister, einem „Eigengemachten", wie man damals die Autodidakten zu nennen pflegte, einem grauköpfigen Schneider namens Jensen, der Elle und Stock in gleicher Weise zu handhaben verstand und bei dem Fehlen eines Schulhauses und einer Lehrerwohnung bei den Einwohnern seinen Wandeltisch hatte, genoß der kaum sechsjährige Knabe seinen ersten Unterricht. Zwei Jahre lang wanderte er mit seinen beiden älteren Halbgeschwistern nach St. Jürgen hinaus, um im Winter täglich sechs Stunden, im Sommer drei Stunden lang „Christentum und Buchstaben" für einen Schilling wöchentlich (= 8 Pf.) zu lernen. Als er zum Schreiben aufrückte, mußte er anderthalb, für das schwierige Rechnen sogar zwei Schillinge zahlen. Die Schularbeit begann und schloß allemal mit einem Gesange, dann wurde der Morgensegen, das Vaterunser oder sonst übliche Gebete gesprochen, ein Hauptstück des Katechismus von den älteren Schülern aufgesagt und ein Kapitel aus der Bibel vorgelesen. Der eigentliche Unterricht im Lesen, Schreiben und Rechnen trat gegen die religiöse Unterweisung stark zurück. Es war kein Wunder, daß Jakob nach zweijährigem Unterrichte kaum noch das lustige Abeab überwunden hatte, als er nach seinem vollendeten achten Jahre in die Domschule des nahen Schleswig gesandt wurde. Verschiedene Umstände kamen zusammen, die diesen sonst auffälligen Schulwechsel erklärlich machen.

Seine ältere Halbschwester Elisabeth erzählte in ihren alten Tagen gern ihren Kindern und Enkelinnen eine bezeichnende Anekdote aus ihrem Schulleben in St. Jürgen, die den Bruch mit dem hartköpfigen Schneider hervorgerufen habe. Eines Tages iſt der achtjährige Jakob eifrig beſchäftigt, allerlei Figuren auf ſeine Schreibtafel zu malen. Der Schulmeiſter bemerkt es und rüttelt ihn mit den Worten auf: „Asmus Jakob, wat heſt du inn kop?" „Scholmeſter, bregen inn kop as kreienſchit!" [1] lautet die charakteriſtiſche Antwort des Knaben, die den Schul= meiſter in unbändigen Zorn verſetzt. Es erfolgt eine derbe Züchtigung. Angſtvoll eilt die Schweſter dem ſchreienden Bruder zu Hilfe und beißt den Lehrer ſo heftig in die Hand, daß er mit dem Schlagen einhalten muß und in ſeinem Ingrimm unter Schel= ten und Toben Bruder und Schweſter aus der Schule jagt.

Es war kurz vor dem Tode des Vaters. Hans Carſtens ſtarb plötzlich vom Schlage getroffen, wie er eben in der Mühle beim Mahlen beſchäftigt war, am 27. Februar 1762, im Alter von dreiundvierzig Jahren, und wurde auf dem Altſtädter Kirchhofe beſtattet. Sorgenvoll mochte die Mutter, mit ſechs Kindern, von denen das jüngſte erſt kaum einen Monat alt war, in ihrer Schwachheit allein gelaſſen und zunächſt ohne jegliche männliche Stütze, in die Zukunft ſchauen. Wenn auch die Mühle nach Auf= wendung ihres kleinen Erbteils nur mit vierhundert Thalern (1440 Mk.) belaſtet war, ſo erſchien doch eine energiſche, thatkräf= tige Führung um ſo bringender, als das ganze Mühlenweſen einem fremden Meiſtergeſellen überlaſſen werden mußte.

Von allen Seiten waren die Verwandten bemüht, ihr bei der Ordnung ihrer häuslichen Angelegenheiten hilfreiche Hand zu

---

1) „Asmus Jakob, was haſt du im Kopf?" „Gehirn (= Verſtand) im Kopf als Krähendreck". Eine mehrfach gebräuchliche Redensart im plattdeut= ſchen, die eine beſondere Begabung bezeichnen will. Die Anekdote iſt uns von einer ſchon im hohen Alter ſtehenden, in Schleswig wohnenden Enkelin der Eliſabeth Carſtens, der Ehefrau des Mauermannes Tüxen, mitgeteilt.

leiften. Ihr Bruder Detlev Johann, von dem es am ehesten zu erwarten gewesen wäre, war freilich am wenigsten dazu im= stande. Er hatte nach dem Tode seines Vaters einige Jahre seine Hufe selber verwaltet, war aber infolge übler Wirtschaft nach und nach zum Verkauf einzelner Ländereien seines Besitztums genötigt worden. Auch der Entschluß, seinen Hof auf längere Jahre zu verpachten, schlug zu seinem Unheil aus. Sein zweiter Pächter, ein Student aus Mecklenburg, der im Jahre 1760 ohne Pacht zu zahlen und das Inventar ordnungsmäßig zu überliefern, davon gegangen war, hatte ihn zum Konkurse getrieben.[1] Die folgenden Jahre fanden ihn in Schleswig ohne Vermögen, nur kümmerlich seine Familie ernährend. Er konnte seiner vereinsam= ten Schwester nur ratend zur Seite stehen und war auch bestrebt, als zeitweiliger Kurator ihr Interesse bei den Gerichten nach Kräften wahrzunehmen. Um so mehr mochten sich die beiden Groß= väter verpflichtet fühlen, ihr wenigstens die Sorge für die Kinder erster Ehe ihres verstorbenen Mannes abzunehmen. Der alte Rollfuhrmann Jeß Nissen aus Kattsund erklärte sich bereit, trotz seiner schlechten Nahrung seine Enkelin auf seine Kosten zu erzie= hen; Jürgen Carstens in Tetenbüll wollte seinen ältesten Enkel ohne allen Entgelt auf seiner Mühle unterbringen und das Müller= geschäft erlernen lassen. Schon wenige Tage nach dem Tode seines Sohnes (9. März) richtete er eine Vorstellung an den Magistrat, worin er als gesetzmäßiger Vormund die Sorge für die verwaiste

---

1) Die Hufe Winkelholm und zwei Katen, damals nur mehr mit einem Beschlage von 18 Kühen, wurde an seinen Schwager Claus Paul= sen zu Sübensee im Jahre 1760 für 4060 Thaler (14600 Mk.) verkauft. Die Nachkommen desselben sind lange im Besitze derselben geblieben. Der jetzige Eigentümer kaufte sie im Jahre 1862. Nachkommen der Familie Petersen leben noch heute in den Kirchspielen Boel und Sübbrarup. (Obiges nach den Schuld= und Pfandprotokollen der drei Angler Harden.)

Familie demselben ans Herz legt. Da seine verwitwete Schwie-
gertochter ihm gegenüber ihre Bereitwilligkeit erklärt habe, eine
billige Teilung der Güter zwischen sich und ihren Kindern vornehmen zu wollen, so bittet er, da er wegen seines hohen Alters
und zu weiter Entfernung die Sache nicht allein wahrnehmen
könne, um die Ernennung eines geeigneten Mannes als Mit-
vormundes.

Schon am 27. April ward auf seinen Vorschlag ein in der
Nachbarschaft ansässiger, angesehener und wohlhabender Handelsmann, der später deputierte Bürger Jakob Mohr, zur Führung
der Vormundschaft bestellt. Derselbe übernahm der Vormünderverordnung gemäß unter Verpfändung seiner gesamten Güter die
eidliche Verpflichtung, die Interessen seiner Mündel nötigenfalls
selbst gegen die Mutter mit Hilfe des Gerichts wahrzunehmen, wenn
unter ihrer Leitung das Müllergeschäft leiden sollte. Im Einver-
ständnis mit dem Vormund der Kinder erster Ehe glaubte Mohr
unter den obwaltenden Umständen für das Wohl seiner Schutz-
befohlenen nicht besser sorgen zu können, als wenn eine Teilung
der Hinterlassenschaft des Vaters sobald wie möglich durchgeführt
werde. Dem Drängen der Vormünder gegenüber stellte die Mutter
in einem eignen Schreiben, das von ihrem Bruder Detlev
Johann als Kurator mit unterzeichnet ist, dem Magistrate bringend
die Unmöglichkeit vor, sofort zu einer Teilung der Güter zu schreiten. „Nicht zu gedenken," sagt sie, „daß ich mich auf die ganze
Handlung nicht präpariert, so habe ich ohnehin dergleichen Vorfälle und Ehehaften, die vor der Hand eine Teilung anzustellen
nicht erlauben. Ich habe kranke Kinder und bin selbst patient.
Ehe die Sache ordentlich vor sich gehet, muß ich eine Reise zu
meinen Verwandten vornehmen und mit denselben beraten. Überdies ist die Verlassenschaft meines seligen Mannes nicht verringert,

sondern verbessert worden." Sie bittet dann um eine zweimonat=
liche Frist, die ihr auch von dem Magistrate bewilligt wird. Erst
im Februar des folgenden Jahres (1763) erscheint sie unter
Begleitung eines selbstgewählten Kurators wieder vor Gericht, um
auf Grund eines vorher ordnungsmäßig errichteten und von ihr
eiblich unterschriebenen Inventars über ihre und ihres verstorbenen
Mannes Güter einen Erb= und Teilungsvertrag abzuschließen, der
für alle späteren Aussagen und Vergleiche maßgebend blieb. Die
Urkunde vom 28. Februar 1763 ergibt nicht nur ein vollkommen
genaues Bild von der finanziellen Lage der Familie, sondern zeigt
auch, wie Mutter und Vormünder damals über die Zukunft der
Kinder gedacht haben. Nach Abzug der gesamten Schulden und
gerichtlichen Kosten, sowie derjenigen Gelder, die früher schon für
die Kinder erster Ehe ausgesetzt waren, blieb von der ganzen zu
2398 Thalern 29 Schilling (8635 Mk.) geschätzten Masse eine
Summe von dreizehnhundert Thalern (4680 Mk.) zur Teilung
übrig, von denen die Witwe nach Stadtrecht die eine Hälfte, die
Kinder die andere erhielten, so daß jedem der Söhne hundertund=
dreißig, jeder Tochter fünfundsechzig Thaler als väterliches Ver=
mögen zufielen. Indem damit zugleich der Mutter Mühle und
Wohnhaus als erb= und eigentümlicher Besitz überwiesen ward und
die Vormünder auf einen öffentlichen Verkauf verzichteten, ver=
pflichtete sie sich, den Stiefkindern ihr Erbe bei erlangter Mündig=
keit auszuzahlen und alle Verbindlichkeiten, die ihr verstorbener
Mann ihnen gegenüber übernommen, getreulich zu erfüllen. Ihren
leiblichen Kindern verspricht sie alles, was ihnen an Vatergeldern
ausgesetzt sei, ungekränkt zu lassen und aus mütterlicher Liebe
und Zuneigung nicht einmal die Alimentation und alle anderen
Kosten, die mit ihrer Erziehung wegen ihres zarten Alters noch
verbunden seien, in Anrechnung zu bringen. Ihre Tochter will

sie im Nähen und Stricken und anderen ihr dermaleinst zu Nutzen kommenden Dingen unterrichten, die Söhne, falls sie zu einem Handwerk Lust haben sollten, dieses auf ihre Kosten erlernen lassen und sie während der Lehrjahre und so lange, als sie die väterlichen Gelder behalte, unentgeltlich mit Kleidern versehen. Die Vormünder rühmen ihre mütterliche Generosität und Güte; sie danken ihr für die Ausstattung ihrer Stieftochter, der sie die nachgelassenen Kleider ihrer seligen Mutter mit Ausnahme eines schwarzen manteau geschenkt, und für die unentgeltliche Alimentation, die sie ihren eignen Kindern bis zu ihren mündigen Jahren gewähren wollte.

# Carstens auf der Domschule zu Schleswig.

## 1762—1770.

Schon seit der Bestellung Mohrs zum Vormunde war die
Mutter in Bezug auf Erziehung und Unterweisung ihrer
Kinder auf den Beirat desselben angewiesen. Indem sie sich verpflichtet hatte, sie fleißig zur Schule und Kirche zu halten, mußte
schon kurz nach dem Tode des Vaters auch für den ferneren
Unterricht ihres Erstgeborenen in einer andern Schule Sorge
getragen werden. Da in der Altstadt Schleswigs, zu deren Schul-
gemeinde sie gehörten, damals neben der alten Kapitelschule keine
einzige Bürger- oder Volksschule existierte und der herrschende
Brauch es forderte, daß alle Knaben, deren Eltern das Schulgeld
zu zahlen instande waren, nach ihrem vollendeten achten Jahre die
Klipp- und Winkelschulen verlassen mußten, so lag der Beschluß
für die Mutter und die Vormundschaft nahe, den kleinen Jakob
um Ostern 1762 die lateinische Schule besuchen zu lassen. Man
hat wohl gesagt, daß die angebliche Vorliebe der Mutter für wissenschaftliche Studien diesem nicht fremd gewesen, daß ihr ältester
Sohn auf ihren besonderen Wunsch den gelehrten Schulweg habe
gehen sollen; doch hat Asmus Jakob Carstens nur dieselbe
Bahn eingeschlagen, die alle „besseren" Bürgersöhne, die nicht den
Armenanstalten und der Waisenschule angehörten oder widerrechtlich in Winkelschulen oder der Kantorschule zu St. Michaelis

gehalten wurden, in damaliger Zeit zu gehen pflegten. Wie er,
so haben auch später seine beiden jüngeren Brüder bis zu ihrer
Konfirmation der Bestimmung der Vormundschaft gemäß den glei=
chen Unterricht genossen, obwohl sie von vorn herein nur auf die
Erlernung eines Handwerks oder einer Hantierung angewiesen
waren.

Die Domschule, welche Asmus Jakob Carstens acht
Jahre lang besuchte, darf sich ihres berühmtesten Schülers nicht
rühmen; die Lehrer, welche ihn unterrichteten, können sich kein
Verdienst zuschreiben, den schlummernden Trieb des Knaben zu
allem Edlen und Schönen geweckt, geschweige genährt zu haben.
Unverstanden und zurückgestoßen und wieder ohne Verständnis und
Neigung für alles, was ihm an Kenntnissen und Wissenschaften
geboten wurde, hat er seine Jahre, in ahnungsvolle Gedanken
über die aufkeimenden Triebe seines Herzens versunken, auf der
Schulbank hingeträumt. Je weniger er auch für seine liebsten
Neigungen Befriedigung, je weniger er Anerkennung fand und
finden konnte, desto stärker mußte das mehr und mehr klar wer=
dende Bewußtsein von seinem Berufe, die steigende Energie seines
Willens und Wollens in eine einseitige Richtung gedrängt werden,
die nach außen bald als Stumpfheit, bald als Trotz und Eigensinn
erschien. Wenn aber Carstens bei all seiner Begabung schon von
vorn herein an der losen Schulspeise nicht den geringsten Geschmack
zu finden, wenn er in späteren Jahren nur mit einer Art Grauen
an seine Schulzeit zurückzudenken vermochte und sich noch oft in
bitteren Äußerungen darüber ergieng, als er selbst die Mängel
seiner Bildung erkannt und mit der ganzen Energie seines Wesens
wieder auszugleichen suchte, so müssen doch noch andere Verhält=
nisse besonderer Art an der Schule obgewaltet haben, die jenen
dauernden Widerwillen und eine bis in sein späteres Leben hin=

einreichende bittere Stimmung einigermaßen erklärlich machen.
Eine genauere Darlegung der trüben Zustände, wie sie gerade in
den Jahren 1752 bis 1771 an der Domschule herrschten, die tief=
gehende Zerrüttung, die in dem Lehrerkollegium waltete, die
erstaunlich mechanische Unterrichtsweise, der alle ergeben waren,
und der Mangel jeder Schulordnung und jeder Organisation des
Unterrichts wird auch mehr als alles andere die sonst immer
noch schwer erklärliche Thatsache begreiflich machen, daß Carstens
während seiner acht Schuljahre so wenig auf der Domschule lernte,
daß er von dem Gelernten wenig oder nichts zu vergessen hatte.

Das alte, im Jahre 1842 abgebrochene Domschulgebäude,
damals an der südwestlichen Seite in nächster Nähe des Doms
belegen, gewährte in seinem baufälligen Äußern ein sprechendes
Bild von den zerrütteten Zuständen im Innern. Organisiert nach
der Weise jener Zeit in vier Klassen, denen je ein Lehrer in
voller Selbständigkeit und Unabhängigkeit vorstand, mit einem
Rektor an der Spitze, der nichts als seine erste Klasse zu regieren
hatte, keine andere Klasse und deren Lehrer zu revidieren wagte,
keinen Schüler derselben kannte, noch über ihre Fortschritte und
Kenntnisse unterrichtet war, bildete die Domschule nach einem
offiziellen Bericht an den König „das Seufzen der Einwohner,
das einem jeden äußerst zu Herzen gehen müsse." Der damalige
Rektor Krafft rühmte sich zwar seines kritischen Geschmacks,
einer gründlichen Kenntnis des Hebräischen, einer vertrauten
Bekanntschaft mit den alten Griechen und eines reinen lateinischen
Stils, in dem keiner der übrigen Rektoren des Landes ihm gleich=
komme; aber sein „sanguinisches cholerisches Temperament" machte
ihn unfähig mit gleich angelegten Männern gedeihlich zusammen=
zuwirken und durch vorsichtiges, geschicktes Benehmen seine Auto=
rität zum Besten des Ganzen aufrecht zu halten.

Gering besoldet, wie sie waren, sahen sich die Lehrer im wesentlichen auf das Schulgeld angewiesen, das ihre Klasse ihnen eintrug. War es ein Wunder, daß jeder dem andern die Schüler abspenstig zu machen suchte, zugriff, wo er sie fand, fähig und unfähig, alt und jung, und seine Schüler so lange wie möglich in seiner Klasse zu halten suchte, da niemand anders als er selbst über Versetzung zu bestimmen hatte, die nach dem Herkommen jährlich stattfinden sollte? Da galt kein Wissen, keine Fähigkeit, kein Talent; kein Examen wurde, wie es früher immer geschehen, zu Ostern abgehalten; der Klassenlehrer beschränkte sich beim Schlusse des Unterrichts auf die einfache Frage, ob jemand in die folgende Klasse überzugehen wünsche. Meldete sich wider Erwarten jemand, so war es für die Eltern doch noch schwierig die Versetzung gegen den Willen des Lehrers durchzusetzen.

Wenn demnach Ostern oder Michaelis herankam, wo neue Anmeldungen zu geschehen pflegten, so begann von Seiten der Lehrer ein förmlicher Wettkampf, durch Versprechungen und Anpreisungen aller Art den Ankömmling für ihre Klasse zu gewinnen. Die unglaublichsten Dinge werden in den Berichten des Rektors an den Generalsuperintendenten Struensee von dem Lehrer der Sekunda, dem Konrektor Haelsen, erzählt, der mit seinem Vorgesetzten seit Jahren auf dem Kriegsfuße stand und ihm so viel als möglich das Leben zu verbittern suchte. Trotz aller Mühe hatte er jahraus jahrein keinen Schüler mehr für seine Klasse gewinnen können; im Schlafrock und mit der langen Pfeife im Munde stand er vor seiner Hausthür, während seine Kollegen sich abmühten. Früher hatte er sich nicht gescheut, selbst aus der Quarta Schüler in seine Sekunda hinüberzunehmen; jetzt wies er alle auswärtigen Schüler, die sich bei ihm zur Aufnahme meldeten, unter dem Vorwande ab, daß sie für seine Klasse nicht reif seien.

Er hatte augenscheinlich, wie der Rektor meinte, keine Luft mehr, sich mit der Schularbeit wieder zu befassen, und klagte immer, der Aufenthalt in einem geschlossenen Zimmer mache ihm Kopfschmerz. Er zog es vor, vor seiner Hausthür zu stehen und auf Ankömmlinge zu warten, die er dem Rektor abspenstig machen konnte.

Als um Oftern 1762 der Vormund Jakob Mohr mit seinem Mündel angezogen kam, ließ der Konrektor die Gelegenheit nicht unbenutzt, vor dem Rektor zu warnen; er forderte ihn auf, den Kleinen nicht ins Album eintragen zu laffen, sondern ihn nur bei dem Klassenlehrer der Quarta anzumelden, der allein zur Annahme befugt sei.

So kam denn Asmus Jakob Carftens in die überfüllte Quarta unter die Zucht des alten Schreib- und Rechenmeisters Lyhm. Des Morgens um siebeneinhalb Uhr mußte er antreten; nachmittags um drei Uhr wanderte er wieder heim. Da die damals unwegsame Angler Landstraße, sowie die kurze einstündige Mittagspause von elf bis zwölf Uhr es dem Kleinen schon im Sommer, geschweige im Winter unmöglich machte, jedesmal zu Mittag im elterlichen Hause zu erscheinen und zu rechter Zeit wieder in der Schule einzutreffen, so hatte er seinen Tisch bei den Großeltern seiner Halbgeschwister, bei dem Rollfuhrmann Jeß Niffen in Kattsund, deffen Enkel, Rathmann mit Namen, gleichfalls die Domschule besuchten. Hier, wo er seine Stiefschwester Elisabeth wiederfand, verbrachte er, wie seine Lehrer meinten und ihm auch vorwarfen, seine Zeit bei Pferden und Wagen und mußte selbst den Kutscher spielen, wenn niemand sonst zur Hand war. Drei Jahre lang dauerte diese Kostgängerei, die ihm mancherlei Abwechselung und Vergnügen bereitet haben wird. Sie wurde auch nicht deswegen aufgegeben, weil der Knabe dem lauten Beten bei Tische, woran er doch in seinem elterlichen Hause gewöhnt war, keinen Geschmack abgewinnen konnte, wie Fernow berichtet, sondern weil sich durch den Tod des alten Großvaters Nissen im Jahre 1765 die verwandtschaftlichen Beziehungen und der freundschaftliche Umgang zwischen beiden Familien gelöst hatten. Seitdem blieb der Knabe mehrere Jahre während der Mittagspause, wie viele seiner Genossen zu thun pflegten, in dem Schulhause und verzehrte hier sein mitgebrachtes Obst und Butterbrot.

Der alte Schreib- und Rechenmeister Lyhm stand als Klassenlehrer der Quarta bei den Bürgern und der Einwohnerschaft der Stadt in dem Rufe eines strengen und steifen Pedanten. Ein Gegner aller Neuerungen, wie sie der Rektor durchzusetzen suchte, war er nur in der Beseitigung aller Winkelschulen, die seiner Klasse Abbruch thaten, mit ihm einverstanden und erklärte dem Generalsuperintendenten, zur Hebung der verfallenen Schule bedürfe es nicht der Kontrole des Rektors, wenn nur jeder Lehrer so handele, wie er es gegen Gott und den König verantworten könne.

Mit seiner Klasse war es, was die Zahl seiner Schüler angieng, wohlbestellt. Der Unterricht war gleichmäßig mit je drei Stunden auf Vormittag und Nachmittag verteilt. Jede Stunde begann und schloß mit Gebet. Die Religionsstunde wurde mit dem Aufsagen eines Hauptstücks aus dem Katechismus, einigen Fragen aus Langemaks Lehrbuch und mit dem Lesen von Psalmen und der Erklärung von Sprüchen zum Auswendiglernen ausgefüllt. Wie das Gedächtnis nur durch Memorieren heiliger Dinge geübt werden sollte, um die nur niederdeutsch redenden Kinder im richtigen Hochdeutsch zu üben, so gaben neben der großen Fibel auch nur der Katechismus, das neue Testament und die Psalmen den Lehrstoff her. Jede Übung im Rechnen bestand

im Auswendiglernen und der Anwendung des Einmaleins; doch
rühmte sich der Rechenmeister, daß er mit seinen tüchtigsten Schü=
lern auch zu schwierigeren Aufgaben vorgedrungen sei. Zum
Schreiben lagen Vorschriften vor, die einzeln von den Knaben für
zwei Schillinge (15 Pf.) von dem Lehrer gekauft werden mußten;
den geübteren wurde etwas diktiert, damit sie auch ohne Vorschrift
richtig schreiben lernten.

So gieng der Unterricht im Buchstabieren, Lesen, Schreiben,
Rechnen, in Katechismuslehre und biblischer Geschichte von Woche
zu Woche, nur allzuhäufig unterbrochen von Dienstleistungen, die
Lehrer und Schüler für die Kirche zu verrichten hatten. Zu den
zeitraubenden Leichenbegängnissen, woran häufig alle vier, fast immer
die beiden untersten Klassen teilzunehmen hatten, kamen noch die
regelmäßig wiederkehrenden gottesdienstlichen Feierlichkeiten mit
Predigt und Katechisation, zu der Mittwochs die drei untersten
Klassen, Freitags außerdem noch Tertia und Quarta herangezogen
wurden, so daß an diesen beiden Tagen vormittags nur eine
einzige Stunde gegeben werden konnte.

Noch immer war die Domschule ein Anhängsel der Kirche
und diente mit ihren untersten Klassen im wesentlichen den
Zwecken derselben, wie sehr auch das eigentliche Verbindungsglied,
der Chorgesang, seine frühere Bedeutung verloren hatte. Die
Singstunden waren leer; bei Aufführung der Kirchenmusik fand
sich niemand von der lateinischen Schule ein; der Kantor mußte
sich mit den Kurrendeknaben begnügen, mit denen er zum Ein=
sammeln von Gaben an bestimmten Tagen vor den Thüren der
Vornehmen zu agieren pflegte.

Die Quarta der Domschule, worin Knaben vom achten bis
zum sechzehnten Jahre neben einander saßen und gemeinschaftlich
von einem einzigen Lehrer unterrichtet wurden, war damals nichts

anderes als die Elementarklasse einer Bürgerschule; sie galt im Gegensatz zu den drei folgenden als die „Deutsche Klasse," worin die Bürgersöhne, die kein höheres Ziel im Auge hatten, ihre acht Schuljahre bis zur Konfirmation hinzubringen pflegten. Der Rektor klagt wiederholt darüber, daß nur sehr wenige Schüler Lyhms nach der Tertia übergiengen, und meint, wenn nur wie in früheren Jahren wöchentlich eine lateinische Stunde gegeben würde, wozu leider der Schreibmeister nicht geschickt sei, so würde dies ein Reiz mehr für die Knaben sein, die gelehrten Studien in der folgenden Klasse fortzusetzen.

Wenn nun schon jeder, der fertig deutsch lesen, etwas schreiben konnte und das Einmaleins inne hatte, für geeignet erachtet wurde, nach der Tertia überzugehen, so hätte man trotz allem erwarten müssen, daß dies in größerem Maßstabe geschehen wäre. Aber jahraus jahrein denselben mechanischen Unterricht, eine fortwährende Wiederholung desselben Stoffes, woher sollte bei einem aufgeweckten Knaben bei dem ewigen Einerlei Liebe und Lust zum Lernen kommen? Asmus Jakob Carstens hat fünf Jahre in der Quarta verweilt, sein jüngster Bruder, Friedrich Christian, vier Jahre darin zugebracht, der zweite Hans Hinrich ist gar als Quartaner konfirmiert, ohne ein höheres Ziel zu erreichen: Wie viel man auch auf geringe Lernbegierde, Trägheit und Gleichgiltigkeit schieben mag, zur Erklärung des langsamen Fortschreitens unseres Carstens und dann seines plötzlichen Sprunges nach der Tertia, der kaum als Belohnung für seine Leistungen anzusehen sein dürfte, müssen noch andere Umstände hervorgehoben werden, die seltsam genug erscheinen mögen.

Die Tertia konnte in der That keine Anziehungskraft ausüben, weil sie jahrelang nicht vorhanden oder nur von ein par Knaben besucht war. Mochte der Kantor Schmied, ein gutmütiger, aber kränklicher Mann, der seine Schüler nicht in Ordnung zu halten vermochte, in heller Verzweiflung sein und alles daran setzen, aus seiner unhaltbaren Stellung herauszukommen: niemand wollte zu ihm; er blieb und blieb bis zu seinem Tode im Februar 1766 in derselben unglücklichen Lage. Der Konrektor Haelsen schrieb ihm denn auch allein die Schuld zu, wenn auch die Sekunda verödet sei. Viereinhalbjahr habe keine Tertia existiert, der Rektor lehne alle Verantwortung ab, Lyhm lasse keinen freiwillig aus der Quarta hinüber; er habe sich erboten während der Vakanz die dritte Klasse zu übernehmen, aber keinen einzigen Schüler erlangen können.

Nach dem Tode des Kantors hatte der Schreib- und Rechenmeister Lyhm auch das Amt desselben in der Kirche zu versehen und seinen Quartanern deswegen häufig Gelegenheit gegeben, statt zu rechnen und zu schreiben, ihre Ballstudien auf dem Kirchhofe zu treiben. Während der anderthalbjährigen Vakanz verloren sich auch alle diejenigen Schüler, die etwa die Absicht gehabt hatten die Tertia zu besuchen.

Erst im Oktober des Jahres 1767 gelang es nach langen vergeblichen Bemühungen, die verwaiste Stelle wieder zu besetzen und den früheren Kantor in Tönning, Christian Andreas Müller, zur Übernahme derselben und zugleich der verlassenen Tertia zu bewegen. Mit seinem Anzuge begann in der Stadt ein Werben und Suchen, Schüler für ihn zu gewinnen. Die Eltern wurden in Mitleidenschaft gezogen und einige denn auch bewogen, ihre Kinder dem fremden Manne anzuvertrauen. Aber woher sollten sie anders genommen werden, als aus der Quarta des alten Lyhm? Derselbe setzte sich mit Hand und Fuß dagegen und weigerte sich entschieden, irgend einen Schüler abzugeben, da er dadurch in seiner Einnahme geschädigt werde. Doch geschehen mußte etwas, weil man doch unmöglich einen neuen Lehrer berufen und einsetzen konnte, ohne Schüler und eine Klasse für ihn zu haben. So faßte sich denn der Rektor Krafft ein Herz, um endlich einmal seine Autorität geltend zu machen. Zum erstenmal während seiner ganzen Amtsführung wagte er es, in der Quarta zu erscheinen, den Bestand an Schülern aufzunehmen und sich nach Kandidaten für die Tertia umzusehen. Auf seine Frage, welche Lyhm nach ihren Kenntnissen dafür fähig halte, erhielt er zur Antwort, daß er darüber keine Meinung habe, um Michaelis gegen das Herkommen auch freiwillig keinen Schüler abzugeben gedenke. Als der Rektor darauf die gewöhnliche Frage an die Schüler richtete, wer Lust habe, nach der Tertia überzugehen, schwieg alles. Was blieb ihm, wenn er nicht eine besondere Prüfung vornehmen wollte, wozu er sich kaum berechtigt halten konnte, unter diesen Umständen anders übrig, als nach dem Alter eine Scheidung und Sonderung vorzunehmen und von den älteren Knaben diejenigen auszuwählen, deren Eltern er zutraute, daß sie seinen Wünschen nachgeben würden?

Unter den acht Quartanern, die auf diese seltsame Weise halb freiwillig, halb mit Gewalt nach der Tertia geschoben wurden, war auch unser Asmus Jakob Carstens. Obwohl das Schulgeld nebst Licht und Feuerungsgeld für den Knaben mit seiner Versetzung von jährlich acht auf vierundzwanzig Mark stieg, so hatte der Vormund, dem die Entscheidung im wesentlichen überlassen blieb, keine Einwendung gegen einen solchen Schritt gemacht, der seinem Mündel auch noch eine andere Laufbahn als die eines Handwerkers offen hielt. So viel steht fest, daß die Erlernung des Geschäfts seines verstorbenen Vaters niemals für Asmus Jakob in Aussicht genommen war. Nach der Meinung des Vormundes war er dazu am wenigsten anstellig und geschickt; das

Treiben auf der Mühle, die „Mat" in den Rumpf zu gießen, den Abfall wegzutragen oder auf dem Markte zu stehen und mit dem Kupfergeld, welches der Kleinhandel fast nur allein eintrug, zu rechnen, hatte ihm von jeher wenig Vergnügen gemacht. Was er im günstigen Falle erreichen konnte, war außer Studieren die Erlernung der Kaufmannschaft, die dem Vormund als Kaufmann auch schon damals vor Augen geschwebt haben mag.

Für Carstens hatte die Versetzung in Bezug auf sein Ver-hältnis zu seinem früheren Lehrer keine ganz angenehmen Folgen. Es läßt sich begreifen, daß der alte Lyhm nicht mit besonderem Wohlwollen auf diejenigen seiner früheren Schüler schaute, die ihm mit Genehmigung der Eltern entrissen waren. Indes suchte man ihn später auf eine Weise zu begütigen, die dem Knaben die aller-widerwärtigste schien.

Am Anfang Oktober 1767, als der neue Kantor Müller in sein Amt eingeführt werden sollte, erlebte der Knabe noch eine ganz besondere Feierlichkeit. Der Schulinspektor und Hauptpastor Peter Kramer, als Schwiegervater des Konrektors Haelsen mit dem Rektor Krafft bitter verfeindet, nahm diese Gelegenheit wahr, um das ihm oft bestrittene Recht zur Einführung eines Lehrers dem Rektor zum Trotz auszuüben und seinem Ingrimm angesichts der Lehrer und Schüler freien Spielraum zu lassen.

Eines Morgens um halb acht Uhr erschien er urplötzlich und gänzlich unerwartet in der Quarta, wo eben der alte Lyhm in Schlafrock und Pantoffeln seine Religionsstunde beginnen wollte. Er fragte nach dem Kantor. Lyhm fand sich bereit, denselben durch einen Kurrendeknaben eiligst herbeiholen zu lassen. Wäh-rendbessen saß der Inspektor mit grimmiger Gebärde mitten unter den Schülern, ohne sie im geringsten zu beachten oder durch ein Wort auf die bevorstehende Feierlichkeit aufmerksam zu machen.

Die Knaben horchten hoch auf und erwarteten schweigend mit ihrem Rechenmeister der Dinge, die da kommen sollten. Endlich erschien der Kantor Müller und fragte bei seinem Eintritt den Hauptpastor: „Haben Sie vielleicht Auftrag vom Herrn Generalsuperintendenten Struensee oder dem Herrn Rektor Krafft mich zu introduzieren?" „Ach was Auftrag!" erwiderte derselbe. „Kehren Sie sich an nichts! Dort sehen Sie einen Teil der Buben dieser unter dem Rektor Krafft gänzlich verfallenen Schule, die Sie das Unglück haben werden zu unterrichten. Welche sind es?" fragte er dann Lyhm. Widerwillig begann derselbe die Knaben bei Namen aufzurufen, ohne zu unterlassen jedem aufgerufenen ein charakteristisches Prädikat beizufügen. „Asmus Jakob Carstens," hieß es, „Sohn eines Graupenmüllers, dumm, faul, eigensinnig, trotzig. Sie werden ihm oft den Mehlstaub aus der Jacke schlagen müssen." Als Lyhm mit der Aufzählung der verdutzten Knaben fertig war, richtete der Inspektor nur folgende wenige Worte an Lehrer und Schüler: „Ihr Rangen, das ist der neue Herr Kantor! Sie, Herr Kantor, werden wissen, was Sie zu thun haben!" Damit wandte er dem erstaunten Kantor den Rücken und verschwand würdevoll aus der Thür.

Der Rektor Krafft war nicht wenig betroffen, als er durch den Kantor die Nachricht von seiner feierlichen Introduktion erhielt; er beschwerte sich beim Generalsuperintendenten, dem die Sache auch „wenig gefiel," und hatte nur den einen Trost, daß er in dem neuen Kantor einen Kollegen erhalten hatte, der bereitwillig auf die Durchführung einer geeigneten Schulordnung einging und, was seine Person betraf, während seiner Wirksamkeit an der Domschule in gutem Einvernehmen mit dem Rektor lebte. Noch am Tage seiner Introduktion führte Kantor Müller die ihm zugewiesenen Schüler in seine Klasse,

um sie zu prüfen und ihnen nähere Anweisungen über den Lehr-
plan zu geben.

Noch immer begann der Unterricht um halb acht Uhr morgens; die Mittagspause von elf bis ein Uhr machte es Asmus
Jakob Carstens möglich, jetzt sein Mittagsmahl wieder in seinem elterlichen Hause einzunehmen; nachmittags wurde er von ein
bis vier Uhr in Anspruch genommen. Der Kantor Müller war
nach Kräften bemüht, mit seinen Schülern vorwärts zu kommen;
er unterrichtete allein in seiner Klasse, wie Lyhm in der Quarta;
doch gab es jetzt größere Abwechselung, die freilich auch bedeutend
größere Anforderungen an die Knaben stellte. In den Religionsstunden wurden alle Hauptstücke des Katechismus durchgemacht und
die biblische Geschichte zum Abschluß gebracht; den Schülern sollte
eine vollständige Abbildung der christlichen Glaubens- und Sitten-
lehre vorgeführt werden. Der deutsche Unterricht bestand in bloßen grammatischen Übungen, und nur mit den geübteren wurde
in freien Aufsätzen, in Form von Briefen, ein kleiner Anfang
gemacht. Das Hauptgewicht wurde auf den lateinischen Unterricht
gelegt. Mit dem Lernen der Deklinationen begann auch sofort
das Lesen und Übersetzen der kleinen Chrestomathie von Miller
und das Memorieren von Sentenzen und Versen aller Art. Neben
Übersetzungen aus dem Lateinischen ins Deutsche giengen bei den
geübteren kleine syntaktische Übungen her, die der Kantor in der
Klasse zu korrigieren und sofort zum Auswendiglernen zurückzu-
geben pflegte. Der griechische Unterricht hatte nur ein geringes Ziel
vor Augen und beschränkte sich auf Lesen und Memorieren der
Paradigmen nach Badens Anfangsgründen; eine kleine Chrestomathie gab auch hier Stoff zu allerlei mündlichen Übungen; Übersetzungen aus dem Deutschen ins Griechische galten für einen Tertianer zu schwer. Wer in der Chrestomathie Millers und im

Eutrop eine ziemliche Fertigkeit erlangt, ein kleines exercitium syntacticum ziemlich fehlerfrei schreiben, griechisch deklinieren und konjugieren und in der kleinen Chrestomathie die leichtesten Stücke übersetzen konnte, wurde für genügend reif befunden, nach der Sekunda überzugehen.

Vom 10. Oktober 1767 bis Ostern 1770 hat Asmus Jakob Carstens der Tertia als Schüler des Kantors Müller angehört. Von seinen Fortschritten und Leistungen ist uns auf Grund von Zeugnissen keine nähere Kunde bewahrt. Wir wissen nur, daß der Kantor kein Mittel des Ernstes und der Strenge hat unversucht gelassen, ihn zum Lernen anzuspornen, daß die Zeit ihn auch allmählich emporgebracht und ihn im Sommer 1769 auf den vierten Klassenplatz unter zehn Schülern gehoben hatte. Nur aus seinen späteren schriftlichen Aufzeichnungen, seinen Briefen und Gedichten, vermögen wir noch zu erkennen, daß er nicht mit Unrecht von sich sagt, er habe auf der Domschule so gut wie nichts gelernt. Wenn er zehn Jahre später trotz eifrigen Studiums der hochdeutschen Litteratur und mannigfacher Übung im deutschen Stil nicht imstande war, sich grammatisch korrekt auszudrücken und für die Rektion der Präpositionen absolut kein Verständnis hatte, so wird seine Kenntnis der hochdeutschen Sprache von der Schule her nur dürftig gewesen und von der niederdeutschen Muttersprache fast vollständig überwuchert sein. Seiner lateinischen und griechischen Studien auf der Domschule in Schleswig hat Carstens in seinem Leben sich nur einmal gerühmt, als er in Eckernförde beim Weinhandel war und unglücklicherweise mit seiner gelehrten Prinzipalin darüber zu sprechen kam. Daß er in der That fast nichts von dem, was er auf der Schule gelernt, behalten, geht aus den wenigen lateinischen Worten, womit er seit seiner Eckernförder Zeit schon seine Entwürfe zu unterzeichnen pflegte, in so auffallender Weise hervor, daß man fast versucht ist, die selten richtigen Wortformen: „Asmus Jacobus Carstens ex Chersoneso Cimbrica fecit oder invenit" als von fremder Hand herrührend zu bezeichnen.[1]

Mochten auch die gelehrten Studien, das Erlernen der lateinischen und griechischen Sprache, keinen Reiz für ihn gehabt haben und der dürre Unterricht fruchtlos an seinem nur für Bilder empfänglichen Sinn abgleiten, so war es doch nicht der eigentliche Unterricht in der Tertia bei dem Kantor Müller, der ihm je länger er dauerte, desto größeren Widerwillen erregte. Was ihm eine Art von Grauen erweckte, war die Fortsetzung des in der Quarta begonnenen Rechenunterrichts bei seinem alten Lehrmeister Lyhm, woran er, trotzdem daß er als Privatunterricht wöchentlich einen Schilling (8 Pf.) kostete, auf Wunsch seines Vormundes und seiner Mutter teilzunehmen hatte. Wenn ihm Lateinisch und Griechisch nicht in den Kopf wollte, Vokabeln, Paradigmen und Sentenzen niemals festsaßen und der Kantor sich vergeblich abmühte, ihn aus seiner anscheinenden Geistesdumpfheit aufzurütteln, so lag dieses nicht sowohl an seiner Fähigkeit, als an Fleiß und Lust und Liebe zur Sache. Aber alles Rechnen, sowie es über das hundertmal geübte Einmaleins hinausgieng, überstieg, nach allem zu schließen, seine Fassungskraft. „Wenn in den Religionsstunden von den Höllenstrafen die Rede war," sagte Carstens in späteren Jahren einmal sehr ernst, „so begriff ich nicht, weshalb der Schulmeister das Kopfrechnen am Dienstag und das Tafelrechnen am Donnerstag Nachmittag nicht mit aufführte." Als er einst, wo der alte Lyhm ihm prophezeite, daß in seinem ganzen Leben nichts aus ihm werden würde, das naive Bekenntnis that, daß er besser

---

1) Da liest man „ex Chersonesu Cimbrica, ex Chersonesus Cimbrica, ex Chersonesus, ex Chers. Cimbricus, ex Chersonesa Cimbr., ex Chersoneso Cimbrico, ex Romae u. a. m.

als alle seine Kameraden lernen wolle, wenn man ihm im Zeichnen
und Malen Unterricht gebe, und dieser ihm dasselbe mit einer
derben Ohrfeige vergalt, da bekam er einen völligen Abscheu vor
der losen Schulspeise und lernte noch weniger als vorher. Ewiges
Schelten seiner Lehrer, fortwährende Schulstrafen der härtesten
Art machen es bei seiner Unlust zum Lernen auch erklärlich, daß
er sich bald einer fast systematischen Opposition hingab; hatte er
die Figur des alten Herrn in allerlei anzüglichen Stellungen auf
der Wandtafel entworfen, so warteten alle, wie einer seiner Mit-
schüler später wohl erzählte, mit innigem Behagen auf den Augenblick, wo derselbe ins Zimmer trat. Zahlen fand er selten auf
seiner Schreibtafel, nur Gesichter, „Engel, ja Teufel mit ingrim-
migen Gebärden" traten ihm entgegen, wenn er Carstens' Leistungen kontrolieren wollte. Es ist begreiflich, daß Lyhm einen
förmlichen Haß auf den Buben warf, durch die äußerste Strenge
seinen Trotz zu brechen suchte und ihn endlich, als alles nichts
nützte, als einen unverbesserlichen Taugenichts treiben ließ, was
ihm behagte.

Bei allem Schein von Widerspenstigkeit und Trägheit, wie
sie seinen Lehrern seit lange entgegentraten, gieng, unbegriffen und
unverstanden, in den letzten Jahren seiner Schulzeit eine stille
Verzweiflung durch das Herz des Knaben. Wie er in der Schule
nach keiner Richtung für seine Neigung Unterstützung und für
seine künstlerischen Leistungen Anerkennung fand, so sollte er fortan
auch in seinem elterlichen Hause bei seiner geplagten, von üblen
Familienverhältnissen bedrückten, kranken Mutter nicht mehr den
Trost und die Aufmunterung finden, die ihm sonst wohl zu teil
geworden sein mochten. Was konnte den funfzehnjährigen Knaben
auch tiefer erfassen, was ihn mehr zu einem Träumer machen, als
der Gedanke, daß er bald allein einsam als Waise durchs Leben

wandern werde? Wenn seine Mutter mit ihm von ihrem baldigen
Dahinscheiden sprach, von ihm und ihren anderen Kindern mehrmals Abschied fürs Leben genommen und sie auf die Hilfe ihres
zweiten Vaters, von dem wir später hören werden, verwiesen hatte,
so mußte der sinnige Knabe, mehr und mehr von allem, was ihn
umgab, zurückgestoßen, sich ganz auf sich selbst und sein inneres
Geistesleben zurückziehen.

Allbekannt ist die Schilderung, die Fernow nach des Künstlers eignem Berichte von dem erwachenden Kunsttriebe des Knaben
entworfen hat. Wir haben auch keinen Grund zu bezweifeln, daß
diese seine kindliche Neigung schon früh von der Mutter gefördert
ist, wenn auch Zeichnungen und gemalte Blumen von ihrer Hand
seinem Talente nicht die erste Nahrung geboten haben können. In
seinem elterlichen Hause, wo Kupferstiche, Gemälde oder sonstige
Bildwerke unbekannt waren, mußten die Holzschnitte in seiner
Fibel und im Till Eulenspiegel, die Bienenkörbe, Urnen und sonstigen Vignetten in seinem Katechismus wie die Bilder in der großen Hausbibel alles andere ersetzen. Warum sollte man nicht
glauben, daß er mit seinem sechsten Jahre schon in der St. Jürgener Volksschule zum Ärger seines Lehrers seine ersten Kunstübungen begonnen, alles, was ihm vorkam, nachzuahmen versucht
und mehr Vergnügen daran gefunden habe, Pferde, Kühe, Hunde
und Ziegen auf der Straße nachzuzeichnen als die Züge und Buchstaben seiner Vorschriften? Warum bezweifeln, daß die sorgsame
Mutter, als sie seine wachsende Neigung und sein Talent bemerkt
hatte, ihn zu Geburtstagen oder zum Weihnachtsfeste mit Farbenmuscheln und Pinseln beschenkt und ihm auch ein kleines Buch
gegeben habe, das allerlei Vorschriften zum Farbenmischen enthalten, wenn man weiß, daß dergleichen nebst Rissen und Zeichnungen von Mühlen und Häusern aus dem Nachlaß ihres verstorbenen

Mannes ihr zur Hand ſein mußte? Auch findet die Erzählung
Fernows, daß er in ſeinem jugendlichen Eifer mit beſonderer
Vorliebe Porträte entworfen und bald unter den Einwohnern
St. Jürgens, die dergleichen nie geſehen, nicht geringes Aufſehen
mit ſeiner Kunſt erregt habe, nach glaubhafter Überlieferung volle
Beſtätigung. Vor wenigen Jahrzehnten, ſo wird uns verſichert,
wurden noch von einigen Bauernfamilien St. Jürgens einzelne
roh mit Bleiſtift gezeichnete, mit goldenen Rahmen gezierte Por=
träte aufbewahrt, die der kleine Jakob von der Graupenmühle
entworfen haben ſollte. Überdies wiſſen wir aus den Aufzeich=
nungen ſeines kunſtverſtändigen und künſtleriſch angelegten Vetters
Jürgenſen, der, wie wir ſehen werden, in ſpäteren Jahren
bedeutſam auf ihn einwirkte und im gewiſſen Sinne Vaterſtelle
an ihm vertrat, ausdrücklich, daß ihn ſeit ſeinem zwölften Jahre
eine wunderbare Luſt, ja Leidenſchaft am Malen und Zeichnen
erfüllt habe, vor der jedes andere Intereſſe zurückgetreten, daß er
auch ſchon damals imſtande geweſen ſei, bekannte und auffallende
Geſichter aus dem Kopfe ziemlich ähnlich zu zeichnen.

Wie ſehr nun auch ſeine Neigung zum Porträtieren durch
Lobſprüche der Bauernfamilien in St. Jürgen und ſeiner Angehö=
rigen gefördert ſein und ſein Talent ſich mehr und mehr entwickelt
haben mochte, ohne den Anblick wirklicher Gemälde wäre der Funke
der Begeiſterung für die Kunſt, der ihn für ſein ganzes Leben
entzündete, nie in ſein jugendliches Herz gefallen. Die erſten
mächtigen Eindrücke, die ſeinen kindlichen Beſtrebungen eine beſſere
und höhere Richtung gaben, empfieng er im Dom, wozu die latei=
niſche Schule ihm den Weg bahnte, ſo mächtige Eindrücke, daß er
ſie ſpäter noch im Liede beſang, ſich ihrer nach Verlauf von mehr
als dreißig Jahren mit allen Nebenumſtänden erinnerte und nur voll
Rührung und mit Thränen in den Augen davon erzählen konnte.

„O Dom,“

so heißt es in einem Sendschreiben an seinen Vetter Jürgensen
in Schleswig,

„O Dom, ich schaue dich noch, wo des Knaben schüchterner Geist
im Gebet zu den Werken des Meisters emporblickte!
Welch ein Sehnen, welch ein Hoffen erfüllte dort meinen fühlbaren Geist!“

Wenn er bei den Schulandachten und bei Leichenbegängnissen
oder auch mit seiner Mutter an Sonn- und Festtagen im Dom
erschien, hafteten seine Blicke voll verwunderter Neugier auf den
Bildern und Schildereien. Schaute er von dem auf Säulen ruhen-
den Chore hinein in die damals noch in vollem mittelalterlichem
Schmucke prangende Kirche mit ihren prunkenden Säulenreihen,
ihren an den Seitenwänden hangenden Trauerfahnen, Wappen
und Erinnerungsmalen berühmter Männer, fühlte er sich überwäl-
tigt von dem eindrucksvollen, erhabenen Anblick. Wie wünschte
er sich fort aus den dumpfen Zimmern der Domschule, wie sehnte
er sich nach einer Gelegenheit, die Gemälde in der Nähe ungestört
betrachten zu können! Seitdem er in der Mittagspause in der
Schule verweilte, war der damals stets geöffnete Dom bald sein
Lieblingsaufenthalt. Während seine Kameraden nach dem Unterricht auf dem mit einer Mauer umgebenen, nahgelegenen Kirchhofe
spielten und Ball schlugen, schlich er sich mit seinem kärglichen
Mittagsmahle in den Dom, verzehrte es dort in der Stille und
kletterte über reich mit Schnitzwerk gezierte Stühle und hochauf-
gebaute Bänke hinweg, um die wundersamen Gemälde in der Nähe
zu beschauen. Da vergaß er denn alles um sich her, ein heißer
Wunsch, auch einmal so etwas machen zu können, erfüllte ihn, und
oft steigerte sich dieses Verlangen zur Inbrunst. Die religiösen
Gefühle, die seine Mutter früh in seinem Herzen gepflegt hatte,
erwachten dann; Thränen drangen ihm ins Auge, und oft betete
er mit inniger Sehnsucht, Gott möge ihm die Gnade verleihen und

ihn dahin gelangen lassen, daß er auch einst zu seiner Ehre so herrliche Bilder malen könne.

Wer in den Dom geht, kann auch noch zur Stunde die beiden Gemälde finden, die in dem Gemüte des Knaben jenen Enthusiasmus für die Kunst erweckten und in ihm den festen Vorsatz entstehen ließen, ein Maler zu werden. Neben anderen wertlosen Schildereien, Porträten und Bildwerken bilden der „kleine Altar" und die „heilige Familie," die nach glaubhafter Überlieferung dem herzoglichen Hofmaler Juriaen Ovens (1623—1678) aus Tönning zugeschrieben werden,[1] die vorzüglichste Zierde der Kirche.

---

1) Die große Bedeutung, welche Juriaen Ovens' Gemälde im Dom, und, wie wir weiter unten sehen werden, im Schlosse Gottorp und auf der Amalienburg für Carstens' künstlerische Entwickelung haben, gibt uns Veranlassung hier nach urkundlichen Quellen über den in der Kunstgeschichte ziemlich unbekannten Künstler einige nähere Mitteilungen zu machen. Juriaen (= Jürgen, Georg) Ovens wurde im Jahre 1623 in der Festung Tönning, wo sein Vater Ove Broders Ratmann war, geboren. Er war schon früh in Verbindung mit den Gottorpschen Herzögen und nahm 1654 an dem Gefolge teil, welches zur Vermählung der Prinzessin Hedwig Eleonore, der Tochter des Herzogs Friedrich III., mit Karl Gustav von Schweden nach Stockholm abgieng, und malte hier ein dieses Ereignis darstellendes Gemälde. Die Wirren des dänisch-schwedischen Krieges unterbrachen bann balb barauf seine Arbeiten in Schleswig; während Gottorp von feindlichen Truppen besetzt und der Herzog Friedrich mit seiner Familie zur Flucht nach Tönning gezwungen wurde, verließ Ovens (am 25. Aug. 1657) sein Vaterland und gieng nach Amsterdam, wo er auch das Bürgerrecht gewann und unter anderm die „Verschwörung des Civilis" malte. Es erscheint unzweifelhaft, daß er damals bei Rembrandt seine Schule durchgemacht hat. Erst im Jahre 1663 kehrte er, von Herzog Christian Albrecht zu seinem Hofmaler berufen, in sein Vaterland zurück und nahm seine Wohnung in Friedrichsstadt, wo er später das noch erhaltene Altarbild für die lutherische Kirche malte. Seit jener Zeit beginnt seine ausgedehnte künstlerische Thätigkeit am Hofe der Gottorper in Schleswig. Aus dem Jahre 1664 stammt „der kleine Altar" im Dom, vom Jahre 1670 die „heilige Familie." Auch in einem Stifte zu Brebsted ist neuerdings ein Altargemälde von ihm aufgefunden worden. Bis zur selben Zeit 1670 vollendete er neun große historische Gemälde, von denen weiter unten die

Bei der tiefgreifenden, nachhaltigen Wirkung, die diese Gemälde nach des Künstlers eigenem Bekenntnis auf ihn ausübten, daß er sie bis in seine Eckernförder Zeit für das Höchste hielt, was je ein Maler erreichen könne, dürfte eine genauere Beschreibung derselben am Platze sein.

Unter dem hohen Chore zwischen niedrigen Säulen stand damals das Altargemälde, der sogenannte „kleine Altar". Flügel aus Holz, die das in kunstvoll geschnitzten und reich vergoldeten Rahmen gefaßte Gemälde gewöhnlich bedeckten, enthalten eine Darstellung des Abendmahls von desselben Künstlers Hand; Christus sitzt mit den Zwölfen an einem länglichen Tisch, dem ihm gegenüber sich vom Stuhl erhebenden Judas das Brot reichend, während Johannes an seiner Brust ruht und die übrigen Jünger in lebhafter Erregung sich gruppieren. Ein Stuhl im Vordergrunde

Rede sein wird, im Auftrage des Herzogs zur Ausschmückung eines Saales im Schlosse. In den Jahren 1672 und 1673 wurde die sogenannte „Amalienburg", ein herzogliches Lusthaus im Neuwerk hinter Gottorp, mit Gemälden geziert. Auch zur Feier der Gründung der Kieler Universität lieferte er einige dort noch vorhandene Porträte. Sonst sind von ihm noch einzelne Gemälde im Privatbesitz vorhanden; vieles ist jedoch seit der von der dänischen Regierung kurz nach Beendigung des ersten schleswig-holsteinischen Krieges im Anfang der funfziger Jahre veranstalteten Auktion über die Gottorper Kunstschätze zerstreut. In Eckernförde lebt noch ein Nachkomme desselben, der zwei Porträte von ihm in Lebensgröße, seine Frau und seinen Schwiegervater darstellend, besitzt. Ovens starb in Friedrichstadt, nachdem noch einmal seine künstlerische Thätigkeit durch die kriegerischen Ereignisse des Jahres 1675 unterbrochen war, am 7. Dezember 1678 und hinterließ eine Witwe Marie Martens v. Mehring und acht Kinder. Im Dom zu Schleswig war früher sein Epitaph mit einer längeren lateinischen Inschrift erhalten, worin es hieß: „dies fuit V ante Idus Decembres anni vergentis MDCLXXIIX, quum linea illa suprema scripta fuit." Vergleiche Sach: Neuere Geschichte des Schlosses Gottorp p. 22; Sach: Geschichte der Stadt Schleswig nach urkundlichen Quellen. Schleswig 1875. p. 188 und 189. Weilbach: Dansk Konstnerlexikon p. 527, wo noch einige Bilder von ihm in der königl. Gemäldesammlung auf Christiansburg angeführt werden.

an der Seite des Judas ist leer; der Jünger ist aufgestanden und an die andere Seite des Tisches fragend an den Herrn herange= treten. An beiden Enden der Tafel sieht man zwei Diener die Speisen auftragen.

Das eigentliche Gemälde stellt symbolisch den Sieg des Chri= stentums über die Sünde dar. Ein Engel im Trauergewande schwebt in der Mitte des Bildes auf einer dunklen Wolke, die Nägel des Kreuzes in der rechten Hand, das Kreuz selbst im linken Arme haltend. In der Mitte des Kreuzes ist das Auge der Vorsehung abgebildet, und über dem Kreuze flattert die rote Siegesfahne mit dem Bilde von der Auferstehung des Erlösers. An der rechten Seite des Engels halten zwei andere, in Schmerz versunken, ein aufgerolltes Blatt, auf dem der Sündenfall der ersten Menschen in grauer Farbe dargestellt ist; an seiner linken hält ein dritter ein Bild empor, auf dem man die Geburt des Heilandes abgebildet sieht. Neben diesem tritt ein anderer Engel hervor, mit Palmen und Lorbeerzweigen in der Hand, während eine Schlange der Hölle verzweiflungsvoll über den Anblick des gnadenreichen Bildes sich in den Gluten wälzt. Zwischen dem Engel, der das Kreuz, und demjenigen, der die Palmen trägt, deutet ein nur zur Hälfte sichtbarer Engel freudig auf die Schlange hin und senkt seine Augen abwärts, als ob er den niederschwe= benden himmlischen Gestalten und der Welt den Sieg verkündigen wollte. Oben in der reinen Himmelsluft singen andere himmlische Heerscharen auf Posaunen ihre Loblieder, von der Orgel der hei= ligen Cäcilie begleitet.[1]

---

1) Das Gemälde ist 163 cm breit und 251 cm hoch, auf Leinwand gemalt, der Firniß durchschlagen, und der Schmutz, der darauf liegt, läßt Farben und Figuren nur undeutlich mehr erkennen. Eine Restauration wäre dringend notwendig. — Obwohl das Gemälde kein Monogramm zeigt, so ist die Autorschaft des Tönninger Ovens nach gleichzeitigen, beglaubigten Nach=

Das zweite Gemälde, welches zu Carstens' Zeit schon an einem Pfeiler der Nordseite hieng und nur, wenn man über die damals hochaufgebauten Kirchenstühle hinwegkletterte, in der Nähe zu betrachten war, stellt die heilige Familie dar. Im Vordergrunde, von Laubgewinde umgeben, sieht man die Jungfrau Maria sitzend, mit dem blonden Christusknaben auf dem Schoße, auf den sie lächelnd in seliger Mutterfreude herabblickt. Ein blaues, weitfaltiges Gewand, das noch den Boden wie eine Schleppe bedeckt, ist über ihre Gestalt gegossen. Während sie den nackten, nur mit einem Schurzbande bekleideten Knaben hält, streckt derselbe strahlenden Antlitzes seine linke Hand dem kleinen nackten Johannes mit schwarzem Haar entgegen, der links sich vor ihm verneigend an ihn heraneilt und ein Kreuz mit dem agnus dei in der Hand schwingt. Rechts, etwas im Hintergrunde, sitzt, halb von Laubwerk bedeckt, der bärtige Joseph, die Gruppe vor sich in stiller Beschaulichkeit betrachtend. Links im Hintergrunde, Maria und die Knaben umgebend, sieht man Laubgewinde, rechts eine offene Landschaft, aus der ein Baum und ein Turm hervorragt. Oben in der freien Luft schweben rechts drei Engelgestalten, die lobpreisend auf die Gruppe unter ihnen herabschauen. Das Licht fällt effektvoll auf die anmutigen, lieblichen Gestalten im Vordergrunde, für einen Schüler Rembrandts charakteristisch.[1]

---

richten nicht zweifelhaft. Die Inschrift, die nur den Namen des Gebers angibt, lautet:

Sacrosanctae Trinitati dicatam faciendisque sacris destinatam hanc aram voto suscepto in monumentum et devotissimi et gratissimi animi extrui curavit Iohann. Adolph. Kielmann de Kielmanns - Eck, serenissimi Cimbrorum ducis secretioris consilii praeses, praefectus in Trittow et Reinbegk nec non aulae cancellarius, haereditarius in Satrupholm etc. Anno Aerae Christianae CIƆDCLXIV (1664.)

1) Das Bild ist auf Leinwand gemalt, 174 cm breit und 233 cm hoch und in derselben Weise wie der „kleine Altar" mit goldbedecktem, geschnitztem

Schon die größere Zugänglichkeit und bessere Beleuchtung des „kleinen Altars" brachte es mit sich, daß der Knabe zunächst von diesem Gemälde am meisten angezogen wurde, obwohl die mannigfachen Ideen des Künstlers schwerlich damals ganz von ihm verstanden und begriffen werden mochten. Der heilige Ort, die geweihten Stufen des Altars, die er nur mit geheimer Scheu und zagendem Fuße zu betreten wagte, die lichten Engelgestalten, die ihm entgegenschwebten und von denen die Mutter ihm in früher Jugend erzählt hatte, mußten inmitten der weihevollen Stille, die ihn rings umgab, das reine, gläubige Gemüt des Knaben in einer Weise erfassen, daß er andachtsvoll auf die Kniee sank und heiße Gebete seinen Lippen entströmten.

Wie in einer Knospe die Blätter noch nicht entfaltet, so waren in dem jugendlich begeisterten Herzen die religiösen und künstlerischen Empfindungen noch zu einem einzigen unaussprech=lichen Gefühle zusammengeflossen. Mochte Carstens älter werden an Jahren und zunehmen an künstlerischer Erkenntnis, die här=testen Lebenskämpfe durchkämpfen, dies junge begeisterte Herz sei=ner Knabenzeit hat er mit sich genommen und niemals verloren

---

und den entsprechenden Emblemen versehenem Rahmen geziert. Wenn auch besser erhalten, als jener, so hat doch der echte Rosmarin des Kleides der Maria anscheinend den Firnis durchbrochen; auch hat das Antlitz derselben und der bloße Hals sowie das Laubgewinde ziemlich stark gelitten. Eine Restaurierung von kundiger Hand würde die Figuren in altem Farbenglanze hervortreten lassen. Auch dieses Bild hat keine Unterschrift oder Monogramm des Künstlers. Die Tradition schreibt es erst seit Mitte des vorigen Jahr=hunderts mit einiger Bestimmtheit dem Ovens zu, dem wir es deswegen nicht abzusprechen wagen. Die Inschrift stammt aus dem Jahre 1670 und enthält nur den Namen des Gebers:

Ornamento aedi huic cathedrali tabula sacra facta a Joachimo Schmieden, praefectur. Tremsbüttel et Steinhorst inspectore. Anno CIƆIƆCLXX.

troß aller Krankheit, Mühen und Sorgen seines vielbewegten
Lebens. Stand er im Anblick der Abgüsse der antiken Bildwerke
im Kopenhagener Museum oder vor den Gemälden Rafaels und
Michelangelos in Rom, — dasselbe heilige Gefühl der Anbetung, das ihn zu Thränen rühren konnte, durchdrang ihn;
immer kehrte er sinnend zurück zu den weihevollen Stunden seiner
Jugendzeit, und es war ihm, als wenn das höchste Wesen, zu
dem er einst als Knabe im Dom seiner Heimatstadt so oft und so
innig gebetet hatte, in den Gestalten der Kunst ihm wirklich
erschienen und sein Flehen erhört sei. Die Kunst ward seine Religion; sie allein rief in seinem Herzen die religiösen Empfindungen
wach, die seine Jugend verklärt hatten.

Man könnte es auffallend finden, daß die christlichen Ideen,
wie sie in den Ovensschen Gemälden sich ihm darstellten, nicht von
nachhaltigem Einfluß auf seine späteren künstlerischen Bestrebungen
gewesen sind. Wir wissen freilich, daß die Nachahmung der Engel-
köpfe, der Maria, des Christuskindes, die ihm an heiliger Stätte
entgegengetreten, jahrelang die Lieblingsbeschäftigung des Knaben
war, daß er selbst einmal seinen erzürnten Lehrer durch die Über-
reichung eines derartigen Bildes zu versöhnen suchte. Auch dürfen wir annehmen, daß seine dauernde Vorliebe für symbolische
Darstellung, wie sie seiner Gemütsart, die Bedeutung und Tiefe
des Sinnes in Kunstwerken liebte, vor allem entsprach, ihren
ersten Grund in den Ovensschen Gemälden gefunden habe; aber
auf seiner späteren Laufbahn, die ihn während seiner Eckernförder
Lehrzeit dem Griechentum zuführte, ist er christlichen Ideen nicht
nachgegangen, wie sehr er auch die ehrwürdige Einfalt und alt-
deutsche Redlichkeit eines Dürer pries und vor den Gemälden
Rafaels und Michelangelos seine religiöse Andacht verrichtete.
Mochte auch er dem seine Zeit beherrschenden Vorurteil gegen die

mittelalterliche und christliche Kunst seinen Tribut zahlen, nicht
Feindschaft gegen die Heilswahrheiten des Christentums, sondern
sein nüchterner protestantischer Glaube, wie er ihm in der Schule
und der Kirche seiner Heimat gepredigt und gelehrt war, hat ihn
auch in Rom von der römisch=christlichen Kunst ferngehalten, wie
die Begeisterung für das Altertum vor einer Gefühlsschwärmerei
bewahrt, der andere Künstler vor und nach ihm erlagen. Es
ist mit Recht gesagt, daß sein ausgebildetes protestantisches Be=
wußtsein, oder wenn man will, sein Vorurteil gegen die kirchlichen
Formen des Katholizismus ihm seine Kunst zu heilig erscheinen
ließ, um sie solchen Zwecken dienstbar zu machen. „Mitten unter
Heiden, unter Jesuiten und Pfaffen,“ sagt sein Vetter, „hat er
in Erinnerung seiner lutherischen Heimat gelebt als guter Pro=
testant.“

Man hat sich vielfach gewundert, daß der Knabe in ein=
seitiger Vorliebe für Zeichnen und Malen trotz eines seltenen bild=
nerischen Talents für die reichen Schnitzereien, die den Dom
damals noch weit mehr als heute zierten, kein bemerkbares In=
teresse gezeigt, insbesondere, daß der berühmte Brüggemannsche
Altar ihn nicht in demselben, wenn nicht in noch höherem Maße
ergriffen habe, als die Ovensschen Gemälde. Wenn auch über=
liefert ist, daß er schon in früher Jugend Figuren aus Lehm
gebacken, Hunde und Pferde, Tiere allerlei Art bildlich darzustellen
verstanden, so kann doch auf die Ausbildung seines plastischen
Sinnes, der durch die ganze Kunst unseres Carstens geht, die
Betrachtung der Schnitzereien im Dom keinen Einfluß geübt haben.[1]
Die Erklärung dieser allerdings auffallenden Erscheinung mag zum
großen Teile in dem äußeren Umstande gefunden werden, daß

---

1) Die Bemerkung bei Fernow p. 44: „Außer anderen unbedeutenden
Schildereien und Schnitzereien u. s. w.“ stellt dies außer Zweifel.

dem Publikum damals nur selten Gelegenheit gegeben ward, den „Altar" in der Nähe zu betrachten. Nur bei besonders feierlichen Anlässen, beim Abendmahl, bei Taufen und Trauungen wurde das hohe Chor und der Zugang zu dem Hochaltar geöffnet, hinter dem wie noch heute das Brüggemannsche Werk aufgestellt war. Gewöhnlich war der Zugang durch ein hohes eisernes Gitter versperrt. Dazu kam, daß der Einblick in das hohe Chor von dem Kreuze oder dem Mittelschiffe aus durch eine Säulenreihe, worauf der Schülerchor sich befand mit einem mächtigen, aus Holz geschnitzten Christus am Kreuze, sowie durch den kleinen Altar und das Ovenssche Bild fast vollständig verdeckt ward. Unter diesen Umständen erscheint es wahrscheinlich, daß Carstens den „Altar" nur aus der Ferne von dem Schülerchor aus gesehen hat, so lange er die Domschule besuchte, niemals zu ihm gelangt und vielleicht erst nach seiner Konfirmation bei der Austeilung des Abendmahls zum erstenmal in seine Nähe getreten ist. Überdies galt der „Altar" bei den Kunstverständigen jener Zeit für veraltet und kaum der Beachtung wert. Da sein Vetter Jürgensen erst viel später, im Anfang dieses Jahrhunderts, von seinem früheren Vorurteil zurückkam und sich erst damals daran machte, durch eine ausführliche Beschreibung das Kunstinteresse für den „Altar" wieder zu erwecken, so würde es geradezu auffallend sein, wenn der Knabe Carstens aus sich selbst die Hindernisse, die ihn von der Betrachtung desselben fernhielten, zu überwinden versucht hätte.

Wie der Brüggemannsche Altar sich seinen Blicken entzog, so mußte ihm auch während seiner Schulzeit und darüber hinaus aus denselben Gründen eine Reihe anderer Kunstwerke, die Schleswig noch aufwies, vollständig unbekannt bleiben, und dies erscheint um so bemerkenswerter, als es Bilder von der Hand desselben Meisters waren, den er im Dom bewundert hatte. Wer sollte auch wohl damals dem unscheinbaren Knaben den Weg zu den Prunkgemächern des Schlosses bahnen, in denen die in viel späterer Zeit von ihm angestaunten historischen Gemälde des Ovens aufbewahrt wurden? Mochte er auch oft in dem Park des Neuwerks in der Umgebung des Schlosses als Knabe gespielt haben, keiner der Seinen wird vermocht haben, ihm den Zugang zu dem Lusthaus Amalienburg zu verschaffen, wo er später mit seinem Vetter mythologische Studien trieb.

Während seiner ganzen Schulzeit waren es die Ovensschen Gemälde im Dom allein, die seinen „Stern und seine Leuchte" bildeten. Indem er sich seinen Porträtstudien mit immer größerem Eifer hingab, glaubte er auch den sichersten Weg zu gehen, einst Bilder wie jener malen zu können. Er zeichnete Verwandte, Bekannte, Lehrer und Schüler, mochten sie ihm sitzen wollen oder nicht, pflegte auch, nach dem Berichte seines Vetters, die Produkte seiner Kunst nicht unter den Scheffel zu stellen und war freudig bewegt, wenn jemand ihm eine besondere Aufmunterung zu teil werden ließ, die ihm in der Schule niemals und in seinem elterlichen Hause in den letzten Jahren sehr selten mehr vergönnt war. Wenn wirklich die Mutter früher seine Neigung unterstützt, seinen Wünschen möglichst nachgegeben hatte, so war sie in ihren letzten Lebensjahren kaum mehr in der Lage, ihn in gleicher Weise zu fördern. Hätte irgend etwas die Begeisterung des Knaben lähmen können, irgend etwas seine Willenskraft zu brechen vermögen, so wäre er unter dem Drucke seiner trüben Familienverhältnisse verkümmert, geknickt und zu Grunde gegangen. Aber mochten sie ihn auch mehr als alles andere abdrängen von seinem Lebensziel, sie waren es auch wieder, welche die Energie seines Willens und Wollens in einem Maße stärkten und stählten, daß er, auf sich selbst angewiesen, einsam und verlassen

seinen Weg wandernd, auch in sich selbst die Kraft fand, alle
Hindernisse, die sich seinem Streben entgegenstellten, zu über=
winden.

Nach Hans Carstens' Tode hatte die Mutter mit Hilfe
eines Meistergesellen und einiger Lehrburschen der Mühle und dem
Hauswesen unter Schwierigkeiten mancherlei Art vorgestanden.
Die Wirtschaft gieng indes unter ihrer Leitung allmählich zurück
und drohte im Lauf der Jahre gänzlich in Verfall zu geraten.
Sie sah sich genötigt, Gelder aufzunehmen und die Mühle zu
verpfänden, die ihr nach der Erbteilung mit ihren Kindern eigen=
tümlich zugefallen war.  Um so viel wie möglich aus ihrem klei=
nen Hause Nutzen zu ziehen, hatte sie selbst einen Teil an einen
Sattler aus Kopenhagen vermietet und sich mit ihrer Familie auf
den kleinsten Raum beschränken müssen.  Schon im Jahre 1764
ward in den Steuerlisten der Stadt die fällige Rekognition von
der Graupenmühle als restant aufgeführt, was auf eine starke
Abnahme der Nahrung schließen läßt.  Wie hätte sie auch als
kränkliche Witwe, von der Sorge für ihre Kinder und den Haus=
stand tagtäglich mehr in Anspruch genommen, das Geschäft ihres
Mannes wieder heben können?  Sie suchte Hilfe in einer neuen
Heirat, verlobte sich um Ostern 1765 und schloß drei Jahre nach
dem Tode ihres ersten Mannes, am 17. August desselben Jahres,
ihren zweiten Ehebund mit ihrem Meistergesellen Jürgen Muhl,
der, damals in einem Alter von vierunddreißig Jahren und aus
der Landschaft Eiderstedt stammend, seit zwei Jahren dem Mühlen=
wesen vorgestanden hatte.

Der mit Genehmigung der Vormundschaft abgeschlossene
Ehekontrakt (15. Aug. 1765) zeigt, wie man die Rechte der Kin=
der an der mütterlichen Mühle zu wahren suchte.  Jede Güter=
gemeinschaft, wie sie sonst nach dem Landesrechte üblich war, wurde

ausgeschlossen und dem Ehemann die Verpflichtung auferlegt, den mit der Mutter am 28. Februar 1763 abgeschlossenen Teilungs= vertrag ohne jede Einschränkung zu übernehmen. Sollte er ohne Leibeserben vor der Ehefrau sterben, so durften die Erben nur auf ein Pflichtteil von hundertundzwanzig Mark rechnen; im Falle, daß sie ohne Erben vor ihm stürbe, sollte ihm die Hälfte der Güter zufallen. Würde dagegen ihr Ehestand mit Kindern geseg= net werden und sie vor ihrem Manne sterben, wie es später geschah, so sollte ihm ohne Rücksicht auf seine mit in die Ehe gebrachten Güter statt des ihm sonst zukommenden Erbteils nur ein bester Kindes= oder Sohnesteil zugewiesen werden.

Die Hoffnung der Mutter, an ihrem zweiten Ehemann eine Stütze zur besseren Führung des Mühlenwesens zu finden, gieng zu ihrem und ihrer Kinder Unglück nicht in Erfüllung. Zwei Söhne waren die Frucht ihrer vierjährigen Ehe,[1] aber der leicht= lebige, lebenslustige, wenn auch gutmütige Muhl, der sich nicht leicht eine Freude und Festlichkeit des damaligen bürgerlichen Lebens entgehen ließ, hatte kein Verständnis für die Pflichten, die er gegen seine Frau und seine Stiefkinder übernommen. Die Carstensschen Kinder, und insbesondere der älteste Asmus Jakob, haben bald den Wechsel, der mit der neuen Heirat der Mutter eingetreten war, an sich erfahren müssen. Wenn er selbst nie ein Wort davon erwähnt, seinen Stiefvater und dessen Schicksale mit keinem Worte berührt und keinen Schatten auf seine Mutter hat fallen lassen, so können wir auf Grund urkundlicher Quellen ihm

---

1) Matthias Heinrich Muhl, get. am 6. April 1766 und Jo= hann Heinrich Muhl, get. am 10. Sept. 1767. Ersterer starb schon vor 1769; der andere ist nach der Flucht und Verurteilung des Vaters in vor= mundschaftliche Obhut gekommen und wie sein Vater später verschollen. (Nach dem Taufregister der Domgemeinde.)

noch nachfühlen, wie gern er diese Jahre mit all ihren trüben Erlebnissen in seiner Erinnerung ausgetilgt hätte.

Jürgen Muhl ließ sich die Sorgen der Mutter wenig kümmern. Obwohl keine Gütergemeinschaft zwischen ihnen bestand, wußte er sie doch zu bewegen, immer neue Anleihen zu machen und ihre eigne Mühle zu Pfande zu setzen. Schon im Dezember des Jahres 1765 waren sie in eine bedrängte Lage gekommen. Die Großeltern in Tetenbüll, wenig zufrieden mit der zweiten Heirat, begannen sich zurückzuziehen und kündigten ihnen, um sich gegen den drohenden Fall sicher zu stellen, schon Mitte des Jahres ein Kapital von vierhundert Thalern (1440 Mk.), wofür einst Hans Carstens die Mühle von seinem Vater übernommen und die noch bis jetzt als erste Hypothek auf derselben geruht hatten. Zu aller Sorge für ihre zahlreiche Familie kam mit Anfang des neuen Jahres ein Unglück, das unerwartet und plötzlich über sie hereinbrach. In der Nacht vom fünften auf den sechsten Februar 1767 wurden sie von Feuerlärm erweckt; die Mühle stand in Flammen und war in wenig Stunden vollständig niedergebrannt. Alle Nahrung ihres Gewerbes, der einzigste Unterhalt der Familie, war dahin. Kummervoll saß die Mutter den ganzen nahrungslosen Sommer daheim, oft von schweren Sorgen für ihre Kinder bedrückt, während ihr Ehemann tage- und wochenlang abwesend war, um mit Maurer- und Zimmermeistern wegen des Neubaus und der Herbeischaffung des Materials zu unterhandeln und leichten Sinnes in die Zukunft schaute. Ihre älteren Kinder sahen sie oft in Thränen, und mit Thränen empfieng sie ihren ältesten Sohn, wenn er selber schwerbedrückt aus der Schule heimwärts kehrte, um das kärgliche Mahl einzunehmen, das sie ihm bieten konnte. Alle Freudigkeit des Lebens war aus dem Hause entwichen, alle Lust an der Arbeit dahin. Die Kinder schauten wohl die Trübsal

der geistig und leiblich niedergebeugten Mutter, aber was ihr am
meisten das Herz bedrückte und am schwersten für sie zu ertragen
war, der sittenlose Lebenswandel ihres Mannes in ihrem eignen
Hause und vor ihren Augen blieb ihnen noch lange verborgen.

Erst im Laufe des Sommers konnte Muhl daran denken,
den Neubau seiner Mühle zu beginnen. Er hatte mit dem Magistrate lange Verhandlungen zu führen gehabt, weil unvorher-
gesehene Schwierigkeiten sich einem Wiederaufbau derselben auf ein-
undbemselben Platze entgegenstellten. Von den Gutsbesitzern und
anderen Bewohnern der Landschaft Angeln waren Vorstellungen an
die Behörden gegangen, die allzu nahe an der Heerstraße und für
vorüberfahrendes Fuhrwerk gefährlich belegene Graupenmühle nach
einer andern bequemeren Stelle zu verlegen. Selbst der königliche
Statthalter ließ unter dem zweiten April desselben Jahres dem
Magistrate den Befehl zugehen, dem Ansuchen der Angler Grund-
besitzer möglichst nachzukommen.

Der neue Kontrakt, den Jürgen Muhl im Mai des Jahres 1767 mit dem Rate schloß, läßt überall die Bereitwilligkeit
desselben erkennen, der bedrängten Müllerfamilie zu Hilfe zu
kommen und den raschen Aufbau der Mühle zum Nutzen der Einwohner nach Möglichkeit zu fördern. Auf der „obersten Stadt-
koppel", dort, wo noch jetzt die Windmühle steht, wurde Muhl
unentgeltlich ein Stück Land von zweihundert Fuß Länge und
hundertundachtzehn Fuß Breite eingeräumt, worauf er, so weit die
Bodenbeschaffenheit es zuließ, entfernt von der Landstraße die neue
Windmühle errichten sollte. Indem es ihm außerdem freigestellt ward,
statt des alten verfallenen Wohnhauses an einem ihm genehmen
Orte des angewiesenen Grundstückes ein neues Gebäude nebst Stall
zu erbauen, wurde seine frühere Abgabe von zwölf Thalern um
vier Thaler mit der Einschränkung erhöht, daß dieselbe, sobald

das alte Haus abgebrochen werde, wieder um zwei Thaler ver-
kürzt werden solle. Im übrigen erklärte der Magistrat sich willig
und bereit, ihn bei allen seinen Vorwesern eingeräumten Freiheiten und Privilegien auch für die Zukunft zu schützen.

Der Bau der Mühle dauerte bis in den Herbst hinein
und nahm die Thätigkeit Muhls vollständig in Anspruch. Nach
und nach wurden ihm auch die Gelder aus der Landesbrandkasse
ausbezahlt, die, in einer Höhe von 2600 Thalern (9360 Mk.),
außer zur Befriedigung der Bauleute zum Unterhalte der Familie
dienen mußten.

Als am 10. September 1767 ein zweiter Sohn Muhls
getauft ward, wurde zugleich die „Einweihung" der neuen Windmühle gefeiert. Obwohl damit das Müllergeschäft wieder aufgenommen wurde, schien doch die Hoffnung der Mutter auf eine
bessere Zukunft nicht in Erfüllung zu gehen. Trotz des freudigen
Familienfestes, das sie im Kreise der Ihrigen mit beging, vermochte sie den Druck der trüb durchlebten Zeit nach ihrer letzten
Niederkunft nicht mehr vollständig zu verwinden. Nach dem Zeug-
nisse des damaligen Physikus Fürsen, dessen Angaben uns erhalten
sind, siechte sie mit ihrem ältesten Sohn aus der Ehe mit Muhl
während des ganzen nächsten Jahres an einem Brustleiden
dahin. Mit dem 18. November 1768 trat eine plötzliche Ver-
schlimmerung ihres Übels ein; fast täglich wurde der Arzt gerufen;
während des Dezembers stand er viermal des Nachts an ihrem
Krankenlager. Noch am Weihnachtsabend, wo sie zu sterben vermeinte, mußte er auf der Graupenmühle erscheinen. Es war ein
trübes Fest, welches die Kinder zum letztenmal mit der kranken
Mutter feierten. Noch einmal flackerte ihr Lebenslicht auf, aber
mit dem kommenden Frühjahr sah sie stündlich ihrem Tode entgegen. Je näher ihrem Ende, desto mehr trat auch wieder die

Sorge für ihre Kinder erster Ehe vor ihre bekümmerte Seele. Sie gedachte ihr Haus zu bestellen, soweit dieses nach den früheren Vergleichen noch in ihrer Macht stand. Wenn je, so wäre jetzt Gelegenheit gewesen, die Zukunft ihres ältesten Sohnes dem Vormunde und ihrem Manne ans Herz zu legen; wenn sie je mit mütterlichem Stolze das Talent ihres Jakob bewundert und ihn in seinem Streben angefeuert hatte, so hätte sie doch jetzt noch zum letztenmal ihrem Wunsche Ausdruck geben müssen, daß er sich der Malerkunst widmen möge. Aber in allen uns vorliegenden Aktenstücken tritt nirgends eine besondere Hervorhebung ihres ältesten Sohnes hervor, nirgends ist die leiseste Andeutung zu finden, daß sie ihn zu einem besonderen Berufe ausersehen.

Am 15. Januar hatte sie nach gemeinsamem Genuß des Abendmahls mit ihrem Manne eine eingehende Besprechung, die uns in ihren Hauptzügen erhalten ist. Sie forderte ihn auf, im Fall ihres Todes für ihre Kinder erster Ehe zu ihrem väterlichen und mütterlichen Erbteil ein übriges zu thun. Für ihre Tochter bestimmte sie das beste Bett, ihre gesamten Kleidungsstücke und das Leinenzeug, das sie selber getragen; ihren Söhnen, denen sie selbst nichts anderes zu hinterlassen hatte, als was in dem früheren Vergleiche festgesetzt war, sollte ihr Mann je hundert Mark (120 Mk.) als väterliches Geschenk aussetzen. Jürgen Muhl war bereit dem Wunsche der Sterbenden zu willfahren; schon am folgenden Tage gab er vor dem Stadtgerichte die entsprechende Erklärung ab, nach dem erfolgten Ableben seiner Frau das Geschenk für seine Stiefsöhne auf seinen Namen in das Schuld- und Pfandprotokoll der Stadt eintragen zu lassen. Während Muhl so den Dank seiner Frau für das den Kindern bewiesene Wohlwollen entgegennahm, wußte er ihr anderseits zu verhehlen, daß er in denselben Tagen eine neue Anleihe von 600 Thalern

(2160 Mk.) aufgenommen und auf seine alleinige Verantwortung hin die Mühle dafür zum Pfande gesetzt hatte. Er sah sich angesichts des bevorstehenden Hinscheidens seiner Frau schon als den Besitzer der Mühle an und war nicht gewillt, sich durch Trauerfälle in seinem Hause in seinen Vergnügungen stören zu lassen. Kaum waren drei Monate vergangen, als er sich zur Verwunderung aller in die Altstädter Schützengilde aufnehmen ließ, um an den im Juli desselben Jahres stattfindenden achttägigen Festlichkeiten teil nehmen zu können.

„Christina Dorothea Muhl, verwitwete Carstens, älteste Tochter des weiland Asmus Petersen auf Winkelholm" starb am 8. März 1769 in einem Alter von dreiundvierzig Jahren und wurde drei Tage später neben ihrem ersten Manne auf dem Altstädter Kirchhofe beigesetzt. Ein volles Jahr vor der Konfirmation ihres ältesten Sohnes schied sie dahin, ohne daß über dessen Zukunft etwas Festes bestimmt war, noch hatte bestimmt werden können. Wenn demnach Fernow die Mutter noch Unterhandlungen mit einem Maler der Stadt und in der Folge mit dem älteren Tischbein in Kassel anknüpfen läßt, so kann dies nach Lage der Sache nur auf einem Irrtum des Künstlers und kaum auf einer Verwechselung seines Biographen beruhen. Der Tod der Mutter und die damit für ihn verbundene Vereinsamung und vollständige Abhängigkeit von Fremden wird auf den funfzehnjährigen Knaben so stark eingewirkt haben, daß sich die Ereignisse in seiner Erinnerung verschoben und er in ihrem Verluste auch das Scheitern aller seiner Lieblingspläne sah.

In derselben Weise, wie früher die Mutter bei ihrer zweiten Heirat, übernahm von jetzt an der Stiefvater vorläufig die Sorge für die verwaisten Kinder; er führte die Müllergeschäfte auf eigene Rechnung weiter und ließ die Hauswirtschaft durch

eine Haushälterin, Christina Katharina Detlessen, die drei-
zehn Jahre in den Diensten der Carstensschen Familie gestanden
und alle Kinder hatte aufwachsen sehen, in seinem Sinne weiter-
führen. Mühle und Zubehör wurden nicht zu Verkauf gestellt,
wie es bei Fernow heißt, auch nicht die Kinder von den Vormündern fremden Leuten übergeben. Freilich war die Ordnung
der Erbansprüche derselben bei den verwickelten Familienverhältnissen schwierig genug, und es bedurfte der ganzen Umsicht der
Oberbehörde, die Rechte der Kinder genügend sicher zu stellen.
Der bisherige Vormund Jakob Mohr erklärte, unter den obwaltenden Umständen die verantwortlichen vormundschaftlichen Pflichten nicht allein mehr übernehmen zu können, und ließ sich durch
den Magistrat in der Person des Reifschlägers Josias Petersen
einen Mitvormund bestellen, der als nächster Nachbar und Haus-
freund mit den Verhältnissen der Carstensschen Familie genau
bekannt war.

Um den Vermögensstand zu ermitteln, ergieng schon am
27. Mai durch die Vormünder und Jürgen Muhl ein gemein-
samer Proklam. Zur Wahrnehmung der Gerechtsame ihrer Familie
erschienen der Großvater Jürgen aus Tetenbüll und die übrigen
väterlichen Verwandten in Schleswig. Da die Ordnung der Erb-
verhältnisse voraussichtlich eine lange Zeit in Anspruch nehmen
mußte, so wurden von Seiten derselben und der Vormünder unter
Genehmigung des Magistrats mit dem Stiefvater in Bezug auf
die Erziehung der Kinder und die Verwaltung der Mühle vorläufige Vereinbarungen getroffen, die später in größerer Ausführlichkeit und Bestimmtheit in einem Erbvergleich zwischen Muhl und
seinen Stiefkindern niedergelegt sind.

Die gerichtliche Aufnahme des Inventars und die Taxation
der gesamten Güter ergab nach Abzug der Schulden und des

väterlichen Erbteils für die Kinder als mütterlichen Nachlaß die
Summe von 661 Thalern und vierzig Schilling (2382 Mk.), wovon dem Ehemann nach Stadtrecht die Hälfte, jedem Sohne drei-
undsiebenzig Thaler und fünfundzwanzig Schilling, der Tochter
sechsunddreißig Thaler und sechsunddreißig Schilling zugesprochen
wurden. Indem der Stiefvater die Mühle mit allem Zubehör,
den gesamten Schulden und sonstigen Verpflichtungen übernahm,
behielten sich die Vormünder, wahrscheinlich mit Rücksicht auf den
zweiten Sohn, der zum Müller bestimmt war, das Vorkaufsrecht
vor. Muhl verpflichtete sich, seine Stiefkinder vorläufig in seinem
Hause zu behalten und sie mit allem Notwendigen in gesunden
und kranken Tagen bis zu ihrem vollendeten achtzehnten Lebensjahre väterlich zu versorgen. Während er die Tochter in Hand-
arbeit unterrichten, Asmus Jakob und seine beiden Brüder ein
Handwerk oder Profession, wozu sie mit Einwilligung der Vormünder geschickt sein sollten, frei erlernen zu lassen und sie während der Lehrjahre nach Maßgabe der früheren Erbvergleiche mit
Kleidung und allem übrigen zu versehen versprach, ward ihm von
Seiten der Vormünder der zinsfreie Genuß ihres väterlichen und
mütterlichen Erbteils zugesichert und zugleich der Anfall eines Kapi-
tals von vierhundert Thalern (1440 Mk.) zugestanden, das schon
früher für ihre Erziehung ausgesetzt war. Sollte er aber in der
Folge es seinen Umständen nicht gemäß finden, die Alimentation
der Kinder weiter zu führen, so behielt er sich das Recht ausdrücklich vor, dieselben nach vorhergehender vierteljähriger Kün-
digung den Vormündern zu ihrer weiteren Versorgung zu übergeben; anderseits sollte es diesen unbenommen sein, falls sie an
der Erziehung und dem Unterhalt der Kinder etwas auszusetzen
hätten, dieselben dem Stiefvater sofort zu nehmen und anderweitig
unterzubringen. Indem der Stiefvater sich verpflichtete, sie in

einem solchen Falle mit „guter notdürftiger Sonn- und Werkel-
tagskleidung und Leinwand" versehen und rein und gesund, von
unheilbaren Krankheiten und Schäden abgesehen,[1] den Vormündern
zu übergeben, erklärten sich diese zufrieden, wenn er sie so in
Kleidern halte und abliefere, wie sie bisher gehalten seien. Sollte
aber eines der Kinder vor dem vollendeten achtzehnten Lebensjahre
sterben, so gab Jürgen Muhl seine Einwilligung, daß der Anteil
des Verblichenen an den für die Alimentation ausgesetzten Geldern
den überlebenden Geschwistern zu gute komme.

Auf Grund dieses Erbvergleichs wurden die Vormünder
von den Oberbehörden noch einmal ausdrücklich darauf hingewie-
sen, mit dem kleinen Vermögen ihrer Pupillen sparsam und haushälterisch umzugehen, und mit Rücksicht auf diese eidlich übernommene Verpflichtung ist ihr späteres Verhalten zu beurteilen. Indem
damit die definitive Entscheidung über die Zukunft der Söhne noch
längere Jahre nach ihrer Konfirmation hinausgeschoben werden
konnte, blieb es der reiflichen Erwägung der Vormünder überlassen, denjenigen Weg einzuschlagen, welchen sie für ihre Mündel als den geeignetsten hielten.

Mittlerweile hatte jedoch über Asmus Jakob schon eine
vorläufige Bestimmung getroffen werden müssen. Mit Ostern
1770, wo er sein sechzehntes Lebensjahr nahezu vollendet hatte,
war die Zeit seiner Konfirmation herangekommen. Es konnte zur
Frage stehen, ihn die lateinische Schule weiter besuchen und den

---

1) Nach einer bei den Konkursakten liegenden Rechnung eines Chirurgen
war einer der Brüder mit einem starken Bruchleiden behaftet. Wer es war,
läßt sich nicht mit voller Sicherheit bestimmen. Da aber Asmus Jakob
Küfer, Hans Hinrich Müller und der jüngste Friedrich Christian
Maler ward, so scheint die Wahrscheinlichkeit dafür zu sprechen, daß der letztere gemeint ist.

Weg der gelehrten Studien einschlagen zu lassen, woran in der That eine zeitlang gedacht zu sein scheint. Indes die geringe Neigung, die der Knabe diesem Plane entgegenbrachte, und noch mehr das entschiedene Abraten seines Lehrers, des Kantors Müller, an den man sich deswegen gewandt, brachte die Vormünder zu dem Entschlusse, ihn mit seiner Konfirmation auch von der Domschule abgehen zu lassen.

So schied denn der sechzehnjährige Tertianer ohne eigenes oder seiner Lehrer Bedauern aus einer Anstalt, der er acht Jahre angehört hatte; er schied unverstanden und selber ohne jegliches Verständnis für das, was die Schule ihm in einer wenig anmutenden Form geboten, und trat jetzt mit dem angenehmen Gefühl ins Leben ein, ungestört von den Zahlen seiner Rechentabellen und den Paradigmen und Vokabeln seiner Grammatik, zunächst ganz seinen Neigungen und Liebhabereien nachgehen zu können. —

# Carstens im Hause seines Stiefvaters Muhl.

## 1770—1771.

Im Hause seines Stiefvaters Jürgen Muhl verlebte Carstens
mit seinen drei Geschwistern nach seiner Konfirmation noch
mehr als anderthalb Jahre. Nur wenig von Müllergeschäften,
die ihn niemals angezogen hatten, in Anspruch genommen, suchte
er während der Zeit auf alle Weise sich in seiner Kunst weiterzu-
bilden. Saß er nicht daheim bei seinen Farbenmuscheln, mit
Kreide und Blei Porträte entwerfend oder Figuren aus Ton bil-
dend, so konnte man ihn in den Werkstätten der schleswigschen
Kunstmaler treffen, den Arbeiten der Gesellen zuschauend und
weitere Belehrung suchend. Sein Stiefvater ließ ihn schalten und
walten, wie es ihm beliebte, da die Zukunft desselben ihn wenig
kümmerte und die Verantwortung dafür allein den Vormündern
zustand. Soweit wir wissen, hat von allen seinen Verwandten
nur sein alter Großvater in Tetenbüll nach dem Tode der Mutter sich seiner verwaisten Enkel nach Kräften anzunehmen gesucht.
Asmus Jakob verweilte selbst längere Zeit auf der großväter-
lichen Mühle und mag vielleicht bestrebt gewesen sein, in ihm
einen Fürsprecher bei seinen gestrengen Vormündern zu gewinnen.
Indes wurde das verwandtschaftliche Band noch im Jahre 1770
durch Jürgen Carstens' Tod gelöst, und als ihm am 15. April
1771 die Großmutter Elisabeth im Alter von sechsundsiebenzig

Jahren ins Grab folgte, war von Seiten der väterlichen Ver=
wandten keine Einwirkung auf die Zukunft der Kinder mehr zu
erwarten. Noch in ihrem Testamente hatten sie ihre Enkel mit
einer kleinen Summe bedacht, die sofort in vormundschaftliche Ver=
waltung übergieng.

Mittlerweile hatten auch die Verhandlungen und Erwägungen
über Asmus Jakob Carstens' Zukunft ihren Anfang genom=
men. Die endliche Entscheidung, die von Seiten der Vormünder
im Einverständnisse mit dem Rate der Stadt über ihn getroffen
wurde, stand, wie bekannt, in grellem Gegensatze zu seinen eignen
Wünschen und Neigungen. Wie schwer Carstens dies auch em=
pfunden hat, wie streng das Verhalten der ehrenwerten Männer,
deren Nachkommen noch heute in Schleswig wohnen, auch ver=
urteilt ist, nichts kann uns berechtigen, den Stab ohne weiteres
über sie zu brechen. Wenn sie den jüngsten Bruder Friedrich
Christian wenige Jahre später ohne jegliches Bedenken Maler
werden ließen, ihn dem Unterrichte des Porträtmalers Voigts
übergaben,[1] um ihn dann „zur Erlernung der Kunstmalerei" zu

---

1) Friedrich Christian Carstens, geboren am 1. Februar 1762,
einen Monat vor dem Tode seines Vaters, trat Ostern 1778 bei dem Schles=
wiger Porträtmaler Karl Daniel Voigts in die Lehre. Die Angabe
(vergl. Weilbach s. n.), daß Voigts Lehrer des A. J. Carstens gewesen,
beruht auf einer Verwechselung. Seit Mitte 1781 war Friedrich Chri=
stian bei seinem älteren Bruder in Kopenhagen. Unter dem 22. März 1783
quittiert er seinen Vormündern schriftlich von Kopenhagen aus für den Rest
seines Vermögens von 179 Thalern 44 Schilling (648 Mk.). Somit kann die
Reise nach Italien erst kurz nach Ostern 1783 von ihnen angetreten sein. In
Zürich übte er sich im „Bossieren ganzer Figuren und in historischen Gruppen,"
wozu er nach Jürgensen schon in Kopenhagen den Grund gelegt hatte. In
Lübek lebte er seit 1784 „etliche Jahre" mit seinem Bruder zusammen, gieng
dann nach einigem Verweilen in Stralsund nach Stettin, wo er sich ein par
Jahre aufhielt. Bald nach 1790 kam er nach Berlin zu seinem Bruder, wo
er im Oktober 1798 starb. „Er widmet sich jetzt (1792) der Kupferstecher=

seinem älteren Bruder nach Kopenhagen zu senden, so müssen schwerwiegende Gründe vorgelegen haben, dem letzteren gegenüber, dessen Talent und Neigung ihnen unmöglich unbekannt sein konnten, nach reiflicher Erwägung ihre Erwilligung zu versagen.

Man hat vielfach hervorgehoben, daß die Malerei zu jener Zeit ein wenig angesehenes Gewerbe war, welches nach Jürgensens Ausdruck seine Jünger nur allzu häufig darben lasse; die Vormünder hätten aus diesem Grunde ihrem Mündel die Erlernung derselben nicht gestatten wollen. Die Erwägungen der Vormundschaft zeigen indes, daß dies nur in einem beschränkten Sinne richtig ist. Nicht diejenige Malerkunst, die sie als einfache Bürger Schleswigs kannten und ausüben sahen, konnte ihnen als ein „unnützes und brotloses" Gewerbe erscheinen, da sie in den Malermeistern ihrer eignen Stadt angesehene und wohlhabende Vertreter derselben vor Augen hatten. Nur jene seltsamen, überschwenglichen Ideen, die sich in dem Kopfe ihres Mündels eingewurzelt hatten, ein Kunstmaler zu werden, Gemälde zu machen, wie sie im Dom zu sehen waren, erschienen ihnen von ihrem Standpunkte aus gänzlich verwerflich. Wie sollte auch eines Graupenmüllers Sohn, ohne Vermögen und ohne vornehme Verbindungen, mit seinem hölzernen, eckigen Wesen, seinem eigenwilligen, trotzigen Sinne, je daran denken können, ein Hofmaler wie Ovens zu

---

kunst, soll darin gute Fortschritte machen und sich auch bald öffentlich darin zeigen." Außer einigen bei Fernow genannten Werken (p. 91—93 und die Anm. 34 bei Riegel) ist von ihm ein Porträt des Propsten und Hofpredigers Lüders auf Glücksburg, gemalt v. J. Ipsen, um 1794 gestochen. Vergl. Weilbach s. n. Riegel (Anm. 34) schreibt die bisher unter dem Namen A. J. Carstens gehenden Nrn. 107 und 108 bei Alten mit Recht seinem Bruder Friedrich Christian zu. (Nach den Vormundschaftsakten und Jürgensens Aufzeichnungen.)

5*

werden oder mit den gelehrten Professoren auf der Akademie zu
wetteifern? Handelte es sich für ihn bloß darum, ein Maler zu
werden, wie die Meister der Stadt, Wände, Thüren und Fenster
zu streichen, höchstens Decken in Zimmern kunstvoll auszuschmücken,
so konnte auf Grund der Erbvergleiche durchaus kein Widerspruch
erhoben werden. In der That sind die Vormünder auch weit
entfernt gewesen, sich seiner Neigung, insofern sie sich auf
die Erlernung der Malerei als eines Handwerks bezog, von vorn
herein und prinzipiell zu widersetzen. Vielmehr sind sie es gewesen, die zu diesem Zwecke schon im Sommer des Jahres 1770
mit einem angesehenen Maler und erbgesessenen Bürger der Stadt
in nähere Unterhandlungen traten.

Nikolaus George Geve, ein geborener Hesse, damals
wohnhaft auf dem sogenannten Holm und wahrscheinlich durch ein-
flußreiche Gönner am Hofe des Landgrafen Karl nach Schleswig
gerufen, galt um jene Zeit in allen Kreisen als ein besonders
tüchtiger Meister und kunsterfahrener Mann, „der die Kunststücke
der alten Maler sehr genau kenne und auch selbst viel davon
gesammelt habe." Bekannt mit allen Kunstschätzen, die der Dom
und das Schloß aufzuweisen hatten, wurde er häufig von Lieb-
habern zu Rate gezogen und gab sich auch willig zur Erläuterung
und Erklärung her, so gut er es vermochte. Selbst die Domschule
zog ihn später als Zeichenlehrer heran, so daß Friedrich Christian Carstens noch Gelegenheit hatte, seinem Unterrichte beizuwohnen, und der nachmalige Rektor Esmarch rühmt ihm in
einem Programme nach, „daß er keiner Lobsprüche bedürfe und
durch seine Geschicklichkeit nicht allein hier bewundert, sondern
auch auswärts geehrt werde." Als Lehrling des Hofmalers
Wahl hatte er seine Studien in Kopenhagen gemacht und hier
im Jahre 1738 auch einen alten Scholaren des Juriaen Ovens

mit Namen Mangels Jürgensen kennen gelernt, der in seinem
hundertjährigen Alter noch ein kleines Kruzifix gemalt habe.
Geve zeichnete gern naturgeschichtliche Gegenstände, trieb daneben
auch Porträtmalerei; ein Bild des Hauptpastors Peter Kramer,
welches noch heute im Dome vorhanden ist, sowie andere in Privathäusern aufbewahrte Porträte zeigen ihn als einen nicht ganz
untüchtigen Vertreter seiner Kunst auf. Wenn außerdem, wie
wir später hören werden, ein Freund Jürgensens, der in der
nordischen Kunstgeschichte bekannte Porträtmaler Paul Ipsen,
aus seiner Schule so fähig hervorgieng, um seine Studien in
Kopenhagen fortsetzen zu können, so darf die Wahl Geves zum
Lehrer unsres Carstens unter den obwaltenden Umständen als
keine so unpassende bezeichnet werden.[1] Er war damals nahe an
sechzig Jahre alt und unserm Jakob als ein „statischer" Mann
bekannt, der zahlreiche Lehrjungen und Gesellen hielt und viel
Arbeit hatte, auch alles malte, was ihm vorkam. Wie hätte es
Carstens wohl in seiner Lage für ein besonderes Unglück halten
können, in Geves Lehre zu treten? Aber wie konnte von den
Vormündern erwartet werden, daß sie auf seine hohen Ansprüche
eingehen sollten, die auf nicht weniger als auf hundert Thaler
(360 Mk.) jährliches Lehrgeld außer eigner Bekleidung und Beköstigung während einer siebenjährigen Lehrzeit hinausliefen? Da
andere Kontrakte aus jener Zeit, die uns vorliegen, ein viel
geringeres Honorar neben freier Beköstigung für einen Lehrling

---

1) Nikolaus George Geve, 1712 geb., hat dreiunddreißig Blätter
Konchylien in Kupferstich herausgegeben und ist derselbe, der in Weinwichs
Lexikon 1747 als Miniaturmaler genannt wird. Vergl. Weilbach s. n. Er
starb in Schleswig, 77 Jahre alt, am 21. Juni 1789 und hinterließ eine
Witwe ohne Kinder, Katharina Dorothea Zöllnern, die als Kammer-
jungfer einer Prinzessin eine kleine Pension aus der königlichen Kasse bezog.
(Nach dem Kirchenbuche der Domgemeinde.)

festsetzen, so scheinen die übermäßigen Forderungen Geves darin
ihre Erklärung zu finden, daß er seinen talentvollen Lehrling in
derselben Weise wie Paul Ipsen für die Akademie zu Kopenhagen vorzubereiten und in besonderen Unterricht zu nehmen beab-
sichtigte.

Die Vormünder haben mit Recht keinen Augenblick Bedenken
getragen, den allzu „kostspieligen Handel" abzulehnen. Hätte Carstens freilich ein Vermögen von funfzehnhundert Thalern (5400 Mk.)
gehabt, wie Fernow berichtet,[1] so wäre die Erwägung, daß auf
diese Weise der größte Teil seines Erbteils schon während seiner
Lehrzeit darauf gehen würde, kaum ein genügender Grund zum
Abbruch der Unterhandlungen gewesen. Dagegen mußte die Thatsache, daß Carstens' väterliches und mütterliches Erbe damals
kaum vierhundert Thaler (1440 Mk.) betrug, von vornherein jedes
Eingehen auf Geves Forderungen zu einer reinen Unmöglichkeit
machen.

Ihn in Schleswig noch weiter unterzubringen, konnte seitdem nicht mehr zur Frage kommen. Weil Carstens sich entschieden weigerte, bei einem gewöhnlichen Maler und Lackierer, worauf
man ihn verwies, als Lehrbursche zu dienen, so traten mehr und
mehr und immer dringlicher die Wünsche der Vormünder an ihn
heran, sich einen anderen Beruf zu wählen und einem besseren
Fortkommen seine Neigungen zu opfern. Er hatte sein siebzehn-
tes Jahr vollendet, und vor dem achtzehnten mußte die Entscheidung getroffen sein. Wo sollte der Jüngling sich Rats erholen
in seiner Not? Der Stiefvater hatte ihm niemals Vertrauen

---

1) Will man nicht eine Übertreibung des Künstlers selbst annehmen, so
bleibt nur eine Verwechselung Fernows von Thalern und Mark übrig.
Merkwürdigerweise betrug das ganze Vermögen desselben im Jahre 1776
gegen 1500 Courant Mark.

eingeflößt und jetzt am wenigsten Neigung, sich dasselbe zu gewinnen. Die Haushälterin Christina Detlessen, die alle seine Wünsche seit Jahren kannte und ihn noch manchmal aufgerichtet hatte, war auch ihm entfremdet, seitdem Muhl in ihr die Hoffnung erregt hatte, bald Müllerin auf der Graupenmühle zu werden.

In dieser Sachlage ist es, wo deutlicher und bestimmter der Einfluß eines merkwürdigen Mannes hervortritt, der in späteren Jahren in Wahrheit Vaterstelle an dem Verwaisten vertreten hat. Es ist sein um zehn Jahre älterer Vetter, in Schleswig unter dem Namen Mechanikus bekannt, der Sohn seiner ältesten Vaterschwester Martha, Jens Jürgensen, der als ein leibhaftes Ebenbild unseres Künstlers, von gleichem Triebe zur Kunst und zu Kunstarbeiten aller Art erfüllt, kurz vorher, im Jahre 1769, als er sich mit der Witwe des Kantors Schmidt verheiratete, seine ihm vom Vater hinterlassene Bäckerei im Friedrichsberg aufgegeben hatte, um in einer neuen Wohnung auf dem sogenannten Herrenstall ganz seinen wissenschaftlichen und künstlerischen Neigungen leben zu können.

Es ist geradezu erstaunlich, zu welcher Höhe der Bildung und der verschiedensten Kunstfertigkeit Jürgensen sich ganz aus eigner Kraft durch eignes Studium emporarbeitete. Als Bäckergeselle in seinen freien Stunden schon mit Tischlerarbeiten beschäftigt, schritt er nach und nach zum Bau von Klavieren, zur Verfertigung von physikalischen und optischen Instrumenten aller Art, die ihm wegen ihrer sauberen und geschickten Ausführung einen weitbekannten Namen machten. Von einem Wissensdrange erfüllt, der bei einem Manne seines Standes seinesgleichen sucht, machte er sich an die Erforschung der Altertümer des Landes, studierte die Geschichte seiner Vaterstadt, erklärte die damals eben entdeckten

Runenfteine und begann in feinem Eifer alles zu fammeln, was
ihm in den verfchiedenften Zweigen der Wiffenfchaft bemerkenswert
erfchien. Als ein halber Gelehrter, dem jede Vorbildung fehlte,
gab er eine Chronik Schleswigs heraus, die in mancher Beziehung
von bleibendem Werte fein wird; ohne jede künftlerifche Anwei=
fung war er wohl der einzigfte Bewohner der Stadt, der durch
eignes Nachdenken zum Verftändnis ihrer bedeutenderen Kunft=
werke gelangte. Eine ausführliche Befchreibung des Brügge=
mannfchen Altars, eine Erklärung fchwieriger mythologifch = alle=
gorifcher Darftellungen in dem herzoglichen Lufthaufe, mit dem
Aufwande bedeutender Gelehrfamkeit aus Gefchichte und Mytholo=
gie der Alten für Künftler entworfen, legen von feiner befonderen
Vorliebe und zugleich von feinem feinen Verftändnis für künft=
lerifches Schaffen ein fprechendes Zeugnis ab. Eine Bibliothek
von über taufend Bänden hatte er nach und nach zufammen=
gebracht; eine Sammlung von Mineralien und Konchylien, eine
große Zahl von Münzen und Gemmen in den fchönften Abgüffen,
gegen dreihundert Kupferftiche der verfchiedenften Meifter nannte
er neben allen möglichen Inftrumenten fein eigen. Wegen feines
edlen Charakters, feiner Uneigennützigkeit und Anfpruchslofigkeit
allgemein gefchätzt, brachte er fein Wiffen und Können allen dar,
die ihm mit einem Anliegen entgegentraten, und nicht leicht reifte
ein Künftler oder Kunftliebhaber durch Schleswig, ohne Jürgen=
fen als feinen Genoffen zu begrüßen.

Vertraut mit allen Kunftfchätzen, die das Schloß Gottorp
damals noch in fich barg, ftand er auch in nahen Beziehungen zu
den vornehmften Hofbeamten des Landgrafen Karl von Heffen, der
hier feit 1767 als königlicher Statthalter feinen Sitz hatte.

War es ein Wunder, wenn ein Mann mit derartigen An=
fchauungen feinen Einfluß geltend zu machen fuchte, als über die

Zukunft seines gleichgesinnten, wenn auch nach einer andern Richtung selbstthätig strebenden Vetters entschieden werden sollte? Wie sollte es nicht geschehen sein, daß Asmus Jakob häufig nach dem Herrenstall hinauswanderte, und tagelang bei seinem Vetter verweilend und seinen Arbeiten zusehend, von ihm nicht Trost und Aufmunterung empfangen hätte? Er, der selbst sich dem Willen seines verstorbenen Vaters hatte fügen und die Bäckerei erlernen müssen, um, selbständig geworden, wieder den ihm auferlegten Zwang abzuwerfen und seinen Liebhabereien zu leben, konnte am besten dem Jüngling nachfühlen, welche schmerzlichen Empfindungen sein Herz bewegten, und am leichtesten auch Mittel und Wege finden, ihn dem angestrebten Ziele entgegenzuführen.

Gestützt auf seine Verbindungen und Beziehungen zu dem Hofe des Landgrafen Karl, glaubte er es möglich machen zu können, seinen Vetter bei dem Kabinettsmaler des Landgrafen in Kassel, Johann Heinrich Tischbein (1722—1789), dem berühmtesten deutschen Maler jener Zeit, als Lehrling unterzubringen. Ehe er aber, mit Empfehlungen einiger Hofbeamten ausgerüstet, die Unterhandlungen begann, mußte er sich erst die Genehmigung dazu von den Vormündern erkämpfen. Nur unter der Bedingung glaubten sie endlich nach langem Bedenken ihre Zustimmung erteilen zu können, es noch einmal mit einem Kunstmaler zu versuchen, daß die Verhältnisse ihres Mündels dem Künstler klar und offen dargelegt würden, wie er einfach erzogen, als Waisenknabe fast ohne Vermögen, Lehrgeld zu zahlen und sich während der Lehrzeit in Kleidern und Schuhen zu unterhalten kaum in der Lage sei. Es scheint, als wenn sie dadurch wider Willen Tischbein den Anlaß zu einer sonst etwas auffälligen Forderung gegeben haben, die zum Abbruch der Unterhandlungen führte. In einer kurzen Antwort auf das Schreiben, welches Jürgensen

mit einem Bildnisse von der Hand des Jünglings namens der
Vormünder und unter Berufung auf angesehene Männer des Gottorper Hofes nach Kassel gerichtet hatte, erklärte sich Tischbein
bereit, den Müllersohn unter den günstigsten Bedingungen als
Lehrling anzunehmen. Indem er ihm den Wünschen der Vormünder gemäß sieben völlig freie Lehrjahre in Aussicht stellte, ihn
während derselben auch vollständig mit Kleidern und Schuh auszustatten versprach, so kann die daran geknüpfte Bedingung, daß
er während der ersten drei Lehrjahre zugleich die Stelle eines
Bedienten übernehme, unter den von den Vormündern betonten
Umständen, in keiner Weise als auffallend bezeichnet werden.
Jürgensen und die Vormünder haben auch die wohlwollende Gesinnung und das Entgegenkommen, welches Tischbein ihnen gezeigt,
nicht laut genug rühmen können. Um so größer war ihr Erstaunen, als sie auf einen Widerstand von einer Seite stießen, von
der sie ihn am allerwenigsten erwarten konnten. Mochte Carstens
es auch für ein hohes Glück halten, ein Schüler des berühmtesten
deutschen Malers zu werden, gegen die Aussicht zeitweilig die
Stellung eines Bedienten einnehmen zu müssen, und wie er es
am Hofe des Landgrafen Karl in Schleswig gesehn, etwa hinter
der Kutsche zu stehen, wenn der vornehme Herr Rat ausfahre,
bäumte sich sein Selbstgefühl und seine Ehrliebe in einem Maße
auf, daß er allem Zureden zum Trotz mit der ganzen Entschieden-
heit seines Wesens das vorteilhafte Anerbieten anzunehmen sich
weigerte. Wenn wir es auch als eine besonders glückliche Fügung
preisen mögen, daß Carstens nicht in die Schule dieses würdigen
Vertreters des Zopftums kam, wo die Selbständigkeit seines
Wesens, der ideelle Zug seines Geistes würde gebrochen und verkümmert sein, so wird man doch den Schmerz des Vetters begreifen können, als er den eigenwilligen Jüngling anscheinend selber

ſeine Zukunft zertrümmern ſah; aber wie er ihn wehmütig fragte, was
denn nun aus ihm werden ſolle, bekam er zur Antwort: „Ein Maler!"

Die Unterhandlungen mit Tiſchbein, die während des
Winters 1770 auf 1771 geführt wurden, waren auch die letzten,
welche die Erlernung der Malerei für Carſtens in Ausſicht nahmen. Der Vetter wußte keinen Rat mehr und wagte nach dem
üblen Ausfall ſeiner Vermittelung mit keinen neuen Vorſchlägen
zu kommen. Die Vormünder ſahen in der Weigerung des Jünglings, die ihnen vielleicht nicht ganz unlieb war, den Beweis
erbracht, daß er bei ſeinem Eigenſinn und ſeinem trotzigen Weſen
nicht über ſeine Zukunft beſtimmen dürfe, und waren um ſo mehr
entſchloſſen, ſeinen phantaſtiſchen Plänen ein Ende zu machen.
Sie hatten ſich zunächſt der ſchweren Aufgabe zu unterziehen, ihn
freiwillig zum Verzicht auf ſeine Lieblingsneigung und zur Wahl
eines anderen Berufes zu bewegen, und mußten deſto mehr auf
eine Entſcheidung drängen, je näher der Termin kam, wo er nach
Beſtimmung des Erbvergleichs das Haus ſeines Stiefvaters ver-
laſſen ſollte. Wenn es ihnen auch freiſtand, ihm noch ein halbes
Jahr Zeit zur Überlegung zu gewähren, ſo ſpielten ſich doch vor
den Augen der Vormünder in der Familie Muhls Dinge ab, die
dem erwachſenen Jüngling ſchwerlich ganz verborgen bleiben konnten und ein längeres Verweilen desſelben in ſeinem elterlichen
Hauſe nicht geſtatteten, ſollte er nicht in ſittlicher Beziehung Schaden nehmen. Auch erklärte der Stiefvater den Vormündern ausdrücklich, daß er ſeinen älteſten Sohn, der ihm in ſeinem Hauſe und
der Mühle von keinem Nutzen und wegen ſeines ſtörriſchen Weſens
mehr und mehr zur Laſt werde, nach Verlauf eines Vierteljahres
ihrer weiteren Fürſorge überlaſſen müſſe. Wie wenig er auch ſeinem Stiefſohn aus Gründen, die ſpäter zu Tage kamen, wohl-
geſinnt ſein und ihn als Mitwiſſer ſeines ſittenloſen Lebenswan-

dels betrachten mochte, ſo konnte doch in ſeinem Verlangen nach Maßgabe der von ihm übernommenen Verpflichtungen nicht im entfernteſten eine Unbilligkeit oder Härte geſehen werden. Auch machte er dabei Gründe geltend, die von der Vormundſchaft nicht außer Acht gelaſſen werden durften.

Im Laufe des Jahres 1771 war er damit beſchäftigt, einen längſt gehegten Plan ins Werk zu ſetzen und an Stelle ſeines alten verfallenen Wohnhauſes ein neues, der Mühle näher belegenes Gebäude aufzuführen. Von Seiten des Magiſtrats war ihm zu dieſem Zwecke bereitwilligſt gegen eine jährliche Rekognition von acht Thalern (29 Mk.) an der Heerſtraße ein Stück Landes überlaſſen und auch die Genehmigung erteilt, das alte Gebäude abzubrechen und die dazu gehörenden Ländereien, die ſpäter nicht wieder bebaut und dann in eine Gärtnerei verwandelt wurden, an ſeinen Nachbar Thomas Klinker in St. Jürgen vorteilhaft zu verkaufen.[1] Der Neubau des Müllerhauſes, welches ſich durch ſeine Größe und ſeine innere Einrichtung vor den übrigen bürger- lichen Häuſern der Stadt auszeichnete und zum ſiebenfachen Wert des abgebrochenen (1400 Thaler) in die Landesbrandkaſſe aufge- nommen wurde, hatte die finanziellen Kräfte Muhls ſchon in faſt zu ſtarkem Maße in Anſpruch genommen, als ein anderes Ereignis eintrat, welches ihn dem Ruin nahe brachte und in ſei- nem Hausweſen eine Änderung notwendig machte.

Am fünften Juni 1771 wurde, wie man ſagte, nicht ohne Verſchulden Muhls, die Mühle von Feuer ergriffen und in derſelben Weiſe wie früher bis auf den Grund zerſtört. Es wie-

---

1) An dem ſüdlichen Ende des Gartens iſt jetzt in einer von dem ſchleswig- ſchen Verſchönerungscomité errichteten, mit Bäumen und Geſträuchen gezierten Anlage das Denkmal des Künſtlers, ein von dem Bildhauer Gilly gearbei- tetes Marmorrelief aufgeſtellt, welches im Jahre 1865 von der Deutſchen Kunſtgenoſſenſchaft „dem Altmeiſter der Deutſchen Kunſt" geſetzt ward.

derholte sich für Muhl und seine Hausgenossen derselbe nahrungs=
lose Sommer mit allen Sorgen und Entbehrungen, die sie schon
einmal mit Mühe durchgemacht hatten. Er konnte währenddessen
kaum sein Hauswesen erhalten und nur mit Hilfe immer neuer
Anleihen das Äußerste abwehren, um Zeit bis zum Herbste zu
gewinnen, wo der Neubau vollendet sein sollte.

Die Vormünder waren damit zu einer Entscheidung gedrängt.
Wollten sie ihren Mündel nicht nutzlos und ohne Beschäftigung
ein ganzes halbes Jahr lang bei sich oder bei fremden Leuten
„liegen" lassen, so mußten sie jetzt sofort die geeigneten Schritte
unternehmen, um ihn zur Wahl eines bestimmten Berufes zu
nötigen. Sie legten dem Magistrate die Sachlage in einer länge=
ren Vorstellung dar, erklärten nach dem Scheitern der Unterhand=
lungen, die sie im Interesse ihres Mündels selbst angeknüpft oder
hatten anknüpfen lassen, könne von der Erlernung der Malerei,
die keinen Nutzen oder Vorteil für ihn bringe, nicht mehr die
Rede sein. Da nach dem Urteil seines Lehrers und nach so langer
Unterbrechung seiner Schulzeit auch jeder Gedanke an eine Fort=
setzung seiner Studien ausgeschlossen sei, so bleibe nichts anderes
übrig, als daß er sich entscheide, ob er sich der Kaufmannschaft,
wozu er genügend vorgebildet sei, widmen oder irgend ein Hand=
werk, wie die Erbvergleiche in Aussicht genommen, erlernen wolle;
anderenfalls seien sie genötigt, im Einvernehmen mit dem Magi=
strate ohne Rücksicht auf seine Wünsche selber die Wahl für ihn
zu treffen. Das Vorgehen der Vormünder erscheint den Umstän=
den nach vollständig begreiflich und muß auch rechtlich als unan=
fechtbar bezeichnet werden. Nicht im entferntesten kann davon
die Rede sein, wie Carstens sich später geäußert, daß sie
ihre Befugnisse überschritten und ihn widerrechtlich von der Erler=
nung des ehrsamen Gewerbes der Malerei abgehalten hätten.

Das Verhalten der damaligen beiden gelehrten Bürgermeister der Stadt, des Kanzleiassessors Otte und des Konferenzrats Bruyn, denen damit die Entscheidung und zugleich die Verantwortung überlassen war, verdient unter den obwaltenden Umständen nicht den reichen Tadel, womit man sie wohl belegt, sondern geradezu die Anerkennung der Nachwelt. Die Vorschläge, die sie machten und den Vormündern zur Erwägung gaben, zeugen von einem besonderen Wohlwollen für den Waisenknaben, dessen Zukunft vollständig in ihren Händen lag. Während jene ihn mit harten Worten bestürmten, die in seiner Seele lange Jahre wie spitze Nadeln haften blieben und wohl niemals ganz verschmerzt wurden, ja sich in Drohungen ergiengen, ihn als einen unverbesserlichen Jungen vor den Rat der Stadt zu bringen und zur Wahl eines Berufes zu zwingen, wie es nach den geltenden Gesetzen im äußersten Fall zu geschehen pflegte, mochten sie den mit Thränen in den Augen und doch wieder trotzig blickenden Burschen in eine verzweifelte Stimmung bringen, in der er alles über sich ergehen ließ. Indessen glaubten die Bürgermeister einen Beruf gefunden zu haben, für den sie durch väterliche Mahnungen den Jüngling zu gewinnen hofften. Sollte er sich bewegen lassen, das damals im Lande hochangesehene Geschäft des Weinhandels zu erlernen, so hatten sie eine Stelle für ihn in Aussicht genommen, die selbst den höchsten Ansprüchen genügen konnte und von andern mit Freuden ergriffen worden wäre.

Man hat den Beschluß des Magistrats und der Vormundschaft wohl grausam und hart genannt, einen siebzehnjährigen Jüngling von zartem Körperbau und schwächlicher Gesundheit mit Vorstellungen, die der Gewalt ähnlich sehen, in ein Geschäft zu drängen, das nicht geringe körperliche Anstrengungen erforderte, harte Arbeit und für den unerfahrenen Carstens nicht wenig

Verſuchungen bringen mußte. An körperliche Arbeit freilich und
ſtete Anſtrengung war er nicht in dem Maße, wie wünſchenswert
geweſen wäre, in dem elterlichen Hauſe, wo er nur zu gering=
fügigen Dienſten auf der Mühle herangezogen war, gewöhnt wor=
den. Aber wie wäre ein Weinhändler damaliger Zeit wohl auf
den Gedanken verfallen, einen körperlichen Schwächling in ſeine
Dienſte zu nehmen? Auch wenn Carſtens in viel ſpäteren
Jahren dem Bildhauer Genelli in Berlin, der ihn ſeiner Dürftig=
keit und ſeinem Elend entriſſen, erzählt haben mag, daß ihm einſt=
mals im Weinkeller ein ſchweres Faß auf die Bruſt gerollt ſei,
wodurch die Anlage zu ſeinem eingewurzelten Bruſtleiden erheblich
gefördert worden, ſo darf doch demgegenüber auf das beſtimmteſte
betont werden, daß keine einzige gleichzeitige Nachricht etwas von
der Krankheit des Künſtlers berichtet, wie ſehr dieſes auch bei
der Entſcheidung über die Wahl ſeines Berufes nahe gelegen
hätte. Alle Erwägungen der Vormundſchaft, die Zeugniſſe ſeines
ſpäteren Lehrherrn und die ärztlichen Rechnungen, wie ſie für die
Carſtensſche Familie vorliegen, beweiſen, daß Carſtens, wenn
auch klein von Geſtalt, doch breitſchulterig und von kräftigem
Körperbau war, daß wenigſtens während ſeiner Jünglingsjahre
keine beſonderen Anzeichen jenes wohl von ſeiner Mutter ererbten
Bruſtübels hervorgetreten ſind, das ihn bei einer harten anſtren=
genden Thätigkeit und einem ſpäteren eingeſchloſſenen Leben voll
Sorgen und Entbehrungen noch im beſten Mannesalter in ein
allzu frühes Grab brachte.

Auf die Fürſprache der beiden Bürgermeiſter erklärte der
Hofagent und ſpätere Juſtizrat Chriſtian Bruyn in Eckernförde
ſich bereit, Jakob Carſtens unter günſtigen Bedingungen als
Küferlehrling in ſein Weingeſchäft aufzunehmen, das damals in
den Herzogtümern einen beſonderen Ruf hatte. Er hatte um ſo

lieber dem Wunsche derselben entsprochen, als er der ältere Bruder des einen und der Schwiegersohn des anderen Bürgermeisters war. In Anbetracht der Dürftigkeit und der geringen Mittel seines Lehrlings als eines Waisenknaben war er gewillt, ihm fünf völlig freie Lehrjahre zu gewähren, ihn unentgeltlich in sein Haus und seine Familie aufzunehmen, mit Kost, Wohnung, ja mit Kleidung und Schuhwerk während der ganzen Zeit zu versehen, versprach, väterlich für ihn zu sorgen, ihn einen christlichen Lebenswandel führen zu lassen, fleißig zur Kirche und zum Abendmahl zu halten und für sein späteres Fortkommen nach Kräften sich zu bemühen. Aber wie einst Tischbein unter denselben Vergünstigungen, machte auch er die Bedingung, daß er ihm zur Entschädigung für die genossene freie Lehrzeit nach Beendigung derselben unentgeltlich noch zwei Jahre als ausgelernter Küfer diene. Die Vormünder durften ein solches Anerbieten um so weniger von der Hand weisen, als sie ihren Mündel in dem Hause eines nahen Verwandten ihrer Bürgermeister gut aufgehoben und für das leibliche und geistige Wohl desselben auf das beste gesorgt wußten.

Asmus Jakob Carstens konnten die Angehörigen der Familie Bruyn in Eckernförde, als geborene Schleswiger, die häufig bei ihren Verwandten verweilten, nicht ganz unbekannt sein; auch hatte er mit dem ältesten Sohn seines Prinzipals einige Jahre zusammen die Domschule besucht. Um so leichter aber mochte er sich für den Weinhandel in Eckernförde entscheiden, als er dort noch Verwandte seiner verstorbenen Mutterschwester antraf, deren Familie ihm in seiner Verlassenheit einen Anhalt gewähren konnte.[1]

<hr />

1) Anna Margarete Petersen, die Schwester seiner Mutter, war mit dem Amtsbäcker Jürgen Nikolaus Böse in Eckernförde verheiratet. Derselbe starb am 30. August 1759 im Alter von 30 Jahren. Sie hinterließ

Am 31. Juli 1771 verließ Asmus Jakob Carstens das Haus seines Stiefvaters, den er damals zum letztenmal gesehen hat; er nahm Abschied von seinen beiden jüngeren Brüdern und von seiner elfjährigen geliebten Schwester, um sich, wie er es später einmal ausdrückte, in die „eisernen Bande der Kaufmannschaft" zu begeben. Einer seiner Vormünder, der Kaufmann Mohr, fuhr ihn selbst mit seiner blauen Lade, die neben Kleidungsstücken auch allerlei Material zu seinen geheimen Künsten in sich barg, nach Eckernförde, um ihn persönlich in das Geschäft des Hofagenten Bruyn einzuführen.

bei ihrem Tode am 26. Mai 1766 zwei Kinder Margarete Christine Charlotte und Asmus Hinrich (geb. 24. Sept. 1758). Die Seitenverwandten seines Vetters waren unserem Künstler bekannt. (Nach dem Eckernförder Kirchenbuche.)

# Carstens als Küferlehrling in der Bruynschen Weinhandlung in Eckernförde.

## 1771—1776.

Es war ein vornehmes Patrizierhaus, dem Asmus Jakob Carstens im Jahre 1771 als unscheinbarer Lehrling übergeben ward. Christian Johann Bruyn, ein weitgereister, welterfahrener und weltkluger Mann, damals erst in einem Alter von siebenunddreißig Jahren, stammte aus altniederländischem Adel. Sein Vater Jakob Bruyn de Wolf, Besitzer von Hoiersworth († 1746), war holländischer Seekapitän gewesen und hatte die Tochter des in Eckernförde durch seine Stiftungen und Schenkungen, im ganzen Lande durch seinen Reichtum und ausgedehnten Seehandel rühmlichst bekannten Kaufmanns Christian Otte geheiratet. Während zwei seiner Söhne, Georg und Johann, sich den Studien widmeten, der erste zum zweiten Bürgermeister von Schleswig durch königliche Berufung bestellt, später mit dem hohen Titel Konferenzrat ausgezeichnet und der zweite Oberlandmesser der Herzogtümer wurde, wendete sich der älteste dem Weinhandel zu und gründete in Eckernförde eine Handlung, die binnen kurzer Zeit zu großem Rufe gelangte.

Kunstwerke aller Art, welche die Eltern von ihren Reisen aus Holland und Italien mitgebracht hatten, waren in den Besitz ihrer Kinder übergegangen. Gemälde schmückten die Zimmer,

Kupferstiche italienischer und holländischer Meister, eine ziemlich bedeutende Bibliothek aus den verschiedensten Zweigen der Wissenschaft bildeten den Schatz der Familie. So war künstlerisches Interesse schon lange in Bruyns Hause heimisch gewesen, als er seine Base, die zwanzigjährige Tochter Georg Christian Ottes, des Kanzleiassessors und ersten Bürgermeisters von Schleswig, im Jahre 1758 als seine Gemahlin heimführte.

. Elsabe Katharina Otte hatte in dem elterlichen Hause, das sich durch Vielseitigkeit der Bildung auszeichnete, eine vornehme Erziehung erhalten und war von ihrem gelehrten Vater in mancherlei wissenschaftlichen Kenntnissen unterrichtet worden. Von früh an unterwiesen in allen weiblichen Künsten und Fertigkeiten, nicht ungeübt im Zeichnen und in der Blumenmalerei und der französischen und englischen Sprache wohl kundig, hatte sie selbst der Neigung ihres Vaters nachgegeben und die Anfangsgründe der lateinischen Sprache gelernt, dessen sie sich nicht wenig zu rühmen pflegte. Von aristokratischem Wesen und vornehmer Haltung, aber geziert mit allen Tugenden des Geistes und des Herzens, erscheint die damals zweiunddreißigjährige Patrizierin von Eckernförde als das Ebenbild jener Müllerin auf der Graupenmühle vor Schleswig, wie Fernow sie uns in seiner Biographie des Malers vorführt. Wir glauben auch nicht zu irren, wenn wir von dieser Tochter eines schleswigschen Rechtsgelehrten die Lichtstrahlen herleiten, die das Bild der Mutter unseres Künstlers in Fernows Darstellung verklärt haben. Und nicht mit Unrecht sind beide Frauengestalten in seiner Erinnerung zu einem Bilde zusammengeflossen; nicht mit Unrecht hat die Gattin Bruyns ihre Züge Carstens' leiblicher Mutter geliehen, denn sie ist es gewesen, die von dem Augenblicke an, wo aus seinem unscheinbaren, zurückhaltenden und abstoßenden Wesen seine Künstlernatur her-

6*

vorzubrechen begann, sich des verwaisten mit mütterlicher Liebe angenommen hat.

Die fünfjährige Anwesenheit des Künstlers in der Bruyn= schen Weinhandlung in Eckernförde ist für seine geistige Entwicke= lung und selbst für seine künstlerische Ausbildung von weit größerer Bedeutung geworden, als es seiner Stellung nach von vorn herein zu erwarten war. Sie ist in beiderlei Beziehung gewissermaßen seine Lehrzeit gewesen, die er unter günstigeren Umständen sonst bei einem Kunstmaler in Schleswig hätte zubringen müssen.

Es mag schwer sein, die Nützlichkeit oder auch nur die Fol= gen der langsamen, wenn man will, verspäteten künstlerischen Ausbildung des Künstlers erschöpfend zu erkennen.[1] Doch ist mit Recht hervorgehoben, daß das natürliche, mit den Jahren fort= schreitende Reiferwerden ihn allmählich zu einem sicheren Selbst= bewußtsein führen mußte, daß er erst so fähig ward, in fester Männlichkeit seinen schweren Gang auf der Bahn der Kunst anzu= treten, ohne Gefahr zu laufen, in dem Schlendrian des damaligen Akademientums zu versumpfen. Gerade weil sein Kunstgefühl sich ohne Leitung, selbst im Gegensatz zu den herrschenden Anschauun= gen entwickelte, stand er um so selbständiger da. Jene fünf Jahre seiner Eckernförder Lehrzeit bewirkten unzweifelhaft, daß bei ihm Charakter und Lebensziel sich früher und voller ausbildeten als das Talent: die Saat der Kunst fiel in eine jungfräuliche Seele. Und das war es, was sie zu seiner Zeit am meisten bedurfte. Die Vorbilder echter Natürlichkeit und lauterer Formenschönheit traten später unverhüllt und unmittelbar vor ein Auge, das durch keine Gewöhnung und Abrichtung getrübt, durch keine Vorurteile eingenommen war. Es liegt eine Art Providenz in den Lebens=

---

1) Vergl. Riegel bei Fernow Anmerk. 8, p. 200.

wegen, die Carstens während seiner Jugendlaufbahn geführt ward. Die unendliche Reihe von Hindernissen, die er zu über= winden hatte, die Steine, die ihm das Schicksal auf den Weg warf, waren es gerade, die ihn stärkten und stählten: nicht das feingeschulte Talent, sondern der auf der Sicherheit des Genius beruhende, männliche Wille und das gänzlich unbeirrte Streben vermochten den Überwinder des Zopftums und den Erneuerer der deutschen Kunst zu bilden.

Um sein Streben und Ringen während seiner fünfjährigen Dienstbarkeit hinlänglich würdigen zu können, dürfen wir uns nur in die Gedankenwelt hineinversetzen, welche die Seele des Jüng= lings gleich bei seinem Eintritt ausfüllte. Will man Fernows Darstellung Glauben schenken, so hätte er, an sich selbst irre geworden, wirklich den Entschluß gefaßt, seine Neigung zur Kunst zu unterdrücken und sich ganz den Pflichten seines neuen Berufes zu widmen. Aber die seit Jahren ausgebildete Einseitigkeit seines Strebens, die fast religiöse Begeisterung, womit er sich seiner Kunst hingab, der heftige Widerstand, den er der Wahl jedes anderen Berufes entgegensetzte, und die seltene Ausdauer, womit er noch nach seiner Konfirmation einundeinhalb Jahr in Schles= wig nur seinen Neigungen lebte, lassen einen solchen Entschluß kaum wahrscheinlich und seinem Charakter wenig entsprechend erscheinen. Gleichzeitige, beglaubigte Nachrichten zeigen auch hin= länglich, daß Carstens, mochte er äußerlich sich dem Willen der Vormünder fügen, innerlich darum doch kein anderer geworden war. Von vorn herein erscheint sein Verhalten in einem ganz anderen Lichte, als es die Fernowsche Darstellung erkennen läßt: von Stund an war er entschlossen, mit einer für sein Alter erstaunlichen Thatkraft, sich trotz aller Hindernisse und Schwierig= keiten seiner Kunst zu erhalten. Ihm mochte der Gedanke nicht

fern liegen, daß ihm einmal bei irgend einer Gelegenheit die
Möglichkeit gegeben werde, die Bande zu sprengen, die ihn fessel=
ten.    Nicht ohne Bewunderung vermögen wir jene einfachen
Worte zu wiederholen, die sein Vetter Jürgensen wenige Jahre
später über ihn in sein Tagebuch schrieb:  „Da er seine Lage,"
sagt er,  „aus eigner Kraft und eignem Vermögen nicht zu ändern
vermochte, so gewöhnte er sich vom ersten Augenblicke an, all die
schweren Arbeiten, die er im Weinkeller zu besorgen hatte, mit
der linken Hand zu verrichten, um seine rechte für die Zeichen=
kunst zu schonen."  Angesichts dieser wenig bekannten Thatsache
darf man billig fragen, ob je ein siebzehnjähriger Jüngling
eine solche Herrschaft und Gewalt über seinen Körper erlangt hat,
als der einfache Müllersohn von der Graupenmühle vor Schles=
wig sie während einer fünfjährigen Lehrzeit im Weinkeller tagtäg=
lich geübt und bewiesen hat?  Wer wird einem solchen Beweise
von Willenskraft gegenüber noch behaupten können, daß er unter
den harten Mühen seines Tagewerks, von Küfern und Arbeitern
hin= und hergestoßen, trotz mancher verzweifelten Stunden, in
denen ihm das Leben verloren und all seine Hoffnung begraben
schien, je ernstlich in seinem vom Knabenalter her gefaßten und
von Herz.und Willen getragenen Entschlusse hat wankend gemacht
werden können?

Mitten aus den einfachsten Lebensverhältnissen heraus, ohne
jegliche Kenntnis feinerer Umgangsformen, eckig und hölzern, kaum
genügend der hochdeutschen Sprache mächtig, nur plattdeutsch
redend und denkend, in ein vornehmes, gebildetes Haus versetzt,
konnte es nicht ausbleiben, daß er sich gänzlich verlassen und
fremd in seiner neuen Umgebung fühlte, sich von der Berührung
mit den Damen und Herren des Hauses zurückzog und als halb
menschenscheu und bildungsunfähig gelten konnte.    Aber gerade

der geiftige Gegenfaß, in dem er zu dem Haufe feines Prinzipals
ftand, mußte ihm allmählich erft recht die Mängel feiner Bildung,
die Lücken feines eignen Wiffens und Könnens, zum Bewußtfein
bringen, erft das Wachfen in feiner künftlerifchen Erkenntnis ihn
über die Niedrigkeit feines täglichen Thuns hinwegheben. Ift es
nun feine Eckernförder Lehrzeit gewefen, in der er mit eifernem
Fleiß früher Verfäumtes nachzuholen und nicht Gebotenes fich
anzueignen begann, fo äußerte diefer fein Wiffensdrang fich, feinem Charakter und feinem eigenartigen Streben wie feiner Lebens-
lage entfprechend, fchon von vorn herein in jener einfeitigen Richtung,
in der all fein Lernen nur als Mittel zu dem einen beftimmten
Zweck erfcheint, fich den Weg zur Kunft aus Büchern zu ftudieren.
Er fah fich damit faft mit Gewalt zu einer Lernmethode gedrängt,
die im Widerfpruch mit allem ftand, was die Künftler fonft vor-
zufchreiben pflegten, und gewöhnte fich daran, der Schule und
des Lehrmeifters zu entbehren.  Wohl bedarf freilich der Künftler
nichts fo fehr als der Schule, die ihm das, was fich lernen läßt,
überträgt, aber in einer Zeit, deren Äußerlichkeit der Kunftempfin-
dung das Erlernbare für das Wefen der Kunft hielt, war ein fo
entfchiedenes Vorgehen notwendig; dasfelbe mußte in unerbitt-
licher Konfequenz fpäter zu der allein richtigen Methode führen,
mit der er, wie fein Biograph Fernow fagt, nicht den gewöhnlichen Weg der zu eigner Erfindung allmählich fortfchreitenden
Nachahmung einfchlug, fondern fogleich mit dem Erfinden begann.

Gebinde und Flafchen fpülend, Keller und Wirtszimmer aus-
fegend, Wein in Flafchen mit der Hand, auf der Schulter oder
mit dem Ziehwagen in der Stadt ausbringend oder auch den kleinen
Weinverkauf in der Schenke beforgend, verbrachte Carftens die
erften Jahre feiner Lehrzeit. Nach damaliger Sitte genötigt, auch
Böttcherarbeit zu erlernen, um Gebinde zu Fäffern zufammen-

schlagen zu können, wurde er daneben zu allen möglichen häus=
lichen Geschäften und Verrichtungen herangezogen, die ihn mit den
weiblichen Mitgliedern des Bruynschen Hauses in nahe und nicht
immer ganz angenehme Berührung brachten. Je weniger er darin
Befriedigung fand und finden konnte, desto mehr war sein Geist,
während er still für sich fortarbeitete, abwesend bei seinen geheimen
Künsten. Vor aller Augen verborgen zog er aus seiner blauen
Lade sein Handwerkszeug hervor, welches er sich von Schleswig
mitgebracht, um in seinen freien Stunden sich in seiner Kunst zu üben.
Aber je unwiderstehlicher der Hang war, der ihn zu ihr zurückzog,
mit desto größerem Eifer und desto größerer Pflichttreue versah
er seine Aufgaben in Wirtsstube und Keller, desto mehr suchte er
wohl nicht ohne eine Nebenabsicht die Zufriedenheit und das Wohl=
wollen seines Lehrherrn zu erringen.

Wie um das Jahr 1797 ein anderer Müllersohn und Bauern=
knecht in bitmarsischen Landen, Klaus Harms, sich kurz nach
Mitternacht von seinem Lager erhob, um mit einem Gefährten die
harte Drescharbeit desto früher zu beendigen und des Abends Zeit
zu gewinnen zum Auswendiglernen der lateinischen und griechischen
Paradigmen, so lernte auch Carstens bald sein Tagewerk mit
Genauigkeit und Geschwindigkeit zur Zufriedenheit des Küfers und
seines Prinzipals zu verrichten, geizte mit jeder Stunde und
Minute, die ihm am Abend nach vollbrachter Arbeit oder an
Sonn= und Festtagen vergönnt war oder die er dem Schlafe
raubte, um sie auf seiner einsamen Kammer oder im Keller selbst
mit Zeichnen, Lesen und Studieren auszufüllen. Aber während
Klaus Harms in seinen Studien nur ein Mittel zum Zweck sah,
ein bestimmtes klares Ziel zunächst im Auge hatte, welches er bei
angestrengter Arbeit sicher erreichen mußte, die Meldorfer gelehrte
Schule, war es bei Carstens nichts anderes als die Liebe

zu der Sache selbst, das Lernen und Fortschreiten in seinem Stre=
ben, die reinste Freude an der Kunst, die ihn erfüllte, ohne jeg=
liche Gewißheit auch bei der größten Anstrengung je ein Ziel zu
gewinnen, welches ihm nur dunkel vor der Seele schweben konnte.

Es wird glaubhaft überliefert, daß er in den ersten Wochen
seiner Anwesenheit in Eckernförde einmal still für sich beschäftigt
in der Wirtsstube an der Weinschenke saß und von seinem Lehr=
herrn und den anwesenden Gästen dabei überrascht wurde, wie er
sie alle naturgetreu mit Bleistift zu Papier gebracht hatte. Wir
dürfen annehmen, daß der Bruynschen Familie bei ihren nahen
Beziehungen zu Schleswig durch ihre Verwandten oder auch durch
den Vormund die Neigung ihres Lehrlings von vorn herein
bekannt gewesen, wie er nur durch eine besondere Verkettung der
Umstände zu seinem Berufe genötigt sei, daß es demnach dieses
besonderen Vorfalls nicht erst bedurfte, ihre Aufmerksamkeit zu
erregen. Was ihnen aber auffallend sein und im hohen Grade
ihr Interesse auf den unscheinbaren Burschen lenken mochte, war
der Umstand, daß aus seinen leicht hingeworfenen Bildnissen
ein Talent hervorleuchtete, das zu großen Hoffnungen berechtigte.
Von allen Verwandten und Nachkommen, die darüber noch Kunde
haben konnten, wird übereinstimmend berichtet, wie Carstens durch
sein gesittetes Betragen, seinen Fleiß, seine Zuverlässigkeit und
Redlichkeit sich in kurzer Zeit das sichtbare Wohlwollen und die
volle Zufriedenheit seines Prinzipals erworben habe; aber ebenso
stimmen sie darin überein, daß Bruyn, sowie ihm das Talent
seines Lehrlings bekannt geworden war, nach dem Ausdrucke Jür=
gensens, sich durchaus damit einverstanden zeigte, wenn der
Jüngling seine freien Stunden mit einer Beschäftigung ausfüllte,
die ihn von allen schädlichen Einflüssen und von jedem schlechten
Umgange fernhielt. Er war es auch, der ihn zu weiteren Ver=

suchen aufmunterte und seine Gäste wohl zur Unterstützung seines
Kunsttriebes aufzufordern pflegte. Anders stand lange Zeit seine
Gemahlin demselben gegenüber. Sie hatte den Burschen nicht
gern; er war ihr wegen seines tölpischen, bäurischen und scheuen
Wesens, wie es bei einer feingebildeten Dame nicht gerade zu
verwundern war, anfangs wenig sympathisch gewesen. Erst als
ihr Gemahl seiner Kunstfertigkeit rühmend erwähnte und auch
einige Produkte seiner Hand vorwies, begann sie mit einem
gewissen Interesse auf den „unnützen Schlöcks" zu schauen, wie
sie ihn zu nennen pflegte.

Außer dem Bruynschen Hause stand Carstens vor der
Hand wenig zu Gebote, was seinem Kunstinteresse weitere Nahrung geben konnte. Wer damals nach Eckernförde kam, fand
eine kleine, auf einer Landzunge am Ufer der Ostsee belegene Ort-
schaft von kaum zweitausend Einwohnern, eine der „artigsten
Städte im Lande," wie ein kundiger Reisender um jene Zeit
berichtet. Obwohl der verstorbene Kanzleirat Otte durch Begrün-
dung der verschiedensten Fabriken und einer Navigationsschule
Handel, Gewerbe und Schiffahrt zeitweilig bedeutend gehoben hatte,
so gab das Leben und Treiben der Einwohner damals doch nur
das Bild einer Landstadt, von andern Ortschaften des Binnenlan-
des wenig verschieden, ohne Beamtenkollegien oder höhere Bil-
dungsanstalten, die den Gesichtskreis der Einwohner nach anderer
Richtung hätten erweitern können. Sinn und Liebe zur Kunst
wurde nur in wenigen Privathäusern, wie in der Bruynschen
und Otteschen Familie, gefunden. Die Stadtkirche enthielt nichts
an Gemälden und Kunstwerken, die mit denen im Dom zu Schleswig verglichen werden konnten. Abgesehen von einem reich-
geschnitzten Altar aus dem Jahre 1640 und zahlreichen Epitaphien
adeliger Familien des Landes war nichts vorhanden, was Car-

stens' Kunstsinn zu fördern imstande gewesen wäre. Wie in Schleswig blieb er darauf angewiesen, mit den Malern der Stadt Bekanntschaft anzuknüpfen, um von ihnen einige Unterweisung in der Kunst mit Ölfarben umzugehen zu erhalten. Wie Fernow berichtet, war es ein junger Staffierer, den er schon früher als Lehrling Geves in Schleswig kennen gelernt hatte, der ihm jetzt die erste Anweisung erteilte. Von größerer Bedeutung für ihn erwies sich die Bekanntschaft mit einem alten Maler Jakobsen, zu dem er bald in ein vertrautes Verhältnis trat; derselbe ist zwar nicht berühmt geworden, wie Jürgensen sagt, auch sind es seine Kenntnisse in der Ölmalerei, wovon er selbst nicht viel verstand, es nicht gewesen, aus denen der Küferlehrling besonderen Nutzen zog; aber wenn Carstens ihm seine Porträte und Zeichnungen zur Beurteilung vorlegte, so fand er jedesmal Lob und Aufmunterung, die ihm das Herz erwärmten. Demselben wird von seinem Vetter geradezu das Verdienst zugeschrieben, durch stete Anfeuerung seinen Naturtrieb erhalten und gefördert zu haben.

Wenn Carstens nun auch im wesentlichen fortfuhr, nur Porträte en profil in Bleistift, Rötel oder Kreide zu entwerfen und dies noch längerer Zeit seine ausschließliche Beschäftigung blieb, so begann er doch auch schon damals en face zu zeichnen und, wie sein Vetter berichtet, sich an seinem eignen Gesichte zu üben. Auch seine ersten Versuche in Öl zu malen, kamen bei Porträtstudien zur Anwendung. Bei besonderen Anlässen, bei Familienfesten, Geburtstagen oder zum Weihnachtsfeste nahm er die Gelegenheit wahr, sein „Licht leuchten zu lassen." Alle Angehörigen der Brunnschen und Ottoschen Familie mußten ihm sitzen, und nach und nach gelangen seine Versuche auch zur Zufriedenheit der Hausdame. Ihr von ihm gemaltes, im großen Abendmahls=

ftaate prangendes Konterfei, welches er ihr zu ihrem Geburtstage im Jahre 1772 überreichen durfte, gewann ihm vollftändig und für immer ihre Gunft. Um fich erkenntlich zu zeigen, befchenkte fie ihn mit „Johann Melchior Cröfers wohlanführendem Maler" [1], der längere Zeit fein einziger Leitftern bleiben follte.

Noch niemals hatte Carftens bisher etwas gelefen, was auf die eigentliche Kunftmalerei Bezug hatte; fein Lehrbuch oder dergleichen, noch viel weniger eine Gefchichte der Kunft und der Künftler war ihm je vor Augen gekommen; er hatte fich ftets nur durch Erkundigung bei praktifchen Malern weiter zu bilden gefucht. Um fo größer war die Wirkung, welche die Lektüre jenes zu feiner Zeit von Anfängern viel gebrauchten Buches auf ihn ausübte. Bei der großen Unwiffenheit, worin er fich damals noch befand, von allen neueren Künftlern nur den Namen Juriaen Ovens kennend, hatte er in jener Anweifung zur Ölmalerei einen wahren Schatz gefunden, aus dem neues Licht und neues Leben für feinen Kunfttrieb in fein durftendes Herz floß. In der That wenn er das erfte Kapitel „von der Malerei und deren Hochachtung" las und bei fich überdachte, mußte ihm in feiner Armut, feiner Abhängigkeit und Dienftbarkeit, bei dem Widerftande, den er bei den Vormündern mit feinem Streben gefunden, gar feltfam zu Mute werden. Welchen Eindruck dasfelbe auf ihn gemacht, wie fehr er fich dadurch über fein niedriges Thun hinweggefetzt und gehoben fühlte, zeigt unter anderm auch der bezeichnende Umftand, daß er

---

1) Das uns vorliegende Exemplar führt den Titel: „Johann Melchior Cröfers wohlanführender Mahler oder Anweifung, wie man fich zur Mahlerey vorbereiten, mit Ölfarben umgehen, Gründe, Firniffe und andere dazu nöthige Sachen verfertigen, Gemählde gefchickt ausgieren, vergolden, verfilbern, lackiren und faubere Kupferftiche ausarbeiten foll. Nebft einem Kunfttabinet feltener und geheimgehaltener Erfindungen." Jena in der Cröferfchen Buchhandlung.

seinem Vetter in Schleswig von dem neuen Funde Mitteilung
machte und seinen Cröker nicht genug zu rühmen wußte.  Da
Jürgensen später mehrfach auf dieses Kapitel Bezug nimmt und
es für die „Förderung seines Naturtriebs" als besonders bedeutsam
hervorhebt, so wollen wir zum Verständnis desselben die seltsamen
Worte, die den in jener Schrift herrschenden Geist genugsam ver=
anschaulicht, mit dem Künstler lesen:

„Die edle Malerei ist eine Tochter der Vernunft und eine
Ernährerin aller Wissenschaften.  Sie war vor Zeiten bei den
meisten Helden und berühmten Männern in großer Würde, wes=
wegen auch in Sikyon dem gemeinen Mann diese Kunst zu lernen
verboten und allein den Edelgeborenen zugelassen ward. — Und
weil sie so hoch geschätzet war, so wurde sie auch mit besonderer
Hochachtung beehret, wie man denn ein altes Denkmal dieser
Kunst zu .Ehren aufgerichtet findet, daran man den goldenen
Zepter Alexandri Magni mit Apelles' Pinsel vereinigt und ver=
bunden siehet. — König Attalus betrübte sich, weil ihm ein
gemalter Bacchus für 6000 Sestertien abgeschlagen wurde.  Ein
rauhes Tuch, von Apelles und Protogenes gemalt, ist teurer
als alle köstliche Stücke in Julius Caesars Palaste erachtet
worden.  Der Orator Hortensius gab für ein Bild, worauf
Kydias die Argonauten gemalt hatte, hundertundvierzig Talente.
Alexander Magnus schenkte dem Apelles, der sein Bildnis ver=
fertigt hatte, zwanzig Talente.  Auch gereichet es der Malerei
zum größten Ruhme, daß drei Städte, nämlich Rhodus, Sikyon
und Saragusa, ihr vielen Dank schuldig wurden, weil sie um ihret=
willen von den blutigen Verheerungen des Krieges verschont blieben."

„Von den neueren Zeiten etwas zu sagen, so wurde vor
ein gemaltes Passionsstück 20000 Gulden und vor ein Bildnis
halber Lebensgröße, von Rafael Urbino gemalt, demselben

3400 Gulden geboten, welches hernach dem Herrn Alphonso
Lopes vor 3500 Gulden verabreicht wurde. Eben dieser Herr
hat auch ein Marienbild, eines Bogens groß, von dem berühmten
Maler Tizian verfertigt, mit dreitausend Gulden bezahlet. Es
hat auch der löbliche Magistrat von Amsterdam zum Beweis seiner
großen Begierde, mit dem Könige von Engeland in Einigkeit zu
leben, unter anderen Kostbarkeiten ihm fünf gemalte Stücke verehrt: nämlich ein Marienbild, eines Bogens Papier groß und
von Rafael Urbino gemalt, ein ander Marienbild und noch
ein Gemälde von der Vermählung Christi mit der St. Katharina
von Verona samt noch einem Stücke von Tizian und das Bildnis eines Kunstliebhabers in seinem Studio, von Antonio de
Correggio verfertigt, welche alle mit 2500 holländischen Gulden
bezahlt wurden."

„Die Hochachtung dieser edlen Kunst ist nicht weniger daher
abzunehmen, daß viele vornehme Personen, ja wohl gekrönte
Häupter derselben obgelegen haben. Der berühmte Fabius malte
zu Rom in dem templo Salutis die Mauren und bekam den Bei-
namen Pictor. Der Kaiser M. Antonius, Julius Severus,
Constantinus Porphyrogeneta und andere hohen Häupter
haben sich des Pinsels nicht geschämt. — Und wer sollte nicht
eine besondere Hochachtung dieser Kunst daraus schließen, daß
viele berühmte Maler bloß wegen ihrer Malerei besondere Ehren
und Würden erhalten? Die vortrefflichen Maler Bellinus,
Johann Anton Pordenon, Leander Bassano, Balthasar
Gerbier, Martin Freminet, Jakob Stella, Karl le Brun,
Reynolds sind ihrer vortrefflichen Malerei wegen in den Ritter-
stand erhoben worden."

„In der Kaufmannschaft ehernen Banden" — wie hätte nicht
dies Lob der edlen Kunst den Küferlehrling in seinem Streben

ermutigen sollen? Aber, merkwürdig genug, Ruhm, Ehrsucht, Gelderwerb, die gemeinen Triebe des Handelns, fanden in seiner Seele keine bleibende Stätte. „Nicht um Geld zu verdienen," sagt sein Vetter, „begann er seine Studien aus den Büchern, sondern um seinen Geist zu bereichern und sich Schätze zu sammeln, die weder Motten noch Rost fressen."

. Aus dem „wohlanführenden Maler" erfuhr er zuerst, was alles ein Künstler wissen müsse und welchen Weg er, auf sich selbst angewiesen, einzuschlagen habe. Wenn er las, daß die Kenntnis der Geschichte, der Antiquitäten, der Mythologie, der Physik, der Naturlehre, der Mathematik, der Anatomie des menschlichen Körpers, der Perspektive und Optik, schon notwendig sei, um die gewöhnlichen groben Fehler unwissender und unverständiger Maler zu vermeiden, welche Lücken hatte er auszufüllen, um diesen Forderungen gerecht zu werden! Wie sollte er zu den Quellen gelangen, die ihm diese Kenntnisse erschlossen! Er fand hier Lehren von der Wahl der Farben, um das Kolorit zu treffen, Lobpreisungen „der preiswürdigen Darstellungen" Rafaels, Correggios und Tizians und der „alten deutschen Maler", Albrecht Dürers und Hans Holbeins, deren bloßer Name ihm bisher unbekannt gewesen; aber wie sollte er je ihre Werke schauen? Vorschriften freilich, sich so zu gewöhnen, „immer alle Dinge im Sinne und Verstande zuvor wohl zu überdenken, ehe man Hand anlege, und seine Arbeit auf eine gute Erfindung und Wissenschaft zu gründen," mochten schon damals nicht ohne Eindruck auf ihn bleiben; die Anweisung, „jede vorzustellende Historie vielmals zu durchlesen in verschiedenen Autoren und Geschichtsschreibern, um seine Ideen zu vervielfältigen, und sie dann erst nach seiner Phantasie mit geistreicher Ordnung und Annehmlichkeit mit etlichen Umrissen auf Papier zu entwerfen," auch schon vor dem Studium anderer Schriften sich ihm einprägen. Zunächst konnte ihm jedoch nur die Belehrung, wie ein Anfänger mit Ölfarben umgehen, wie er auf Papier, Leinwand und Holz gründen und zu einiger Übung in der Ölmalerei gelangen solle, von besonderem Nutzen sein. Da als der einzigste Weg, um einige Vollkommenheit zu erreichen, die Nachahmung und Kopierung guter Gemälde bezeichnet wurde, so begreift man darnach, wie Carstens gerade darauf zunächst sein Augenmerk richten mußte.

Im Besitze einer vollständigen „Malerausrüstung", die ihm von der Hausfrau zum Zweck seiner Ölstudien geschenkt ward, mit seinem Cröker in der Hand, dessen Anweisungen für ihn maßgebend waren, machte er sich dann alsbald daran zwei Gemälde zu kopieren, die ihm in Eckernförde allein zu Gebote standen. Es war nach seiner eigenen Aussage ein Minerven= kopf in natürlicher Größe von Giuseppe Cesari, il Cavalier d' Arpino (1560—1640), den ein Einwohner des Städtchens aus Italien mitgebracht habe. Die verwandte Otte sche Familie, welche im Besitze desselben war, hatte ihm auf die Fürsprache sei= ner Prinzipalin die Erlaubnis zum Kopieren erteilt. Wie hoch er in der Gunst derselben gestiegen, mag auch der Umstand beweisen, daß sie ihm ihre mit kostbaren Möbeln ausgestatteten Staatszimmer öffnete, wo er „Schlafende Nymphen von einem Satyr belauscht", von Abraham van Diepenbeck (1607—1675), einem der besseren Schüler des Rubens, kopierte, die einst der Seekapitän Bruyn in seiner Heimat erworben hatte.[1]

1) Die Originale wie die Kopien dieser Gemälde sind bis heute ver= schollen. Trotz aller Nachforschungen ist von denselben und von den zahlrei= chen Porträten des Künstlers in Eckernförde außer einem einzigen keine Spur zu entdecken. Wenn irgendwo, so mußte in den Familien der Nachkommen Bruyns doch davon Kunde sein. Aber eine Umfrage hat in dieser Beziehung

Carstens hat später mit einer besonderen Betonung seinem Freunde Fernow gegenüber hervorgehoben, daß diese beiden

nur ein negatives Resultat ergeben. Um indes einer weiteren Nachforschung die Wege zu bahnen, wollen wir hier die wichtigsten Porträte und zugleich diejenigen Familien aufführen, die in dem Besitze derselben sein könnten.

1. Christian Johann Bruyn, der Prinzipal des Künstlers, damals c. 40 Jahre alt, später in Rendsburg wohnend, in Schleswig am 25. Januar 1808 gestorben.

2. Dessen Gemahlin, Elsabe Katharina geb. Otte, damals im Alter von 33 Jahren, am 24. September 1799 in Schleswig gestorben.

3. Deren Sohn Christian Johann Bruyn, königl. Hofagent, geboren 27. Januar 1759 und gestorben als Administrator des Gutes Schinkel (Rosenkranz) am 1. August 1798.

4. Deren zweiter Sohn Georg Jakob Bruyn, geboren 2. Juni 1766, gestorben in Rendsburg 1. Juli 1786.

5. Karoline Katharina Bruyn, deren Tochter, geboren 1. April 1771, gestorben 10. März 1842, verheiratet mit Nikolaus v. Clöcker, Justizrat und Hardesvogt.

6. Frau des Kanzleirats und Kaufmanns Friedrich Wilhelm Otte in Eckernförde: Ebel Auguste v. Türkheim, gestorben 15. Dezember 1779, mit ihren Kindern, worunter

7. Christian Daniel Otte, geboren 24. Februar 1757, als Grossierer in Kopenhagen am 24. Oktober 1833 gestorben.

Die Familie der Bruyn ist mit einem Enkel des erstgenannten, Christian, am 11. September 1845 in männlicher Linie ausgestorben. Sie setzt sich in weiblicher Linie in der Familie der v. Clöcker, die jetzt in Schweden wohnt, der v. Ahlefeld=Saxdorf in Schwansen, die, beiläufig bemerkt, einen echten Rubens besitzt, und v. Ahlefeld=Kiel, sowie der Ackermann, der v. Matthiesson, den Pastorenfamilien Siemsen und Lange im Schleswigschen fort. Auf den Gütern Eschelsmark und Schinkel (Rosenkranz), die im Besitze der Bruyn waren, ist kein Familienporträt zurückgeblieben. Die bei Riegel p. 352 aufgeführte, jetzt im Besitze des Kapitän Kaffka zu Aröeskjöbing sich befindende Sepiazeichnung eines Damenporträts weist mit der Bemerkung „FvC. Eigenthum" auf die Clöcker hin und würde damit in eine frühere Zeit gehören. Auch das Selbstporträt en face im Hamburger Kupferstichkabinett Nr. 22942 stammt aus einer der genannten Familien her. Auf den schleswig=holsteinischen Gütern oder in der Familie v. Clöcker in Schweden und der Otte in Kopenhagen werden genaue Nachforschungen möglicherweise noch zu günstigen Resultaten führen.

Kopierübungen nach Gemälden, die seine Tätigkeit wahrscheinlich eine lange Zeit in Anspruch genommen haben, die einzigen waren, welche er während seines Aufenthalts in Eckernförde, ja während seiner ganzen Künstlerlaufbahn gemacht hat. Der Grund davon, daß er in Eckernförde diesen Weg nicht weiter verfolgte, scheint ebensosehr in der Änderung oder Läuterung seiner Grundsätze als in dem Mangel an weiteren Vorlagen zu liegen, die seinem Nachahmungstrieb Nahrung geben konnten.

Mochten die technischen Fertigkeiten, die er nach den Vorschriften seines Cröker sich aneignete, ihm auch vor der Hand zu seinen Zwecken genügen, über das Wesen der Kunst, der er sein Leben widmen wollte, fand er darin keine Belehrung; vielmehr ließen die wenigen Andeutungen aus der Geschichte der Malerei, die bloße Anführung einzelner Maler und ihrer Werke seinen Geist bei jedem Schritt nach weiterer, gründlicher Erkenntnis dürsten, die er, sich selbst überlassen und ohne Lehrer, nicht anders als aus Büchern gewinnen konnte.

Bisdahin war Carstens wohl nie oder nur selten aus Eckernförde herausgekommen; sein Dienst hatte ihn in den ersten Jahren selbst an Feiertagen ans Haus gefesselt. Seine Bedürfnisse waren unter diesen Umständen gering, so daß er die Hilfe seiner Vormünder nicht in Anspruch zu nehmen brauchte. Was er für seine Liebhabereien und zum Tabakrauchen, dem er schon frühzeitig sehr ergeben war, verbrauchte, konnte er aus den Trinkgeldern bestreiten, die ihm die Gäste oder die Kunden des Geschäfts zuwandten. Erst als er die schwersten Jahre seiner Lehrzeit überwunden und sich in der Stadt als Porträtzeichner bekannt gemacht hatte, war er imstande, auch aus eignem Vermögen etwas auf seine Ausbildung zu verwenden. Mit der Zeit führte ihn das Vertrauen seines Herrn auch über Eckernförde und die nächste

Nachbarschaft hinaus. Er mußte ihn auf seinen Geschäftsreisen nach dem nahe gelegenen Kiel begleiten, wo ihm in einem Buchladen eine kunsthistorische Schrift in die Hände fiel, die seinem ganzen Streben eine neue Richtung gab und ihn mit Ideen erfüllte, die seine spätere Künstlerlaufbahn beherrschten.

„Die Untersuchung des Schönen in der Malerei von Webb"[1] nimmt in Carstens' künstlerischer Entwickelung dieselbe bedeutsame Stellung ein, wie der Anblick der Ovensschen Bilder im Dome zu Schleswig. Der Schritt von armseligen Holzschnitten zur Betrachtung von Gemälden von Künstlers Hand konnte nicht größer sein, als der plötzliche Übergang von den einfachsten technischen Regeln seines Cröker zu dem Studium einer historisch=philosophischen Betrachtung der Kunst an der Hand einer Schrift, die Winkelmanns Gedanken über die Nachahmung der griechischen Werke zur Grundlage nahm. Das Buch erschloß ihm eine Welt von neuen, unbekannten, wunderbaren Ideen und warf den ersten Samenkorn höherer Bildung in seinen Geist. Er hörte jetzt zuerst die Schönheit der Natur und der Menschen in Griechenland als die äußere, die Stärke des Geistes und den hohen Sinn der Künstler als die innere Bedingung einer herrlichen Schönheit preisen, deren edle Gestalt und stille Größe dem frechen Feuer, den gesuchten Stellungen, der Übertreibung niedriger Formen siegreich entgegentreten sollte. Aber wie oft er die sieben Gespräche, die diese Gedanken mit dem Aufwande bedeutender Gelehrsamkeit, mit Heranziehung der Aussprüche der alten Schriftsteller in ihrer

---

1) Das mir vorliegende Exemplar führt den Titel: „Untersuchung des Schönen in der Mahlerey und der Verdienste der berühmtesten A. und N. Mahler. Aus dem Englischen des Ritters Dan. Webb übersetzt und mit des R. Mengs Gedanken über die Schönheit und den Geschmack in der Mahlerey vermehrt." Zweyte Auflage. Zürich 1771.

7*

Sprache durchzuführen suchte, mit Anspannung seiner ganzen
Geisteskraft auch durchstudieren mochte, wie viel mußte dem unge=
lehrten, kenntnisarmen Jüngling ohne Anleitung und ohne An=
schauung des Beschriebenen von der Darstellung Webbs unklar,
unverständlich und unbegreiflich bleiben! Doch je fremdartiger
und seltsamer ihm die höheren Regionen, die Winkelmanns=
Wissenschaft der Kunst eröffnet hatte, erschienen, desto heftiger
wurde er davon ergriffen, desto fester mußte der Same des Grie=
chentums in seiner jungfräulichen Seele wurzeln, desto reifer die
Früchte desselben auf einem Boden werden, der eben erst der Kunst
urbar gemacht war.

Er las von der Mahnung, sich der Betrachtung der Kunst=
werke der alten und neuen Zeit mit einer Seele zu nahen, die
durch das Studium der Schriftsteller Roms und Griechenlands
genährt und zugerüstet sei, um die höheren Lehren der echten
Kunst zu empfangen; von dem Wunsche, daß die Deutschen so
glücklich sein möchten, ihr Auge an wahre Kunst zu gewöhnen, das
Große, Starke und Schöne gehörig zu empfinden und einen
Winkelmann zum Lehrer zu nehmen. Er hörte von dem
Zwerggeiste des Jahrhunderts reden, wie die Werkstätten
niedriger Künstler voll von gaffenden Fremden, bunt beklei=
det wie die Helden in ihren Werken, und die Säle der Vati=
kana öde ständen, die Tempel, wo Rafaels Weisheit ruhe,
die sich wie ein sanfter Strom, nicht wie ein Waldwasser,
über alle seine Werke ergieße, den Thoren unvernehmlich. Nach
Rom ward ihm der Weg gewiesen, um den Geschmack durch
das Studium der Kunstschulen nicht in Gefahr zu setzen,
nach Rom sein Auge gelenkt, wo die Werke der alten und
neuen Kunst sich umdrängten und Preis und Bewunderung
fänden.

Von einem Schüler Winkelmanns geleitet, wanderte er in Gedanken durch die Kirchen und Paläste Roms; die Werke Rafaels, Correggios, Michelangelos, Tizians, Claude Lorrains, Carraccis, Guidos, Dominichinos u. a. schwebten in nebelhaften Formen vor seinem geistigen Auge, wenn er an ihnen die Lehren von der Komposition, dem Kolorit, der Schattierung dargelegt fand. Seine erhitzte Phantasie träumte Tag und Nacht von jenen wunderbaren Gemälden, von denen er sich keine Vorstellung machen konnte. Er brannte vor Begier mit leiblichen Augen noch einmal ein Werk jener großen Meister zu sehen, deren bloßer Name ihn mit unbegränzter Ehrfurcht erfüllte. Die Historienmalerei, wie er sie beschrieben fand, erschien ihm fortan als das Höchste und Bewunderungswürdigste, wozu je ein Künstler gelangen könne. Es war in ihm eine Ahnung von dem Wesen der Kunst aufgestiegen; die Vorstellung von ihrer Hoheit und Würde ließ ihm alles andere Thun als unbedeutend und niedrig erscheinen.

Von der Hand Jürgensens ist uns nach den Aufzeichnungen des Künstlers eine Reihe von Aussprüchen in aphoristischer Form erhalten, die, größtenteils dem Webbschen Werke entnommen, in charakteristischer Weise zeigen, wie er neben aller Bewunderung der Meisterwerke italienischer Malerei zugleich den Geist des Griechentums, wie Winkelmann ihn offenbart, in sich aufzunehmen strebte.

\*     \*     \*

„Die Alten sind in der Malerei sowohl als in allen anderen schönen Künsten den Neueren gleich, wonicht weiter gekommen."

\*     \*     \*

„Wir haben alle den Samen des Geschmacks bei uns selbst und sind geschickt, wofern wir unsere Kräfte üben, dieselben zur hinlänglichen Erkenntnis in den schönen Künsten zu erweitern."

\*        \*        \*

„Es gibt kein größeres Hindernis für unsern Fortgang, in welcher Kunst es sei, als die hohe Meinung, die wir uns von dem Urteil der Künstler selbst machen, und das Mißtrauen, welches wir in unser eigen Urteil setzen. Ich habe selten einen Künstler gefunden, der nicht ein unbedingter Bewunderer irgend einer besonderen Schule oder ein Sklave irgend einer Favorit= manier gewesen wäre. Sie steigen selten so wenig als große Herren oder Schüler bis zur uneingenommenen und freien Betrach= tung der wahren Schönheit empor. Die Schwierigkeiten, die sie bei der Ausübung der Kunst finden, fesselt sie zum Mechanischen her= unter. Zu gleicher Zeit führt sie die Selbstliebe und Eitelkeit zur Bewunderung derer Pinselzüge, die den ihrigen am nächsten kommen."

\*        \*        \*

„Die außerordentliche Passion der Engländer für Porträte muß der Aufnahme der Historienmalerei immer im Wege stehen."

\*        \*        \*

„Lerne aus den Antiken den Geschmack der Schönheit, aus Rafael den Geschmack der Bedeutung oder des Ausdrucks, aus Correggio den Geschmack der Harmonie, aus Tizian den Ge= schmack der Wahrheit der Farben."[1]

\*        \*        \*

---

1) Nach Mengs.

„Rafael bleibt in Absicht auf das Kolorit weit hinter Cor=
reggio und Tizian zurück, in seinen Freskomalereien aber ist
er über alle weg."

*　　*　　*

„Trotz aller Mühe einen richtigen Begriff von der Schat=
tierung zu bekommen aus Büchern, wird ein einziger Blick auf
ein Gemälde von Correggio euch mehr befriedigen, als alles,
was ihr darüber gelesen."

*　　*　　*

„Die Historienmalerei ist die Vorstellung einer Handlung,
die nur einen Augenblick dauert."

*　　*　　*

„Die Profanhistorie der Alten war reich an herrlichen und
einnehmenden Geschichten; ihre heiligen Geschichten waren dem
Pathetischen keineswegs hinderlich, vielmehr gaben sie immer neuen
Stoff zum Erhabenen. Ihre Götter hatten mehr Grazie, Majestät
und Schönheit; sie waren aber nichtsdestoweniger menschlicher
Empfindungen und Leidenschaften fähig. Wie viel geringer ist
nicht das Los der Neuern? Ihrer Kunst bedienen sich Pfaffen
oder Fürsten, die wie Pfaffen denken; ihre Gegenstände sind mei=
stens aus einer Religion hergenommen, die die Leidenschaften
verbannt oder doch bezwingen lehrt. Ihre Charaktere sind aus
der niedrigsten Sphäre des Lebens entlehnt: Menschen, denen
ihr niedriges Herkommen und ungeschliffene Manieren die beste
Ansprache zur Auswahl geben. Selbst ihr göttlicher Meister
ist in Gemälden nirgends nach großen Ideen zu sehen; sein
langes glattes Haar, sein jüdischer Bart und armes Aus=

sehen würde Wesen von der allererhabensten Art die Würde
nehmen.    Demut und Unterwürfigkeit, seine charakteristischen
Züge, sind äußerst erbauliche, aber keineswegs malerische Eigenschaften. —

Der Neueren Vorwürfe sind nicht nur an Erhabenheit, sondern ebensowohl am Pathetischen arm.  Die Leiden, welche sie
meist vorstellen, erbuldeten die Märtyrer zufolge gewisser Hoffnungen und dem Schlusse des Himmels gemäß; oft sind sie von dem
Leidenden selbst gewählt, und eine zehnfache Belohnung derselben
ist nächst bei der Hand.  Wenn der H. Andreas ehrfurchtsvoll vor
dem Kreuz, an welches er itzt bald genagelt werden soll, nieder-
fällt, so mag dieses Beispiel von Gottseligkeit und heiligem Eifer
uns erbauen; wir können aber nicht viel für einen andern fühlen,
dem an sich selbst so wenig gelegen ist.  Wir sind nicht so geruhig
bei der Aufopferung der Iphigenia; schön, unschuldig, unglücklich;
wir sehen sie an als das Opfer eines ungerechten Schlusses des
Schicksals; sie möchte beim Leben bleiben und von jedermann
geliebt werden; sie stirbt der Gegenstand des allgemeinen Mitleids.
Dieser Mangel an Würde in Gegenstand und von Fertigkeit beim
Malen macht begreiflich, warum wir überhaupt so kaltsinnig ihre
Werke in den Kirchen und Galerien anschauen.  Der Genius der
Malerei nutzt seine Kräfte an Kreutzigungen, heiligen Familien,
letzten Abendmahlen und dergleichen ab und hat keine Nerven
mehr, wenn etwa der zumalende Gegenstand Pathos und Erhaben-
heit erheischt."

\*    \*    \*

„Es ist höchst nötig, daß ein Maler in demjenigen fleißig
forsche, was die Alten mit großer Sorgfalt und Fähigkeit verfertigt und uns die Muster davon in den Werken der Bildhauerei

hinterlassen, welche alle Wut der barbarischen Völker ungeachtet noch bis auf unsere Zeiten sind erhalten worden." [1]

\*   \*   \*

„Von dem Altertum, das man nur mit Erstaunung ansehen kann, muß man sich den Geschmack verschaffen. Es kann derowegen ein Maler nicht besser thun, als daß er dahin trachte, wie er die Vortrefflichkeit dieser Werke recht ergründen möge, um dadurch die Reinlichkeit der Natur besser zu kennen, auch gelehrter und eleganter zu zeichnen. Nichtsdestoweniger aber, gleichwie es in der Bildhauerei viele Sachen gibt, welche mit der Malerei nicht übereinstimmen, und der Maler zu vollkommner Nachahmung der Natur noch andere Mittel hat, so muß man das Altertum als ein Buch ansehen, welches man aus einer Sprache in die andere zu übersetzen hat." [1]

\*   \*   \*

„Laßt uns den Stil der Malerkunst im Laokoon und dem Fechter erwägen, das Erhabene in der nachdrucksvollen Stärke und dem göttlichen Charakter des Apoll bemerken. Laßt uns bei den zierlichen Schönheiten der medizeischen Venus stillestehen. Diese sind die äußerste Anstrengung der Zeichenkunst."

\*   \*   \*

---

1) Diese Sätze finden sich weder bei Webb noch Mengs und Lairesse. Nach „der Reinlichkeit der Natur" zu rechnen, dürften sie bei einem Schriftsteller vor Winkelmann stehen. Die „Historie und das Leben der berühmtesten europäischen Maler u. s. w. von de Piles, Hamburg 1710" enthält in der Einleitung ähnliche Aussprüche. Hat der Künstler sie direkt aus dieser Quelle geschöpft, so hat er die Schrift de Piles' nicht erst in Kopenhagen, wie Fernow erzählt, sondern jedenfalls schon in Schleswig studiert.

„Der Apoll von Belvedere und der Niobe Tochter geben uns eine Idee des Edlen, Nachdruckssamen und des Schönen. Rafaels Zeichnung reicht niemals an diejenige Vollkommenheit, die wir an den griechischen Statuen entdecken."

*     *     *

„Kein Werk der neuen Kunst kann angeführt werden, welches in Absicht auf das Erhabene dem Apoll, in Absicht auf den Ausdruck dem Laokoon und in Absicht auf Grazie und Schönheit der Niobe Gruppe gleichgestellt werden kann."

*     *     *

„Wenn die Verdienste Tizians, Correggios und Rafaels mit der Grazie, der Schönheit und dem Erhabenen der Alten verbunden wären, so würden wir den richtigen Begriff von der vollkommenen Malerei haben, und unsere Einbildungskraft wird uns des Zeuxis Helena, des Apelles Alexander und des Timomachus Medea vorstellen."

*     *     *

„Die griechischen Künstler sind nicht bloß in dem eignen Charakter weit vortrefflicher als die neueren, sondern sie übertreffen sogar oft selbst ihre eigenen Poeten, die ihnen die Stoffe geliefert."

*     *     *

„Die griechischen Bildhauer waren nicht bloße Handwerker, sie hatten Erziehung und Gelehrsamkeit und waren daher mehr Freunde derer, die ihrer Kunst benötigt waren, als deren Knechte."

*     *     *

„Ich habe oft gedacht, wenn ich den Laokoon stückweise untersucht habe, es müßte ein einziger Fuß, wenn sonst nichts von ihm gefunden wäre, uns durch die aufgelaufenen Adern, durch die angespannten Sehnen und die unordentliche Bewegung der Muskeln zur Vorstellung derjenigen Martern geleitet haben, welche in dem Gesicht so göttlich ausgedrückt und durch den ganzen Leib weg auf eine so bewunderungswürdige Weise angedeutet sind."

— — —

Das Griechentum mit seinen plastischen Kunstwerken ist es, das schon hier in seinen Gedanken in den Vordergrund tritt. In der That, wer wie er noch nie einen Abguß einer antiken Statue mit Augen gesehen, mußte bei den Schilderungen, wie sie ihm hier vom Laokoon, dem borghesischen Fechter, dem farnesischen Herkules, dem Apoll von Belvedere, der Niobegruppe u. s. w. gegeben wurden, bei seinem empfänglichen Gemüt von einem Sehnen ergriffen werden, dessen Befriedigung ihm fortan als das einzigste und höchste Ziel seines Lebens erschien.

\*     \*     \*

„Wohin reißt ihr mich, Götter, Halbgötter und Helden, in Marmor und Leinwand atmend? Ich folge Eurem Rufe und, Einbildungskraft, Deinen ewigen Gesetzen!"

„Ich gehe in die villa Medici und atme da die reinste Luft. Ich lagere mich auf einen beblümten Rasen; Orangenschatten decken mich; — da staun' ich ungestört eine Gruppe der höchsten weiblichen Schönheiten an. Niobe, meine Geliebte, Du schöne Mutter schöner Kinder, Du schönste unter den Weibern, wie lieb' ich Dich! Doch still, Wanderer! Lernbegieriger Jüngling, steh mit Bewunderung stille! Das ist keine liebäugelnde Venus! —

Fürchte Dich nicht! Sie will nicht Deine Sinne berauschen, son=
dern Deine Seele mit Ehrfurcht erfüllen und Deinen Verstand
unterrichten. Nimm wahr die ernste Grazie auf ihrem Gesichte,
die unnachahmliche Einfalt in den scharfen Formen und Köpfen
ihrer Töchter! Kein Teil derselben ist von irgend einer Leiden=
schaft zu viel erhöht oder vertieft, ihre Augen sind nicht von ver=
liebter Trunkenheit halb zugeschlossen, ihr Blick nicht schmachtend,
sondern unschuldig und heiter offen. Ihre jungfräulichen Brüste
erheben sich sanft; keine als die kindliche Liebe hat sie jemals
aufgeschwellt. Es ist Dir vergönnt, o Jüngling, atme bei diesem
Anblick tiefer herauf, genieße einer reinen Wollust und kröne
Deinen Genuß mit dem stillen Wunsche, eine Gattin zu finden,
die diesen Mädchen gleich sei. — Das wirst Du beim ersten An=
blick fühlen, aber tritt näher, betrachte mit kälterem Blut, und
Du wirst die wahre Ursache der Ruhe, welche auf diesen gött=
lichen Gesichtern ist, finden. Du kennst die Geschichte dieser
Heldin und ihrer Kinder. Sie erklärt Dir diese Ruhe. Es ist die
höchste Ruhe des Leidens, das Abmatten einer schmerzhaften, aber
würdigen Todesangst, welches sich endlich in einer rührenden
Unempfindlichkeit verliert. In ihrem betrübten, aber hohen Gesicht
sind die Leiden aller ihrer Kinder versammelt. Ihre reine Schön=
heit, von keiner als der jungfräulichen Göttin, die über sie zürnt,
übertroffen, erregt ein alle Augenblicke von Ehrfurcht besiegtes
Mitleid. Ergebung in das Verhängnis der unsterblichen Götter,
welcher Majestät · sie beleidigt hatte, blickt zwar aus ihren gen
Himmel emporgerichteten Augen; aber ihre Hoheit rechtet auch
wider ihren Willen mit den erzürnten Olympiern. Der würdige
Schmerz der Mutter ist auch in ihre Kinder übergegangen, und
der weise Künstler hat die verschiedenen Wirkungen der gleichen
Ursache auf Schönheiten verschiedenen Alters in der höchsten Voll=

kommenheit ausgedrückt. Eine der ältesten Töchter scheint weniger empfindlich, aber desto denkender. Ihr toter Bruder, der neben ihr verwundet liegt, scheint sie mehr als ihre eigne und ihrer übergebliebenen Blutsverwandten Gefahr zu beschäftigen. Bei einem gemeinen Künstler hätte die jüngste Tochter sich ganz in den Schoß der Niobe verhüllt oder die Mutter hätte das unschuldige Kind emporgehoben, um durch diesen Kunstgriff den Zorn der Götter zu entwaffnen; aber hier ist lauter Wahrheit. Niobe denkt nicht wie gemeine Mütter ungeteilt bloß an ihre jüngste Tochter. Diese lehnt sich sanft an den Schoß der ersten; aber auch sie, obgleich die kleinste unter allen, sieht zurück, ob noch mehrere Streiche auf sie warten, und sie scheint durch die sanfte Wendung ihres kleinen Armes den Pfeil abzuhalten oder ihr Antlitz vor dem unausstehbaren Schimmer der gegenwärtigen Gottheiten zu verbergen." — — — „Ich gehe in die villa Medici und atme da die reinste Luft. Ich lagere mich auf einen beblümten Rasen; Orangenschatten decken mich; — da staun' ich ungestört eine Gruppe der höchsten weiblichen Schönheiten an." — So träumte Asmus Jakob Carstens im Weinkeller zu Eckernförde oder auf seiner einsamen Kammer beim trüben Scheine des Lampenlichts, wie vom Taumel ergriffen bei all den großen und wunderbaren Offenbarungen der Kunst, die dieses Buch ihm erschlossen hatte. In seiner entzückten Phantasie träumte er sich die Stunden näher und immer näher, wo er zum Schauen der geschilderten Werke gelangen werde; er glaubte sich oft noch wiederzuerkennen, in jugendlicher Kraft stehend am Ziel seiner Wünsche. Und wenn er aus seinen Träumen erwachte und der rauhen Wirklichkeit ins Auge schaute? — Hätte er in die Zukunft schauen können, welch ein Bild wäre ihm vor Augen getreten? Hätte er in sich den ernsten Mann mit bleichem Antlitze, gramgezeichneten Zügen und schwächlicher Gestalt wiedererkannt, der in stummer Andacht vor den Werken Michelangelos und Rafaels stand und wie festgebannt die Kolosse von Monte Cavallo betrachtete?

Die Sehnsucht nach etwas Unerreichbarem und die Entzückung über die Wunder seiner Gedankenphantasie, der er sich mit ganzer Innigkeit hingab, lösten sich ab mit einer peinlichen Unruhe und einem qualvollen Seelenzustande, der ihn oft der Verzweiflung nahe brachte. Träumerisch schleppte er seine Tage hin, Thränen des Unmuts und Klagen über sein widerwärtiges Geschick füllten seine einsamen Stunden aus.

Doch nicht unbefriedigter Wissensdrang, die Unmöglichkeit das Sehnen seines Herzens zu stillen, war es allein, das seinen Geist niederdrückte und ihn so qualvolle Stunden erleben ließ. Ein anderes kam noch hinzu, das sein Inneres aufs tiefste erschüttern, die Welt mit ihrem Treiben rings um ihn her ihm widerwärtig machen mußte und ihn sich ganz in sein Gemütsleben zurückziehen ließ. Das Schicksal seiner Angehörigen, seiner Brüder und Schwester, der Schimpf und die Schande, die sie betroffen, der Verlust alles dessen, was er bisher seine Heimat genannt, lasteten schwerer als alles andere auf seiner Seele und haben bei ihm so tief nachgewirkt, daß er sich nie hat überwinden können, von den trüben Ereignissen, wie sie sich während seiner Eckernförder Lehrzeit in Schleswig abgespielt hatten, seinen Freunden nähere Kunde zu geben.

Sein Stiefvater Muhl hatte, kurz nachdem Carstens Schleswig verlassen, seine Mühle im Neubau vollendet und mit bereitwilliger Hilfe des Magistrats auf Aufforderung des Prinzen-Statthalters statt eines feuergefährlichen Strohdachs mit einem kostspieligen „Bretter= und Spondach" decken können. Aber keine Unterstützung vermochte ihn vor dem Falle zu retten, der durch seinen leichtsinnigen, verschwenderischen Lebenswandel mit reißenden Schritten über ihn hereinbrach.

Schon im Laufe des Jahres 1772 hatte er an verschiedene Gutsbesitzer Angelns Wechsel für gelieferte Gerste bis zu einer Höhe von vierzehnhundert Thalern (5040 M.) ausgestellt und selbst noch im Anfang 1773 immer neue Hypotheken auf sein Besitztum genommen, als schon eine Anklage gegen ihn auf dem Stadtgericht erhoben war. Dreimal ward ein Termin zur Verhandlung der Sache angesetzt; aber Muhl erschien nicht und suchte durch allerlei Ausflüchte die Entscheidung hinzuhalten um Zeit zu gewinnen. Da riß dem Magistrat endlich die Geduld. Erst angesichts der Zwangsmaßregeln, die ihm angedroht wurden, entschloß Muhl sich, in einer eignen Zuschrift an den Rat vom 22. Juni 1773 seinen Konkurs anzumelden; seine Gläubiger seien so sehr gegen ihn aufgebracht, erklärte er darin, daß sie ihn mit gänzlichem Untergange bedrohten; er sei außerstande sie länger abzuhalten und müsse Güter und Effekten ihnen preisgeben. Schon am selben Tage ward die erbetene Versiegelung vorgenommen und vier Tage später zur Regulierung seiner Vermögensumstände ein Konkursproklam erlassen. Als aber das Inventar gerichtlich festgestellt werden sollte, zeigte es sich, daß fast nichts mehr im Hause zu finden war. Die Gläubiger gerieten in begreiflichen Zorn, als sie sich schmählich betrogen sahen; sie verweigerten ihm einstimmig als einem „leichtsinnigen, betrügerischen Bankerottierer" ferneren Unterhalt und Aufenthalt auf der Mühle; als ein kräftiger gesunder Mann könne er selber mit seiner Hände Arbeit für seinen Unterhalt sorgen. Sofort wurde ihm die weitere Verwaltung der Mühle abgenommen und einem Meistergesellen auf eigne Verantwortung übertragen, während seiner Haushälterin, der alten Dienstmagd der Carstensschen Familie,

Chriſtina Katharina Detleſſen, für die Dauer des Konkurſes die Führung des Hausweſens überlaſſen blieb.

Auch die Vormünder der Carſtensſchen Kinder waren
unter dieſen Umſtänden genötigt, ihr Intereſſe wahrzunehmen.
Sie fanden die Kinder „in zerriſſenen Kleidern und halb verkümmert"; auf Befehl des Magiſtrats wurden ſie aus dem Hauſe
entfernt und dem Vormunde Mohr unter denſelben Bedingungen, die ihr Stiefvater früher übernommen hatte, zur Erziehung
übergeben.

Unterdes war durch polizeiliche Unterſuchung feſtgeſtellt, daß
Muhl wenige Tage vor der Erklärung ſeines Konkurſes, ſeine
beſten Geräte und Möbeln verkauft oder verpfändet und alles
übrige, ſelbſt ſeine Kuh und den Kettenhund, mit Hilfe guter
Freunde beiſeite geſchafft hatte. Trotzdem war er anfangs
bereit geweſen, die Richtigkeit des aufgenommenen Inventars eidlich zu beſchwören. Als aber der Termin wirklich herankam, war
er plötzlich verſchwunden und hatte ſeine Stiefkinder, ſeinen einzigen Sohn ſowie ſeine Haushälterin, die von ihm guter Hoffnung war, in ihrer Not zurückgelaſſen. Am 28. September 1773
ſetzte der Gerichtsdiener des Rats zu Pferde dem Entflohenen nach,
ohne vor der Hand eine Spur von ihm zu entdecken. Überall
wurde nach ihm geforſcht, ein Steckbrief gieng hinter ihm her und
verbreitete die Kunde von der Schande der Familie nach allen
Orten des Landes. Selbſt in Eckernförde bei dem älteſten Stiefſohn wurde nachgefragt; auch er war in Verdacht geraten, von
dem Verbleib der verſchwundenen Sachen etwas zu wiſſen. Es
folgte eine lange Unterſuchung, in die nach und nach die Mit-
glieder der Carſtensſchen Familie hineingezogen wurden. Alle
mußten einen körperlichen Eid über den Beſtand der Güter ſchwö-
ren und wurden im Weigerungsfalle mit Zwangsmitteln bedroht.

Ganz beſonders war die Haushälterin, die ohne Lohn von Muhl geblieben war und zur Entſchädigung Möbel und Koffer von ihm zum Geſchenke erhalten hatte, in eine ſchlimme Lage geraten. Sie mußte über alle Verhältniſſe im Muhlſchen Hauſe, über das Benehmen ihres Hausherrn gegen ſeinen älteſten Stiefſohn und das Verhalten der Kinder Auskunft geben, ja ihre eigne Schande bekennen. Als von ihr zugleich ein Inventarieneid verlangt wurde, bat ſie um Vorlegung des Verzeichniſſes und zugleich um eine vierzehntägige Friſt, um alles gewiſſenhaft prüfen und mittlerweile auch Erkundigungen über mancherlei, was ihr entfallen ſei, bei der Carſtensſchen Familie und insbeſondere bei dem älteſten Sohn in Eckernförde einziehen zu können. In einem rührenden Schreiben an den Magiſtrat ſetzt ſie dann ihre traurige Lage auseinander und bittet mit Berufung auf die langjährigen treuen Dienſte, die ſie der Carſtensſchen Familie erwieſen, und die Liebe und Sorgfalt, womit ſie ſich des älteſten Sohnes und ſeiner Geſchwiſter angenommen, um eine ſchleunige Unterſtützung in ihrer Not. Sie habe für zwei Dienſtmädchen und vier Kinder die Lebensmittel herbeizuſchaffen, von dem Stadtvogt wöchentlich nur zwei Mark erhalten und trotzdem, daß Asmus Jakob Carſtens aus Eckernförde ihr und ſeinen Geſchwiſtern eine kleine Beihilfe habe zukommen laſſen, ſchon bei einer Nachbarin in St. Jürgen borgen müſſen. „Der Kredit iſt durch unſern gehabten Herrn verloren und erloſchen; der Herr Stadtvogt will ſich zu keiner Alimentation weiter verſtehen, ehe er nicht von dem Magiſtrate Anweiſung erhalten. Wie ich nun mit den Mädchen und den Kindern doch unmöglich vom Winde leben kann und notwendig zwei Thaler vierundzwanzig Schilling in der Woche zur Haushaltung bedarf, da bereits alle Einkünfte von der Mühle beſchnitten worden, dieſelbe einem Geſellen anvertraut iſt, wovon derſelbe

Rechnung abzulegen hat, so sind wir daran Hungers zu sterben, wenn uns nicht wird bald geholfen werden."

Während die Untersuchungen noch fortdauerten, wurde die Graupenmühle im September 1773 in öffentlicher Auktion an den Müller Hansen Lundt verkauft.[1] Die Regulierung des Konkurses zog sich trotzdem noch mehrere Jahre hin; auch die Nachforschungen nach dem entwichenen Muhl wurden eifrig fortgesetzt, bis er im Jahre 1775 im Eiderstedtschen ergriffen und zu einer mehrjährigen Zuchthausstrafe verurteilt wurde. Sein Name ward aus der Bürgerliste gestrichen und in der Rolle der Altstädter Schützengilde unter schimpflichen Formen getilgt.

Während der gerichtlichen Verhandlungen, die der Konkurs Muhls mit sich brachte, war es die Aufgabe der Vormünder gewesen, die Interessen ihrer Mündel nach Kräften zu wahren und gegen die hartnäckigen Gläubiger zu verfechten. Vor allem

---

1) Hansen Lundt besaß die Graupenmühle bis zum Jahre 1797, wo er sie verkaufte. Der Käufer, Matthiessen, vertauschte sie, ohne sie anzutreten, an seinen Schwager, Hans Hinrich Carstens, den Bruder des Malers, gegen ein Haus auf dem Holm. Hans Hinrich Carstens, seit dem 28. April 1775 in der Müllerlehre bei dem Müller Orloff auf Holkenbüll, hatte seit 1784 die landesherrliche Stadtmühle in Pacht gehabt; von 1797 bis 1809 im Besitz der väterlichen Graupenmühle, geriet er in Konkurs und starb in einer Stiftung am 15. Januar 1836 in Schleswig. Er war mit Christ. Dorothea Fischer, verw. Jahn, verheiratet und hatte drei Söhne, Hans Jürgen († in Schleswig als Fuhrmann 1859), Karl Heinrich († als Müller 1850), Johann Christian († in Amerika 1858). Von dem zweiten stammen die im Schleswigschen seßhaften Carstens: Heinrich Carstens, Tischlermeister und Herzogl. Glücksburg. Hoflieferant in Schleswig, und Asmus Carstens, Kaufmann in Flensburg. Die Familie des ersten ist in männlicher Linie ausgestorben; die Nachkommen des dritten sind in Amerika. Die weibliche Linie des ersten und zweiten zählt in Flensburg und Schleswig noch außerdem eine zahlreiche Verwandtschaft, die wir als nebensächlich außer Acht lassen müssen. (Nach den Kirchenbüchern der schleswigschen Gemeinden, den Vormundschaftsakten und Mitteilungen der Carstensschen Familie.)

kam es darauf an, die früheren Erbvergleiche zur Anerkennung zu bringen und besonders noch für den ältesten Asmus Jakob außer seinem elterlichen Erbteil eine weitere Geldentschädigung durchzusetzen. Er habe, führten sie aus, während seiner Lehrzeit ihnen nicht die geringsten Kosten bereitet, scheine mit seiner Lage zufrieden und sei nach der Aussage seines Lehrherrn in seinem Geschäfte fleißig und zuverlässig befunden; um so mehr seien sie verpflichtet, den Gläubigern gegenüber seine Rechte zu wahren. Weil Muhl nach dem früheren Vergleiche nur so lange, als er die Kinder alimentiere und in ihren Lehrjahren unterhalte, von den Erbgeldern derselben keine Zinsen erlegen solle, so liege es in der Billigkeit, daß ihrem ältesten Pupillen von der Zeit an, als er bei Bruyn in der Lehre gewesen und das Haus seines Stiefvaters verlassen habe, die Zinsen von seinem väterlichen und mütterlichen Erbe voll und ganz ausgezahlt würden. Da auch der Magistrat die Forderung der Vormünder als rechtlich begründet erklärte, so ließen sich die Gläubiger nach langem Widerstreben endlich auch bereit finden, dem Küferlehrling eine Entschädigung zu bewilligen, die für einen fast dreijährigen Zeitraum auf dreiunddreißig Thaler acht Schilling (120 Mk.) festgesetzt und zum Kapital geschlagen wurde. Noch im selben Jahre legten Jakob Mohr und Josias Petersen dem Magistrate die Rechnung über das Vermögen ihres ältesten Mündels vor, die sie seit Ausbruch des Konkurses selbständig geführt hatten, und wurden von demselben wegen gewissenhafter und sparsamer Verwaltung durch ein besonderes Lob ausgezeichnet.

Diese geschilderten betrübenden Vorgänge, die sich im Laufe von zwei bis drei Jahren in Schleswig ereigneten, mußten Asmus Jakob Carstens um so mehr in steter Erregung halten, als er dadurch mehrfach in Mitleidenschaft gezogen war. Was es

8*

damals bedeutete, mit einem „betrügerischen, meineidigen, steck= brieflich verfolgten und zur Zuchthausstrafe verurteilten Bankerot= tierer" in naher Verwandtschaft zu stehen, braucht nicht erst aus= einandergesetzt zu werden. Die ganze Carstensche Familie, mochte sie auch unschuldig in diese Lage geraten sein, fühlte den Schimpf mit, der seitdem auf ihr lastete. War es ein Wunder, wenn Asmus Jakob, der alle seine Schande in der Familie seines Prinzipals als bekannt wußte, sich halb und halb aus der mensch= lichen Gesellschaft ausgestoßen vorkam? Wir hören nicht, daß diese Vorgänge auf seine Stellung in dem Bruynschen Hause zunächst von Einfluß gewesen oder daß er dadurch in der Meinung seines Lehrherrn gesunken sei, aber als es sich später um seine Zukunft handelte, konnte er einer bitteren Erinnerung daran nicht entgehen.

Wenn irgend etwas, so waren es diese Ereignisse, die Carstens während seiner übrigen Lehrzeit von seiner Vaterstadt fern hielten. Wie sehr auch seitdem seine Gedanken bei seinen Geschwistern verweilten, die er jetzt in dem Hause und unter der strengen Zucht seines Vormundes Mohr wußte, dessen harte Hand er selber genugsam gefühlt hatte, so konnte er sich doch nicht über= winden, seinen Fuß nach Schleswig zu setzen, so lange die Schande seiner Familie noch in frischem Andenken der Leute war. Nur seinem Vetter Jürgensen, der ihm über alle Vorgänge nähere Mitteilung gemacht, schüttete er sein Herz aus und empfahl ihm die Zukunft seiner einzigen Schwester, Anna Katharina, an der seine Seele mit Liebe hieng. Selbst als dieselbe um Ostern des Jahres 1775 konfirmiert ward, blieb er daheim, um nicht das Haus seines Vormundes zu betreten und seine elterliche Häuslich= keit wieder zu schauen. Wie tief auch sein Gemüt von dem Schick= sal seines Stiefvaters und der Schande, die er ihm und den Seinen bereitet hatte, erschüttert sein mochte, so daß er niemals später davon sprechen konnte, die plötzliche Nachricht von dem Tode seiner heißgeliebten Schwester am 13. November 1775, die sein Vormund ihm mitteilte, ohne daß er sie wiedergesehen und von ihr Abschied hatte nehmen können, erfüllte ihn mit einem Schmerze, der noch lange Jahre in ihm nachzitterte.

Wir können uns nicht versagen, hier eine seiner bisher unbekannten Elegien, die den Tod seiner Schwester behandelt, mitzuteilen, worin der Künstler acht Jahre später, als er im Begriffe war von Kopenhagen Abschied zu nehmen, die schmerzlichen Empfindungen jener Tage zum lebhaften Ausdruck gebracht und sich zugleich in prophetischen Worten über seine Laufbahn ausgesprochen hat. Wenn je der christliche Sinn unseres Carstens bestritten und behauptet worden ist, daß mit dem Studium der alten Kunst und der griechischen Mythologie schon früh eine heidnische Weltanschauung bei ihm eingezogen sei, so legt dieses Gedicht, wenn auch von einem schwermütigen, bedrückten Herzen, doch zugleich ein schönes Zeugnis ab von seiner Ergebenheit und kindlichen Unterwerfung unter Gottes Fügungen.

### Elegie. [1]

„Fliehe nicht, geliebtes Bild!
Fliehe nicht!
Weile und laß in meine Arme Dich schlingen!
Umsonst — —
der Schatten sinkt gestaltlos dahin.

    Ach! wie oft bethört
trügender Wahn das menschliche Herz!
Wohin treibst du mich,
schwankende Phantasie?

---

1) Die Citate aus Carstens' Gedichten sind hier wie auch weiter unten mit Beseitigung der mannigfachen Inkorrektheiten gegeben. Der Anhang enthält sie, wie Carstens sie geschrieben.

Sie ist nicht mehr!
Schon längst ist sie in moderndem Staub gesunken,
schon längst hat sie der schreckliche Tod
ihren geliebten Brüdern geraubt,
hat mit furchtbarer Hand ins Grab sie geschleudert
und ihres Frühlings lieblichste Jahre
gewaltsam dem Leben entrissen.

Du starbst, und ich konnte Dich nicht sehen,
Dich nicht umarmen
und meinen brüderlichen Kuß
auf Deine sterbenden Lippen Dir drücken;
zuweit von Dir entfernt, umgaben mich
der Kaufmannschaft eherne Bande.

Gesellige Einsamkeit, Gedankenfreundin,
Gefährtin der Nacht! wohin führtest du oft,
wenn Finsternis die Erde bedeckte,
wenn der stille Mond
durch zerrissene Wolken
bloß auf mich herabschien,
meinen fühlbaren Geist? —
Zu Dir, Katharina!
zu Dir hin, geliebte Schwester!
Dann füllte Wehmut
mein jugendliches Herz,
dann schlich eine Thräne
mir über die Wange hinab,
die meine Hand zu verbergen sich strebte.

Wohldann! Du bist dahin!
Welcher Sterblicher vermag
des Schicksals Ratschluß zu ändern?
und ob die Felsen
meinen Gesang vernähmen
und die Wälder
meiner Harfen Getön,
bringt doch nicht mein Klaglied
Deine Seele ins Leben zurück.
Vielleicht — nicht lange —
und des Todes gewaltige Hand
stürzt auch mich in die Grube hinab.

> Ich werde fallen,
> in der vollen Blüte des Lebens
> werde ich fallen,
> wie die Blume des Feldes
> vor des Ungewitters verderbender Kraft.
>
>   Ewiger, gütiger Gott!
> Gedenke nicht der Sünden meiner Jugend,
> und wenn denn das Schicksal
> den Faden meines Lebens zerreißt,
> o dann,
> dann schau' gnädig auf mich Sterbenden
> in der Stunde meines Todes herab!"

Was anders als die begeisterte Liebe zur Kunst und der feste Glaube an seine Bestimmung konnte ihm wohl über die trüben Stunden, die er damals in Eckernförde erlebte, hinweghelfen? Was anders als harte Arbeit und heißes Bemühen die schwermütigen Gedanken, die sein Inneres erfüllten, zurücktreten lassen? Nur die größte geistige Energie vermochte ihn aufrecht zu halten und neue Anregungen, die seinem Kunsttriebe zu teil wurden, ihm frische Lust zum Leben zu geben. Das unbefriedigende Gefühl, welches bei aller Begeisterung für die Lehren des Webbschen Buches in ihm zurückgeblieben war, wurde gemildert durch die Freude an einer Arbeit, die ihn zusehends förderte.

Die Lehren und Anweisungen, die er in der Schrift von Mengs dargelegt fand, waren es wohl, die ihn fortan von allen weiteren Kopierübungen abhielten. Der Grundsatz, „nur die besten Sachen vor sich zu nehmen und nichts Garstiges zu leiden, noch zu besehen, noch viel weniger nachzuahmen," konnte für ihn in seiner Verlassenheit in Eckernförde freilich nicht in dem Maße bindend sein, als es für Schüler der Kunstakademien der Fall war. Desto stärker aber mußte nach dem Studium des Webbschen Werks die Mahnung auf ihn wirken, nicht zu viel Gewicht auf „abstraktes Zeug" zu legen. „Die erste Bemühung eines

Anfängers müsse sein, das Auge zur Richtigkeit zu gewöhnen, damit es fähig werde, alles nachmachen zu können. Er müsse sich der Handübung befleißigen, damit seine Hand gehorsam sei zu thun, was er wolle, und nach diesem allen erst die Regeln und das Wissen der Kunst erlernen. Zuerst komme die Übung und dann das Wissen, weil man in alten Jahren zur Erlernung von Regeln noch geschickt sei; aber zur Übung und Gewöhnung des richtigen Auges, des nötigsten Werkzeugs der ganzen Kunst, werde ein gewisser Zeitpunkt erfordert, nämlich so lange man noch keine Gewohnheit angenommen. Habe man sich einmal übel gewöhnt, so sei es in reifen Jahren unmöglich sich anders zu gewöhnen. Der Anfänger solle seine Schrift nur lesen, um zu sehen, wie groß und schwer die Kunst sei, auf daß er eile und keine Zeit verliere bei Erlernung der geringeren Teile."

Diesen Vorschriften gemäß hat Carstens das letzte Jahr seiner Anwesenheit in Eckernförde nach Anleitung eines größeren Lehrbuchs, das die Bruynsche Familie ihm zum Geschenke machte, ganz der Übung seiner Hand gewidmet. „Het groot Schilderbok door Gerhard de Lairesse",[1] welches der Großvater seines Prin=

---

[1] Das uns vorliegende Exemplar ist Amsterdam 1707 in drei Teilen erschienen. Nach Fernow hat Carstens dieses Buch erst nach einem längeren Aufenthalt in Kopenhagen von dem Porträtmaler P. Ipsen, bei dem er wohnte, zum Geschenk erhalten und fleißig studiert. Ipsen sei früher Seemann gewesen und habe es von seinen Reisen mitgebracht. Diese Angaben beruhen jedoch entweder auf einem vollständigen Mißverständnisse Fernows oder auf einem Irrtum des Künstlers selbst. Von einer Reihe urkundlicher Nachrichten wollen wir hier nur eine interessante Notiz erwähnen, die von der Eckernförder Zeitung wohl nach dem Kieler Korrespondenzblatte gegen Ende der funfziger Jahre veröffentlicht wurde. Dieselbe lautet wörtlich: „Der Bibliothek des Kunstvereins in Kiel ist durch Herrn Premierlieutenant a. D. Timm in Eckernförde (derselbe ist jetzt verstorben) ein höchst interessantes Geschenk gemacht mit dem Exemplar von „Het groot Schilderbok door Ger=

zipals, der Kapitän Bruyn, einst mit aus seiner holländischen Heimat gebracht hatte, gab ihm fortan Gelegenheit sich praktisch weiter zu bilden und mußte für ihn, als einen Autodidakten der Kunst, von unschätzbarem Werte sein. Da es in holländischer Sprache geschrieben war, so sah er sich anfangs nur auf genaue Betrachtung der zahlreichen Kupferstiche, die das Werk zieren, angewiesen. Um zum vollen Verständnis zu gelangen, ergab er sich mit Eifer der Erlernung des Holländischen, wobei ihm die sichere Kenntnis der niederdeutschen Mundart, die seine Muttersprache war, ganz besonders zu Hilfe kam. Über alles, was ihm trotzdem noch unverständlich blieb, konnte er sich leicht bei der Familie Bruyn Rats erholen, die des Holländischen vollkommen mächtig war.

„Mein Geistesfeld war so trocken," sagte Carstens später einmal, „daß man selbst einen Platzregen von Wissen nicht bemerkt haben würde." Aber die Fruchtbarkeit, die das scheinbar so sterile Feld nach und nach durch eifriges Ansammeln angenommen hatte, war doch bedeutender, als es dem ersten Blicke scheinen könnte. „Ich habe," erzählte er nachmals, „das große Malerbuch von Lairesse unzähligemal durchgelesen und den einzelnen Teilen nach

---

hard de Lairesse. Amsterdam 1707", aus dem der Vormann der neueren historischen Kunst, unser berühmter Landsmann Asmus Jakob Carstens, in Eckernförde als Küperlehrling seine ersten künstlerischen Studien machte und das seine eigenhändige Namensunterschrift vom Jahre 1776 enthält." Leider ist dies Exemplar, wie uns mitgeteilt wird, trotz mehrfacher Nachforschung nicht mehr in der Bibliothek des Kunstvereins zu entdecken. Indes dürfte die Hoffnung nicht aufzugeben sein, daß es bei irgend einer Gelegenheit in Kiel wieder zum Vorschein kommt. Wie wir erfahren, sind darin noch allerlei Entwürfe von Carstens' Hand zu finden. Die etwas auffällige Thatsache, daß Carstens dies Buch bei seinem Weggange in Eckernförde zurückließ, wird darin seinen Grund haben, daß er es genugsam studiert zu haben und fortan entbehren zu können glaubte.

studiert. Hier fand ich praktisch Brauchbares, eine Handhabe, um die Technik anzupacken. Lairesse war meine Vogelorgel, und ich lernte ihn aufs genaueste auswendig." „In Lairesse," läßt Fernow ihn erzählen, „fand ich über alle Gegenstände der Kunst ausführliche Belehrung von einem praktischen Künstler, gerade so wie es mir not that. Besonders wichtig war mir das, was ich darin über die malerische Anordnung der Figuren in einer Komposition zum Zwecke der Deutlichkeit las." — „So ward mir von allen Teilen der Kunst der Begriff einer malerischen Komposition am ersten deutlich." — „Da ich niemand hatte, bei dem ich Rats holen konnte, so mußte ich mich wohl an Bücher halten und an die einsame und mühsame Art zu studieren und alles gleichsam selbst entdecken, was mich aber zum Nachdenken reizte."

Alles, was er noch in seinem Cröker vermißt hatte, das rein Technische von dem Einfachsten bis zum Kompliziertesten, fand er hier in durchweg methodischem Fortschritte in ganzer Ausführlichkeit dargelegt: eine praktische Anweisung zur Zeichenkunst mit entsprechenden Vorlagen, für einen Autodidakten wie geschaffen, der „über Perspektive, Schattierung, Beleuchtung, Drappierung und Staffage, wie über die Formen und die Bewegungen des menschlichen Körpers und seiner Glieder" notwendige Belehrung suchte. Da er schon früh an eignes Schaffen gewöhnt war, so mußten die Vorschriften, die ihm in Bezug auf eine Komposition gegeben wurden, von besonderem Interesse für ihn sein. An Beispielen und charakteristischen Darstellungen fand er die Hauptregeln derselben erläutert, wie die Einheit der Handlung festzuhalten, um nicht zwei Ereignisse zu vermengen, wie man malerisch gruppieren, die Figuren zusammen verbinden, den Einfall des Lichts vorteilhaft malen, Licht und Schatten in Massen zusammenhalten, Löcher, durchschnittene Gliedmaßen, gerade Linien und Winkel vermeiden

müsse. Wenn er in Webbs Schrift nur kurz die Stoffe angedeutet sah, die von den bedeutendsten Künstlern der alten und
neuen Zeit behandelt waren, so fand er hier neben technischen
Anweisungen auch über die antike Welt und ihre Anschauungen
reiche Belehrung, die jenen Stoffen erst für ihn Inhalt gaben.
Während ihm einerseits Abbildungen der Götter und Helden, der
Genien, Penaten, Laren, Cupidonen, Beschreibungen von Statuen, Basreliefs, griechische Spiele, römische Triumphe u. s. w.
vor Augen gebracht wurden, konnte er daneben Anweisung über
die Wahl der Stoffe und die Art, wie aus einer poetischen Darstellung eine Komposition zu entwerfen sei, sowie über das Verhältnis des Malers zum Dichter weitere Aufklärung finden. Von
den Dichtern der Alten wurden besonders Homer, Vergil und
Ovid zum genauen Studium empfohlen; sie enthielten so viel
Stoffe, daß noch dreimal so viel Darstellungen daraus zu machen
seien; man brauche keinen neuen Homer und habe keinen zweiten Ovid nötig; sie hätten so viel Stoffe hinterlassen, daß man
noch tausend Jahre daran arbeiten könne. Die in dem Buche
enthaltenen Entwürfe, die zum größten Teil den alten Dichtern
entnommen sind, wie Apollo und Daphne, Merkur und
Atropos, Diana und Endymion, Mars und Venus, den
Adonis beklagend, Bacchus und Ariadne, Dryope und
Amphion, die drei Parzen, Erechthonius und Ceres, Odysseus
und Achilles unter den Töchtern des Königs Lykomedes u. a.,
gaben ihm schon damals mannigfach Gelegenheit sich in eignen Kompositionen zu versuchen, wie schülerhaft und unselbständig sie bei dem
Mangel an Dichterquellen auch ausfallen mochten.

Ein Talent wie Carstens hat ohne Frage während eines
einjährigen Zeitraums die drei Bücher Lairesses zur Genüge
auszunutzen verstanden. Wie es scheint, muß seine technische

Fertigkeit im Zeichnen und Entwerfen, die er sich schon während sei=
ner Lehrzeit in Eckernförde erworben hatte, demnach höher ange=
schlagen werden, als er sich selbst, wenn wir anders Fernows
Berichten Glauben schenken wollen, in seinem späteren Alter vor=
stellte. Eine große Anzahl von Zeichnungen, die er nach Anlei=
tung seines holländischen Lehrbuchs entworfen, ist nachweisbar
lange Jahre im Besitze seines Vetters Jürgensen gewesen, nach
und nach zerstreut und heute verschollen.

Wir haben Carstens in der Weinhandlung zu Eckernförde
bei seinen Kunstübungen während seiner ganzen Lehrzeit begleitet,
den Küferlehrling Schritt für Schritt von Cröker zu Webb,
von Webb zu Lairesse fortschreiten sehen, gesehen, wie er von
Jahr zu Jahr mit stetig steigernder Energie sich seinen Neigungen
hingibt. Wie ein fester, bestimmter Entschluß, ein Maler zu
werden, sich mit allen ihm zu Gebote stehenden Mitteln zu diesem
Berufe vorzubereiten, längst gefaßt sein mußte, so scheint die
merkwürdige Ausdauer, womit er dem Studium des Lairesse
während des letzten Jahres oblag, darauf hinzuweisen, daß die
früher in dunkler Ferne schwebende Aussicht, einmal die ehernen
Bande der Kaufmannschaft zu sprengen, die ihm seinen Lebens=
nerv abschnitten und ihn geistig zu ersticken drohten, sich mehr
und mehr der Verwirklichung näherte und eine greifbare Gestalt
angenommen hatte.

Nach Fernow soll die Wendung seines Geschicks halb
zufällig herbeigeführt sein. Gegen Ende seines fünften Lehrjahres
sei er mit einem Advokaten des Orts bekannt geworden, der ihn
schon aus dem Rufe eines geschickten Könterfeiers gekannt, den
Carstens sich im Städtchen erworben habe. „Dieser äußerte ihm
seine Verwunderung,“ erzählt er weiter, „wie er bei so vieler
Lust und Fähigkeit zur Malerei sich habe zum Weinhandel ent=

schließen können. Carstens klagte ihm darauf sein Leid, wie er dazu von seinen Vormündern sei gezwungen worden, die durchaus nicht hatten zulassen wollen, daß er ein Maler würde, welches doch immer und auch noch jetzt sein sehnlichster Wunsch gewesen sei."

„„Ei,"" erwiderte ihm dieser, „„wußten Sie denn nicht, daß nach den Gesetzen kein Vormund seinen Mündel mit Gewalt abhalten darf, ein ehrsames Gewerbe, was es auch sei, zu erlernen, sobald dieser einen ernstlichen Trieb dazu bezeigt? Man hat Ihnen da großes Unrecht gethan. Und was wollen Sie überhaupt bei der Handlung, wenn Sie nur wenig Vermögen haben? Da müssen Sie zeitlebens anderen Leuten dienen und kommen nie zu etwas Eigenem.""

„Die Worte dieses Mannes fuhren ihm wie ein Lichtstrahl durch die Seele. Er sah, daß man ihn auf eine schmähliche Art um fünf Jahre betrogen habe, und entschloß sich auf der Stelle den Weinhandel zu verlassen und noch Künstler zu werden, wie es ihm auch ergehen möge und obwohl er bereits zweiundzwanzig Jahre alt sei."

Daß die Vormünder vollkommen auf gesetzlichem Boden standen, als sie ihren Mündel nach Eckernförde sandten, kann nur bei ungenügender Kenntnis der damaligen Verhandlungen bestritten werden. Die Aufklärung, daß er beim Weinhandel bei seinem geringen Vermögen niemals zu einer selbständigen Stellung gelangen werde, sowie die eben erst gewonnene Einsicht, daß er um seine besten Jahre betrogen sei, konnten es doch schwerlich sein, die ihn jetzt erst zu dem plötzlichen Entschlusse brachten, seine Stellung bei seinem Prinzipal zu lösen. Denn wie sollte er dies möglich machen? Die urkundlichen Nachrichten geben ein ganz anderes Bild von den damaligen Vorgängen in Eckernförde;

sie zeigen aufs deutlichste, daß Carstens längst den Entschluß gefaßt hatte, sich bei nächster Gelegenheit frei zu machen, daß er auch sehr gut wußte, wann der Zeitpunkt gekommen sei, der ihn von der Gewalt der Vormundschaft lösen werde.

Mit dem Juli des Jahres 1775 waren vier Jahre seiner Lehrzeit verflossen. Er hatte damit eben sein einundzwanzigstes Lebensjahr vollendet, womit er unter gewöhnlichen Verhältnissen nach dem in der Stadt Schleswig geltenden Rechte mündig geworden wäre. Daß die Mündigkeit ihm volle Freiheit bringen werde, selbständig über seine Zukunft zu entscheiden, konnte ihm unmöglich verborgen, der Entschluß, die Gelegenheit zu benutzen, mußte lange bei ihm feststehen. Aber die Mündigkeit wurde von dem schleswigschen Magistrate zu dem bezeichneten Termine nicht ausgesprochen. Sie wurde ihm aus dem Grunde verweigert, weil er seine kontraktliche Lehrzeit, die auf fünf Jahre festgesetzt war, noch nicht vollendet und als Lehrbursche über sein Vermögen nicht selbständig verfügen durfte. Eine rechtliche Bestimmung der geltenden Vormünderverordnung stand hierbei dem Rate zur Seite. Es war jedesmal in sein freies Ermessen gestellt, ob er einen Pupillen trotz erlangter mündiger Jahre für fähig halte, seinen eignen Angelegenheiten vorzustehen, und im Verneinungsfalle darüber eine Bestimmung zu treffen, wie lange die Vormundschaft noch fortgeführt werden solle.[1] Die Erwägungen des Rats lassen auch keinen Zweifel, daß der von den Vormündern mit dem Weinhändler Bruyn abgeschlossene Kontrakt nach dem Gesetze die Mündigkeitserklärung für Asmus Jakob Carstens zum Mai

---

1) Vergl. Paulsen: Lehrbuch des Privatrechts in den Herzogtümern Schleswig und Holstein p. 307. Gemeinschaftliche Verordnung vom 28. Sept. 1767. § 25.

des Jahres 1775 ausschließen müsse. Es konnte nur zur Frage
stehen, ob die Vormundschaft bis zur Vollendung seiner eigentlichen
Lehrzeit, bis zum Juli 1776, oder gar noch bis zum Ablauf der
sieben kontraktlich übernommenen Jahre fortgeführt werden solle.
Für diese letzte äußerste Maßregel konnte aber schwerlich den
Oberbehörden gegenüber, an die in einem solchen Falle zu berichten war, ein durchschlagender Grund geltend gemacht werden. Die
Vormünder erhielten demgemäß die Anweisung, die vormundschaftliche Rechnung für Carstens noch bis Ende Juli 1776 weiterzu-
führen und ihren Pupillen von dem Beschlusse des Magistrats in
geeigneter Weise in Kenntnis zu setzen.[1]

Carstens mußte sich fügen. Schmerzlich mochte er die
Stunde schwinden sehen, die ihm hatte Erlösung bringen sollen,
und in seiner Unkenntnis der gesetzlichen Bestimmungen und der
Befugnisse seiner Vormünder bei dieser Gelegenheit sich auch einmal
bei einem der drei damals in Eckernförde wohnenden Rechtsgelehrten Rats erholt haben. Die Aufklärung, die derselbe ihm gegeben,
kann nur darin bestanden haben, daß er seine Zeit abwarten
müsse und, · selbst mündig gesprochen, alle Rechtshandlungen, die
von seinen Vormündern während seiner Vormundschaft auf gesetz-
liche Weise geschlossen seien, nicht verwerfen könne; es werde zur
gegebenen Zeit nur allein seine Sache sein, sich mit seinem Lehrherrn gütlich auseinanderzusetzen. Es war eine schwierige Lage,

---

1) Von diesem Teil der Vormundschaftsakten liegen uns nur kurze
Auszüge vor, die zum Handgebrauch des Richters dienten. Die vollständigen
Akten mit den Originalbriefen des Künstlers bis in seine Kopenhagener Zeit
waren bis zum Jahre 1867 noch im Schleswiger Stadtarchiv vorhanden und
sind damals von uns eingesehen. Leider sind dieselben bald darauf nach
Übergabe an die staatlichen Behörden als Makulatur eingestampft und unwiederbringlich verloren. Indes geben die Auszüge und Notizen, die wir uns
früher davon gemacht, noch genügende Aufklärung.

voll Ungewißheit und Unklarheit, in die Carstens geraten war. Neben der tröstlichen Aussicht, nach einem Jahr mündig gesprochen zu werden, stand die zweifelnde Frage, ob sein Lehrherr sich bereit finden werde, ihn dann von seinem Kontrakte zu entbinden. Er lebte in peinlicher Unruhe; in fieberhafter Thätigkeit, sich für seinen künftigen Beruf würdig vorzubereiten, brachte er seine Tage hin.

So kam der Juli des Jahres 1776 heran, und im Laufe desselben ward ihm von Seiten der Vormünder im Namen des Magistrats die Mitteilung gemacht, daß er mündig gesprochen und schon zum nächsten September über einen Teil seines Vermögens, worüber sie Rechnung abgelegt, frei verfügen könne. Indem sie aber damit zugleich die dringliche Mahnung verbanden, die ferneren beiden Jahre ebenso getreu wie bisher dem ihm zugewiesenen Berufe zu dienen, sah er den Augenblick gekommen, ihnen offen und ehrlich seinen längst gefaßten Entschluß in einem längeren Erwiderungsschreiben mitzuteilen, das seinem Wortlaute nicht mehr bekannt, aber nach dem uns vorliegenden Auszuge im wesentlichen mit den Angaben, die Fernow in etwas anderem Zusammenhange darüber macht, übereinstimmt. Unter heftigen Vorwürfen, daß sie ihm gegenüber ihre Befugnisse überschritten hätten, erklärte er, die Fesseln, womit man seine Herzensneigungen gebunden, nicht mehr länger tragen zu wollen, was es ihm auch koste. Keine Macht der Erde werde imstande sein, ihn in seinem Entschlusse wankend zu machen. Die unersetzliche Zeit, die er durch ihr treuloses Verfahren habe verlieren müssen, möge dereinst ihr Gewissen brennen. Er werde jetzt dem Sterne folgen, der ihm seit seiner Jugend geleuchtet, und ohne ihre Hilfe auch den Weg zu finden wissen, der ihn seinem Ziele zuführe. Nur wegen seines Vermögens sei er genötigt, mit ihnen weitere Unterhandlungen zu führen; er werde zu rechter Zeit in Schleswig erſcheinen, um seine Intereſſen wahrzunehmen.

Die Vormünder waren nicht wenig überraſcht, als ſie dieſe Ankündigung erhielten; ſie hatten geglaubt, daß die fünfjährige Lehrzeit, die harte Arbeit des Weinkellers, ſeinen eigenwilligen Sinn gebrochen habe, und waren in dieſer Meinung durch die wiederholten Erklärungen ſeines Prinzipals, daß Carſtens mit Eifer und anſcheinender Luſt ſeinem Geſchäfte nachgehe, noch mehr beſtärkt worden. Durch das Schreiben in ihrer Zuverſicht getäuſcht, antworteten ſie ihm in verletztem Tone, ſie hätten im Einverſtänd= niſſe mit dem hohen Rate der Stadt den geſetzlichen Beſtimmungen gemäß bei der Wahl ſeines Berufes gehandelt, nach ihrem beſten Wiſſen und Wollen pflichtgemäß für ſein Wohl Sorge getragen, ſein kleines Vermögen getreulich verwaltet und mit großer Mühe aus dem Konkurſe ſeines Stiefvaters gerettet. Nicht ihm, ſondern allein dem Rate ſeien ſie für ihr Verhalten verantwortlich. Ange= ſichts des Schimpfes, womit ſeine Familie belaſtet, möge er noch einmal bedenken, ob es wohlgethan ſei, mit all denen, die ſich ſei= ner angenommen und trotzdem auch weiter für ihn zu ſorgen gewillt ſeien, aus Liebe zu einem Berufe vollſtändig zu brechen, der ihn einer ungewiſſen Zukunft entgegenführe. Wolle er ſich aber durch= aus nicht zum Guten bequemen, ſo möge er nur ſeinem Eigenſinn folgen; er werde es bereinſt ſchon bereuen. Indem die Vormün= der ihm damit die alleinige Verantwortlichkeit für ſein ferneres Thun überließen, machten ſie ihn zugleich auch aufmerkſam, daß er die rechtlichen Verpflichtungen, welche ſie während ſeiner Vor= mundſchaft ſeinem Prinzipal gegenüber kontraktmäßig übernommen hätten, nicht einſeitig, ſondern nur mit Einwilligung deſſelben löſen könne. Sie ſeien aber nicht gewillt, ihm hierbei durch ihre Fürſprache irgendwelche Unterſtützung angedeihen zu laſſen.

Carſtens ließ ſich indes durch dieſe Vorſtellungen nicht irre machen. Er hoffte auch ſeinen Lehrherrn, der ihm immer Wohl= wollen bewieſen, für ſeine Abſichten gewinnen zu können. An dem Tage, wo ihm, „dem ausgelernten Küfer“, ſein Lehrbrief übergeben werden würde, gedachte er um ſeinen Abſchied zu bitten.

Nicht leicht iſt es Carſtens geworden das Band, welches ihn mit der Bruynſchen Familie verknüpfte, zu zerreißen und die Kämpfe, die er mit den Vormündern gehabt, noch einmal durch= zumachen und ſiegreich zu beſtehen. Denn je unerträglicher auf der einen Seite ihm ſein Dienſt, hebt mit Recht ſein Vetter her= vor, deſto nützlicher und unentbehrlicher war er auf der andern ſeinem Herrn geworden. Wie in ſeinem Lehrbrief bezeugt ward, hatte er das Weinküfergeſchäft gründlich gelernt, ſich während ſei= ner Lehrzeit zur ganzen Zufriedenheit ſeines Herrn betragen und ſich auch des Geſchäftes ſo angenommen, daß er überall als ein tüchtiger Küfer auftreten könne. Eben weil er den „Sorgenbre= cher“, den er ſpäter einmal im Liede beſang, ſo gründlich kennen gelernt und doch dabei der Verſuchung, die er mit ſich brachte, ſiegreich widerſtanden hatte, glaubte ſein Herr ihn in ſeinem Ge= ſchäfte, zu dem er ihn herangebildet, um ſo weniger entbehren zu können. Wer ſich außerdem erinnert, daß Bruyn ſeinen Ver= wandten in Schleswig zu Gefallen mit Rückſicht auf das geringe Vermögen des Waiſenknaben ihn während der ganzen fünf Jahre unentgeltlich unterhalten und alle ſeine Bedürfniſſe beſtritten hatte, wird ſich nicht wundern können, daß er Bedenken trug, auf die dabei bedungene Entſchädigung ohne weiteres zu verzichten, und ihn nicht eher fortziehen laſſen wollte, als bis die zwei Jahre vergangen waren, die er ihm als Küfer noch unentgeltlich zu die= nen verpflichtet war. Er konnte bei ſeinen vielfachen Reiſen um ſo weniger auf einen zuverläſſigen Vertreter in ſeinem Geſchäfte

verzichten, als fein älteſter Sohn, der die Handlung ſpäter über=
nehmen wollte, gerade um dieſelbe Zeit das elterliche Haus ver=
laſſen und in Hamburg ſich weiter ausbilden ſollte. Es iſt daher
begreiflich, daß er anfangs kein Mittel unverſucht ließ, ihn von
ſeinem Vorhaben abzubringen, mit Ernſt auf ſeine vereinſamte
Stellung, ſeine Verlaſſenheit und das trübe Geſchick ſeiner Familie
hinwies und dann wieder voll Güte verſprach, ſich auch fernerhin
ſeiner annehmen zu wollen. Wenn er ſeinem Wunſche nachgebe
und ihn ſeines Dienſtes entlaſſe, ſo würde er nirgend Freunde
und Unterſtützung finden; am allerwenigſten in ſeiner Heimats=
ſtadt, wo der Rat und ſeine Vormünder ihn wegen ſeiner Undank=
barkeit ſchwer tadelten. Der Hinweis auf ſeine Verlaſſenheit war
nun freilich am wenigſten geeignet, ihn in ſeinen Abſichten wankend
zu machen. Gerade mit Bezug darauf war ihm eine Zuſicherung
geworden, die ihn mit feſter Zuverſicht erfüllte. Wenn es ihm
gelänge, ſich freizumachen, ſo hatte er das Verſprechen ſeines
Vetters Jürgenſen, ihn bei ſich aufzunehmen und ſo lange in
ſeinem Hauſe zu beherbergen, bis ſich Mittel und Wege zu ſeinem
ferneren Fortkommen gefunden hätten.

Wie viel Bruyn und ſeine Familie die künſtleriſchen Nei=
gungen unſeres Carſtens während ſeiner Lehrjahre auch begün=
ſtigt, ihn in ſeinem Streben unterſtützt und ſelbſt nicht wenig
Rühmens davon gemacht hatten, einen ſo geſchickten Lehrling in
ihren Dienſten zu haben, ſo ſcheinen ſie doch darin, nach allem
zu rechnen, nichts weiter als bloße Liebhabereien geſehen zu haben,
die ihm die ſchwere Arbeit im Weinkeller verſüßten: Das innere
Geiſtesleben des unſcheinbaren Lehrlings, die Energie ſeines Wil=
lens und Wollens war ihnen allen verborgen geblieben. Die
Zukunft desſelben ſchien ſich nach den Anſchauungen ſeines Lehr=
herrn vollſtändig mit dem Intereſſe ſeines Geſchäfts zu decken;

9 *

beides gab ihm Grund genug, ſeine Bitte um Entlaſſung vor dem
kontraktlichen Termin rundweg abzuſchlagen.

Wenn Carſtens geglaubt hatte, daß die Mündigkeit und
ſeine Befreiung aus den Banden der Vormundſchaft ihm leicht
den Weg zur völligen Freiheit bahnen würden, ſo ſah er ſich jetzt
bei dem Widerſtreben ſeines Prinzipals in ſeinen Erwartungen
bitter getäuſcht. Die niederſchlagende Ausſicht, noch zwei volle
Jahre dem Weinhandel opfern zu müſſen, die ſich aufdrängenden
Zweifel, ob es dann auch noch Zeit ſein werde, ſich der Kunſt zu
widmen, erfüllten ihn mit einer wahren Herzensangſt; der Gedanke
an einen gewaltſamen Bruch mit ſeinem Lehrherrn, der allein
noch übrig zu ſein ſchien, ſtieg ſelbſt manchmal in ihm auf, und
doch vermochte er ihn keine Gewalt gewinnen zu laſſen, weil er
der Bruynſchen Familie größeren Dank ſchuldig war, als er ſich
wohl ſpäterhin ſelber geſtehen wollte. Als all ſein Bitten und
Drängen umſonſt zu ſein ſchien, brachte Ärger und Unmut nach
Fernows Bericht ihn aufs Krankenlager. Er wurde von einem
hitzigen Fieber ergriffen, an dem er ſchwer darniederlag; erſt das
unerwartete Entgegenkommen ſeines Lehrherrn, der von ſeiner
Seelenqual gerührt ward, gab ihm wieder neue Lebenskraft und
friſchen Lebensmut.

Wenn auch unſere urkundlichen Quellen von dieſen Vor=
gängen ſchweigen, ſo ſcheint doch kein Grund vorzuliegen, an der
Wahrheit der Fernowſchen Erzählung zu zweifeln. Sein Vetter
Jürgenſen berichtet nichts von einer Krankheit, ſondern hebt
ohne weitere Motivierung nur die einfache Thatſache hervor, daß
Bruyn endlich auch zu der Überzeugung gekommen ſei, nichts in
der Welt werde ſeinen Lehrling beim Weinhandel halten, und ſich
daraufhin entſchloſſen habe, ihn gegen eine Entſchädigung ziehen
zu laſſen.

Leider muß man bekennen, daß derselbe auch bei dieser Sachlage nicht den Geschäftsmann verleugnete, daß das Mitleiden mit
dem schwerbedrückten Carstens, die Rücksicht auf das kleine Vermögen, dessen derselbe für die Zukunft so dringend bedurfte, sein
eignes Interesse nicht vollständig zurückzudrängen vermochte. Auch
wenn er keine große Summe als Entschädigung verlangte, so war
dieselbe doch seinem pflichtgetreuen Küfer gegenüber, der fünf
Jahre seines Lebens seinem Geschäfte geopfert, mehr als genügend.
Er berechnete die Kosten, die er ihm während seiner Lehrzeit
durch unentgeltliche Verabreichung von Kleidern und Schuhwerk
gemacht, auf jährlich sechzehn Thaler und erklärte sich bereit,
ihn sofort ziehen zu lassen, wenn er sich verpflichte, ihm aus
seinem Vermögen, welches die Vormünder ihm zur Verfügung
stellen würden, achtzig Thaler (288 Mk.) zu zahlen. Carstens
hätte wohl noch mehr geopfert, wenn er seine Freiheit nicht
anders hätte erkaufen können. Er gieng mit Freuden auf das
Anerbieten seines Prinzipals ein und bat mit gerührten Worten
um die Erlaubnis, zum Dank für alle Güte, die er in seinem
Hause und seiner Familie genossen, ihm sein Porträt als Andenken hinterlassen zu dürfen.[1]

Am 14. August des Jahres 1776 verließ Carstens das
Bruynsche Haus; er verließ es in Frieden. Das bittere Gefühl, fünf Jahre lang in „der Kaufmannschaft ehernen Banden“
geschmachtet zu haben, trat zurück vor dem freudigen Bewußtsein, im Besitze seiner Freiheit jetzt ganz seinen Neigungen leben
zu können. Mit seinen „Kunstschätzen“, Zeichnungen, einigen

---

1) Ohne Frage ist dies das Selbstbildnis des Künstlers, welches
von den Gütern der v. Ahlefeld oder der v. Clöcker in das Hamburger
Kupferstichkabinett gewandert ist. Vergl. die Anmerkung S. 97.

Büchern und Malerwerkzeugen beladen, zog der zweiundzwanzig-
jährige Küfer in Schleswig ein, um im Hause seines Vetters
Jürgensen auf dem Herrenstall ein Unterkommen zu suchen.
Es war das einzigste Haus, welches in seiner Vaterstadt sich ihm
noch öffnen, aber ein Haus, wie es für seine künstlerischen Zwecke
nicht passender gewählt werden konnte.

## Carstens bei seinem Vetter Jürgensen in Schleswig.

### 1776.

Kaum war Carstens auf dem Herrenstall eingetroffen, als Jürgensen auf seine Bitte persönlich den Vormündern davon Mitteilung machte. Es kam ihm zunächst darauf an, alles, was mit seiner Vormundschaft in Verbindung stand, definitiv zur Erledigung zu bringen. Er wurde wiederholt nach dem Rathause berufen, um die Rechnungsablage seiner Vormünder entgegenzunehmen und für die Richtigkeit derselben zu quittieren. Seinem Verlangen, sofort von seinem Vermögen, das sich im ganzen auf vierhundertachtzig Thaler (1728 Mk.) belief, eine Summe von achtzig Thalern ausbezahlt zu erhalten, um seine Verpflichtung in Eckernförde zu erfüllen, konnte jedoch nicht entsprochen werden. Erst im September desselben Jahres war er imstande seinen Prinzipal zu befriedigen.[1] Eine weitere Summe wurde ihm bei seiner

---

1) Da über die gerichtliche Ordnung seiner Vermögensverhältnisse mehrfach Zweifel geäußert sind, so wollen wir zur Beseitigung aller mißverständlichen Auffassungen die Worte des Protokolls mitteilen.

Actum Schleswig 26. Sept. 1776.

„Da des Graupenmüllers Hans Carstens' ältester Sohn zweiter Ehe, Asmus Jakob Carstens, seine mündigen Jahre erreicht, so haben die Vormünder, Jakob Mohr und Josias Petersen, ihre vormundschaftliche Schlußrechnung eingeliefert, die er quittirend unterschrieben. Auch ist eine Theilung des Nachlasses der verstorbenen unmündigen Anna Katha-

Abreise von Schleswig überwiesen, der größte Teil seines Vermögens jedoch erst in einzelnen Posten späterhin nach Kopenhagen gesandt, worüber er im Jahre 1780 eine Generalquittung auszustellen hatte.[1]

Die gerichtlichen Verhandlungen hatten ihn seit lange wieder zum erstenmal in Berührung mit seinen Verwandten gebracht, denen er schon fremd geworden war. Von seinen beiden rechten Brüdern sah er tagtäglich den jüngsten, Friedrich Christian, der, damals vierzehnjährig und im Hause seines Vormundes lebend, die Tertia der Domschule besuchte und sich jetzt schon den gleichen Bestrebungen hinzugeben begann. Seine ältere Halbschwester, Anna Maria Elisabeth, die, mit einem Schlachtermeister verheiratet, sich in keinen günstigen Verhältnissen befand, war die einzigste, mit der er die Erinnerungen seiner Jugendzeit, das Andenken an Vater und Mutter, auffrischen konnte. Selbst die Verbindungen mit seinen väterlichen Verwandten, seinem Oheim und dessen Familie auf der Mühle zu Tetenbüll, wurden wieder erneuert, als seine Base Anna Maria Elisabeth im August des Jahres 1776 sich mit dem Knopfmacher Stell aus Schleswig verheiratete. Die freundliche Aufnahme, die er überall bei seinen Verwandten fand, half ihm über die Bitterkeiten hinweg, die sich für ihn an die elterliche Mühle und an seinen Stiefvater knüpften, und gab ihm Lust und Eifer seinen Studien nachzugehen.

---

rina Carstens zwischen der defunctae Voll= und Halbgeschwistern repartiret und die Afte von dem mündigen Asmus Jakob Carstens unterschrieben."

1) „1780, den 8. Martii, hat der mündige Pupille Asmus Jakob Carstens seinen Vormündern von Kopenhagen aus generaliter quittiret." (Nach den Vormundschaftsakten.)

Die dreimonatliche Anwesenheit unseres Carstens in der Familie seines Vetters, die Fernow nur mit einem Worte berührt, ist für seine künstlerische und geistige Entwickelung von weit größerer Bedeutung gewesen, als es den Umständen nach zu erwarten war. Nach allen Seiten bot ihm das Jürgensensche Haus Gelegenheit sich weiter zu bilden. Die Büchersammlung, die Kupferstiche, Münzen, Gemmen, die er hier zuerst bewundern lernte, gaben seinem Streben immer neue Anregung. Wenn Jürgensen in seiner Werkstatt saß, um an seinen Instrumenten zu arbeiten, ließ er sich wohl von ihm die Einrichtung derselben erklären. Hatte derselbe Flöten oder Klarinetten verfertigt, so suchte er daran sein Gehör zu üben; er fand Gefallen an der Musik und lernte unter Jürgensens Anleitung auch die Flöte blasen. Noch in Kopenhagen setzte er später diese Übungen fort, die ihn an die sorgenlosen Tage in Schleswig erinnerten, und sang seinem Vetter Loblieder „auf der Flöt', dem teuren Vermächtnis."[1]

Eine große Zahl von Entwürfen, Nachbildungen und Porträten ist während dieser drei Monate aus seiner Hand hervorgegangen, wie sich auf Grund beglaubigter Quellen nachweisen läßt. Die Anregung dazu fand er zum teil in Jürgensens Kunstschätzen, zum teil in gewissen, damals noch in Schleswig vorhandenen Gemälden, die ihm bisdahin unbekannt geblieben waren.

1) Das Selbstporträt, welches er ihm im Jahre 1777 mit einer poetischen Epistel übersandte, stellt ihn im Schäferhut und Lockenhaar dar, die Flöte an die Lippen setzend. Das in Silberstift auf Pergament meisterhaft ausgeführte Kniestück ist aus der Hand eines Sohnes von Jürgensen in den Besitz des Kapitän v. Kaffka in Aroeskjøbing, der in den vierziger Jahren in Schleswig in Garnison stand, mit anderen Carstensschen Zeichnungen übergegangen. Vergl. das Verzeichnis unter Nr. 4.

Was ihn in Eckernförde als heißer Wunsch erfüllt hatte,
große malerische Kompositionen zu sehen, eine Vorstellung zu bekommen von der historischen Malerei, die ihm nach den Schriften,
die er studiert, als die höchste Stufe der Kunst erschien, sollte sich
damals zuerst seinen Blicken darstellen. Es war sein Vetter, der
ihm durch seine Beziehungen zu den Hofbeamten des königlichen
Statthalters dazu den Weg bahnte. Was er bewundern sollte,
waren wieder Werke des Künstlers, dessen Gemälde ihn einst als
Knaben im Dom begeistert hatten, Gemälde des Ovens, den er
zu seinem großen Erstaunen in seinen Kunstbüchern auch nicht
mit bloßem Namen erwähnt gefunden hatte. Um die Eindrücke
zu ermessen, die Carstens aus der Betrachtung dieser Gemälde
gewann, und die Vorstellungen zu verstehen, die er damals von der
Historienmalerei in sich aufnahm, erscheint eine nähere Beschreibung derselben um so notwendiger, als sie heutzutage in der
Kunstgeschichte völlig unbekannt und so gut wie vergessen sind.
Da sie kurz nach Beendigung des ersten schleswig-holsteinischen
Krieges, im Anfang der funfziger Jahre, mit Umwandlung des
Schlosses Gottorp in eine Kaserne außer anderen Kunstschätzen,
soweit sie nicht auf einer Auktion verkauft und zerstreut sind, nach
Kopenhagen geschafft wurden und, wie wir haben in Erfahrung
bringen können, noch zur Stunde im Christiansburger Schlosse
aufgerollt liegen, so sind auch wir auf die Schilderung derer, die
sie noch in Schleswig gesehen, sowie auf die kurze Beschreibung
Jürgensens und auf ein uns vorliegendes Inventar des Schlosses angewiesen.[1]

---

1) Auffallenderweise werden diese großen Ovensschen Gemälde, ohne
Frage seine bedeutendsten Werke, von Ph. Weilbach in seinem genau und sorg-
sam gearbeiteten „Dansk konstnerlexikon Kjøbenhavn 1878" in der Biographie des Künstlers mit keinem Worte erwähnt. Indem wir hier auf dieselben

Von einem Stammbaum des oldenburgischen Herrscherhauses abgesehen, der aus späterer Zeit herzurühren scheint, waren es neun große Gemälde, die der Künstler in den Jahren 1658 bis 1670 zur Ausschmückung eines Saales des alten Schlosses im Auftrage des Herzogs Christian Albrecht ausgeführt hatte. Damals hiengen sie in dem sogenannten Audienzzimmer der Königin, welches jedoch wegen seiner geringen Breite nicht genügenden Raum bot, um alle vollständig frei für die Blicke des Beschauers hervortreten zu lassen. Ohne Angabe des Jahres, wann sie verfertigt, und meistens auch nicht mit dem Namen des Künstlers versehen, waren sie, jedes besonders, mit einer längeren lobpreisenden Unterschrift geziert, die der gelehrte Reisende, Mathematiker und Historiker, Adam Olearius aus Aschersleben, ein Zeitgenosse des Künstlers und Hofbeamter der kunstliebenden Herzöge, verfaßt hatte. Jede der zehn größeren oder kleineren Tafeln, worin das Zimmer geteilt war, führte dem Beschauer ein hervorragendes Ereignis aus der Geschichte der Herzogtümer und ihres Herrscherhauses vor. Alle Figuren waren in Lebensgröße, und so weit es wirklich historische Persönlichkeiten betraf, auch nach dem Leben dargestellt.

Das erste in der Reihe, ein Türstück, zwei dänische Ellen hoch und zweisiebenachtel Ellen breit, enthielt die Darstellung eines Ereignisses aus dem Jahre 1448, wie nach dem Tode des dänischen Königs Christoph III. von Baiern die dänischen Landstände Adolf VIII., dem Herzoge von Schleswig und Grafen von Hol-

---

in Verbindung mit Carstens, den die dänische Kunstgeschichte auch zu den ihrigen rechnen kann, hinweisen, geben wir uns der Hoffnung hin, daß die Verwaltung der königlich dänischen Gemäldegalerie bald die Zeit für gekommen halten werde, dieselben der Kunstgeschichte wieder zugänglich zu machen. Die Darstellungen, die sie bieten, werden für dänische Kunstfreunde kaum weniger von Interesse sein, als für schleswig-holsteinische.

stein, die Krone von Dänemark antrugen und dieser ihnen seinen
Neffen, den Grafen Christian von Oldenburg, den späteren
König Christian I., zum Nachfolger empfiehlt. Daran schloß sich
ein zweites, viersiebenachtel Ellen hoch und siebenfünfachtel Ellen
breit, die Vermählung des Königs Christian I. mit der jungen
Dorothea, der Witwe des vorigen Königs Christoph, im Jahre
1449, welches mit dem Namen des Künstlers versehen und nach
dem Urteil des alten Jürgensen das schätzbarste von allen war.
Wenn er darin die Allegorie bewunderungswert nennt, so wird
dies in dem Sinne seiner Zeit zu verstehen sein, die das Sym=
bolische und die wahre personifizierende Idealbildung davon nicht
unterschied. Die Hauptpersonen im Vordergrunde, König und
Königin, seien von einer Reihe schöner Figuren, charakteristischer
Gruppen und Gestalten umgeben, daß man es tagelang studieren
und doch immer wieder neue Schönheiten darin entdecken könne.
Die mannigfachen Ideen des Künstlers, die Ausführung in Zeich=
nung und Kolorit verdienten von einem Kunstkenner beschrieben
zu werden.[1]

---

1) Die Unterschrift des Olearius deutet die „allegorische" Darstellung
in dem Gemälde an:

„Hier ist Liebe, hier ist Freude,
da die Fürsten Herzen beyde
sich verbunden, sich vertrauen.
König, Chur= und Fürsten bauen
eine Freundschaft, ein Geblüte.
Hier ist Großmuth, doch mit Güte.
Was von Königsblut herkam,
auch ein König wiedernahm.
Hier ist Fruchtbarkeit und Segen,
Mars muß seine Waffen legen!
Mars ist grimmig, muß doch schweigen,
daß man kann drey Blumen zeigen,
so von seinem Felde kommen,
die Iren daraus genommen.
Dieses Hauses Säule stehe
fest und niemals untergehe!"

Auch die beiden folgenden enthielten noch Darstellungen aus dem Leben des Königs Christian I., des Stammvaters des Königshauses. Das eine (4⅞ Ellen hoch, 6⅝ Ellen breit), mit hie und da etwas verblichenen Farben, behandelte seine Wallfahrt nach Rom im Jahre 1474, wo er vom Papste Sixtus IV. eine geweihte goldene Rose empfieng; das andere (4⅞ Ellen hoch und 6⅝ Ellen breit) zeigte ihn im selben Jahre in Begleitung des Kaisers Friedrich III. zu Rotenburg an der Tauber, wo auf dem Reichstage die Grafschaften Holstein und Stormarn zu einem Herzogtum erhoben und die Bauernrepublik Ditmarsen demselben einverleibt wurde. Die Vertreter der einzelnen Landschaften sah man dabei, wie Jürgensen als besonders bemerkenswert hervorhebt, dem Könige huldigend nahen und die den Nordländern eigentümlichen Geschenke, Heringe, Stockfische, Hermelinfelle u. a. nach alter Weise ihm darbringen.

Daran reihten sich zwei Gemälde, beide im Kolorit sehr gut erhalten, aber zum Bedauern Jürgensens an den Spiegelwänden von großen Spiegeln bedeckt, die nur wenig von der Darstellung deutlich erkennen ließen. Auf dem einen (4⅞ Ellen hoch und 4⅛ Ellen breit) stand der König Friedrich I. im Jahre 1524, von seinen Rittern und Feldherrn umgeben, als Sieger vor den Thoren Kopenhagens, um die Schlüssel der Stadt aus den Händen der Bürgermeister entgegenzunehmen; das andere (4⅞ Ellen hoch und 4 Ellen breit) zeigte in einer charakteristischen Auffassung die im Jahre 1559 nach heißem Kampfe bezwungenen freien Ditmarsen, die vor den Herzögen Johann dem Jüngeren und Adolf fußfällig Abbitte thun und den Huldigungseid als fürstliche Unterthanen leisten. Die beiden folgenden, Pendants von gleicher Größe (4⅞ Ellen hoch und 2⅝ Ellen breit), verkündeten den Ruhm des kriegerischen Herzogs Adolf, wie er im Jahre

1568 am Hofe der Königin Elisabeth von England einem ent=
sprungenen Löwen begegnete und ihm, ohne Schaden zu nehmen,
die Hand auf den Kopf legte und dann von der Königin mit dem
Orden des Hosenbandes geschmückt ward. Die ganze Galerie
schloß mit der Darstellung der merkwürdigen Huldigung der Ham=
burger, wie sie im Jahre 1603 dem Könige Christian IV. von
Dänemark und dem Herzoge Johann Adolf von Gottorp den
Lehnseid schwören.

Neben der „Vermählung Christians I." konnten die „Ab=
bitte der Ditmarsen", der „Löwe des Herzogs Adolf" und die
„Huldigung der Hamburger" wegen ihrer vortrefflichen Zeichnung
und ihres schön erhaltenen Kolorits als die eigentlichen Zierden
der Kunstschätze gelten, die damals das Schloß Gottorp in reicher
Fülle noch in sich barg.

Wer das Audienzzimmer der Königin zu jenen Zeiten betrat,
so lauten die Berichte der Zeitgenossen, gewann in der Betrachtung
der Ovensschen Gemälde eine deutliche Anschauung von einer
historischen Malerei, die überall die holländische Schule, die der
Künstler durchgemacht, erkennen ließ. Freilich behandelten sie
nicht Ereignisse welthistorischer Bedeutung, wie sie für die histo=
rische Malerei den Vorwurf bilden sollen, aber für das abge=
geschlossene, außer jeder Verbindung mit dem deutschen Reiche
stehende und eng mit dem Norden verknüpfte Schleswig bezeich=
neten die meisten der dargestellten Ereignisse doch bedeutsame
Wendepunkte in der Geschichte des Heimatlandes. Für alle die,
welche mit ihren historischen Anschauungen nicht über die Grenzen
des dänischen Reichs und Schleswig=Holsteins hinauskamen, muß=
ten die Gemälde, ganz abgesehen von ihrem künstlerischen Werte,
noch immer einen wichtigen Hintergrund haben und von mehr als
gewöhnlichem Interesse sein. Daß Jürgensen sie im wesent=

lichen von diesem Standpunkte aus betrachtete, dürfte nicht außer
Frage stehen; indem aber Carstens an sie herantrat, war es
nicht sowohl das historische als das künstlerische Interesse, welches
ihn anzog.

So weit wir wissen, war ihm auf der Schule die Landes=
geschichte fremd geblieben und durch die Studien seiner Eckernför=
der Lehrzeit sein historischer Sinn nur nach einer ganz einseitigen
Richtung hin geweckt worden. Wenn er sich auch später in Kopen=
hagen zeitweilig den Studien der dänischen und schleswigschen
Geschichte hingab, wie wir aus seinen dichterischen Erzeugnissen
schließen dürfen, so giengen ihm doch damals vollständig die histo=
rischen Kenntnisse ab, um auch nur eine der Darstellungen ohne
Jürgensens Erläuterungen und Erklärungen verstehen zu kön=
nen. Wer aber wie er hier zum erstenmal große malerische Kom=
positionen aus der holländischen Schule sah, ohne ein Werk ita=
lienischer Meister, von denen er in seinen kunsthistorischen Schriften
gelesen, mit ihnen vergleichen zu können, mußte trotzdem, daß
das Griechentum ihm schon zu leuchten begann, nachhaltig von
ihrer Betrachtung ergriffen werden.

Noch oft gedachte er der Stunde, da sein Vetter ihn über
die Brücke nach Gottorp geleitet, da sein zagender Fuß die fürst=
lichen Stufen betreten und der Saal mit den Werken des Künst=
lers seinen Blicken sich öffnete.

„Rings von den Wänden schauten auf mich die Gestalten der Fürsten,
groß wie im Leben; liebliche Bilder
der Frauen blickten herab und schienen zu grüßen.
Wundersame Figuren, in Gruppen zerteilet,
wollten zum Tanze beginnen und wollten uns laden.
O Christian, Dänemarks König, vor deinem Bilde steh' ich noch heute,
wenn die Gedanken zurück in die Vaterstadt schweifen,
bewundernd still und gedenke der Stunde,
da du mich erfülltest mit neuen Gedanken erhabener Kunst.

Auch den Löwen seh' ich noch und den Helden,
der mit gewaltiger Faust den entsprungenen zähmte,
auch die goldene Rose, welche der Papst dem Könige schenkte.
Hamburger, Ditmarschen seh' ich im Bilde sich neigen,
o wie strahlten Gewand und Waffen in glänzenden Farben!
Feuchten Blickes sah ich umher und wagte zu denken,
daß auch mich der erhabene Schöpfer zu ähnlichem Schaffen berufen."

Es ist schwer, in den späteren Schöpfungen unseres Künst=
lers noch eine Nachwirkung dieser Studien nachzuweisen. Wenn
auch seine Gedichte mehrfach darauf hindeuten, so sind ähnliche
Stoffe anscheinend niemals von ihm behandelt worden. Nur soviel
läßt sich mit einiger Sicherheit behaupten, daß seine Vorliebe für
Historienmalerei im allgemeinen dadurch bestärkt ward und das, was
man damals allegorische Darstellung nannte, sich seinem Gefühl
tiefer einprägte. Von viel größerer Bedeutung für den Augen=
blick war der Eindruck, den die Technik des Malers auf ihn
machte. Das beschämende Bewußtsein, in der Ölmalerei noch fast
vollständig ein Laie zu sein, die Empfindung, daß es sein erstes
Bestreben sein müsse, in dieser Kunst ein höheres Ziel zu errei=
chen, hat ihn während seiner Anwesenheit in Schleswig niemals
verlassen.

Wie demnach in dem Studium der Ovens schen Bilder auf
dem Schlosse Gottorp für Carstens die Erklärung liegt, daß
später der Anblick der Gemälde in der königlichen Galerie in
Kopenhagen nicht mehr den Eindruck auf ihn machte, wie es im
anderen Falle nach dem Gange, den seine Bildung genommen,
unausbleiblich gewesen wäre, so scheinen andere schleswigsche
Kunststudien seine Vorliebe für das Altertum und die mytholo=
gischen Darstellungen der Alten, wie sie ihm in Webb und
Lairesse als Muster vorgeführt waren, noch in einer ganz
besonderen Weise bestärkt zu haben.

Seltsam genug! Derselbe Carstens, welcher als Schüler
der Domschule in Schleswig den griechischen und römischen
Dingen keinen Geschmack hatte abgewinnen können, kehrte jetzt
als Küfer von Eckernförde voll Begeisterung für das Griechentum
nach Schleswig zurück; er, der Ovids Verwandlungen und die
homerischen Gesänge in der Ursprache nicht verstehen gelernt,
war jetzt im Hause des Mechanikers Jürgensen emsig bemüht,
nach ungefügen prosaischen Übersetzungen in den Geist des Alter=
tums einzudringen.[1] Die Liebhaberei seines Vetters, der zum
Zwecke der Erklärung seiner Münzen und Gemmen, zur Erläute=
rung aller möglichen mythologischen Darstellungen, die ihm auf=
stießen, mit bewunderungswürdigem Eifer das gelehrte Gebiet der
Kunstgeschichte pflegte, wird nicht am wenigsten dazu beigetragen
haben, seinen Eifer zu erhöhen. Hier lernte er zuerst Abbildun=
gen jener griechischen Statuen kennen, von denen er bei Webb
so herrliche Schilderungen gelesen; die Laokoon= und Niobegruppe,
Apoll von Belvedere und andere traten ihm hier zuerst vor Augen
und ließen seine Sehnsucht sich steigern, wenn Jürgensen ihm
von den Abgüssen erzählte, die er einst in den Museen Kopen=

---

1) Da Jürgensen kurz bemerkt, daß Carstens in Schleswig Ovids
Verwandlungen und Homer studiert habe, so werden die beiden Übersetzungen,
die nach dem Auktionsprotokoll vom Jahre 1835 als im Besitze Jürgensens
aufgeführt werden, seine Quellen gewesen sein. Vom Homer lag ihm vor:
„Das berühmteste Überbleibsel aus dem griechischen Altertum: Homers Ilias
oder Beschreibung der Eroberung des trojanischen Reiches, den Deutschen mit=
getheilt von einer Gesellschaft gelehrter Leute, mit einer Landkarte versehen
und mit 24 Kupferstichen nach Picartischer Zeichnung gezieret. Frankfurt am
Main und Leipzig 1754." Desgleichen: Homers Odyssee 1755. Die Stol=
bergsche metrische Übersetzung lernte er erst in Kopenhagen kennen. Ferner
vom Ovid: „Lehrreicher Zeitvertreib in Ovidschen Verwandlungen, übersetzt
von Lindner. Leipzig 1764."

Sach, A. J. Carstens.        **10**

hagens gesehen habe. Wie darf man sich wundern, wenn neben
den Ovensschen Gemälden im Schlosse alles, was an Darstellungen der alten Kunst in Schleswig vorhanden war, von ihm
unter Jürgensens Anleitung mit „begierigem Eifer zu lernen
und zu wissen" studiert ward? Was er hier fand, konnte freilich
künstlerischen Ansprüchen wenig genügen und das Verlangen nach
besseren und vollkommneren Abbildern nur um so mehr recht-
fertigen.

Er durchwanderte mit Jürgensen das damals noch wohl-
erhaltene, hinter dem Schlosse belegene „Neuwerk", wo er einst
als Knabe seine Spiele getrieben. Die auf der Anhöhe ange-
brachte, von dem Herzoge Christian Albrecht im Jahre 1693
errichtete Kaskade, welche den Eingang des Gartens bildet, zeigte
ihm vier Säulen in römischer Ordnung, auf Postamenten errichtet, zwischen deren Füllungen und Mauern sich das Wasser zu
einem Wassersturz die Treppen herunter sammelt. Sie traten in
das Innere der Kaskade, wo sie drei Statuen in Lebensgröße,
Neptun mit dem Dreizack und einem Flötenbläser zu jeder Seite,
aufgestellt fanden. Vor denselben ritt Triton auf einem Delphin,
aus dessen Rachen ein starker Wasserstrom floß, der als Wasser-
fall den Treppenabhang hinabstürzte. Die Delphine und das
Muschelwerk, welche die Einfassungen bildeten, erregten nur wenig
ihr Interesse. Die Knabenfiguren, die neben Fontänen und
Vasen auf Postamenten an beiden Enden der Treppe angebracht
waren und außer anderen Pluto und Neptun vorstellten, zogen
mehr ihre Aufmerksamkeit auf sich. Wandten sie ihre Blicke west-
wärts, so trat ihnen auf einer kleinen Insel mitten aus einem
Teiche eine Kolossalstatue des Herkules entgegen, im Kampfe mit
der lernäischen Schlange begriffen; stiegen sie dann die Terrassen
hinan, so konnten sie an den Lustgängen und Anlagen, die mit

Anpflanzungen der seltensten Gesträuche und mit Springbrunnen
geziert waren, eine Reihe von Figuren betrachten, die Nachbil=
bungen griechischer Statuen darstellten. Aber alle Figuren, an
die Jürgensen seinen lernbegierigen Schüler heranführte, bildeten
nur einen schwachen Abglanz griechischer Herrlichkeit; mit Aus=
nahme des jetzt in Trümmern liegenden Herkules waren alle aus
Holz gearbeitet; vielfach verwittert, hie und da schon verstümmelt,
ließen sie nur wenig mehr von der geschickten Hand erkennen, die
sie einst zur Zierde des herzoglichen Gartens geschnitzt hatte. Sie
näherten sich der Höhe, wo der damals hochberühmte Orangegar=
ten angelegt war. Durch Stechpalmenzäune eingefriedigt, öffnete
er sonst denen nur die verschlossenen Thüren, die seine Gesträuche
und Gewächse bewundern wollten. Die aber jetzt den prangenden
Garten betraten, waren anderes zu suchen gekommen. Zwei schön
erhaltene Statuen, in Blei gegossen und in fast natürlicher Größe,
zogen ihre Aufmerksamkeit auf sich; auf der medizeischen Venus
und dem Apoll von Belvedere, die hier auf Postamenten aufgestellt
waren, ruhten ihre Blicke.

Der Orangegarten führte sie in die Nähe des Lusthauses
Amalienburg, welches der Herzog Christian Albrecht im Jahre
1670 durch Adam Olearius im persischen Stile seiner Gemahlin
Friedrike Amalie zu Ehren hatte errichten lassen. Ein großer
Saal in Quadratform war an seinen vier Seiten in den Jah=
ren 1672 und 1673 von dem Hofmaler Juriaen Ovens
mit allerlei „allegorischen" Gemälden geziert, deren Deutung dem
alten Jürgensen ungemein schwierig erschien. Zu seinem
Bedauern hatte der Künstler, der sonst nur edlen und schönen
Gegenständen seinen Pinsel geliehen, hier die Darstellung eines
höchst üppigen Lebens in einzelnen lasciven Bildern unternom=
men, die er späterhin noch Bedenken trug, in seiner für ein

10 *

größeres Publikum bestimmten Geschichte der Stadt ausführlich zu
beschreiben. [1]

Von besonderem Interesse für Carstens war eine Reihe von
Darstellungen, welche die Decke des Saales zierten. Der Künstler
hatte hierfür seine Stoffe dem Altertum entnommen, das jenem
seit seiner Eckernförder Zeit als ein nie zuerreichendes Ideal vor=
schwebte. Die griechische Mythologie mit ihren Göttergestalten,
die seine Phantasie mit wunderbarem Glanze umgab, trat ihm hier
zum erstenmal in malerischem Bilde entgegen. Der ganze Olymp
mit allen Göttern und Göttinnen leuchtete seinen Blicken in glän=
zenden Farben. Stundenlang haben hier die beiden gesessen, über
die Rätsel der Darstellung nachdenkend, Jürgensen als Lehrer
erläuternd und erklärend, Carstens als begeisterter Schüler fra=
gend und forschend.

Im ersten Felde, an der Westseite, war Mars dargestellt
in griechischer Gewandung und kriegerischer Haltung mit dem Helm
auf dem Haupte, wie er aus der Schlacht heimkehrt und die lie=
besglühende Venus mit dem Taubengespann ihm entgegenkommt.
Mit Helm, Aegis und Lanze bewehrt, mit der Eule zur Seite,
stand Minerva in ruhiger Haltung da. Als Jägerin, mit Bogen
und Köcher ausgerüstet, das Haar rückwärts zusammengebunden,

---

1) „Abgesehen von den Gegenständen, die der Künstler malte“, sagt er,
„würden diese Bilder wegen der Zeichnung und Ausführung wohl des Auf=
bewahrens wert sein. In der Lage aber, worin sich das Gebäude in dem
ersten Viertel dieses Jahrhunderts befand, seien sie nahe daran zu verfaulen;
er habe deshalb für Künstler von Fach eine genaue und ausführliche Beschreibung
derselben entworfen.“ Die Gemälde waren übrigens später mehrmals . über=
malt und ziemlich ungeschickt restauriert; um das Jahr 1828 wurden sie aus
der bald nachher abgebrochenen Amalienburg weggenommen und mit andern
Gemälden in dem Rittersaal des Schlosses aufbewahrt. Die meisten davon
sind auf der Auktion am 1. November 1853 nach Frankfurt verkauft und ver=
schollen; die besseren werden vielleicht noch in Kopenhagen sein.

eilte **Diana** dahin. Das Bild der Herzogin **Amalie**, der zu Ehren das Gebäude errichtet und benannt wurde, unterbrach im vierten Felde die Reihe der Göttergestalten. Gegen Osten thronte **Juppiter**, mit wallendem Haare und Bart, Zepter und Donner= keil in den Händen haltend, während der Mantel über seine linke Schulter herabwallte. Ihm zur Seite stand seine Gemahlin **Juno**, mit ernsten, strengen Zügen. Mit hochgegürtetem Sänger= gewande, das faltenreich herabfloß, angethan, mit der Rechten in die Phorminx greifend, war **Apoll** dargestellt, von den Musen umgeben. Gegen Süden stieg **Phöbus**, sein geflügeltes Viergespann lenkend, zum neuen Tage empor, während die Sterne, als Kna= ben aufgefaßt, vor ihm flohen und nur einer, der Morgenstern, sich umsehend, langsam daherschritt. Im achten Felde schwebte **Flora**, von einem wenig verhüllenden Gewande umwallt, mit Blumen im Haar und in den Händen, strahlenden Antlitzes dahin, und mit sprossenden Blättern und Ähren bekränzt, auf dem Frucht= korb die Erstlinge der verjüngten Natur tragend, kehrte **Ceres** mit einer Fackel aus der Unterwelt heim, um den Frühling zu bringen.[1]

„Kaum entsinn' ich mich noch",

so singt der Künstler,

> „Kaum entsinn' ich mich noch, wo des Knaben Fuß
> das Wasser der kühlenden Quelle benetzte,
> wenn der springende Strahl hoch in die Lüfte emporstieg.

---

1) Bei der kurzen Beschreibung dieser Deckengemälde folgen wir den Angaben des Schloßinventars und **Jürgensens** Bemerkungen, die jedoch nicht immer mit einander übereinstimmen. Auch haben wir nicht mit Be= stimmtheit in Erfahrung bringen können, ob dieselben auf der Auktion vom Jahre 1853 mit den vorhergenannten **Ovens**schen Gemälden aus der Ama= lienburg nach Frankfurt verkauft oder nach Kopenhagen gebracht sind. Wahr= scheinlich ist jedoch das Erstere. Wie alle Werke des **Ovens** im Schlosse, so werden auch die von der Amalienburg von **Weilbach** in seinem mehr= erwähnten Künstlerlexikon mit keinem Worte berührt.

Oft auch zog es mich hin, die Höh' zu erfteigen
und von fern die freundlichen Mauren zu fchauen.

O·, wie leuchtete drinnen das Auge des Kriegsgotts!
Lenkend das Taubengefpann, fo zieht ihm entgegen die liebende Göttin!
Willkommen! fcheint fie zu rufen. Willkommen! dem Sieger der Schlachten.
Phöbus, von ftrahlendem Glanze umgeben, du leiteft
ficher den Wagen, der Freude den fterblichen Menfchen gewähret.
Juppiter, König der Götter, und Juno, deine Gemahlin,
euch war das Zepter verliehen im Reiche der Götter!
Apoll und die Mufen, Ceres, Diana, Minerva,
alle umlagerten euch, bereit zu jeglichem Dienfte."

———

Wir haben den Gang verfolgt, den Carftens geiftige und
künftlerifche Entwickelung genommen, ihn auf einfamen Bahnen,
langfam, aber Schritt für Schritt zu einer höheren Stufe der
Erkenntnis fchreiten fehen, an der Hand urkundlicher Nachrichten
nachzuweifen. verfucht, wie feine Eckernförder und Schleswiger
Lehrzeit fchon all die Keime enthält, die feine fpätere Laufbahn
zu voller Entwickelung und Blüte brachte. Nicht am wenigften
ift ihm felbft klar gewefen, was ihm als einem Autodidakten der
Kunft bei all feinem Talente noch mangelte. Alle Verfuche, die
er in der Ölmalerei in Eckernförde gemacht und jetzt in Schles=
wig fortfetzte, brachten ihm angefichts der Ovensfchen Gemälde
zum vollen Bewußtfein, daß er ohne Anweifung und Unterricht
in der eigentlichen Ölmalerei nie das hohe Ziel, welches ihm
damals vor Augen fchwebte, erreichen könne. „Es fehlte ihm",
fagt fein Better, „noch die Wiffenfchaft mit Ölfarben umzugehen,
auch die Kenntnis der Natur der hierzu gefchickten Farben und
Öle. Weil dazu in Schleswig keine Anleitung feinen Wünfchen
gemäß zu erlangen war und er überdies das eigentliche Studium
der Malerei zu erlernen wünfchte", fo mußte man anderswohin
fein Augenmerk richten. Alle Erwägungen, die er mit Jürgen=

sen während seines fast dreimonatlichen Aufenthalts in Schleswig
über seine nächste Zukunft anstellte, hatten deswegen auch keinen
anderen Zweck, als einen Künstler zu finden, der, ohne Ansprüche
auf eine materielle Entschädigung zu machen, ihn als Genossen
in seine Werkstatt aufzunehmen bereit war. Als Lehrling bei
einem Malermeister einzutreten, als zweiundzwanzigjähriger neben
Knaben zu arbeiten und in eine Abhängigkeit zurückzukehren, der
er eben entronnen war, dazu konnte er im Gefühl seines Wertes
und seiner schon gewonnenen Kenntnisse sich in keiner Weise entschließen. Lieber wollte er in der bisherigen Weise seines Studie-
rens fortfahren und sich aus eigner Kraft seinen Weg zur Kunst
bahnen. Mit Hilfe seines kleinen Erbteils, von dem noch fast
vierhundert Thaler (1440 Mk.) übrig waren, glaubte er vor der
Hand jede Unterstützung entbehren und sich im äußersten Fall
durch Porträtieren seinen notwendigen Unterhalt erwerben zu
können. Sein Vetter Jürgensen, der seinen Charakter hinlänglich kannte und die üblen Erfahrungen, die er bei seinen Unterhandlungen mit Tischbein vor Jahren gemacht, noch im Sinne
trug, glaubte es aber nicht verantworten zu können, ihn bei seiner
geringen Lebensklugheit ohne jegliche weitere Unterweisung seinen
eignen Weg gehen zu lassen. Wenn er seine Blicke nun nach
Kopenhagen richtete, so waren es doch nur persönliche Beziehungen, die er zum Besten seines unerfahrenen Vetters zu verwenden
gedachte. Wohl hatte Carstens sich von Jürgensen von der
königlichen Gemäldegalerie und dem Antikensaale in Kopenhagen
erzählen lassen und war von heißem Verlangen erfüllt, die Kunstwerke des Altertums zum Gegenstande seines Studiums zu machen,
aber die Absicht, wie andere Künstler einen vollständigen Lehrgang
an der Akademie durchzumachen, stand ihm vollständig fern. Nicht
die Kunstakademie mit ihren Lehrern und Professoren war es, die

ihn nach Kopenhagen zog, sondern zunächst die Aussicht, unter der
Leitung eines befreundeten Mannes sich nach eigener Neigung und
Wahl weiter bilden zu können.

Nach reiflicher Überlegung glaubte Jürgensen in seinem
Freunde Paul Ipsen, den er von seiner Gesellenzeit bei dem
Porträtmaler Geve in Schleswig genau kannte, einen Künstler
gefunden zu haben, dessen persönliche Eigenschaften ihm ein freund-
schaftliches Zusammenarbeiten mit dem ungefügen Carstens zu
gewährleisten schien.  Derselbe weilte schon seit einigen Jahren in
Kopenhagen und hatte sich als Marine- und Porträtmaler einen
bedeutenden Ruf erworben.  Die Familie, die derselbe sich in
Kopenhagen gegründet hatte, konnte dem einsam in der großen
Stadt bastehenden Carstens, der noch dazu der dänischen Sprache
vollkommen unkundig war, einen Anhalt gewähren, dessen er in
seiner Lage dringend bedurfte.  Die Vermittelung, welche Jürgensen auf sich nahm, führte nach kurzer Unterhandlung zu
einem günstigen Resultat.  Auf die Fürsprache seines alten Freundes erklärte sich Paul Ipsen gern bereit, den Landsmann,
dessen er sich aus seiner Gesellenzeit in Schleswig noch erinnern mochte, in sein Haus und seine Familie aufzunehmen, ihm
in der Ölmalerei die nötige Unterweisung zu geben und seinen
Studiengang zu leiten.[1]

---

1) Paul Ipsen, der älteste Sohn des Pastors Reinhold Ipsen,
der von 1745—71 Prediger auf der Hallig Oland und dann in Quern im
Amte Flensburg war, wurde am 27. August 1746 auf Oland geboren und
widmete sich mit seinen beiden jüngeren Brüdern Jakob (geb. 24. Aug. 1756)
und Reinhold (geb. 27. Nov. 1764; nicht Rudolf, wie sonst fälschlich angegeben wird) der Malerkunst.  Die Angabe, daß er vorher Matrose gewesen,
scheint aus seiner Vorliebe für Marinemalerei oder aus dem Umstande geschlossen zu sein, daß sein Großvater Seemann gewesen war.  Von 1766 bis 1769
war er als Geselle bei Geve in Schleswig, wo er die Freundschaft Jürgen-

Damit war der Zeitpunkt gekommen, wo Asmus Jakob
Carstens auf Nimmerwiedersehen seine Vaterstadt verließ, die er
noch später im Liede besang, deren Andenken ihm stets teuer und
wert geblieben ist.   Mit einem Paß der schleswigschen Behörde
ausgerüstet, worin er noch immer als Küfer von Eckernförde
bezeichnet ward, mit seinen Büchern, die ihm von früher her lieb
geworden oder jetzt von Jürgensen ihm als Andenken überlassen
wurden, und mit hundert Thalern in der Tasche zog er in die
Fremde.   Nachdem er Abschied von seinem jüngsten Bruder
Friedrich Christian, seiner Halbschwester und seinen übrigen
Verwandten genommen, bestieg er am Donnerstag, den siebenten
November 1776, abends sechs Uhr die Kopenhagener Post, die ihn
über Flensburg, Apenrade und Hadersleben über die Belte seinem
Ziele zuführte.

Mochten die Kränze, die ihm das Leben geflochten, auch
an hartem Holze grünen; aus allen Kämpfen und Widerwärtig-
keiten war er als Sieger hervorgegangen, lorbeerbekränzt. Unbe-
rührt von den Lüsten der Welt, der Versuchung, die der Dienst
des Bacchus mit sich gebracht, widerstehend, einfach und bieder,
äußerlich unscheinbar und bäuerischen Wesens, doch im Herzen

---

sens gewonnen hatte.   Wenn auch Carstens damals mit ihm in Berührung
gekommen sein wird, so schloß doch das verschiedene Lebensalter ein näheres
Freundschaftsverhältnis aus.   Ipsen hatte sich als Marine = und Porträtmaler
schon einen Namen gemacht, als er um das Jahr 1770 nach Kopenhagen
gieng, um seine Studien fortzusetzen.   Carstens weilte drei Jahre in seinem
Hause.   Bis 1807 war Ipsen wenigstens noch in Kopenhagen, dann soll er
zu seinem Bruder nach Flensburg gegangen und hier gestorben sein.   Außer
den Werken, die Weilbach aufführt, erwähnen wir noch die Miniatür-
porträte zweier damals in Kopenhagen studierenden Schleswiger, der Gebrüder
Leysen, vom Jahre 1785.   Vergl. Weilbach: Konstnerlexikon p. 310.
Die obigen biographischen Notizen, die Weilbachs Angaben ergänzen, stammen aus dem Kirchenbuch von Oland.

voll Begeisterung für alles Schöne und Edle, männlichen Willens, festen Charakters zog er von bannen in die Ferne, wohin sein Stern ihn rief. Und nie ist ihm auf seiner wechselvollen, dornenreichen Laufbahn verloren gegangen, was er sich in seiner Jugend in heißem Bemühen errungen. Vor keinem Hindernis zurückschreckend, von keinem Zweifel wankend gemacht, hat er unbeirrt und unerschütterlich bis ins Land seiner Sehnsucht, bis unter Italiens Himmel jenes hohe Ideal im Herzen getragen, zu dem er einst als Knabe im Dome seiner Heimat betend emporgeschaut.

# Carstens in Kopenhagen.

## 1776—1783.

Asmus Jakob Carstens war aus seiner Heimat und Vaterstadt geschieden, ohne ein Werk zu hinterlassen, das seinen
Namen im Andenken seiner Landsleute festhalten konnte. Man
kannte wohl den Küfergesellen als einen geschickten „Porträtierer",
mochte auch von seiner Absicht gehört haben, noch in seinem drei-
undzwanzigsten Lebensjahre ein Kunstmaler zu werden, aber von
keinem Fernerstehenden war zu erwarten, daß er mit irgend welchem Interesse die weitere Laufbahn des Künstlers hätte verfolgen sollen. Nur seine nächsten Verwandten, vor allen sein Vetter
Jürgensen, bewahrten getreu die Erinnerungen aus seiner
Jugend und hielten ihren kunstliebenden Jakob in hohen Ehren.
Jürgensen war bei dem jugendlichen Alter seiner Brüder zunächst
der einzigste teilnehmende Freund, den er in Schleswig zurückließ,
mit dem er sein Lebenlang in enger Verbindung blieb, der von
seinen Erlebnissen in der Fremde und von seinen Fortschritten
nähere Kunde erhielt und mit Stolz auf seinen Vetter, den Professor, hinwies, als er endlich in Berlin und Rom sein Lebensziel
erreicht hatte. Die Notizen aus seinen Tagebüchern, die uns erhalten sind, sowie die kurze Biographie in den „schleswigschen Kunstbeiträgen" vom Jahre 1792, die er im Verein mit zwei andern
kunstliebenden Männern, Lüders und Bübinger, herausgab,

geben ein leuchtendes Bild von der Liebe und Teilnahme, womit
Jürgensen den Lebensweg seines Vetters begleitete, von der
Dankbarkeit und treuen Anhänglichkeit, die Carstens seinem Verwandten in der Heimatsstadt bis an seinen Tod im fernen Rom
bewahrte. Fast kein Jahr vergieng, wo er ihm nicht zu bestimmten festlichen Tagen in seiner Familie ein Liebeszeichen übersandte,
Produkte seines künstlerischen Strebens, die Jürgensen mit
allem, was er schon aus seiner schleswigschen Zeit von ihm besaß,
als seinen Schatz zu bezeichnen pflegte. Schon im Jahre 1777,
als Carstens kaum sechs Monde in Kopenhagen gewesen war,
langte bei ihm mit einer poetischen Epistel jenes bekannte Selbstporträt an, welches ihn auf der Flöte blasend darstellt, wie er es
unter seiner Leitung in dem Hause auf dem Herrenstall so oft
geübt hatte. Von seinem freundschaftlichen Zusammenleben und
Zusammenarbeiten mit Paul Ipsen gab er ihm regelmäßig
Nachricht; wie derselbe ihn in die königliche Gemäldegalerie geführt
und der Aufseher auf dessen Empfehlung ihm den ferneren Besuch
derselben gestattet hatte. So sehr aber auch die Menge der treff-
lichen Malereien, die er dort sah, auf seinen Sinn wirkte, so
bewunderungswürdig und unbegreiflich ihm die Kunst darin
erschien, so war ihre Wirkung nach den Studien, die er in Webb
gemacht, doch gering gegen den mächtigen Eindruck, den die Abgüsse der alten Bildwerke in dem Antikensaale der Akademie auf
ihn machten.

Bekanntlich hat Fernow nach dem, was Carstens ihm
zwanzig Jahre später in Rom über seinen Aufenthalt und sein
Kunststudium in Kopenhagen mitteilte, einen ausführlichen Bericht
gegeben und denselben dem Künstler in den Mund gelegt. Während wir uns auf Grund anderweitiger Nachrichten dem ersten
Teil der Erzählung im wesentlichen anschließen können, leidet die-

selbe in ihrem weiteren Verlaufe an manchen inneren Wider=
sprüchen und Unrichtigkeiten, die sich nur an der Hand urkund=
licher Nachrichten und nach der schleswigschen Überlieferung eini=
germaßen richtig stellen lassen.

„In dem Antikensaale“, so lautet der Bericht, „sah ich nun
das Höchste und Vortrefflichste, von dem ich so vieles gehört und
gelesen hatte,[1] womit ich so oft meine Einbildungskraft erhitzte,
und wovon ich mir doch keine Vorstellung machen konnte; und
wie unendlich weit übertraf es meine Erwartung! Alles, was
ich bisher von Kunst gesehen hatte, war mir nur als Menschen=
werk erschienen, und ich dachte dabei, daß ich auch wohl dahin
gelangen könne, dergleichen zu machen; aber diese Gestalten erschie=
nen mir als höhere Wesen von einer übermenschlichen Kunst gebil=
det, und es fiel mir nicht ein, zu denken, daß ich oder irgend ein
anderer Mensch je dergleichen hervorzubringen vermöchte. Ich sah
hier zum erstenmale den vatikanischen Apollo, den Laokoon, den
farnesischen Herkules, den borghesischen Fechter u. a., und ein hei=
liges Gefühl der Anbetung, das mich fast zu Thränen bewegte,
durchdrang mich; es war mir, als ob das höchste Wesen, zu dem
ich als Knabe im Dome zu Schleswig oft so innig gebetet hatte,
mir hier wirklich erschienen und nun mein Gebet erhört sei. Ich
hätte mir keine größere Glückseligkeit denken und wünschen können,
als immer in der Betrachtung dieser herrlichen Gestalten zu leben,
und dieses Glück war nun wirklich in meiner Gewalt. Ich machte
mit dem Aufseher des Antikensaales den Vertrag, daß er mich
einließe, so oft ich kommen würde. Von nun an war ich fast
täglich halbe Tage lang unter diesen Abgüssen, ließ mich bei ihnen

---

1) Der Künstler nimmt damit Bezug auf die Erzählung Jürgensens
(vergl. p. 151) und auf die Darstellung von Webb (vergl. p. 105 ff.).

einschließen und betrachtete sie unaufhörlich. Gezeichnet habe ich da niemals nach einer Antike. Ich glaubte, das Nachzeichnen würde mir zu nichts helfen, und wenn ich es versuchte, so war mir, als ob mein Gefühl dabei erkalte. Ich dachte also, daß ich mehr lernen würde, wenn ich sie recht fleißig betrachtete und ihre Formen meinem Gedächtnis so fest einprägte, daß ich sie nachher wieder aus der Erinnerung richtig aufzeichnen könnte, und dies war auch das Einzige, was ich nun für lange Zeit trieb. Zum Porträtmalen und Nachzeichnen hatte ich, seit ich in Kopenhagen war, alle Lust verloren. Ehe wäre es mir möglich gewesen, nach den Antiken zu modellieren; sie nachzuzeichnen konnte ich mich nie entschließen." [1]

"Während des ersten Winters [1776—77] hörte ich eine Vorlesung über die Anatomie, die der Professor Weidenhaupt [2] auf der Akademie in dänischer Sprache hielt. Vieles in seinen Vorlesungen verstand ich damals nicht, weil ich noch zu wenig

---

1) „Es stieg eine Ahnung in ihm auf, daß eine Kopie der Antiken nur durch die Skulptur zu erzielen sei und eine Wiedergabe der körperlich greifbaren Formen auf ebener Fläche notwendig den ganzen Charakter der Statuen verändern müsse. Sollten diese Skulpturen von Carstens für die Malerei benutzt werden, so mußten sie ihr Wesen gänzlich aufgeben und durch die Einbildungskraft des Künstlers als etwas ihm Eigenes von neuem geschaffen werden."

2) Andreas Weidenhaupt (nicht Wiedenhaupt, wie Fernow schreibt), Bildhauer, geboren in Kopenhagen den 13. August 1738, gestorben daselbst den 26. April 1805, war seit dem Jahre 1771 an der Akademie Professor der Anatomie. Erst 1783 führte er im Auftrage derselben eine Anatomiefigur aus, die in den Schulen der Akademie gebraucht wurde. Demnach müßte das, was Fernow erzählt, erst ins Jahr 1783 fallen, wo Carstens nicht mehr in Kopenhagen anwesend war. Doch scheint Weidenhaupt auch schon früher in seinen Vorlesungen eine ähnliche Figur gebraucht zu haben. Vergl. Weilbach a. a. O. p. 733. Da auch Hennings: „essay sur les arts en Danemarc p. 112—16" im Jahre 1778 etwas derartiges, wie aus seinem Berichte hervorgeht, gesehen haben muß, so dürfte die Fernowsche Angabe doch auf Wahrheit beruhen.

Dänisch wußte, aber ich lernte es doch durch die Art, wie er diese Wissenschaft demonstrierte, mit den Augen. Er las nämlich einen Abend über einen Teil des Körpers und erklärte ihn an einem Skelett und an einer Anatomiefigur, die er selbst verfertigt hatte. Am folgenden Abend wiederholte er dieselbige Vorlesung und ließ daselbst von einem lebenden Modelle alle Bewegungen und Verrichtungen desselben Teils mehrmals machen, so daß die Zuhörer nicht nur die Gelenke der Glieder nebst der Lage und Anheftung der Muskeln in Ruhe, sondern auch die Bewegungen mit den dadurch entstehenden Veränderungen in den Formen derselben sehen und begreifen konnten."

„Durch Hilfe dieser Vorlesungen, die ich im folgenden Winter [1777—78] zum zweitenmale und mit mehr Nutzen hörte, und durch das fortgesetzte Betrachten der Antiken bekam ich allmählich ein richtiges Verständnis des Körpers und einen Begriff von schöner Form, so daß ich nun auch lebendige Gestalten, wo alles weit unbestimmter und undeutlicher erscheint, besser verstehen lernte, ohne daß ich nötig gehabt hätte, zum Nachzeichnen meine Zuflucht zu nehmen, welches mir bei dem stärksten Triebe zur Kunst doch immer zuwider war und mir eine unwürdige Art zu studieren schien. So trieb ich es etwa zwei Jahre lang und habe in dieser Zeit nichts weiter gezeichnet, als die Figuren und Stellungen der Antiken, die ich nach der Betrachtung oft und aus verschiedenen Ansichten zu Hause aus dem Gedächtnisse wiederholte."[1]

„Ich hatte schon lange den Trieb, selbst etwas zu erfinden, der durch die Kompositionen anderer junger Künstler noch mehr angereizt wurde; auch fehlte es mir in der Vorstellung nicht an

---

1) Daneben aber übte er sich, wie wir aus anderer Quelle wissen, unter Jpsens Leitung, der ihn im übrigen seinen eignen Weg gehen ließ, in der Ölmalerei.

Bildern; aber ich konnte mir anfangs keines so zur Deutlichkeit bringen und festhalten, daß ich es hätte aufzeichnen können. Denn wenn ich gleich dazu den Körper schon genugsam kannte, so war ich doch noch nicht imstande, eine Figur in jeder vorkommenden Stellung zu denken, noch weniger sie aus dem Kopfe zu zeichnen. Überdies fehlte es mir auch noch gänzlich an Kenntnis von den Regeln der Perspektive, der Komposition, der Beleuchtung und Drapierung. [1] Ich suchte mir zwar immer im Betrachten der Gemälde und Statuen von diesen Dingen zu merken, so viel ich konnte, aber das gieng natürlicherweise im Anfange, wo ich gleichsam alles selbst erfinden mußte, sehr langsam. Doch glaubte ich es ·auf keine andere Weise lernen zu können, und da ich sah, daß ich doch allmählich weiter kam, so verlor ich den Mut nicht; im Gegenteil feuerten mich diese Schwierigkeiten ·nur noch mehr an, und der Gedanke, sie aus eigner Kraft besiegen zu können und meine Kunst keinem Lehrer schuldig zu sein, schmeichelte meinem Ehrgeize."

„Bald nach meiner Ankunft in Kopenhagen gieng ich auch einigemal auf die Kunstakademie und sah, wie dort in den verschiedenen Klassen nach Köpfen, Händen und Füßen, nach Modellzeichnungen, Gipsen und endlich nach der lebendigen Natur gezeichnet wurde; aber es wollte mir nicht in den Sinn, auf diese zerstückelte Art zu studieren, wenn ich dadurch auch in kürzerer Zeit hätte zu meinem Zwecke gelangen können. Dazu kam noch

---

1) Nachdem er den Lairesse wenigstens ein Jahr in Eckernförde (vergl. p. 120) studiert, muß dies und das folgende zum mindesten sehr übertrieben erscheinen. Die Darstellung Fernows ist allerdings nur eine Konsequenz seiner fälschlichen Behauptung, daß das Studium von Lairesses Werk erst in eine spätere Zeit fällt und er das Buch von Ipsen empfangen habe. Vergl. Fernow-Riegel p. 55. 56.

eine gewiſſe Scham, daß ich, der ſchon ſo alt war, als ich zur
Kunſt kam, in den unterſten Klaſſen unter kleinen Jungen ſitzen
ſollte,[1] denn von unten mußte jeder anfangen, der auf der Aka=
demie ſtudieren wollte. Das Zeichnen nach dem Leben gefiel mir
zwar, und ich würde auf die Akademie gegangen ſein, wenn ich
gleich damit hätte anfangen können; doch ſchien mir der Kerl,
welcher zum Modell ſtand, obwohl er ſonſt gut gebauet war, gegen
die Antiken, von denen ich ſchon höhere Begriffe von Schönheit
erlangt hatte, ſo unvollkommen und gemein, daß ich dachte, ich
könnte wohl eine beſſere Figur zeichnen lernen, wenn ich mich
bloß an dieſe hielte. Ich nahm mir alſo vor, die Akademie lieber
nicht zu beſuchen, ſondern für mich allein zu ſtudieren, ſo viel
auch die andern jungen Künſtler mir von der Notwendigkeit und
Nützlichkeit des akademiſchen Studiums vorredeten.“

„Um dieſe Zeit ward ich mit einem geſchickten jungen Bild=
hauer namens Wohler aus Magdeburg bekannt,[2] der einige Jahre
lang in Rom geweſen war und daſelbſt verſchiedene Statuen in
halber Lebensgröße nach den Antiken in Thon modelliert, ſie dann
ſtückweiſe gebrannt und ſo mit zurückgebracht hatte. Dieſer lieh
mir öfter ſolche Teile von ſeinen Kopien in meine Wohnung, wo
ich ſie bei meinen eigenen Erfindungen zu Rate zog. Denn da ich

---

1) Zum Verſtändnis fügen wir hinzu, daß ſchon neunjährige Knaben
die Akademie beſuchten. Thorvaldſen war wahrſcheinlich elf Jahre alt,
als er eintrat.

2) Der Bildhauer Michael Chriſtoph Wohler, geboren 1754 in
Magdeburg, in gleichem Alter mit Carſtens, ſtarb gegen 1806 in Potsdam
als Hofbildhauer. Er beſuchte die Kunſtakademie in Kopenhagen ſeit dem
Jahre 1775, gewann 1776 beide ſilbernen Medaillen, 1777 die kleine und
1779 die große goldene Medaille. Im Jahre 1780, als er in ſeine Heimat
zurückkehrte, empfieng er von der Akademie ein rühmliches Zeugnis. Weil=
bach a. a. O. p. 785.

jetzt fleißig zu komponieren anfieng, so fand ich bald, woran es
mir hauptsächlich fehlte, wenn ich meine entworfenen Figuren
weiter ausführen wollte: ich konnte mir nämlich wohl das Ganze,
aber nicht immer alle Teile deutlich genug vorstellen. Aber ich
ruhte nicht, bis ich es auch dahin brachte, um nicht ein bloßer
Skizzenmacher zu werden. Vorzüglich benutzte ich auf diese Art
zu meinen Studien den borghesischen Fechter. Durch diese stete
Übung meiner Einbildungskraft, mir alle Gegenstände rund vor=
zustellen und mir Formen und Umrisse derselben von allen Seiten
wohl einzuprägen, wobei mich die anatomischen Kenntnisse, die
ich bereits hatte, unterstützten, gelangte ich endlich dahin, daß ich
einen Teil, wenn ich ihn einmal in verschiedenen Ansichten und
Lagen von allen Seiten recht durchstudiert und einigemal die An=
wendung davon in eigenen Erfindungen gemacht hatte, nachher in
den vornehmsten Stellungen und Verrichtungen ziemlich richtig
aus der Vorstellung aufzeichnen konnte, und was ich auf diese
Weise einmal recht begriffen hatte, vergaß ich nicht leicht wieder.
So studierte ich alle Teile des Körpers mehrmal mit der Anwen=
dung in eigenen Erfindungen durch und erwarb dadurch meiner
Vorstellungskraft eben die Übung und Fertigkeit, welche andere
Künstler durch vieles Nachzeichnen bloß in Hand und Auge bringen,
welches mir in der Folge für die Leichtigkeit im Erfinden und
Komponieren sehr' nützlich gewesen ist." [1]

    „Wenn nun auch das, was ich anfangs auf diese Weise
hervorbrachte, sehr stümperhaft und schlecht war, so konnte ich nun

---

1) „In einer Zeit, deren Äußerlichkeit der Kunstempfindung das Erlern=
bare für das Wesen der Kunst hielt, war die Methode die richtige, mit der
er, wie sein Biograph Fernow sagt, nicht den gewöhnlichen Weg der zu eig=
ner Erfindung allmählich fortschreitenden Nachahmung, sondern sogleich mit
dem Erfinden begann." Vergl. oben p. 87.

doch wenigstens meine eigenen Erfindungen schon notdürftig aus=
drücken, die sich anfänglich bloß auf Kompositionen von einer oder
zwei Figuren einschränkten. Mein erster Versuch in eigenen Erfin=
dungen, den ich wirklich ausführte, war, soviel mir noch erinner=
lich ist, der Tod des Aeschylus. Ich weiß nicht mehr, wie ich
gerade auf dieses Thema gekommen war,[1] aber das weiß ich noch,
daß es mir erschrecklich sauer ward, bis ich damit zustande kam;
denn ich kannte noch keine einzige Regel der Kunst, oder die ich
etwa schon kannte, mußte ich doch noch nicht anzuwenden. Aber
diese Bedürfnisse und Verlegenheiten, die ich täglich empfand, trie=
ben mich immer mehr an, auf alle Weise Belehrung zu suchen,
alles, was ich las und sah, auf meine Studien anzuwenden und
andere, die mehr wußten als ich, um Rat zu fragen.[2] — Eines
der ersten Kunstbücher, die ich in Kopenhagen las, waren des „Du
Bos Betrachtungen",[3] woraus ich im allgemeinen viel Nützliches
lernte und Begriffe von den höheren Zwecken der schönen Künste
bekam, die ich mir noch nie in Verbindung gedacht hatte. — Nächst=

---

1) Den Stoff zu seiner Darstellung gab dem Künstler das bei späteren
Schriftstellern (wie Stobaeus, Aelian H. A. 7, 16; Valer. Marim.
9, 12; Plinius H. N. 10, 3 u. a.) erzählte Märchen, wie ein Adler eine
Schildkröte dem Aeschylus auf den kahlen Kopf fallen läßt. Dasselbe ist
durch Mißverstand bildlicher Darstellungen entstanden, auf denen ein Adler
eine Schildkröte über dem Haupte des Dichters hält, und veranlaßt wahrschein=
lich durch ein Bild des Aeschylus in Athen, das eine symbolische Apotheose
desselben bezweckte: die Schildkröte=Lyra, die zum Himmel von dem Adler
emporgetragen wird. Vergl. Göttling: de morte fabulosa Aeschyli. Jena
1854. Die Zeichnung, die Jürgensen besaß (vergl. Nr. 5 unten), ist
übrigens verschollen.

2) Fernow erläutert dies durch die Lektüre von Gerard de Lai=
resses großes Malerbuch, von dem wir in anderem Zusammenhange schon
gesprochen. Vergl. p. 121.

3) „Du Bos: Kritische Betrachtungen über Poesie und Malerei.
Kopenhagen 1760 und 1761."

dem las ich noch den De Piles,[1] aus dem ich die Leben der
großen Maler kennen lernte, und was ich ſonſt an Kunſtbüchern
erhalten konnte, mit größter Aufmerkſamkeit. Dieſe ließen mich
zwar oft im Stiche, wenn ich mir bei ihnen Rats erholen wollte,
doch war mir das Leſen derſelben von großem Nutzen, denn ſie
veranlaßten mich zum Nachdenken. Da ich die Akademie nicht
beſuchte, ſo hatte ich auch lange keine Gelegenheit, die Bekannt=
ſchaft der älteren Künſtler und Profeſſoren zu machen; ich war
auch zu ſcheu, ſie zu ſuchen, weil ich noch ſo ganz Anfänger war;
ich mußte mich alſo wohl an Bücher halten. Dieſe einſame und
mühſelige Art zu ſtudieren und gleichſam alles ſelbſt zu entdecken
brachte mich zwar nur langſam weiter, aber ſie hatte unter ande=
ren Vorteilen auch den, daß ich von allem Schlendrian der aka=
demiſchen Kopierkunſt freiblieb und durch keine Manier auf Irr=
wege geleitet wurde. Muſter wie Rafaels Logen konnten mich
nicht irre leiten. Um dieſe Zeit[2] fieng ich auch an, Überſetzungen
von alten Autoren zu leſen, ſoviel ich deren habhaft werden
konnte; ſie ſind auch nachher immer meine liebſte Lektüre geblieben.“

„Ich mochte ungefähr vier Jahre lang [vielmehr 1778—79]
in Kopenhagen geweſen ſein, als ich zufälligerweiſe dem Grafen
Moltke bekannt wurde,[3] der eine ſchöne Sammlung von Gemäl-

---

1) „Rogger de Piles: Hiſtorie und Leben der berühmteſten Maler.
Hamburg 1710.“ Vergl. oben p. 105, wonach es zweifelhaft iſt, ob er dieſe
übrigens ſehr mangelhafte und dürftige Schrift erſt in Kopenhagen kennen
gelernt hat. Wie der Auktionskatalog zeigt, war ſie auch im Beſitze ſeines
Vetters Jürgenſen.

2) Daß Carſtens dergleichen Studien ſchon in Schleswig während
ſeiner Anweſenheit im Jürgenſenſchen Hauſe im Sommer 1775 getrieben,
haben wir oben p. 145 nachgewieſen.

3) Der Oberhofmarſchall Adam Gottlob Moltke, ein eifriger För=
derer von Kunſt und Wiſſenſchaft, ſeit 1750 Graf von Bregentved (am

den befaß, bie ich öfters befuchte. Da er mich fchon zu mehreren
Malen in feiner Galerie getroffen hatte, fo ließ er fich einft mit
mir ins Gefpräch und verlangte etwas von meiner Arbeit zu
fehen. Ich brachte ihm nach einiger Zeit eine von meinen Kom=
pofitionen, welche Adam und Eva nach der Milton fchen Dichtung
neben dem Baume der Erkenntnis vorftellte, hinter welchem der
Teufel im Verborgenen lauerte. Die Zeichnung fand des Gra=
fen Beifall, und er gab mir den Auftrag, fie ihm in Ölfarben
auszumalen, mit dem Erbieten, daß er mir fechzig Thaler [dänifche
Reichsthaler = 135 Mk.] dafür geben wolle. Ich fieng mein
Gemälde mit großem Eifer an und machte es fo gut und fleißig,
als ich konnte. Nach zwei Monaten war es fertig."

„Der Graf war inzwifchen auf eines feiner Landgüter [Bre=
gentved], fieben [10—12] Meilen von Kopenhagen entfernt, gegan=
gen, wo er fich gewöhnlich während des Sommers aufhielt [Som=
mer 1779]. Da ich das Geld nötig hatte, fo entfchloß ich mich,

---

10. Nov. 1709 in Mecklenburg geboren, geftorben am 25. Sept. 1792) war
mit dem Fall Struenfees aus dem Minifterium gefchieden. Da Carftens
mit Anfang 1780 Schüler der Akademie wurde, fo muß feine Bekanntfchaft
mit Moltke in den Winter von 1778 auf 1779 und in den Frühling 1779
fallen, als er eben das Haus Ipfens verlaffen und eine eigene Wohnung
bezogen hatte. Die Ausführung feiner fchon früher nach Miltons verl. Para=
dies 9, 990 ff. (vielleicht durch Ewalds Schaufpiel „Adam und Eva" ange=
regt) entworfenen Zeichnung in Öl gehört dem Anfang des Sommers 1779
gleichfalls an. Beide Bilder find verfchollen; man vermutet, daß das vom
Erbprinzen angekaufte Ölgemälde im Kopenhagener Schloßbrande 1794 zu
Grunde gegangen ift. — Die weite Wanderung, welche Carftens im Som=
mer 1779 nach dem im Amt Sora, 10 bis 12 Meilen von Kopenhagen ent=
fernt liegenden Schloß Bregentved unternahm, wo fich Moltke während des
Sommers aufzuhalten pflegte, zeigt zur Genüge, in welcher bedrängten Lage
er fich damals befunden haben muß. Um fo mehr ift auch fein Ingrimm zu
begreifen, als er hier nicht die Aufnahme fand, die er erwartet. Das Beneh=
men des Grafen, wie es bei Fernow gefchildert wird, entfpricht übrigens
wenig feiner fonft gegen Künftler und Dichter bewiefenen edlen Gefinnung.

ihm mein Bild selbst zu überbringen. Ich kam auf dem Gute an, überreichte dem Grafen, der sich meiner kaum zu erinnern schien, mein Gemälde; er betrachtete es eine zeitlang und sagte endlich: „Es ist recht gut, mein Freund, daß Er das Bild gemalt hat; aber ich habe eine Galerie von lauter Meisterstücken, unter wel= chen ich doch Seine Malerei nicht aufhängen kann. Nehme Er Sein Bild in Gottes Namen wieder mit sich; Er wird schon einen Liebhaber dazu finden." Damit gab er mir mein Bild zurück und ein Papierchen, worin er acht Dukaten gewickelt hatte. Diese Aufnahme hatte ich nicht erwartet; sie war mir kränkend, und ich antwortete dem Grafen: „Ew. Excellenz, ich bin ein Anfänger, der erst etwas lernen will; ich glaubte, Sie würden das Bild bloß zu meiner Aufmunterung bestellt haben, und die Ehre, die Sie mir dadurch erzeigten, hat mich angespornt, alle meine Kräfte darauf zu verwenden. Ich weiß wohl, daß es in Ihrer schönen Sammlung keinen Platz verdient; hängen Sie es, wohin Sie wollen. Es würde mir eine Schande sein, wenn ich das Bild wieder nach Hause tragen müßte." Aber diese Vorstel= lung war fruchtlos; der Graf wiederholte, was er mir gesagt hatte, und gieng in sein Kabinett. Mit Scham und Ärger, daß meine Arbeit verschmäht wurde, nahm ich sie zurück. Die acht Dukaten, so nötig ich sie gehabt hätte, ließ ich auf dem Tische liegen, weil es mir schimpflich schien, sie anzunehmen, und so kehrte ich gerades Weges wieder nach Kopenhagen um. So ungün= stig dieser erste Ausflug mit meiner Kunst auch abgelaufen war, so schlug er mich doch nicht nieder; ich verschmerzte bald die getäuschte Erwartung und setzte meine Übungen im Komponieren fleißig fort."

„Der Aufseher der Moltkeschen Gemäldesammlung, dem ich meine schlechte Aufnahme bei seinem Herrn erzählte, verschaffte

mir bald darauf die Bekanntschaft des Kammerherrn von Warn=
stedt, eines der größten Kunstliebhaber und Künstlerfreunde in
Kopenhagen. Er hatte diesem, der gleichfalls aus Schleswig
gebürtig war, den Vorfall zwischen dem Grafen und dem jungen
Schleswiger Maler erzählt. Der Kammerherr v. Warnstedt kam
zu mir in meine Wohnung und begrüßte mich als seinen Lands=
mann.[1] Ich mußte ihm das Bild zeigen, das ich für den Grafen
Moltke gemalt hatte; er lobte es und that mir das Anerbieten,
mich dem Erbprinzen Friedrich bekannt zu machen. Da die=
ser Prinz zugleich Präsident der Kunstakademie war, so konnte
mir seine Bekanntschaft von wichtigem Nutzen sein. Der Erbprinz
sandte auch wirklich nach einigen Tagen und ließ mich mit dem
bewußten Bilde zu sich rufen. Er empfieng mich mit Güte,
bezeugte meiner Arbeit seinen Beifall und sagte mir, er wolle das
Bild behalten. Auf des Prinzen Befragen, ob ich auf die Akade=
mie gehe, erwiderte ich, daß ich erst für mich einen guten Grund
legen wolle, um sodann die Akademie mit desto mehr Nutzen
besuchen zu können. Er billigte das und entließ mich mit dem
Zusatze, daß ich recht fleißig fortstudieren solle; er werde sich meiner
erinnern. Am folgenden Tage empfieng ich eine Anweisung auf
hundert [dänische] Thaler [225 Mk.] von ihm. So ward ich
mit meinem Glücke wieder versöhnt und erhielt mehr Geld und

---

1) Der Kammerherr v. Warnstedt (nicht Warnstädt, wie Fernow
schreibt), im März 1778 zum administrierenden Direktor der königl. Schau=
spiele ernannt, ist in der dänischen Litteraturgeschichte als Gönner und Förde=
rer des Dichters Ewald bekannt. Rahbek (in seinen Erinnerungen 1, 368)
schildert seinen Charakter nicht günstig, doch nennt er sich selber Warnstedts
persönlichen Feind. Overskou dagegen rühmt ihn auf Grund genauer For=
schungen als einen tüchtigen Mann, der das dänische Schauspiel aus allen
Kräften zu heben bemüht gewesen. Er war übrigens ein geborener Schles=
wiger und zeitweilig Mitglied der Altstädter Schützengilde gewesen. Vergl.
oben p. 10.

Ehre für mein Bild, als ich gehofft hatte, und was mir noch
wichtiger war, die Bekanntschaft des Erbprinzen, die mir auch
wahrscheinlich in der Zukunft vorteilhaft gewesen sein würde,
wenn nicht späterhin ein Vorfall diese Aussicht zerstört hätte." —

„Indessen hatte ich auch im Erfinden und Komponieren,
welches ich fleißig und mit immer wachsender Leidenschaft trieb,
merkliche Fortschritte gemacht und ward mit dem Professor Stanley bekannt, einem vortrefflichen Zeichner und Komponisten, der
ein reiches Talent zur Erfindung hatte.[1] Stanley besuchte mich
und sah meine bisherigen Versuche in der Kunst, unter denen er
eine Komposition, die ihm vorzüglich geraten schien: „den Tod
Balders und wie alle Götter um ihn klagen",[2] auswählte, um

---

1) Karl Friedrich Stanley, Bildhauer, geboren 1738 in Westminster
in England, gestorben den 9. März 1813 in Kopenhagen, war seit 1777 Mitglied,
seit 1778 auch Professor der Akademie. Ein Porträt von ihm aus dem Jahre
1783 zeigt nach Weilbach einen „smuk og elegant mand", der sich durch ein
geistreiches Wesen und einen Blick für die Kunst ausgezeichnet haben soll. Als
sein Werk wird unter anderen das Grabmal der Königin Luise in der Domkirche zu Roeskilde genannt. Gegen das Ende seines Lebens kam er vollkommen herunter, nahm 1810 seinen Abschied als Professor an der Akademie und
starb in äußerster Dürftigkeit. Weilbach a. a. O. p. 650 und 651. Nicht
er, wie behauptet ist, sondern sein gleichnamiger Sohn (gestorben am 8. Nov.
1805 in Rom) war der Freund Thorvaldsens.

2) Die Quelle dieser Komposition war Johannes Ewalds heroisches
Singspiel: „Balders Dad", das, im Sommer 1775 erschienen, in den Jahren
1778 und 1779 unter des Kammerherrn v. Warnstedts Leitung auf dem
königl. Theater mehrfach zur Aufführung gelangte und viel gelesen ward. Es
erscheint bemerkenswert, daß Abildgaard ausersehen war, zu einer Aufführung
des Jahres 1779 die Zeichnung zu den Trachten zu machen. Da die Aufführungen
großes Aufsehen erregten, so begreift man auch das Interesse, welches die Professoren der Akademie an der Carstensschen Zeichnung nahmen. Die letzte
Scene des dritten Aktes bildete den Vorwurf dazu: „Balder, der sich den
Spieß Hothers in die Brust gerannt, ist soeben verschieden; Nanna und
Hother stehen an seiner Seite; Odin und Frigga erscheinen auf einer Wolke
schwebend; Thor und andere Asen kommen von der einen Seite eines

sie mit auf die Akademie zu nehmen und in der nächsten Versammlung der Professoren vorzulegen. Er brachte mir nach einiger Zeit meine Zeichnung zurück, die den Beifall der Professoren erhalten hatte, und lud mich gleichsam im Namen aller ein, die Akademie zu besuchen. Dazu hatte ich aber jetzt, wo ich sah, daß ich für mich selbst weiter kam, noch weit weniger Lust als ehemals; im Gegenteil hatte ich gegen das akademische Studieren einen gewissen Widerwillen gefaßt, und mein ganzes Streben war schon jetzt dahin gerichtet, bei einer Ausstellung mit um den Preis zu werben und durch die That zu zeigen, daß man auch ohne Akademie Künstler werden könne. Ich erklärte also, ich habe so lange für mich studiert, ich sei schon zu alt, um noch jetzt ein Zögling der Akademie zu werden, und wolle dort nicht mit Knaben in einer Klasse sitzen; wenn man mich aber gleich in den Modellsaal zulassen wollte, so wäre ich nicht abgeneigt, die Akademie zu besuchen. Eigentlich schlug ich diesen Mittelweg nur darum vor, weil ich durch den Einfluß des Erbprinzen in der Folge zu einer Reise nach Rom befördert zu werden hoffte, und dazu mußte man notwendig ein Zögling der Akademie sein. Ohne diese lockende Aussicht hätte ich mich wohl schwerlich darauf eingelassen. Meine

Waldes, drei Walkyrien von der andern und erheben den Totengesang." — Unseres Erachtens kann es keinem Zweifel unterliegen, daß auch eine zweite Zeichnung nach Ewalds Schauspiel, die Fernow bei dem Künstler in Lübek sah (p. 74), schon in seine Kopenhagener Zeit fällt. Sie behandelte die zweite Scene des dritten Aktes, wo Loke dem Hother die drei Walkyrien in einer Höhle zeigt, die in dem Feuer eines Altars den Spieß härten, mit dem er Balder erlegen soll. Bei Ewald schreiten die Walkyrien im Kreise um denselben; auf einem anderen, gleichfalls am Eingange der Höhle stehenden Altar steht ein Kessel. Die Höhle wird von den auflobernden Flammen erleuchtet. Beide Bilder sind verschollen. Riegel bei Fernow p. 347. Johannes Ewalds samtlige Skrifter. Kjøbenhavn 1853. 5. p. 60 ff. und p. 80, sowie die Bemerkungen p. 231 ff.

Bedingung fand Schwierigkeiten, weil man nicht vom Herkömm=
lichen abweichen wollte. Zuletzt ward es dahin vermittelt, daß
ich zuerst der bloßen Förmlichkeit wegen auf vierzehn Tage die
Gipsklasse besuchte, dort eine Zeichnung machte und dann in den
Modellsaal gieng, wo ich ungefähr ein Jahr lang nach dem Nack=
ten gezeichnet habe. Da ich aber nie Lust zum Nachzeichnen hatte,
so besuchte ich die Stunden sehr nachlässig und mag in allem kaum
ein Dutzend Akte gezeichnet haben."

So war Carstens gegen Ende 1779 oder Anfang 1780 auf
die Mahnungen, die ihm von Schleswig her kamen und durch Paul
Jpsen verstärkt wurden, mit dem ausgesprochenen Zwecke, sich die
große goldene Medaille und damit das Reisestipendium nach Rom
zu erwerben, als Schüler in die Kopenhagener Akademie eingetreten.
In den kurzen Zeitraum, welchen er derselben angehörte, fällt
eine Reihe von Ereignissen, die nach der Darstellung Fernows
in vieler Hinsicht rätselhaft erscheinen müssen. Sein Verhältnis
zu dem Historienmaler Abildgaard, die Bedeutung seines „Aeolus
und Odysseus", seine Bewerbung um den Preis und zuletzt seine
Verweisung von der Akademie, die bei seinen Verwandten in
Schleswig nicht weniger Aufsehen als in Kopenhagen erregte,
bedürfen ebensosehr wie seine spätere Thätigkeit bis zum April
1783 einer genaueren Untersuchung und lassen sich nur an der
Hand anderweitiger Quellen mit einiger Sicherheit in richtigen
Zusammenhang bringen.

Mit seinem Eintritt in die Akademie war er mit dem Professor
und königl. Historienmaler Nicolai Abraham Abildgaard[1]

---

1) Abildgaard war getauft am 11. Sept. 1743 in Kopenhagen
und starb in einem Dorfe bei Frederiksdal am 4. Juni 1809. Fernow schreibt
immer falsch: „Abilgaard".

bekannt geworden, der im Dezember des Jahres 1777 von seiner
römischen Reise heimgekehrt war und jetzt in Kopenhagen den Ruf
eines der vorzüglichsten Maler seiner Zeit behauptete. Derselbe
hatte seine Zeichnung von Balders Tod, die Stanley mit auf
die Akademie genommen hatte, gesehen und, wie dieser ihm sagte,
besonders günstig darüber geurteilt. Carstens meinte, er sei
vielleicht dadurch auf den Gedanken gekommen, ihn zu seinem
Schüler zu haben; wenigstens sei ihm verschiedentlich von Leuten,
die wohl mit jenem bekannt gewesen, der Antrag dazu gemacht. Er
habe aber keine Lust gehabt, irgend eines Malers Schüler zu werden, und den Wink, daß es ihm nur ein Wort bei demselben
kosten werde, nicht verstehen wollen. Sein Selbstgefühl habe ihm
gesagt, daß er auch ohne einen Meister Künstler werden könne,
und sein Ehrgeiz, daß es ihm zum größeren Ruhme gereichen
werde, es durch sich selbst geworden zu sein. Da er aber sehr
wohl eingesehen, daß ihm dazu noch sehr viel fehle, und daß er
im Praktischen, vornehmlich in der Behandlung der Farben und
den Handgriffen des Malens, von Abildgaard, einem vortrefflichen Koloristen, der seinen Pinsel meisterhaft zu führen verstanden, noch vieles lernen könne, was er vielleicht ohne ihn nie
lernen würde, so habe er die Gelegenheit benutzen wollen,
dann und wann seine Werkstätte zu besuchen und womöglich ihn
selbst malen zu sehen.

Abildgaard hatte mit Anfang des Jahres 1780 den Auftrag bekommen, eine Reihe von Darstellungen aus der Geschichte
des oldenburgischen Regentenhauses für den Rittersaal des Christiansburger Schlosses zu malen und jedes Jahr ein Bild fertig
zu stellen. Die Skizzen dazu, welche noch heute im Rosenburger
Schlosse aufbewahrt sind, wurden während der Jahre 1780 und
1781 entworfen; bis zum Jahre 1794 waren zehn Gemälde voll-

endet und aufgestellt, von denen beim Brande des Schlosses nur drei gerettet werden konnten. Carstens, welcher in dem Atelier des Künstlers nur eins derselben hat entstehen sehen können, rühmt sein Kolorit, besonders im Nackten, und nennt es fast so schön, wie in Paul Veroneses und in Tizians Gemälden; er habe es auch nachher bei keinem neueren Maler schöner gesehen. Ein unbefangenes Urteil macht indes dem Abildgaard den Ruhm, ein zweiter Tizian zu sein, streitig und hebt mit Recht hervor, daß Carstens damals, als er den dänischen Künstler malen sah, Tizians Werke noch nicht kannte, und als er den Venetianer kennen lernte, nur eine dunkle Erinnerung von jenem mehr haben konnte. Mit größerem Rechte spricht er sich tadelnd über seinen Stil in der Zeichnung aus, wo er die Natur und die Antike als Maßstab hatte; seine Figuren schienen ihm übermäßig lang und dünn, mit magern spindelförmigen Extremitäten; er nennt ihn im Erfinden unfruchtbar und hebt sein mühevolles Komponieren hervor, was er bei dem Entwerfen der obengenannten Skizzen wohl beurteilen und beobachten konnte. Ihm war es nur darum zu thun, dem Abildgaard die Kunstgriffe im Farbenmischen und im Malen abzusehen, da sich das Kolorit selbst doch eigentlich nicht erlernen, sondern nur durch Auge und Gefühl an der Natur und an guten Meistern der Sinn dafür bilden lasse. Er gieng deswegen öfters in sein Atelier in der Hoffnung, ihn einmal beim Malen zu treffen; aber das wollte ihm lange nicht gelingen, weil Abildgaard sich nicht gern auf die Hand sehen ließ und keine Künstlerbesuche annahm, wenn er malte. Erst eines Morgens, da er früher als Abildgaard in dessen Werkstatt kam und wegen einiger großer Gemälde, die in derselben standen, nicht von ihm bemerkt wurde, gelangte er in seinem glühenden Streben nach künstlerischer Ausbildung auf eine Art zu seinem Ziele, die schwerlich noch heute einem Manne von sechsundzwanzig Jahren verziehen werden würde.

„Ich verhielt mich ruhig," erzählte er später seinem Freunde Fernow, „bis er im Malen begriffen war, und trat dann zu ihm; er konnte nun nicht wohl aufhören, und ich blieb gegen zwei Stunden lang bei ihm und sah ihn malen. Hätte mir ein solches Zusehen von großem Nutzen sein sollen, so hätte es wenigstens öfter und mit mancher mündlichen Erläuterung verbunden geschehen müssen, aber es blieb bei dem einzigen Male, das dennoch nicht ganz ohne Vorteil für mich war. Wahrscheinlich aber verlor ich zugleich durch die verstohlene Art, wie ich diese Absicht erreicht hatte, die Gunst des auf seinen Vorzug eifersüchtigen Künstlers, wovon ich mich bald zu überzeugen Gelegenheit hatte."

Abildgaards Charakter wird von seinen Zeitgenossen nicht in günstigem Lichte geschildert. Sein launenhaftes Wesen, wie es durch trübe häusliche Verhältnisse gefördert werden mochte, machte ihn den übrigen Professoren nicht zum angenehmen Kollegen. Vielleicht auch mit Rücksicht auf Carstens spricht sich Werlauf in seinen Lebenserinnerungen über denselben Mann, der sich später des jungen Thorvaldsens mit besonderer Freundlichkeit annahm, mit harten Worten aus, nennt ihn einen argen Egoisten, der aufstrebende Talente, in denen er Nebenbuhler zu fürchten vermeinte, niederzuhalten bemüht gewesen sei. Abildgaard war nur elf Jahre älter als Carstens; ein Verhältnis zwischen zwei so selbständigen Naturen, zwischen dem angesehenen Hofmaler und dem schleswigschen Autodidakten, hätte sich niemals günstig gestalten können, auch wenn Carstens nicht durch seinen ungebührlichen Überfall dasselbe von vorn herein gestört hätte. Abildgaards Benehmen war seitdem begreiflicherweise ein anderes; Carstens begann ihn mit argwöhnischen Augen zu betrachten

und war nur zu geneigt, ihm persönlich alle Schuld für die vermeintliche Unbill beizumessen, die ihm während seiner kurzen aka-
demischen Laufbahn zugefügt ward.

Es sind zunächst aus den offiziellen Akten der Akademie
die thatsächlichen Verhältnisse festzustellen, die mit Carstens'
Verweisung von derselben in Verbindung stehen.

Um sein angestrebtes Ziel, mit einem Reisestipendium nach
Rom zu gelangen, erreichen zu können, mußte er nach der Reihe
die kleine und große silberne und sodann die kleine und große
goldene Medaille zu gewinnen suchen. So sehen wir ihn denn
auch schon zu Ostern des Jahres 1780 mit einer Zeichnung nach
einem Modell um die erste Stufe, um die kleine silberne Medaille,
konkurrieren. Dieselbe ward ihm zuerkannt, konnte ihm aber nach
der Sitte der Akademie erst am Jahresfeste des folgenden Jahres
(31. März 1781) übergeben werden. Bei dieser Gelegenheit nahm
Carstens der Akademie gegenüber, die von Wiedewelt, dem
Kupferstecher Joh. Martin Preisler, dem Historien= und
Schlachtenmaler Johann Mandelberg, von Weidenhaupt,
Abildgaard, Stanley und dem Hofbaumeister Harsdorff ver=
treten war, eine unerwartet feindselige Haltung an, die folgenden
einstimmigen Beschluß in dem Protokoll derselben hervorrief:

„Der Eleve A. J. Carstens, der sich auf eine aufsätzige Weise
geweigert hat, die ihm für eine Zeichnung nach dem Modelle
zuerkannte kleine silberne Medaille anzunehmen, wurde durch
Scrutinium mit allen Stimmen bis auf weiteres von der Aka=
demie verwiesen und verurteilt, daß sein Name an die Thü=
ren aller Schulen der Akademie angeschlagen werde.“ [1]

---

1) „Eleven A. J. Carstens, som paa en opsätsig maade havde
undslaaet sig for at imodtage den ham for tegning efter modellen til-

Während es demnach feststeht, daß Carstens die kleine silberne Medaille anzunehmen sich geweigert und diese seine Weigerung auf ungebührliche Weise zu erkennen gegeben hat, bleibt der Grund seines ganzen auffallenden Benehmens vollkommen unklar. Bei Fernow wird dasselbe in einer Weise motiviert, die seinem Charakter wohl zu entsprechen scheint.

„Bei der nächsten Ausstellung," erzählt derselbe, „hatte ein Künstler von denen, die um den großen Preis wetteiferten, eine Zeichnung gemacht, die unter allen bei weitem die beste war, und jeder erwartete, daß demselben der erste Preis würde zuerkannt werden. Aber bei der Austeilung erhielt ihn ein anderer, dessen Zeichnung weit unter jener war und an den niemand gedacht hatte. Da dieser Vorgezogene ein Verwandter von Abildgaard war, so erklärten aus diesem Umstande alle jungen Künstler die ihrer Überzeugung nach unverdiente Begünstigung, die demselben widerfuhr. Mir ward für eine Modellzeichnung die große [vielmehr: kleine] silberne Medaille zuerkannt. Obgleich ich um den großen Preis nicht mit geworben hatte, also bei der Verteilung desselben persönlich gar nicht interessiert war, so nahm ich mich doch des durch die parteiische Austeilung Zurückgesetzten und seiner Sache mit so großem Eifer an, als wenn ich selbst der Zurückgesetzte gewesen wäre. Ich erklärte öffentlich, daß ich die silberne Medaille nicht annehmen würde, wenn der, welcher nach aller Überzeugung die goldene verdient hätte, dieselbe nicht erhielte. Auf einer Akademie, wo das Verdienst nach Gunst bestimmt

---

kiendte liden sølf-medaille, blev ved Scrutinium af alle stemmer indtil videre forviist Academiet og tildømt hans navn at opslaaes paa dørrene i alle Academiets skoler." Weilbach: Konstnerlexikon a. a. O. p. 100 ff., dem wir auch die übrigen Notizen aus den Akten der Akademie entnommen haben.

werde, wolle ich keinen Preis verdienen. Ich gieng auch nicht auf die Akademie an dem Tage, wo die Preiſe ausgeteilt wurden. Der Erbprinz Friedrich verteilte dieſelben auch dasmal, wie gewöhnlich. Als ich aufgerufen wurde und nicht da war, ward vorgewendet, daß ich krank ſein möchte, und die mir zuerkannte Medaille ward mir von der Akademie zugeſandt. Aber ich beharrete feſt auf meinem Entſchluß, wies ſie zurück und erklärte zugleich, ich würde nie wieder einen Fuß in die Akademie ſetzen; ſie möge ihre Medaillen nur immer nach Gunſt verteilen; ich verlange keine davon. Ein ſolcher Trotz war unerhört und wurde durch eine förmliche Verweiſung von der Akademie beſtraft. Das Dekret meiner Verweiſung ward an alle Thüren der Akademie ange=ſchlagen; doch ließ der Profeſſor Wiedewelt[1] es am folgenden Morgen wieder abreißen. Mir war dieſe Verweiſung gleichgiltig; denn ich hatte mich ſelbſt ſchon freiwillig verwieſen. Ich ſah wohl ein, daß ich durch dies Betragen die Gunſt des Erbprinzen und alle Vorteile, die ich von derſelben für die Zukunft hoffen konnte, auf immer verſcherzt hatte. Doch achtete ich dieſe Aufopferung damals für nichts gegen die Genugthuung, die ich darin empfand. Ich war meinem Gefühle gefolgt, das ſich gegen jede Ungerechtigkeit empörte, und hier um ſo mehr, da ich einen Mann [Abildgaard] für den Urheber derſelben hielt, der auch meinen Trieb zur Kunſt

---

1) Der Bildhauer Johannes Wiedewelt, geboren den 1. Juli 1731, geſtorben nach einem bedrückten Alter am 17. Dez. 1802. Von ſeiner römiſchen Reiſe war er am 6. Okt. 1758 nach Kopenhagen zurückgekehrt, ſeit 1761 Profeſſor an der Modellſchule, wo Carſtens mit ihm in Berührung kam. Er war, ſelbſt wenn Krankheit und Sorgen ihn drückten, freundlich im Umgange und dabei voll ernſten Strebens und Liebe zur Kunſt. Da der Beſchluß gegen Carſtens einſtimmig gefaßt war, ſo erſcheint die Entfernung des Anſchlags ſchon am folgenden Tage durch ihn wenig wahrſcheinlich. Weil-bach s. n.

hatte unterdrücken wollen, statt denselben durch Aufmunterung und lehrreiche Beratung zu unterstützen."

Auffallenderweise werden diese Angaben, die zur Erklärung seines „aufsätzigen Verhaltens" dienen sollen, so zuversichtlich sie auch ausgesprochen werden, von der aktenmäßigen Darstellung der Akademie in keiner Weise bestätigt, vielmehr nach jeder Richtung hin widerlegt.. Im Jahre 1780 fand darnach überhaupt keine allgemeine Bewerbung um die große goldene Medaille statt; erst lange nach der Verweisung des Künstlers von der Akademie, im Juli des Jahres 1781, wurde ein derartiger Preis ausgesetzt. Freilich wurde auch im Jahre 1780 eine goldene Medaille für eine Platte in taille douce an den Kupferstecher Johann Georg Preisler vergeben, der als solcher besonders konkurriert hatte, und ihm schon bei Gelegenheit des Jahresfestes 1780 überreicht; aber derselbe hatte keinen einzigen Mitbewerber, dem er hätte vorgezogen werden können, auch stand er, soweit bekannt, in keinem verwandtschaftlichen Verhältnisse zu dem Hofmaler und Professor Abildgaard, sondern war ein Sohn Johann Martin Preislers, des königlichen Hofkupferstechers und Professors der Akademie.

Ist damit der bündige Beweis erbracht, daß der Fernowsche Bericht nach des Künstlers eigener Erzählung dem wirklichen Hergange nicht entsprechen kann, so gewinnen die vollständig abweichende schleswigsche Überlieferung und die Angaben seines Vetters Jürgensen für die Feststellung der Thatsachen eine größere Bedeutung, als denselben bisher beigelegt worden ist.

Noch heute weiß man in Schleswig zu erzählen, wie Carstens bei der Preisbewerbung an der Kopenhagener Akademie, aus nichtigen Gründen zurückgesetzt, statt der verdienten goldenen Medaille nur die silberne erhalten und dieselbe aus verletztem Rechtsgefühl und im Bewußtsein seines Wertes und seiner Lei-

ſtungen zurückgewieſen habe. Ähnlich wie in den ſchleswigſchen
Kunſtbeiträgen vom Jahre 1792 berichtet auch Jürgenſen in
ſeinen Tagebüchern auf Grund gleichzeitiger ſchriftlicher Mitteilungen des Künſtlers ſelbſt von den damaligen Vorgängen. Carſtens habe auf der Akademie zuletzt mit „Odyſſeus' Wind-
ſchlauch" um den Preis der goldenen Medaille gezeichnet, auch
geglaubt, ſie verdient zu haben, ſie aber durch Abildgaards
Ungunſt nicht erhalten; die kleine ſilberne, die ihm zuerkannt ſei,
habe er darauf geweigert anzunehmen und der Akademie valet
geſagt.

Obwohl auch dieſe Angaben den aktenmäßigen Nachrichten
nicht ganz zu entſprechen ſcheinen, da ſie die Vorausſetzung enthalten, als wenn für ein- und dieſelbe Zeichnung die ſilberne und
goldene Medaille erteilt werden konnte, ſo gibt die Erwähnung
des „Windſchlauchs des Odyſſeus" der weiteren Forſchung einen
ſicheren Anhalt.

Fernow ſpricht von zwei Ausſtellungen, die während der
akademiſchen Laufbahn unſeres Künſtlers ſtattgefunden; für die
erſte habe er eine Zeichnung nach eigner Erfindung, „Aeolus
und Odyſſeus", für die zweite eine Modellzeichnung geliefert. Da
die letztere ſchon Oſtern 1780 ſtattfand und Carſtens erſt mit
Anfang dieſes Jahres in die Akademie eingetreten war, wie hätte
er den „Aeolus und Odyſſeus" vorher auf eine Ausſtellung
bringen können? Die chronologiſchen Daten ergeben unwiderleg-
lich, daß Carſtens nur für eine einzige Ausſtellung Zeichnungen
geliefert haben kann und daß beide, der „Aeolus und Odyſſeus"
ſowie die Modellzeichnung, für die Ausſtellung um Oſtern 1880
gearbeitet worden ſind. Was die letztere bezweckte, liegt klar auf
der Hand; er wollte, wie wir geſehen, damit die kleine ſilberne
Medaille gewinnen. Was aber mag er mit der Ausſtellung einer

Komposition nach eigener Erfindung beabsichtigt haben? Wollte er nur damit zeigen, daß er auch mehr zu machen verstehe als eine bloße Modellzeichnung? Hören wir zunächst, was Fernow ihn über diese Zeichnung berichten läßt.

„Während ich so Scheines halben die Akademie besuchte, kam die Zeit der Ausstellung heran [d. h. Ostern 1780], zu welcher ich zum erstenmal eine Zeichnung nach eigener Erfindung verfertigte, den Aeolus und Odysseus vorstellend, wie dieser mit dem leeren Windschlauch zurückkommt und vom Aeolus unwillig weggewiesen wird. Meine Zeichnung stach durch eine gewisse wilde Größe und durch einen starken Effekt, den ich ihr gegeben hatte, vor den übrigen hervor, so daß auch der Erbprinz Friedrich sie bemerkte, sich meiner wieder erinnerte und mir ein ermunterndes Lob erteilte." — „Abildgaard hatte meinen Aeolus auf der Ausstellung nicht gesehen, aber ihn loben gehört und schickte deshalb zu mir, daß ich ihm die Zeichnung zeigen möchte. Ich brachte sie ihm. Er betrachtete sie lange aufmerksam, ohne ein Wort zu sagen, und als ich ihn endlich bat, mir sein Urteil darüber zu äußern, sagte er mir, ich würde es in der Zeichnung und Komposition wohl noch weiter bringen können; dadurch aber werde ich noch kein Maler, und doch sei am Ende das Malen die Hauptsache, um ein tüchtiger Künstler zu werden. Er fragte nach meinem Alter, und als ich ihm sagte, daß ich bereits achtundzwanzig Jahre alt [1] sei, entschied er, da sei ich schon viel zu alt, um noch ein Künstler zu werden. Das Ölmalen erfordere viele und lange Übung, und da ich es nicht schon in der Jugend gelernt habe,

---

1) Wenn das richtig wäre, so müßte dieser Vorgang erst ins Jahr 1782 fallen, was ganz unmöglich ist. Hat diese Unterredung in der angedeuteten Weise wirklich stattgefunden, so hätte Carstens sein Alter auf sechsundzwanzig Jahre angeben müssen.

12 *

so werde ich es schwerlich je mehr lernen. Ich sagte ihm, wie
ich ohne meine Schuld so spät zur Kunst gekommen sei; ich hoffe
aber, daß es mir bei meinem großen Triebe noch gelingen werde,
durch Fleiß und Eifer das Versäumte nachzuholen. Allein es
schien, als ob er vorsätzlich meinen Mut niederschlagen und mir
die Kunst verleiden wollte, denn er behauptete, das sei vergebens;
man müsse in der Jugend malen lernen und es sei gut, daß ich
den Weinhandel gelernt habe, so bliebe mir doch eine Zuflucht,
wenn ich einst sehen würde, daß es mit der Kunst nicht gienge.
Dies brachte mich endlich auf, so daß ich mich nicht enthalten
konnte, ihm zu sagen, ich hätte geglaubt, eine andere Aufmunterung von ihm zu erhalten; ich wisse wohl, daß ich noch wenig
könne, aber ich fühle auch, daß es mir nicht an Talent und Eifer
fehle, um nicht noch ein Künstler zu werden. Das Ölmalen
allein mache auch noch keinen großen Künstler aus. Michelan-
gelo habe nicht in Öl malen können und sei doch einer der größten Künstler in der Welt gewesen; er solle mir also auch nicht
den Mut dazu benehmen."

„So rollte ich voll Unwillen meine Zeichnung zusammen,
gieng nach Hause und spannte mir eine Leinwand zwölf Fuß hoch
auf, um darauf meinen Aeolus in Öl zu malen. Ich arbeitete
täglich von früh bis in die Nacht, und in weniger als zwei
Monaten war mein Bild fertig [Juni 1780]. Es gefiel denen,
die es sahen, und machte sogar Aufsehen wegen der Dreistigkeit,
die ich gehabt hatte, mich gleich an eine Arbeit in so großem
Maßstabe zu wagen und wegen des drohenden trotzigen Charakters
im Aeolus; auch der Kupferstecher Clemens,[1] der in Rom

---

1) Johann Friedrich Clemens, Kupferstecher, geboren am
29. Nov. 1749 in Golnau bei Stettin, gestorben als Hofkupferstecher und

gewesen war, sah ihn und sagte, man sollte glauben, ich hätte Michelangelos Werke in der Sixtinischen Kapelle gesehen. Er führte auch den Maler Juel[1] zu mir und wiederholte dasselbe. Durch ein so schmeichelhaftes Lob ermuntert, erzählte ich ihnen, wie mich der Professor Abildgaard abgefertigt habe und daß ich trotz ihm doch noch ein Künstler werden wolle. Juel hatte es nachher dem Abildgaard wieder gesagt und mit ihm gescherzt, er solle den kleinen Holsteiner (so nannten mich in Kopenhagen gewöhnlich die Künstler) nicht zu sehr aufbringen; der habe keine Ruhe, bis er ebenso gut malen würde wie er. Dies zog mir Abildgaards Ungnade zu; aber für mich war es die größte Aufmunterung und für meinen Ehrgeiz, der keinen vor sich zu lassen wünschte, ein mächtiger Sporn, obwohl ich einsah, wie weit ich noch im Malen zurück war und daß ich ihn darin nie erreichen würde."

Aus jeder Zeile dieser Erzählung leuchtet das ganz besondere Interesse hervor, das Carstens noch in Rom an seinem „Aeolus und Odysseus" nahm; in der ganzen Fernowschen Darstellung seiner Jugendjahre kommt kein anderes Bild vor, dessen Geschichte mit solcher Ausführlichkeit und bedeutsamer Betonung

---

Professor in Kopenhagen am 5. Nov. 1831. Am 22. Aug. 1773 unternahm er eine Studienreise nach Paris, hielt sich 1777 in der Schweiz auf und kehrte 1778 nach Kopenhagen zurück. In Rom war er darnach nicht gewesen, und die Sixtinische Kapelle mit den Michelangeloschen Werken kann er nicht aus eigenem Anschauen gekannt haben, wie es nach Fernow scheinen muß. Die Äußerungen könnte dagegen der später genannte ausgezeichnete Maler Juel gethan haben. Vergl. Weilbach s. n.

1) Der Maler Jens Juel war geboren am 12. Mai 1745 und starb in Kopenhagen am 27. Dez. 1802. Er war Anfang 1780 von einer Studienreise aus Italien und von Rom, (wo er mit Abildgaard zusammen war), zurückgekehrt und wurde 1784 „überzähliger" Professor an der Akademie. Weilbach a. a. O. p. 339 ff.

behandelt wird. Wie geflissentlich hebt er hervor, daß der Erbprinz es auf der Ausstellung gelobt, während Abildgaard es
gar nicht bemerkt und sich später so absprechend darüber geäußert
habe! Welch ein Eifer erfüllt ihn, gerade diese Zeichnung in Öl
auszuführen, um zu zeigen, was er zu leisten vermöge, und wie
weist er auf die Lobsprüche hin, die ihm von dem Bildhauer Clemens und dem Maler Juel dafür zu teil geworden seien! Selbst
aus diesem späten Bericht schimmert noch der ganz besondere Zweck
hervor, den er mit diesem Bilde hat erreichen wollen. Die
Angabe Jürgensens läßt uns auch den Schleier heben, der das
Geheimnis, welches sich an den „Aeolus" knüpft, verborgen gehalten hat. Ohne genügende Kenntnis der Statuten der Akademie
und von einem starken Selbstbewußtsein seines künstlerischen Wertes
erfüllt, hat Carstens geglaubt, daß ihm durch die Ausstellung
einer Zeichnung nach eigener Erfindung, wie sie sein „Aeolus
und Odysseus" vorstellte, ein hoher Preis, ja der höchste zufallen
könne. Die Zeichnung, welche alle jüngeren Schüler für die beste
der ganzen Ausstellung erklärten, war keine andere als seine eigne;
die, um welche Abildgaard trotz des Lobes des Erbprinzen sich
gar nicht auf der Ausstellung gekümmert, die er nicht mit einem
Blicke angesehen hatte, eine Erfindung von seiner Hand! Der-
jenige gar, welcher die goldene Medaille erhalten und aus besonderer Gunst gegen seinen Vater schon früher, als es sonst Brauch
war, auch das Reisestipendium nach Rom bekam, der Sohn eines
Mitgliedes der Akademie, des Professors Preisler! Tief beleidigt in seinem Künstlerehrgeiz, von Abildgaard mit Absicht
zurückgestoßen, wollte er zeigen, was er selbst in Öl zu leisten
vermöge! Männer wie Clemens und Juel, die in Rom gewesen, hielten nicht mit schmeichelnden Lobsprüchen zurück; nur die
Professoren der Akademie und an ihrer Spitze Abildgaard such-

ten ihn in ihrer Parteilichkeit zu unterdrücken! Aber die kannten
Carstens schlecht, die da glaubten, daß er geduldig eine solche
Ungerechtigkeit über sich ergehen lassen würde; mit der kleinen
silbernen Medaille für seine Modellzeichnung hatten sie ihn abspei-
sen wollen! Seinen „Aeolus" hätten sie prämieren sollen! Eine
Schande für ihn, unter diesen Umständen die silberne Medaille
anzunehmen!

Aus dieser getäuschten Hoffnung einer selbstbewußten Seele
und aus der Überzeugung, daß Abildgaard aus Rachsucht ihm
diese vermeintliche Kränkung zugefügt habe, kann Carstens'
trotziges Auftreten, wie es ganz seinem eigenartigen Charakter
entspricht, zur Genüge erklärt werden.

Wenn wir nicht irren, so fällt mitten in diese Ereignisse,
die sein Inneres tief erregen mußten, eine heftige Erkrankung
des Künstlers, die vielleicht auf sein Benehmen gegen die Akademie
nicht ohne Einfluß blieb. Eine verheerende Seuche, der Fieber
grimmigsten eines, sagt er, durchfurchte mit entkräftender Wut seine
Adern; nur der aufopferungsvollen Hilfe eines seiner Freunde,
des jungen Arztes Friedrich von Wörger,[1] der im Jahre 1782
als Schiffsarzt starb, verdankte er sein Leben. In seiner hoff-
nungslosen Lage, so rühmt er dem schnellverwelkten Busenfreunde
bei der plötzlichen Kunde von seinem Tode nach, habe er ihm
erquickenden Trost und neuen Mut wie Balsam in seine kraftlose
Seele strömen lassen und der ewiggütige Gott seinen Stärkungs-
mitteln heilende Kraft verliehen, daß er ihn den nervigen
Armen des Todes wieder entwunden. Niemals werde undankbare Vergessenheit diese freundschaftliche That in seinem Herzen
auslöschen; im Leben habe derselbe ihm den Dank, der ihm gebühre,

---

1) Vergl. über ihn unter den „Oden und Elegien" Nr. 7.

verwehrt; jetzt erst nach seinem Tode könne und dürfe er im Liede ihm den schuldigen Dank in stammelnden Worten darbringen. Indem Carstens sich um diese Zeit Jürgensen gegenüber rühmt, er habe außer der Bekanntschaft und Anerkennung vorzüglicher Künstler auch treue Freunde gefunden, so wird die Liebesthat, die Friedrich von Wörger an ihm bewiesen, ihm nicht am wenigsten vorgeschwebt haben.

Außer dem Arzte Friedrich von Wörger sind uns nur wenige Zöglinge der Akademie bekannt, mit denen Carstens näheren Umgang gepflogen und Freundschaft geschlossen hat. Seine eingezogene Lebensweise, sein schlichtes, ja bäurisches Wesen sowie seine rückhaltlose Wahrheitsliebe, die allen Schein verachtete, waren auch nicht gerade geeignet, große Anziehungskraft auszuüben. Wie es scheint, gehörten seine näheren Bekannten vorwiegend der deutschen Nationalität an, wozu der Künstler sich als Sohn der Stadt Schleswig und seiner niederdeutschen Muttersprache nach gleichfalls rechnete; man nannte ihn auch, wie er selbst sagt, gewöhnlich den kleinen „Holsteiner". Es wäre aber ein Irrtum, wenn man darauf ein besonderes Gewicht legen wollte, da Einwohner des Herzogtums Schleswig, selbst die Dänen im Norden, sowie sie dem früher holstein-gottorpschen Landesteile angehörten, zu damaliger Zeit mit diesem Namen bezeichnet zu werden pflegten. Carstens' Gedicht über Friedrich III. beweist hinlänglich, daß ihn dasselbe patriotische Gefühl für König und das „dänische Vaterland" erfüllte, wie es damals in den Herzogtümern allgemein herrschte. Ein Gegensatz zwischen deutschem und dänischem Wesen, den die schleswigsche Frage in diesem Jahrhundert gezeitigt hat, bestand zu jener Zeit nicht, und in den höheren und mittleren Ständen der Kopenhagener Bevölkerung wurden unter Vernachlässigung des Heimischen deutsche Sprache und deutsche Bildung noch mit Vorliebe gepflegt. [1]

Es ist bezeichnend für seine künstlerische Richtung, daß es besonders Bildhauer waren, deren Umgang er suchte. Der Magde= burger Wohler, dem er sich eng angeschlossen, hatte sich freilich schon um das Jahr 1780 in seine Heimat zurückbegeben; der Architekt Johann Christoph Arens [2] aus Hamburg blieb ihm während der Jahre 1778 bis 1783, wo er die Akademie besuchte, ein treuer Genosse und lebte ebenso wie der Bildhauer Johann Jürgen Busch aus Mecklenburg=Schwerin [3] mit ihm in vertrau= tem Umgange. Auch im Jahre 1782 fand er in einem Freunde Thorvaldsens einen begeisterten Anhänger. Für alle seine Genossen während der Jahre 1781 bis 1783 mußte die unerhörte Thatsache, daß ein Schüler der Akademie die ihm zugesprochene Medaille zurückwies, ihn zu einer bekannten und interessanten Persönlichkeit machen und daneben seinen Namen in weite Kreise der Hauptstadt tragen. Noch im Jahre 1811 erschien in einer Kopenhagener Zeitschrift eine längere Erzählung in Novellenform, die sein Verhältnis zu Abildgaard ganz im Sinne der jungen Künstlerwelt behandelte. Da alle Vorgänge an der Akademie darin mit starken Farben zu Carstens' Gunsten geschildert wer=

---

1) Über die damaligen Zustände in Kopenhagen und die beginnende Opposition gegen das Deutschtum findet man reiche Belehrung in „Samlinger til Schack - Staffeldts Levnet af Liebenberg. Kjøbenhavn 1851." p. 20 ff.

2) Arens gewann 1780—81 beide silbernen und in der Folge auch beide goldenen Medaillen. Er lebte später in Hamburg und starb in Pisa am 18. Aug. 1806. Hamburg. Künstlerlexikon s. n.

3) Busch gewann 1780—81 beide silbernen und Ostern 1783 die kleine goldene Medaille, reiste, wie wir sehen werden, 1783 mit den beiden Brüdern Carstens nach Italien und starb als mecklenburgischer Hofbildhauer in Rom 1821. Weilbach s. n.

ben, so läßt sich barnach noch der Eindruck ermessen, ben berselbe durch sein Auftreten in Kopenhagen hinterlassen hatte.[1]

Es ist eine für die Kunstgeschichte nicht unwichtige Frage, wie weit der junge Bertel Thorvaldsen von Carstens, zu bem er später in Rom in nahen Beziehungen stand, in seiner künstlerischen Richtung schon bamals beeinflußt sei.

Als Thorvaldsen im Oktober des Jahres 1781 als elf-jähriger Knabe der Akademie beitrat, mußten die Ereignisse, die zu Carstens' Verweisung geführt hatten, noch in frischem An-benken der Zöglinge sein. Wenn auch seine Jugend jede nähere Berührung mit dem sechzehn Jahre älteren Manne von vorn her-ein ausschloß, so kann ihm boch unter den obwaltenden Umstän-ben die Persönlichkeit besselben während der anderthalb Jahre, die Carstens noch in Kopenhagen verweilte, unmöglich ganz unbekannt geblieben sein. Hat man dies bisher ohne ausbrück-liches Zeugnis nur als eine wahrscheinliche Vermutung bezeichnet, so können wir dieselbe aus Thorvaldsens Munde zur Gewiß-heit erheben. Bei seiner Anwesenheit in Schleswig sprach er Jür-gensen gegenüber offen aus, baß er Carstens schon in früher Jugend als Schüler der Akademie in Kopenhagen gekannt und verehrt habe.

Ungefähr sechs Jahre später sehen wir Thorvaldsen mit brei anderen Gesinnungsgenossen zu einer Gesellschaft vereinigt, beren Zweck die Übung im Komponieren und Entwerfen war. In ihren jugendlich begeisterten Gesprächen kehrte die Unterhaltung

---

1) Die Erzählung findet sich in „Nyesto Skilderi for 1811" vom 6. August bis zum 20. November. Da bamals jeboch die Fernow sche Bio-graphie unseres Künstlers schon vor mehreren Jahren erschienen war, so wäre es immerhin möglich, baß die barin gegebene Darstellung dem Verfasser der „Novelle" zum teil ben Stoff geliefert hätte.

immer wieder zu Carſtens und ſeinen Erlebniſſen in Kopenhagen
zurück. Untröſtlich, daß ein ſolcher Genius ſo wenig Anerkennung
bei der Akademie gefunden, voll Bewunderung der Kompoſitionen,
die einer der drei Genoſſen, der junge Landſchaftsmaler Hein=
rich Auguſt Groſch aus Lübek,[1] mit dem er im Jahre 1782
bekannt geworden war, zum Andenken erhalten hatte, blickten ſie
mit perſönlicher Verehrung und künſtleriſcher Begeiſterung zu dem
eigentümlichen Manne hinauf. —

Seit dem 31. März 1781 war Carſtens aus der Akademie
geſchieden und fortan entſchloſſen, ſich nicht wieder feſſeln zu
laſſen; er kündigte ſeinem Vetter in Schleswig an, daß er der
Akademie valet geſagt, ſich ganz auf eigne Füße zu ſtellen gedenke
und ſein altes „Handwerk“ wieder aufgenommen habe, um aus
eigener Kraft und aus eigenen Mitteln ſich den Weg nach Rom
zu bahnen. Über ſein Verhältnis zur Akademie nach ſeiner Ver=
weiſung ſpricht er ſich bei Fernow wohl im ganzen richtig aus.
Wenn er zunächſt betont, daß dieſelbe den ausgewieſenen Rebellen
trotz allem Vorhergehenden nicht ganz aus den Augen verloren
habe und es ihm ein Leichtes geweſen wäre, ſich wieder mit ihr
auszuſöhnen, ſo ſteht dieſes nicht im Widerſpruche mit dem ein=
ſtimmig von der Akademie gefaßten Beſchluſſe, der nur eine zeit=
weilige Ausſchließung ins Auge gefaßt hatte.

„Da ich im Studieren eifrig fortfuhr,“ erzählt er, „und
durch immer beſſer gelingende Kompoſitionen die Aufmerkſamkeit
der jungen Künſtler ſowohl als der Profeſſoren rege erhielt, ſo that
man mir im folgenden Jahre, als die Zeit der Preisbewerbung

---

1) Heinrich Auguſt Groſch ward am 26. Februar 1763 zu Lübek
geboren und trat im Jahre 1782 in die Kopenhagener Akademie. Es zeichnete
ſich ſpäter in der Wandfarbenmalerei und im Kupferſtich aus und ſtarb am
6. Juli 1843 in Chriſtiania. Weilbach ſ. n.

herankam [Oſtern 1782], von Seiten der Akademie den Antrag,
ob ich mit um den Preis werben wolle, mit dem Zuſatze, man
ſei von meinen Fähigkeiten überzeugt, daß ich gewiß die goldene
Medaille erhalten würde; des Vorgefallenen ſolle nicht mehr
erwähnt werden."

Merkwürdigerweiſe kehrt auch hier die Vorſtellung wieder,
daß ihm bei einer Ausſtellung ſeiner Kompoſitionen ſofort der
höchſte Preis zufallen könne. Indem man ihn einlud, ſich bei
der neuen Ausſtellung zu Oſtern 1782 um die große ſilberne
Medaille zu bewerben, wird ihm auch die lockende Ausſicht gemacht
worden ſein, die kleine goldene und in der Folge auch die große
goldene Medaille, womit das von ihm ſo erſehnte Reiſeſtipendium
verbunden war, gewinnen zu können. Ungeachtet dieſes „ehren-
vollen Antrages, der ihn nur noch ſtolzer machte", und der ihm
ſo wünſchenswerten Ausſicht zum Trotz, nach Verlauf von zwei
bis drei Jahren nach Rom zu gelangen, beharrte Carſtens in
ſeinem „Eigenſinn" und gab zur Antwort, er ſei einmal von der
Akademie verwieſen und hoffe auch ohne ſie nach Rom zu kommen; er bedürfe keiner Medaillen und ſeine Kunſt ſei ihm durch
ſich Aufmunterung und Lob genug. Wer ſeinen Charakter kennt,
begreift auch, wie durch alle dieſe Vorgänge nur ſein Eifer und
ſein Mut verdoppelt werden konnte.

Von allen Profeſſoren, die er von ſeiner kurzen akademiſchen
Laufbahn her kennen gelernt hatte, ſcheint der Bildhauer Stanley allein in freundſchaftlichen Beziehungen zu ihm geblieben zu
ſein; derſelbe wird es auch geweſen ſein, der ihn der Akademie
wieder zu gewinnen geſucht hat. Carſtens rühmt den lehrreichen
Umgang, den er mit ihm gepflogen, und mag ſich unter ſeiner
Leitung auch im Modellieren geübt haben, wozu Talent und Neigung ihn beſonders befähigten. Seine Hauptthätigkeit aber beſtand

fortan in der Ausübung seines „Handwerks", wie er zu sagen
pflegte: er zeichnete oder malte so viel Porträte, als sich ihm nur
immer darboten; denn von nun an war sein höchstes Streben,
sich die Mittel zu einer Reise nach Italien durch eigene Kraft zu
erwerben. „Obgleich ich von Jugend auf eine schwächliche Gesundheit hatte," sagt er, „so schadeten mir doch diese Anstrengungen
nicht. Meine Leidenschaft für die Kunst war so groß, daß ich oft
auch im Winter in der Nacht aufstand und arbeitete, wenn mich
die Gedanken an eine angefangene Arbeit nicht ruhen ließen, und
dann gegen Morgen halb erstarrt wieder zu Bette gieng."

Zunächst war er freilich zur Erwerbung seines Unterhaltes
um so mehr auf eine derartige Beschäftigung angewiesen, als der
letzte Rest seines Vermögens, den er zum März 1780 empfangen
hatte, allmählich verbraucht worden war. Wie seine Verwandten
in Schleswig der Ansicht waren, daß Carstens bei seinem Schei-
den von der Akademie nur seinem Rechtsgefühl gefolgt sei, und bei
der Nachricht, daß er binnen Jahresfrist mit seinem Porträtieren
sich eine Summe von ungefähr tausend dänischen Thalern (2225 Mk.)
erübrigt habe, nicht wenig getröstet wurden, so scheint der Eindruck von seinem Verhalten auch in Kreisen, die keine Ursache
hatten ihm besonders wohlgesinnt zu sein, kein ungünstiger gewesen
zu sein.

Es war die Zeit, wo sein jüngster Bruder Friedrich
Christian Schleswig verlassen sollte. Er hatte mit Einwilligung
der Vormünder seit Ostern 1778 gegen ein jährliches Lehrgeld
von achtzig Thalern (228 Mk.) bei dem Porträtmaler Karl
Daniel Voigts die Malerei erlernt. Wie es einst nicht möglich gewesen war, Asmus Jakob auf längere Jahre bei dem
Kunstmaler Geve zu unterhalten, so waren jetzt auch die Vormünder genötigt, für ihren jüngsten Pupillen beizeiten ein anderes

Unterkommen zu suchen. Indem sie sich bereit zeigten, denselben, trotzdem daß er noch nicht seine mündigen Jahre erreicht hatte, seinem älteren Bruder anzuvertrauen, kann die Kunde von der Verweisung desselben von der Akademie ihnen nur in einer Form zugegangen sein, die auf ihn kein schlechtes Licht fallen ließ.

Seit dem Juli des Jahres 1781 weilte Friedrich Christian bei seinem Bruder in Kopenhagen, um unter dessen Leitung seine weiteren Studien zu machen. Schon damals begann derselbe, vielleicht durch Stanleys Umgang beeinflußt, sich im Bossieren ganzer Figuren zu üben; begreiflicherweise hielt Asmus Jakob ihn ab, die Akademie zu besuchen, deren Gesinnung ihm verächtlich war. Aus den Geldsummen, die Friedrich Christian nach und nach von Schleswig herübergesandt wurden, läßt sich mit ziemlicher Sicherheit schließen, wie ihre finanziellen Verhältnisse sich um diese Zeit gestaltet hatten. Während die Vormünder ihm noch für das Jahr 1781 hundert Thaler (360 Mk.) hatten zur Verfügung stellen müssen, erklärte er für das folgende Jahr keiner weiteren Unterstützung zu bedürfen, da sein Bruder sich anheischig gemacht habe, ihn aus seinem eigenen Verdienst vollständig zu erhalten.

Die Studien, welche Carstens ganz besonders in den beiden letzten Jahren seiner Anwesenheit in Kopenhagen neben der Ausübung seines „Handwerks" trieb, waren vielseitiger Art. Die Metamorphosen Ovids sowie die homerischen Gesänge, die ihm jetzt erst auch in metrischer Form durch Stolbergs Ilias und Voßens Odyssee bekannt geworden waren, wurden zum Zweck künstlerischer Entwürfe eifrig gelesen, auch andere Übersetzungen griechischer Dichter, deren er habhaft werden konnte, wie die Tragödien des Sophokles und Pindars

Oden von Salomon Geßner,[1] in den Kreis seiner Studien gezogen.

Von zahlreichen Denkmälern der Vergangenheit in Kopenhagen umgeben, begann er damals auch historischen Studien nachzugehen. Die Darstellungen Abildgaards aus der Geschichte des oldenburgischen Herrscherhauses, die ihn in fast noch höherem Maße als die Ovensschen Gemälde im Schlosse Gottorp angezogen hatten, regten ihn an, aus Holbergs Reichsgeschichte, Uve Mallings „Großen und guten Handlungen von Dänen, Norwegern und Holsteinern", aus Christianis Geschichte der Herzogtümer Schleswig und Holstein und anderen populären Werken seine von der Schule her nur äußerst dürftigen geschichtlichen Kenntnisse zu ergänzen. Der Heldenmut der Kopenhagener Bevölkerung in den Kämpfen mit Karl Gustav von Schweden, die mannhafte Haltung des Königs Friedrich III. bei der Belagerung seiner Hauptstadt riefen auch in seinem Herzen patriotische Gefühle wach. Selbst in die Geschichte seiner Vaterstadt, in die Thaten und Schicksale ihres hervorragendsten Helden, des Herzogs Knud Laward und seiner unglücklichen Gemahlin Ingeborg, begann er sich mit besonderer Vorliebe zu versenken. Seitdem er der dänischen Sprache vollkommen mächtig geworden war, erschlossen sich ihm auch die Sagas und Mythen des nordischen Altertums und nahmen seinen Sinn durch ihren phantastischen, großartigen Inhalt gefangen. Die Dramen des dänischen Dichters Johannes Ewald, die in jenen Jahren mit großem Beifall auf dem königlichen Theater aufgeführt wurden, wie „Adam und Eva" und „Balders Tod", gaben ihm zugleich Stoff zu seinen Kompositionen.

---

1) Sophokles' Tragödien und Pindars Oden von S. Geßner. Wien 1761.

Dichter wie Milton und Shakspeare regten ihn zu künstle=
rischem Schaffen an; neben Geßners Idyllen und Kleists
Gedichten wurden die Oden und Dramen Klopstocks seine Lieb-
lingslektüre. Vor allen aber erfaßten auch ihn die nebelhaften
Gestalten der Ossianschen Dichtungen, diese gigantischen Schatten
mit allerneuester Empfindsamkeit, mit hinreißender Gewalt. Bald
ganz in den Strudel der damaligen litterarischen Bewegung hineingezogen, fand er in den Vertretern der sogenannten Sturm=
und Drangperiode seine dichterischen Ideale. Die Gedichte der
Brüder Stolberg, die Skaldengesänge und prosaischen Gedichte
seines Landsmanns Gerstenberg begeisterten ihn zu ähnlichen
Versuchen. Hatte sein einseitiges künstlerisches Schaffen im wesent=
lichen auf dem Studium von Dichtern beruht, so war es in der
That nur ein kleiner Schritt, vom Lesen derselben zu eigener Pro=
duktion überzugehen. Obwohl ohne besonderes poetisches Talent,
unselbständig und nur von den „Brosamen sich nährend, die von
dem Tische seiner Herren und Meister fielen", ohne genügende
Kenntnis der hochdeutschen Sprache und ihrer Regeln, nur seinem
niederdeutschen Sprachgefühl folgend, das u. a. eine Rektion der
Präposition nicht kannte, widmete er mit einem von Jahr zu Jahr
stetig steigenden Eifer seine „begeisterten" Stunden solchen dichte=
rischen Versuchen.

Schon im ersten Jahre seiner Anwesenheit in Kopenhagen
hatte er seinem Vetter Jürgensen mit der Übersendung einiger
poetischer Episteln in hexametrischer Form, wie sie durch die Lektüre
der homerischen Gesänge hervorgerufen sein mochten, eine besondere
Überraschung und durch die Erinnerung an all die Kunststudien,
die er unter seiner Leitung in Schleswig getrieben, eine hohe
Freude bereitet. Nicht wenig wird derselbe erstaunt gewesen sein,
als er ihm gegen Ende des Jahres 1782 mehrere Gedichte

zukommen ließ, die nächstens in Kopenhagen im Druck erschei=
nen sollten.

Die wenigen Produkte seiner dichterischen Phantasie, die
uns noch erhalten sind, bilden bei aller Unvollkommenheit und
Ungefügigkeit der Sprache und der Gedanken ein merkwür=
diges Denkmal seines gährenden Geistes; bei dem Mangel
anderer Quellen geben sie uns eine deutliche Anschauung von
allem, was in den Jahren 1779 bis 1783, die seinem hoch=
strebenden Sinne so manche Enttäuschung brachten, sein Inneres
bewegte.

Wie die Dichter seiner Zeit „tönt er seine Lieder", „bei süß=
tönendem Saitengelispel läßt er seine Harfe erklingen, seine
Seele die Saiten berühren und seine Töne sich mischen in ihren
melodischen Klang." Mit feierlichem Ernste ruft er „den Erdball
zu Zeugen an und als prüfenden Richter ob der Wahrheit Schmuck."
„Berauscht vom Nektar der Musen", vermag er in seinem Selbst=
gefühl sich selber zuzurufen:

> „Auf und empfahe den Kranz,
> meines Geistes tönender Lobgesang!
> Hell leuchte in die Zeiten der Zukunft
> dein Ruhm hin!
> Es fliehe der Vergessenheit finsterer Nebel
> vor deinem glänzenden Angesicht weg."

Eine trübe, an der Zukunft verzweifelnde Stimmung geht
daneben durch die meisten Gedichte. Mag er den Tod seiner
Schwester, das rasche Dahinscheiden seines Freundes Wörger
und den traurigen Mord Knud Lawards beklagen oder auch dem
Könige Friedrich ein Loblied singen, immer sind es die Unbestän=
digkeit des Glückes, die Vergänglichkeit alles Irdischen und die
Eitelkeit des menschlichen Lebens, die in wechselnden Bildern
wiederkehren.

Sach, A. J. Carstens.                                    13

„Ach, wie oft umnebelt nicht Stolz und Übermut
mit Finsternis den glücklichen Mann!"

---

„Welcher Sterbliche genoß des Glückes immerwährende Wonne?"

---

„Des Lasters blumigter Weg führt auf den jähen Abhang des Felsen,
den die verheerende Zeit untergrub.
Es staunt der Wanderer — ein Schwindel
stürzt ihn vom Felsen herab."

---

„Wie wirbelt durch Sonnenschein,
durch Sturm, durch Ungewitter
zum grenzlosen Meere der Ewigkeit
der Mensch den Strom des Lebens hinab.
Fröhlicher Mut begleitet den heutigen,
und oft Jammer und Betrübnis
den folgenden Tag."

---

„Es wandelt der eine hiehin —
dorthin der andere Freund,
und eh' es der Sterbliche denkt,
ins Thal des Todes hinab."

---

„Eitel sind die Tage unseres Lebens,
eitel das Bestreben der sterblichen Menschen;
wir furchen die Bahn
rastlos auf und hinab."
„Leere Hoffnungen
werfen bald an dieses,
bald an jenes
Ufer uns hin."
„Wie ein Traum
sind die Jahre des Lebens verschwunden,
und unwiederbringlich
ist die verflossene Zeit."

Nur der ist in diesem wechselvollen Geschick glücklich zu preisen,

„wer der Gottheit vertraut;
selig, des Fuß den Pfad der Weisheit hinwandelt."

---

„Wohl dem,
dem die Vorsehung
Tugend und
Weisheit schenkt."

Wenn er auch einmal dem „Bacchus“ sein Loblied singt und den
lieblich duftenden Wein preist, der „um die Tafel des Freundes
Herz und Sinne erheitert und jede Sorge der Seele verscheucht“,
die Freudigkeit des Lebens hat er sich nicht errungen, die Fröhlichkeit des Sinnes sich nicht gewonnen; kein Liebeslied ist seinem
Herzen entquollen. Wohl ruft er einmal seiner Harfe zu:

„Laß meine Stimme erschallen,
da Frühlingsblüten noch meine Tage umkränzen,
eh’ Winterschauer des Alters
die Adern durchwühlt;“

aber diese vereinzelte leise Stimme der Hoffnung wird laut von
wehmütigen Klagen übertönt, welche die Ahnung eines allzufrühen
Todes seinem Herzen entlockt:

„Vielleicht — nicht lange —
und des Todes gewaltige Hand
stürzt auch mich in die Grube hinab.
Ich werde fallen,
in der vollen Blüte des Lebens
werde ich fallen,
wie die Blume des Feldes
vor des Ungewitters verderbender Kraft."

„Ewiger, gütiger Gott!
Gedenke nicht der Sünden meiner Jugend!
und wenn denn das Schicksal
den Faden meines Lebens zerreißt,
o dann,
dann schau’ gnädig auf mich Sterbenden
in der Stunde meines Todes herab."

Wie einst in Eckernförde, so stand er auch jetzt wieder vor
einem Wendepunkt seines Lebens. Wenn er sich dort von den

Fesseln der Kaufmannschaft gelöst, um den ersten freien Schritt
auf der Bahn der Kunst zu wandeln, so hatte er auch hier aus
eigener selbstbewußter Kraft die einengenden Bande, womit die
Gesetze der Akademie ihn bedrohten, zerrissen, um frei und unge=
hindert seinem eigenen Genius folgen zu können. Fast sieben
Jahre waren ihm so in Kopenhagen vergangen, als er die Zeit
gekommen glaubte, das große Ziel seiner Wünsche, eine Reise
nach dem Lande seiner Sehnsucht, erreichen zu können, woran
ihn bisher seine „pekuniären Umstände" gehindert hatten. Mit
dem März 1783 war sein Bruder Friedrich Christian in den
Besitz seines letzten Vermögens gekommen, das sich auf hundert=
undachtzig Thaler (648 Mk.) belief; er selbst hatte sich von seinem
Porträtieren einige hundert Thaler erspart; in seiner Unerfahren=
heit, seinem jugendlichen Mut und seiner leidenschaftlichen Kunst=
liebe glaubte er damit für eine solche Reise genügend ausgerüstet
zu sein. Sein Freund, der Bildhauer Busch aus Mecklenburg=
Schwerin, der seinen Studiengang mit herzoglicher Unterstützung
auf der Akademie durchgemacht und soeben zu Ostern des Jah=
res 1783 noch die kleine goldene Medaille gewonnen hatte, ent=
schloß sich nicht länger auf den höchsten Preis zu warten und,
von gleichem Eifer für die Kunst erfüllt, die weite Fahrt mit den
beiden Brüdern anzutreten.

Indem Carstens gegen Ende des Monats März mit einem
Briefe von seinem Vetter in Schleswig Abschied nahm, gab
er in folgenden Versen seinem Sehnen und Hoffen lebhaften
Ausdruck:

> „Sieh', ich wandere fort, schau' sehnsuchtsvoll über die Meere,
> wo Neptun den Dreizack schwingt im heulenden Sturme.
> Geleit' auch mich dorthin! Nicht werd' ich die Heimat vergessen,
> welche den Bruder mir birgt und den Freund.

Begeiftrung fchöpfend für bie Geftalten ber Götter unb Helben,
wanbre ich fort meine Bahn, Italiens Himmel erftrebenb,
Italiens Kunft, unb fchöner werben mir leuchten bie Sterne,
wenn Michelangelos Geift unb Rafaels Hanb mich geleitet.
Schauer ber Zukunft! Ich fühl' mich umringt von neuen Geftalten!
Griechifche Schönheit umfchwebt mich! O könnt' ich Euch faffen!
Könnt' ich Euch fchauen! O laffet mich blicken
zu ben Sternen empor, bie leuchten meinem Beginnen!"

# Carstens' Reise nach Italien und Heimkehr nach Lübek.

## 1783.

Die abenteuerliche Fahrt, die Carstens, um seine Sehnsucht „nach Italiens Kunst und Italiens Himmel" zu befriedigen, unternahm, gehört zu den Ereignissen in seinem Leben, die in den Kreisen seiner schleswigschen Verwandten in bleibender Erinnerung geblieben ist. In wunderlicher Verkehrung der Umstände erzählte man sich später, er sei auf einem Schimmel von seiner Vaterstadt weggeritten mit dem Entschlusse, niemals wiederzukehren. Der einzige, der durch Briefe der beiden Brüder genauere Kunde von ihrer weiten Wanderung erhielt, war der Mechanikus Jürgensen. Leider sind die Schriftstücke von ihrer Hand nicht auf uns gekommen und mit den Tagebüchern, denen Jürgensen seine ganze Korrespondenz anzuvertrauen pflegte, bis auf einige Notizen trotz eifrigen Nachforschens bis zur Stunde verschollen. Nur ein längerer, auf Grund der empfangenen brieflichen Nachrichten von ihm entworfener Bericht, von dem er im Jahre 1792 für die schleswigschen Kunstbeiträge einen kürzeren Auszug lieferte, ist uns in seinem ursprünglichen Wortlaute erhalten. Obwohl derselbe nicht viel Neues bringt und in den Hauptsachen mit den Angaben bei Fernow übereinstimmt, so scheint er doch aus dem Grunde mitteilenswert, weil er bis dahin die einzige urkundliche Bestätigung der Fernowschen Erzählung enthält.

Carstens Reise begann kurz nach Ostern des Jahres 1783, da noch ein vom 22. März aus Kopenhagen datierter Brief seines Bruders Friedrich Christian in Schleswig bei den städtischen Behörden anlangte und Busch erst nach dem Feste sich ihnen anschließen konnte.

„Sie fuhren zu Schiff von Kopenhagen nach Lübek, beschauten die Gemälde in den Kirchen und fanden an der altertümlichen Stadt ein Wohlgefallen. Nachdem sie dort für geringes Geld zusammen einen Schimmel gekauft hatten, der ihr Gepäck tragen sollte, begaben sie sich zu Fuß auf die Wanderung nach Hamburg, wo sie einige Tage zur Besichtigung der Kirchen verweilten. Über Braunschweig, Bamberg zogen sie gemeinsam nach Nürnberg und hatten ihre Freude an den alten Kunstwerken, die ihnen dort als von der Hand Dürers, Holbeins und Fischers vorgezeigt wurden. Da nun aber ihr Reisegefährte Busch das Reisen besser als sie zu verstehen vermeinte, zog er mit dem Pferde, welches er ihnen abkaufte, allein weiter voraus, während die beiden Brüder mit ihrem Gepäck auf dem Rücken oder auch mit dem Postwagen über Augsburg Tirol und Insbruck zustrebten und nach mancherlei Mühseligkeiten auch nach Italien gelangten. Sie besuchten Verona, um einige Altäre und Madonnenbilder zu betrachten,[1] Mantua und Mailand, studierten alle Kunstwerke und erwarben sich Kenntnisse, die ihnen unschätzbar sind. Die Werke des Julius Romanus, eines der besten Schüler Rafaels, hielten sie einige Zeit in Mantua auf. Die Fresken aus der Geschichte des trojanischen Krieges und die anmutige Jagd der Diana im herzoglichen Schlosse, sowie Wandgemälde in einem anderen Palaste (del Tè),

---

1) Es werden das Altarbild „Madonna und die heilige Anna" von Carotto sowie die „thronende Madonna" von Mantegna damit gemeint sein.

das Leben der Psyche und der schaurige Sturz der Giganten, gaben
ihnen zuerst einen deutlichen Begriff von der Malerei der römischen Schule."

Von allen Gemälden, die Carstens bis dahin in Schleswig, Kopenhagen, Nürnberg und Verona zu betrachten Gelegenheit
gefunden hatte, haben keine einen so nachhaltigen, unauslösch-
lichen Eindruck auf ihn gemacht wie die Werke Giulio Roma-
nos. Wer noch heute den Palast del Tè besucht oder die Schilderung der Darstellungen liest, womit die Säle desselben geschmückt
sind, wird auch die Wirkung begreiflich finden, die sie auf
ein so empfängliches Gemüt ausüben mußten. Das „Leben der
Psyche", das Jürgensen in seinem Berichte erwähnt, erscheint
als das vollkommenste, was während seines Mantuanischen Aufenthalts aus der Hand des Künstlers hervorgegangen ist.[1]  Die
Tiefe der seelischen Bedeutung, die jenem reizenden Märchen, wie
es die spätere römische Zeit ausbildete, innewohnt, hat Giulio
freilich nicht zum Ausdruck gebracht. Er hält sich an die sinnlich-
schöne Seite der Fabel, deren lebensvolle Darstellung in lachender
Heiterkeit so ganz aus dem tiefsten Innern seiner urkräftigen
Natur floß. Das Hauptbild am Plafond stellt die Vermählung
Amors und der Psyche vor, das anmutigste, bestgezeichnete
Gemälde nach Vasari, was sich nur denken läßt. Die Figuren
sind in perspektivischer Verkürzung, von unten nach oben gesehen,
dargestellt, so daß einige, obwohl kaum eine Elle lang, von der
Erde betrachtet, drei Ellen zu messen scheinen. Die Modellierung
ist von hoher Vortrefflichkeit, Stellung und Gebärde lebendig und
natürlich und dabei von jener großen Einfachheit, welche der

---

1) Wir folgen der Darstellung bei Beder (Kunst und Künstler 1, 215 ff.),
die Carstens' Auffassung mehr zu entsprechen scheint als z. B. die bei Kug-
ler 1, 645 ff.

Meister sich von der Antike oder von seinem Lehrer Rafael ange=
eignet hatte. Vier Achtecke umgeben das Plafondbild und enthal=
ten Scenen aus den früheren Schicksalen der Psyche. Auf dem
einen sieht man Psyche im Bade, von Liebesgöttern umgeben, die
damit beschäftigt sind, sie zu waschen und abzutrocknen, auf einem
andern Teile des Bildes bemerkt man Merkur, das Gastmahl ord=
nend, spielende Bacchanten, Grazien, welche die Tafel schmücken.
Auf einem zweiten Bilde erscheint Phöbus, im Sonnenwagen
emporsteigend, während Zephyr, auf Wolken schwebend, aus einem
Horne sanfte Winde hervorhaucht, damit Psyche von milder Luft
umsäuselt werde.

Wunderbar und wie aus einem tollen Einfalle Giulios
hervorgegangen, erscheint ein anderer Raum des weitläufigen
Palastes, der sogenannte Saal der Giganten, den Carstens mit
einem „Schauer" der Bewunderung und des Erstaunens betrat.
Das Zimmer wurde vollkommen rund angelegt, Kamin, Fenster,
Thüren schief aufgemauert, so daß sie einzustürzen scheinen, und
die Malerei in der Weise mit der Architektur verschmolzen, daß
eine ganz seltsame Sinnestäuschung entstand. Der Fußboden setzt
sich noch dazu an den Wänden in der Malerei fort, so daß man
beim Eintreten nicht weiß, ob man sich in einem viereckigen, run=
den oder sonst wie geformten Raume befindet. Der erste Eindruck,
den der Anblick des Zimmers hervorruft, ist der des Schreckens;
man hat nichts vor Augen als wankende Mauern, Paläste, die im
Begriffe sind einzustürzen, umherliegende Trümmer und zum Sturz
geneigte Säulen. Dazu kommt die wildbewegte Scene des Gigan=
tenkampfes, der sich unter der Deckenwölbung ringsum an der
Wand dargestellt findet. Teils schon zerschmettert erblickt man die
fürchterlichen Rebellen zwischen Felsen und Felsentrümmern, teils
sieht man sie noch in verzweifelter Anstrengung Fels auf Felsen

türmen. Juppiter selbst schleudert, majestätisch und unerschütter=
lich, von seinem Throne in der Wölbung, von Donnergewölk
umgeben, die vernichtenden Blitze. Vor dem Zorne des olym=
pischen Herrschers und dem wilden Kampfgewühl scheinen selbst die
Götter von Entsetzen ergriffen. Saturn, Janus, Diana enteilen
zu den höheren und heiteren Regionen des Himmels, Neptun hat
Mühe, seine Delphine im Zaume zu halten, und Apollo, die
scheuwerdenden Rosse zu bändigen. Venus flüchtet sich zu Mars,
Pomona scheint vor Angst gefesselt, die Göttin Ops sucht sich
vor dem niederfahrenden Blitze auf ihrem Löwengespanne zu
retten, und eine Nymphe, ebenfalls auf Rettung bedacht, stürzt
sich in die Arme Pans. Nur Juno, als treue Gefährtin des
Götterkönigs, behauptet ihren Platz zur Seite Kronions und
reicht ihm zornentflammt mit Kampfeseifer die sichertreffenden
Geschosse.

Der Kamin des Zimmers mußte ebenfalls dazu dienen, die
Illusion zu vervollständigen. Sobald das Feuer darin brennt,
scheinen gestürzte Giganten von den Flammen des Herdes ver=
schlungen zu werden und Pluto zeigt sich auf seinem Vierge=
spann, um, von den Furien begleitet, in die Unterwelt hinab=
zufahren.

Die Komposition des Ganzen steht an Schönheit weit hinter
den Darstellungen aus der Psychemythe zurück, und die Wildheit
desselben läßt das geistige Wohlbehagen, mit dem uns das voll=
endete Kunstwerk erfüllen muß, nicht aufkommen. Aber bei allem
Mangel an Klarheit der Exposition, der Harmonie der Linien und
der Individualisierung der Charaktere kennzeichnet doch kein Werk
schärfer die ungestüme und ausschweifende Phantasie des Künstlers
sowie seine Meisterschaft in der Zeichnung des Nackten und der
Gewandung. Indem Carstens zu halben und ganzen Tagen im

Palaste del Tè verweilte, um „die großen, ernst und kräftig im Stil gehaltenen Gemälde voll feuriger Phantasie und geistreicher Erfindung" zu bewundern, kam es ihm vor, als ob er jetzt zum erstenmal wahre Malerei sähe, die er ganz verstand und fühlte. —

„In Mantua," erzählt Jürgensen weiter, „wurden sie durch Zufall mit dem Kommandanten der Stadt [Graf v. Breisach] bekannt, der sich ihrer annahm und ihnen auch Empfehlungsbriefe nach Mailand an einen General [v. Stein] mitgab, wohin sie sich des Verdienstes halber hinbegaben. In Mailand bewunderten sie Leonardo da Vincis Abendmahl, fanden aber nicht die gehoffte Unterstützung. Da sie nun die Sprache des Landes nicht verstanden, nicht wenig Nachteile bei ihrer Fußwanderung hatten und auch nicht Arbeit finden, noch von ihren Arbeiten verkaufen konnten, schmolz ihr Geld, das sie von Kopenhagen mitgebracht hatten, sehr zusammen. Sie kamen zu der Einsicht, daß sie ihre Reise nach Rom aufgeben müßten, wohin doch ganz ihr Sinn gestanden hatte, und überrechneten, daß ihr Geld nicht weiter zureichen würde, als daß sie kaum Deutschland wieder erreichen könnten. So kehrten sie denn aus dem Lande Italien zurück und wanderten zu Fuß über die Alpen in der Schweiz, überstiegen auch den St. Gotthard und erreichten mit ihrem letzten Gelde die Stadt Zürich, wo sie unter andern Kunstliebhabern auch den Dichter Geßner, den sie aus seinen radierten Blättern als Künstler kannten, und den berühmten Prediger Lavater, der sich durch seine Physiognomie bekannt genug gemacht hat, kennen lernten. Diesem erzählten sie ihre Geschichte, und Jakob Carstens zeigte ihm seine Arbeiten im Porträtzeichnen in Rötel, welche Lavater so wohl gefielen, daß er ihm gleich die Menge Arbeit verschaffte, so daß sich beide Brüder über ein halbes

Jahr[1] daselbst aufhielten. Nun richteten sie ihre Arbeit immer
so ein, daß sie bloß Unterhalt davon hatten, und verwandten die
übrige Zeit auf Studieren: der ältere in der historischen Malerei,
der jüngste im Bossieren ganzer Figuren und in historischen Gruppen, wozu er noch den Grund in Kopenhagen gelegt hatte. Nachdem sie nun soviel Geld erworben hatten, daß sie wieder nach
Norden zurückkommen konnten, verließen sie die Stadt Zürich und
nahmen Abschied von Lavater, der ihnen auch einige Arbeiten
abgekauft hatte. So wanderten sie über Ulm, Frankfurt, Magdeburg weiter nach Norden und gedachten in der Stadt Lübek längere
Zeit zu bleiben, da es ihnen wohl gefallen hatte, als sie dort
einige Tage bei ihrer Hinreise nach Italien verweilt hatten.
Denn nach Kopenhagen wollte der ältere nicht wieder zurückkehren,
weil er hätte gestehen müssen, daß er ohne die Unterstützung der
Akademie nicht nach Rom gelangen könne; er wollte durchaus
nichts mit der Akademie und den Professoren, die ihn verwiesen
und seine Leistungen nicht hatten anerkennen wollen, zu schaffen
haben; auch glaubte er ebenso gut in Lübek sich durch Porträtieren forthelfen zu können. Obwohl er nahe bei Schleswig war,
so fiel es ihm auch nicht ein, in seine Vaterstadt zurückzukehren,
wo ihm seine Verwandten wenig nützen konnten. Er hoffte auch
in Lübek mit seinem Bruder soviel verdienen zu können, daß er
auf seine eigene Kosten noch einmal nach Rom gelangen werde."

„So trafen sie im Winter 1783 auf 1784 wieder in
Lübek ein, lebten hier einige Jahre zusammen, bis der jüngere
Friedrich sich nach Stralsund begab, sich daselbst etwas aufhielt
und von da nach Stettin gieng, wo er noch ein paar Jahre ver-

---

1) Darnach können sie erst mit Anfang 1784 in Lübek eingetroffen sein.
Fernow läßt sie schon im Herbst 1783 daselbst anlangen.

weilte. Jakob blieb allein im Lübek zurück, suchte aber in Porträtzeichnen nicht mehr Verdienst als zum mäßigen Unterhalt nötig war und verwandte seine übrige Zeit zum historischen Zeichnen und Studieren, um alle seine neuen Kenntnisse und Erfahrungen, die er in Italien gesammelt hatte, für seine Kunst nutzbar zu machen."

Mit dieser abenteuerlichen Fahrt, die ihm endlich, was er so lange zu sehen gewünscht hatte, große Werke der italienischen Malerei vor Augen gebracht hatte, waren Carstens' Lehrjahre beendet. Er hatte Giulio Romano gesehen und den großen und kraftvollen Stil seiner kühn erfundenen Werke seiner Einbildungskraft so fest eingeprägt, daß die Vorstellung derselben ihm immer lebendig blieb und nachher, wo er wieder jahrelang in Lübek von allen Kunstwerken geschieden lebte, ihm wie ein Leitstern vorleuchtete und ihn auf rechter Bahn erhielt. Auch er selbst betrachtete mit seiner Heimkehr nach der alten ·Hansastadt seine Lehrzeit als abgeschlossen und datierte von da an eine neue Periode seiner künstlerischen Entwickelung.

„Soll ich erzählen",

so schreibt er an Jürgensen,

„Soll ich erzählen, die Fahrt nach dem Lande des Südens?
wie ich den Fuß auf Italiens Boden gesetzet?
wie der Schimmel mich zog und den Freund und den Bruder?
wie wir heimwärts gewandert zu Fuß durch Städte und Dörfer?
Heute sehe ich wieder die Fluten des heimischen Meeres,
sehe die Türme ragen der wohlummaureten Feste;
eingeschlossen von düsterer, einsamer Kammer,
sehnt sich der Geist zurück nach jenen gesegneten Fluren,
wo die Kunst mir lachte in fremden Gestalten,
neu mich erfüllend mit wunderbarer Begeistrung.
War ich ein Lehrling gewesen, — werd' ich ein Meister!"

## Carstens' Andenken in der Heimat.

Während der fünf Jahre, die Carstens in Lübek verweilte, ist ihm wohl nie der Gedanke gekommen, seine Vaterstadt wieder zu besuchen, geschweige dort seinen bleibenden Wohnsitz zu nehmen. Sein Vetter Jürgensen, der ihm in all seinen Bedrängnissen, die auch in Lübek nicht ausblieben, seine hilfreiche Hand niemals versagte, hat ihn ebensowenig wie seine übrigen Verwandten je wieder gesehen. Seitdem er im Jahre 1788 nach Berlin übergesiedelt war, wurden auch die brieflichen Mitteilungen, die ihnen von seinem Streben genauere Kunde geben konnten, mehr und mehr seltener. Je weniger Jürgensen von ihm selber erfuhr, desto mehr war er bemüht, von seinem Bruder Friedrich Christian oder aus Journalen und Zeitschriften sich weitere Kenntnis von seinen Schicksalen zu verschaffen. Erst als Carstens das höchste Ziel seines Lebens, ein Reisestipendium nach Rom, erreicht hatte, unterließ er nicht seinem hilfreichen Freunde die frohe Botschaft mit den tröstenden Worten zu melden, falls Gott ihm Leben und Gesundheit schenken werde, so hoffe er nach seiner Zurückkunft aus Rom seine Vaterstadt, Bruder und Verwandte zu besuchen. Noch im Jahre 1792 veröffentlichte Jürgensen auf Grund seines Tagebuchs und brieflicher Mitteilungen in den schleswigschen Kunstbeiträgen jene kurze Biographie, die zuerst in den Herzogtümern den Namen des Künstlers bekannter machte. Seitdem verfolgten auch weitere Kreise mit größerem Interesse die

Laufbahn ihres Landsmanns; in den „Provinzialberichten" wurden die Angaben anderer Zeitschriften über seine Studien regelmäßig wiederholt; mit einem gewissen Stolze begann man auf den Mann zu schauen, der sich aus eigner Kraft vom Küfer bis zum Professor der Berliner Akademie und zum Historienmaler in Rom emporgearbeitet hatte.[1]

Immer hofften seine Verwandten, ihn noch einmal wieder als einen angesehenen und wohlhabenden Kunstmaler in Schleswig begrüßen zu können. Um das Jahr 1793, 1794 und 1796 kamen ihnen, soweit es sich verfolgen läßt, noch einzelne Botschaften aus Rom; allerlei Mitteilungen aus der Heimat giengen zurück: Jürgensen meldete ihm den Tod seiner Ehefrau im Jahre 1796, die ihm keine Kinder geschenkt hatte; von seinem Bruder Hans Hinrich erfuhr derselbe, daß er im Jahre 1797 die väterliche Mühle wieder erworben. Dann und wann empfieng auch Jürgensen „meisterhafte Zeichnungen als Denkmal seiner Liebe", wie es früher öfters geschehen war. Gegen Ende des Jahres 1797 kam die letzte Kunde von Rom: im Juli, um dieselbe Zeit, da er mit Anna Maria Elisabeth Götha seinen zweiten Ehebund schloß, las Jürgensen in den Blättern die Trauerpost, daß der Professor und Historienmaler Carstens am 25. Mai 1798 in Rom gestorben sei.

Seine Angehörigen in Schleswig traten zusammen, um über Mittel und Wege zu beraten, in den Besitz seines Nachlasses zu gelangen. Von Jürgensen entworfen, gieng ein Gesuch an das

---

1) Provinzialberichte: 1791. Heft 2, 325; 1792. Heft 3, 397; 1793. Heft 2, 187; 1795. Heft 5, 244, 250; 1798 Heft 7, 325. Die Provinzialberichte waren damals eine vielgelesene Zeitschrift, die einzige in den Herzogtümern, die auch von auswärts lebenden Künstlern und Gelehrten ihren Lesern regelmäßig genaue Nachricht gab.

Unterrichtsministerium in Kopenhagen, das Interesse der Familie wahrzunehmen. Aber der testamentarischen Bestimmung gegenüber, die Carstens wenige Tage vor seinem Tode zu Gunsten seines Freundes Fernow getroffen hatte, konnten die Schritte, welche das Unterrichtsministerium mittelst Schreibens vom 17. Nov. 1798 an den Altertumsforscher Zoëga unternommen hatte, von keinem Erfolge sein.

Es war am 20. September des Jahres 1819, als die Bewohner der Stadt Schleswig durch die Ankunft eines Fremden in lebhafte Erregung versetzt wurden. Sie hatten die unerwartete Freude, den berühmtesten Künstler seiner Zeit zu begrüßen und einen Tag in ihrer Mitte zu sehen: Bertel Thorvaldsen, der gekommen war, um die Vaterstadt seines verblichenen Freundes Carstens auf der Durchreise nach Kopenhagen zu besuchen. Von Hofbeamten des Landgrafen Karl und den Spitzen der Behörden, dem damaligen Amtmann und Dichter Schack-Staffeldt, festlich begrüßt, fuhr Thorvaldsen durch die Straßen der belebten Stadt; ein Festmahl wurde veranstaltet, bei dem Schack-Staffeldt dem Künstler die Huldigung der Versammelten aussprach.

Mancher der Anwesenden mochte mit einiger Verwunderung bemerken, daß Thorvaldsen wiederholt mit sichtlicher Freude an einen alten einfachen Mann herantrat und sich eifrig mit ihm unterhielt. Es war Jens Christian Jürgensen, der Mechanikus, der Vetter unseres Carstens, den der Künstler gleich bei seiner Ankunft in seinem Hause auf dem Herrenstall besucht hatte, um ihn als nahen Verwandten und väterlichen Unterstützer seines Freundes zu begrüßen. Er freute sich, bei dem alten Manne so viel echten, wahren Kunstsinn zu finden, und ließ sich von ihm aus vergangenen Tagen erzählen. Als Jürgensen ihm nun seine Kunstschätze zeigte und auch eine Reihe von Zeichnungen vorwies, die der Künstler ihm früher geschenkt, und Thorvaldsen einige darunter fand, die er einst in Rom bewundert hatte, wurde er in Erinnerung jener Zeiten von inniger Rührung ergriffen und legte ihm dringend ans Herz, sie als den Schatz seiner Familie zu hüten und zu wahren. Tiefbewegt sprach Jürgensen die Bitte aus, ihm diejenigen, welche besonderes Interesse für ihn hätten, zum Andenken überreichen zu dürfen.[1]

Er führte ihn dann durch die Stadt nach all den Orten, die durch Carstens' Jugendleben geweiht waren, nach der Galberger Graupenmühle, in den Dom zu Juriaen Ovens' Gemälden, an den Brüggemannschen Altar und zeichnete später getreulich auf, was ihm in Thorvaldsens Äußerungen bemerkenswert erschien. Das Urteil, welches er über Brüggemanns Werk fällte, war für Jürgensen, der eine ausführliche Beschreibung desselben entworfen hatte, mehr als anderes von besonderem Interesse. Der Künstler rühmte, wie er erzählt,[1] nicht allein den Stil und die Zeichnung, sondern auch die große Geschicklichkeit des Meisters, der so undankbares Material als Eichenholz zu bearbeiten und mit so außerordentlicher Sicherheit den Meißel zu führen verstanden habe, daß bei den Mienen der Gesichter weder Feile noch andere Werkzeuge gebraucht seien. Mit der ihm eignen Beschei-

---

1) Wir wissen leider nicht bestimmt, was Thorvaldsen darauf geantwortet; doch scheinen einige Zeichnungen, die später in seinem Besitze waren, erst damals von ihm erworben zu sein. Vergl. unten das Verzeichnis der Carstensschen Zeichnungen unter Nr. 16.

1) Nicolaus Helduabers Chronik der Stadt Schleswig, fortgeführt von Joh. Chr. Jürgensen (Schleswig 1822) p. 112.

benheit äußerte er, daß man seinem Urteile trauen möge, da er auch lange in Holz gearbeitet und erfahren habe, was dazu gehöre, ein solches Werk wie dieses auszuführen; er habe noch nie ein Werk gesehen, das diesem Altar an die Seite gestellt werden könne, und wünsche, daß es mit Vorsicht erhalten werden möge.

Der Besuch Thorvaldsens war ein Sonnenblick in dem Leben des alten Mannes. Die Erinnerung an diesen und an seinen abgeschiedenen Vetter bildete in seinen letzten Jahren für ihn eine unerschöpfliche Quelle der Freude und Erhebung. Bis an die Pforten des Todes, sagt einer seiner vertrautesten Freunde, nährte, stärkte und erheiterte er seinen Geist mit dem Hohen und Edlen, das in dieser Welt die Kunst hauptsächlich nur zum Genusse darreicht. Wie er bisher jeden Tag seit funfzig Jahren alles, was er für die Kunst gedacht und gethan, seinen Tage= büchern anvertraut hatte, so nützte er auch noch seine letzten Stun= den aus, ohne zu ahnen, daß es die letzten sein würden. Am 8. November 1823 schied er in einem Alter von 79 Jahren dahin, und mit ihm wurde auch alles zu Grabe getragen, was in der Stadt Schleswig die Erinnerung an ihren berühmtesten Sohn fest= halten konnte.[1]

Kurz vor seinem Tode hatte er noch die Bestimmung getrof= fen, daß die Carstensschen Zeichnungen in seiner Familie auf= bewahrt werden möchten. Doch sollte sein Wunsch nicht in Erfül= lung gehen. Seine beiden erwachsenen Söhne aus zweiter Ehe, talentvoll, aber genußsüchtig und arbeitsscheu, außerstande ihre betagte Mutter zu ernähren, richteten sich durch Trunksucht zu

---

1) Vergleiche: Schlesw.=Holst.=Lauenb. Provinzialberichte vom Jahre 1824. Heft 3 p. 81 ff., wo eine kurze Biographie Jürgensens von einem seiner Freunde veröffentlicht ist, die noch heute lesenswert erscheint.

Grunde. Der ältere Johann Christian, Mechanikus wie sein Vater, starb unverheiratet im Jahre 1835, der andere, Anton Christian Gabriel mit Namen, ein gelernter Stuhlmacher, endete nach einem liederlichen Leben 1849 im Armenhause im Friedrichsberg; die Mutter schied erst im April 1851 in gleicher Dürftigkeit dahin.[1]

Nachdem Jürgensen bereits bei seinen Lebzeiten einzelne Zeichnungen von geringerem Werte an gute Freunde verschenkt hatte, wurden die übrigen, die er seinen Erben hinterlassen hatte, von seinem Sohne Anton im Lauf der vierziger Jahre verschleudert. Die meisten erwarb von ihm der spätere Kapitän v. Kaffka, der vor dem Ausbruch der schleswig-holsteinischen Erhebung mehrere Jahre in Schleswig in Garnison stand; andere, deren Darstellungen wir nur zum teil kennen, sind noch heute verschollen. Unseres Wissens wird keine einzige Zeichnung von Carstens' Hand, außer der jüngst entdeckten, „Eros und Aphrodite" (vergl. p. 214), in den Herzogtümern aufbewahrt; was man wohl sonst dafür erklärt hat, gehört nicht ihm, sondern seinem Bruder Friedrich Christian oder den Gebrüdern Ipsen an.

Sucht man nach den Gründen, warum kein einheimischer Kunstfreund, insbesondere in Schleswig, wo es in zahlreichen Beamtenfamilien nicht an Interesse für die Kunst fehlte, die Carstensschen Zeichnungen, so lange es noch Zeit war, zu sammeln gesucht hat, so liegt dies zunächst an der anspruchslosen

---

1) Anton Christian Jürgensen hinterließ eine Tochter Wernerine, die sich nach dem Tode des Vaters mit einem dänischen Soldaten, dem späteren Arbeitsmann Smidt, verheiratete. Sie starb erst 1874. Nachforschungen bei ihren Nachkommen nach dem Verbleib des Jürgensenschen handschriftlichen Nachlasses haben zu dem wahrscheinlichen Ergebnis geführt, daß derselbe als Makulatur verkauft ist. (Nach dem Kirchenbuch der Friedrichsberger Gemeinde.)

Erſcheinung ſeiner Werke, deren Geſtalten nur durch die einfachſten
Darſtellungsmittel, Kreide, Silberſtift, Rötel, Sepia, höchſtens
Temperafarbe, zu uns ſprechen. Seine Bedeutung wurde hier
ebenſowenig wie im übrigen Deutſchland erkannt, wo noch lange
nach ſeinem Tode das Zopftum ein fröhliches Leben führte und
auch den beſſeren Teil des Volkes unter ſeinem Einfluſſe hielt.
In den Herzogtümern kam noch hinzu, daß ſeit dem Jahre 1830
die politiſchen Ereigniſſe alles Intereſſe in Anſpruch nahmen und
ſelbſt den Namen des Künſtlers vollſtändig in Vergeſſenheit geraten
ließen. Wie die Entdeckung ſeines Grabes in Rom vor ungefähr
zwanzig Jahren im übrigen Deutſchland den Anſtoß zu einer litte-
rariſchen Bewegung gab, die faſt der Wiedererweckung eines Ver-
geſſenen glich, ſo wurde mit dem Künſtlerfeſte im Jahre 1865
und mit der Einweihung eines Denkmals an ſeinem Geburts-
orte auch erſt in ſeiner Vaterſtadt wieder ſein Gedächtnis erneuert.

# Verzeichnis der Carstensschen Zeichnungen,

## die im Besitze Jürgensens waren

### 1.

1776. Eine auf einer viereckigen Holzplatte in Öl gemalte Darstellung eines sitzenden Mannes, der sein Bedürfnis erfüllt; auf der umgekehrten Seite bezeichnet mit: Asmus Jacobus Carstens fecit 1776.

Ein Neffe des Malers, Sohn seines Bruders Hans Hinrich, namens Johann Christian Carstens, der als Zimmermeister auf dem sogenannten Ochsenkopf am Friedrichsberg wohnte, hatte Anton Jürgensen lange bei sich im Hause und von ihm dies „Holzbild" zum Geschenk erhalten. Dasselbe ist wahrscheinlich mit der Familie desselben im Anfange der vierziger Jahre dieses Jahrhunderts nach Amerika gewandert.

### 2.

1776. Der Drususbogen und

### 3.

1776. das Forum in Rom; zwei Aquarelle, jetzt im Besitze des Malers und Professors Jensen in Kopenhagen, der sie von Kapitän v. Kaffka erwarb. Dieselben können nur in Schleswig während seiner Anwesenheit in Jürgensens Hause von Carstens nach Vorlagen gemacht sein. Vergl. oben p. 137; Riegel bei Fernow p. 346. Beide Blätter sind von dem Kapitän v. Kaffka nicht von Jürgensens Sohne erworben, sondern von dem Schlossermeister Lau im Friedrichsberg, wie derselbe uns mitgeteilt. Lau hatte dieselben in einer Auktion des Schlossers und Wirtes Lackmann erstanden. Der letztere wird sie von Jürgensen früher zum Geschenke erhalten haben. Vergl. unten Nr. 10.

### 4.

1777. Carstens' Selbstbildnis im Schäferhut und Lockenhaar, die Flöte an die Lippen setzend; Kniestück in Silberstift auf Pergament mit der Bezeichnung: A. J. Carstens. 1777. Im Besitze des Kapitän v. Kaffka. Vergl. oben p. 137, 156; Riegel bei Fernow p. 346.

### 5.

1778—79. „Ein Adler mit einer Schildkröte über einem Greis schwebend." Ohne Frage ist damit der „Tod des Aeschylus" gemeint, von dem oben p. 163 gesprochen ist. Die Zeichnung ist verschollen.

### 6.

1784—88. Eros und Aphrodite; Zeichnung in Rotstift mit der Bezeichnung: A. J. Carstens. 14½ cm. hoch, 9 cm. breit. — Aphrodite ist in raschem Dahinschreiten begriffen, mit freundlich lächelndem Gesichtsausdruck; sie hält mit der rechten Hand eine Schale empor, während ihr geflügelter Sohn, Eros, ein nackter Knabe, sich anschmiegend, sie mit beiden Armen festzuhalten sucht und sehnsüchtig verlangend zu der Schale emporblickt. Der Faltenwurf ihres Gewandes ist ganz ähnlich dem einer Muse im „Parnaß" auf der äußersten Linken des Reigentanzes (Müller-Riegel 2, 20); nur die eine Brust und das rechte Bein bis zum Knie unverhüllt; das Haar ist nicht hinten aufgebunden, sondern wallt frei über die Schulter hinab. Beide Figuren sind en face dargestellt. Das Gegenstück davon, wie Dionysius den Eros aus einer Schale trinken läßt (Müller-Riegel 1, 24), stammt aus dem Jahre 1790 resp. 1795. Doch macht die obige Zeichnung den Eindruck, daß sie noch seiner Lübeker Zeit angehöre. — Dieselbe war früher im Besitze des Hofjuweliers Neupert († 1832) in Schleswig, der sie von Jürgensen zum Geschenk erhalten hatte. Dessen Sohn, Herr Zahnarzt F. H. Neupert, hat sie mir vor kurzem freundlichst überlassen, wofür ich ihm hier noch meinen besten Dank sage. Nach Angaben desselben besaß sein verstorbener Vater noch einen „kleinen Kopf", der von Carstens herrühren sollte, jedoch dessen Namensunterschrift nicht enthielt.

### 7.

1784—88. Betende Familie von vier Figuren in Sepia; im Besitze v. Kafflas. Da das Blatt ganz unzweifelhaft zu Jürgensens Sammlung gehörte, so kann die Echtheit nicht bestritten werden. Riegel bei Fernow p. 351.

### 8.

1784—88. Bacchuskopf nach einer Antike, in Sepia ausgeführt; im Besitze v. Kafflas. Möglicherweise gehört diese Zeichnung noch seiner Kopenhagener Zeit an. Riegel bei Fernow p. 351.

### 9.

1788. Der Morgen, dargestellt durch den aufsteigenden Helios mit anderen mythologischen Figuren; Bleistiftzeichnung auf Pergament mit der Bezeichnung: Jacobus Carstens ex Chersonesus Cimbrico invenit 1788. Der jetzige Besitzer, Lieutenant Grünwaldt in Kopenhagen, erhielt sie von Professor Jensen daselbst. Wie die Zeichnung von Schleswig nach Kopenhagen gelangt ist, läßt sich nicht mehr nachweisen. Riegel bei Fernow p. 349.

### 10.

1788. Dieselbe Darstellung mit der Bezeichnung: A. J. Carstens 1793, im Besitze v. Kafftas. Die falsche Jahreszahl kann, wie Nr. 9 zeigt, erst hinzugefügt sein, als sie Jürgensen aus der Hand gegeben. Kaffta will nach Riegels Angaben die Zeichnung nicht von Jürgensens Sohne erhalten haben; ist dies der Fall, so hat Jürgensen sie schon bei seinen Lebzeiten an einen Freund in Schleswig verschenkt; vielleicht an den Schlössermeister Lau im Friedrichsberg oder an den Schlösser und Wirt Lackmann. Vergl. oben die Bemerkung bei Nr. 2 und 3. Riegel bei Fernow p. 351.

### 11.

1788. Friedrich der Große, von Zieten und vier Reitern begleitet, wird von einem Bauer mit der Laterne durch den Wald geführt. Nachtstück in Sepia mit der Bez.: Jacobus ex Chersonesus fec. 1788. Im Besitze v. Kafftas. Riegel bei Fernow p. 352. Die Darstellung nimmt unzweifelhaft Bezug auf ein bekanntes Ereignis im Leben Friedrichs des Großen vom 6. Oktober 1761, wo er nach dem Verluste von Schweidnitz auf Strehlen marschierte, und stammt sicher aus Carstens' Berliner Zeit. Vergl. Sach: Charakterspiegel in Sage und Geschichte p. 426.

### 12.

1788. Aktzeichnung in schwarzer Kreide auf der Rückseite des letzten Blattes: sitzende männliche Figur, die mit beiden gefalteten Händen das linke, in die Höhe gezogene Bein umfaßt. Im Besitze v. Kafftas. Riegel bei Fernow p. 352.

### 13.

?1794. Die vier Alter des menschlichen Lebens, Knabe, Jungfrau, Mann und Greis, in einer Gruppe ruhend, zu deren Seiten rechts ein geflügelter Jüngling mit einem Stabe, links eine geflügelte Jungfrau mit einem emporgehaltenen Buche sitzen. Zeichnung in farbigen Kreiden, bezeichnet mit seiner gewöhnlichen lateinischen Unterschrift und der Jahreszahl 1794. Im Besitze v. Kafftas. Riegel bei Fernow p. 349. Vergleiche die folgenden Nr. 14 und 15.

### 14.

?1794. Die männliche Hauptfigur des letzteren in schwarzer Kreide; im Besitze v. Kafftas. Riegel bei Fernow p. 349.

## 15.

? 1794. Hyon und Scherasmin nach Wielands Oberon. Sepiazeichnung;
gestochen von Fr. Carstens. Im Besitze v. Kafftas. Mit Carstens'
gewöhnlicher lateinischer Bezeichnung und der Jahreszahl 1794.

Nr. 13, 14. 15 werden von Riegel aus inneren Gründen ebenso wie
Nr. 9 schon in die Lübeker Zeit verlegt; er hält es für undenkbar, daß Car=
stens allegorische Darstellungen, wie die „vier Alter des menschlichen Lebens", in
Rom gemacht haben könne; in der That scheint die von Fernow beglaubigte
Überlieferung, daß die „vier Alter des menschlichen Lebens nach der Musik
der Zeit tanzend" in anderer Auffassung desselben Gedankens schon in Lübek
entstanden sind, für seine Ansicht zu sprechen. Auffallend bleibt dabei, daß
Jürgensen jene Zeichnungen und wahrscheinlich noch einige andere Thor=
valdsen gegenüber als aus Rom herrührend bezeichnen und daß Thorvald=
sen sie schon aus seiner römischen Zeit kennen konnte. Falls Jürgensen
die Jahreszahl hinzugefügt haben sollte, so kann sie nichts anderes als die
Zeit bedeuten, wo er sie von Carstens selbst oder vielleicht von dessen Bruder
Friedrich Christian zugesandt erhielt.

## 16.

? 1796. Dionysos verwandelt die tyrrhenischen Seeräuber in Delphine. Feder=
umriß mit der Bez.: Asmus Carstens fec. Romae. Im Besitze des Lieu=
tenants Grünwaldt in Kopenhagen. Riegel bei Fernow p. 382. Daß
die Unterschrift, sowie sie angegeben ist, „Asmus Carstens", nicht von dem
Künstler selbst, noch auch von Jürgensen herrühren kann, haben wir schon
oben p. 18, 19 nachgewiesen.

Es wird uns glaubhaft versichert, daß Jürgensen diese Zeichnung
einst besessen habe. In diesem Falle gehört sie zu denjenigen, die er Thor=
valdsen im Jahre 1819 zum Geschenke anbot. Da derselbe alle bedeutenderen
Zeichnungen von Carstens, deren er habhaft werden konnte, zu erwerben
strebte, so könnte auch noch eine oder die andere der neun Originalzeichnungen
die im Thorvaldsen=Museum aufbewahrt werden, von Jürgensen her=
stammen. Was Thiele in „Thorvaldsen og hans værker" über Kopierung
und Erwerbung von Carstenschen Werken an verschiedenen Stellen anmerkt,
scheint einer solchen Annahme nicht zu widersprechen.

Außer den aufgeführten Zeichnungen besaß Jürgensen eine große Zahl
von Nachbildungen und Porträten, die Carstens während seiner Lehrzeit in
Eckernförde und seines Aufenthalts in Schleswig entworfen hatte. Dieselben
sind jetzt spurlos verschollen. Wenn irgendwo, wird eine genaue Nachforschung
in Eckernförde bei den älteren Bürgerfamilien noch Porträte in Rötel von
Carstens' Hand entdecken können. Für uns hat freilich eine Umfrage kein
Resultat ergeben.

# Oden und Elegien

von

## Asmus Jakob Carstens.

Carstens' poetische Versuche werden von Fernow zuerst bei der Darstellung seines Lübecker Aufenthalts erwähnt, wo er oft mit schweren Bedrängnissen zu kämpfen hatte. „Mangel an Nahrung seines Kunsttriebes," sagte er, „brachte ihn dazu, daß er sich damals oft mit Dingen beschäftigte, die außerhalb seiner Sphäre lagen und zu denen er keine Anlage hatte. So trieb er Poesie, machte Oden, Dithyramben, Trauerspiele, Epigramme, Satiren, Skaldengesänge u. a. m., die aber meistens (so charakterisiert Fernow sie mit Recht) Wiederklänge der Erinnerung aus Pindar, Klopstock, Sophokles, Stolberg, Gerstenberg u. a. waren. Es fehlte darin nicht an mancher eigenen Idee, aber die Sprache wollte ihm nicht gehorchen." Bei Riegel=Fernow p. 208 wird erzählt, daß er selbst noch in Berlin, wo Genelli ihn einem elenden und zerfahrenen Leben entrissen, sich mit ähnlichen Dingen beschäftigt habe. Wie das Studium des Lairesse schon nach Eckernförde und die Lektüre von Übersetzungen griechischer und römischer Dichter schon in seine schleswigsche Zeit verlegt werden mußten, so würden wir auf Grund seiner künstlerischen Erzeugnisse den Beginn seiner poetischen Versuche schon in eine frühere Zeit, nach Kopenhagen, zurückdatieren können, auch wenn kein weiterer direkter Beweis zu führen wäre.

Obwohl Fernow auffallenderweise von gedruckten Gedichten seines Freundes keine Kenntnis gehabt zu haben scheint, so hatte sich doch schon bei seinen Lebzeiten eine unsichere Kunde verbreitet, daß er unter dem Namen Jakob „Idyllen" herausgegeben habe.

B. Kordes in seinem „Lexikon der jetztlebenden Schleswig-Hol-
steinischen und Eutinischen Schriftsteller (Schleswig 1797)" merkt
auf Seite 517 nachträglich unter dem Namen Asmus Jakob
Carstens an: „Wegen: Jdyllen (unter dem Namen Jakob)
Schwerin 17.. hätte er auch schon S. 53 aufgeführt werden
müssen, welches unterblieb, da man durch „Neuestes gelehrtes
Berlin" auf ihn als Schriftsteller nicht aufmerksam gemacht war."
Riegel erwähnt (p. 204), ihm sei von Herrn v. Alten in
Oldenburg die Mitteilung geworden, daß bei Bärensprung in.
Schwerin unter dem Titel „Jdyllen von Jakob" Gedichte von
Carstens erschienen seien. Da dabei keine weitere Quelle angeführt
wird, auf welche die Nachricht sich stützt, so können wir nur vermuten, daß sie aus Kordes' Lexikon geflossen sein mag. Die
sorgfältigsten Nachforschungen in den Bibliotheken zu Schwerin
und Rostock haben indes zu keinem Resultate geführt. Die Beziehungen, welche Carstens zu dem Mecklenburger Busch hatte,
lassen es trotzdem möglich erscheinen, daß er mit einer Buchhandlung in Schwerin auf dessen Empfehlung in Verbindung gekommen sei; aber auch wenn das der Fall gewesen wäre, so müßte
es doch vor Ostern 1783 geschehen sein, da damals Busch mit
Carstens die bekannte Fahrt nach Italien antrat. Unter diesen
Umständen bleibt es sehr wahrscheinlich, daß die obigen Angaben
auf Verwechselung mit den schon in Kopenhagen gedruckten Gedichten beruhen, die wir mitzuteilen imstande sind.

Unter dem handschriftlichen Nachlaß Jürgensens, von dem
leider nur ein kleiner Teil erhalten ist, fanden sich auch Gedichte
vor, die den Künstler zum Verfasser haben. Es sind gleichzeitige
Abschriften, in denen bei einigen (Nr. 1, 2, 11, 12) die bei Carstens nicht auffallenden zahlreichen Jnkorrektheiten verbessert
erscheinen. Bei den übrigen, acht an der Zahl, die mit allen

Fehlern als genau nach der Handschrift des Dichters abgeschrieben bezeichnet werden, findet sich bemerkt, daß dieselben auch unter dem Titel „Oden und Elegien von Jakob" in Kopenhagen im Jahre 1783 gedruckt seien. Eine Notiz in dem „Lexikon der Schleswig-Holsteinischen-Lauenburgischen und Eutinischen Schriftsteller von 1829 bis Mitte 1866 von Dr. E. Alberti (Kiel 1867)": „Oden und Elegien v. Jakob. Kopenhagen, P. Horrebow. 1783. 8. 24 S." schien diese Angabe zu bestätigen. Die Wahrscheinlichkeit sprach dafür, daß die Schrift, wenn überhaupt vorhanden, auf der königl. Bibliothek zu Kopenhagen, wohin zu jener Zeit ein Exemplar jeder Drucksache abgegeben werden mußte, zu finden sein werde. Aber alle Nachforschungen, die der Herr Oberbibliothekar Justizrat Bruun auf Ersuchen des Verfassers mit großer Zuvorkommenheit vornehmen ließ, ergaben kein günstiges Resultat. Erst eine Mitteilung des Herrn Dr. Alberti, daß seine Notiz wahrscheinlich aus den Schröderschen Aufzeichnungen stamme, die ihm bei Herausgabe seines Werkes vorgelegen, brachte den Verfasser auf die richtige Vermutung, daß ein Exemplar der „Oden und Elegien von Jakob" mit einem Teil der Schröderschen Bibliothek in die Hamburger Stadtbibliothek gelangt sei.

Das Hamburger Exemplar, welches dem Verfasser bereitwilligst zur Verfügung gestellt wurde, enthält unter dem bei Alberti angegebenen Titel, ganz wie Jürgensen es bemerkt hat, acht Gedichte (Nr. 3 bis Nr. 10). Von einigen Druckfehlern abgesehen, stimmt der Druck mit der Handschrift genau überein; doch sind die Gedichte Nr. 3, 4, 7, 8, 9 wie Prosa gedruckt, während sie handschriftlich nach Carstens' Manuskript in Versreihen eingeteilt sind. Um dem Leser eine deutliche Anschauung zu geben, wie weit damals Carstens' Kenntnisse des Hochdeut-

schen nach einem eifrigen Studium der neueren Dichter reichten,
haben wir einen genauen Abdruck der Gedichte mit allen Inkorrektheiten der Sprache und der Interpunktion für angemessen
erachtet.

Da Carstens schon kurz nach Ostern 1783 Kopenhagen
verließ, so kann er die Gedichte (Nr. 3 bis 10) nur entweder
Ende 1782 oder wahrscheinlicher erst im Anfang des Jahres
1783 an Horrebow zum Druck gegeben haben. Die Entstehungs-
zeit keines derselben reicht wohl über das Jahr 1779 zurück. Die
vier übrigen, an Jürgensen gerichteten und nur handschriftlich
überlieferten poetischen Episteln nehmen auch schon durch die hexa-
metrischen Rhythmen eine selbständigere Stellung ein; die beiden
ersten (Nr. 1 und 2) fallen schon ins Jahr 1777, Nr. 11 in den
Anfang des Jahres 1783, Nr. 12 in den Winter 1783 auf 84.

Nr. 1 ist eine poetische Epistel an seinen Vetter Jürgensen, worin der Dichter den Besuch des Doms in Schleswig, das
bedeutendste Ereignis seiner Jugendzeit, darstellt und seine Empfindungen beim Anschauen der Ovensschen Gemälde im Schlosse
Gottorp schildert. Da er am Schlusse auf sein Flötenspiel Bezug
nimmt, so wird die Annahme gerechtfertigt erscheinen, daß er die
Epistel zugleich mit dem bekannten Selbstporträt, worin er sich
auf der Flöte blasend darstellt, im Jahre 1777 an Jürgensen
gesandt habe. Vergleiche zum Verständnis des Gedichtes, was
wir oben p. 139 ff. bemerkt haben.

Nr. 2, „Luftgefilde", gleichfalls an Jürgensen gerichtet,
enthält eine Beschreibung des Lustgartens Neuwerk hinter dem
Schlosse Gottorp, der Amalienburg und der darin vorhandenen
Ovensschen Gemälde. Wenn ihn „heute die Gestalten der Götter
und Helden in hoher Vollendung umgeben," so kann damit nur
der Antikensaal in der Kopenhagener Akademie gemeint sein; somit

würde das Gedicht am wahrscheinlichsten gleichfalls ins Jahr 1777 zu setzen sein. Übrigens enthält dasselbe am Eingange starke An= klänge an eine Klopstocksche Ode. Zur Erklärung des Inhalts vergl. oben p. 148 ff.

Nr. 3. „Friedrich der Dritte" bildet das erste Gedicht in der bei Horrebow erschienenen Sammlung. Es behandelt den Kriegszug Karl Gustavs von Schweden gegen Kopenhagen, die Gesandtschaft des Königs Friedrich III. von Dänemark, den Friedensbruch der Schweden, die Botschaft Karl Gustavs, die mutige Haltung der Kopenhagener Bürgerschaft und vor allen des Königs während der Belagerung vom 11. August 1658 bis zu der berühmten Sturmnacht vom 10. auf den 11. Februar 1659. Es ist ein Produkt seiner Studien der dänischen Geschichte, wahr= scheinlich durch die Betrachtung der Abildgaardschen Gemälde im Jahre 1780 hervorgerufen. Die loyale Gesinnung gegen Dynastie und Reich, wie sie in diesem Gedichte hervortritt, findet aus dem, was wir p. 184 ff. bemerkt haben, ihre Erklärung. Ent= nommen hat er den Stoff wahrscheinlich aus Ove Malling: Store og gode Handlinger af Danske, Norske og Holstenere. Kjøben= havn 1777 p. 48 ff. Eine ausführliche Darstellung des Ereignisses findet sich in Holbergs dänischer Historie 3, 363 ff., die ihm auch bekannt gewesen sein mag. Vergl. p. 191.

Nr. 4. „Meine Vaterstadt" besingt seine Heimatsstadt Schleswig und ihren größten vaterländischen Helden, den Herzog Knud Lavard, den Bekämpfer des Wendenkönigs Heinrich. Die Schicksale desselben, seine Ermordung im Ringsteder Walde auf Seeland durch seinen Vetter Magnus im Jahre 1131 und die sich daran knüpfenden Ereignisse, die Ermordung des Königs Niels in den Mauern der Stadt Schleswig durch die Brüder der Knudsgilde, leben auch noch heute in der Erinnerung der

Schleswiger fort. Für Carstens war Christiani: „Geschichte der Herzogtümer Schleswig und Holstein" 1, 255 ff., der nach Saxo Gramm. lib. 13 p. 623 ff. berichtet, die Hauptquelle. Die Erzählung, welche wir zur Erklärung des um dieselbe Zeit wie das vorige entstandenen Gedichtes hinzufügen, lautet bei Christiani folgendermaßen:

„Kaum hatte Knud Laward (1115) die Herzogswürde von Südjütland oder Schleswig erhalten, als er seinem Vetter Heinrich, dem Fürsten der Wenden in Wagrien und Mecklenburg, unter der Bedingung Frieden antrug, daß er für seine Plünderungszüge nördlich von der Eider Ersatz leiste. Er folgte aber den Gesandten unverzüglich mit einer Anzahl Kriegsvölker; denn er schien es zu erwarten, daß Heinrich den angetragenen Vergleich verwerfen werde. Seine Erwartung traf ein. Heinrich wollte von keinem Frieden hören, bevor ihm nicht die Güter seiner Mutter ausgeliefert wären. Knud ließ ihm also den Krieg feierlich ankündigen. Heinrich verachtete anfangs seinen Gegner und nannte ihn ein junges unbändiges Roß, dem man Zaum und Gebiß anlegen müsse. Aber Knud ließ ihn seine Spottreden bald bereuen, ließ ihn nicht den hitzigen unversuchten Jüngling, sondern den geübten Streiter bald gewahr werden. Er brach zur Nachtzeit auf und überraschte seinen Feind in seiner Verschanzung, wie man meinte, in der Jürgensburg, welche die Slaven auf der sogenannten Möweninsel in der Schlei nahe vor Schleswig errichtet haben sollten. Der Überfall war so plötzlich, daß Heinrich es nicht wagte sich zu verteidigen, sondern zu Pferde durch die Schlei setzte und dem Sieger entfloh. Nun vergalt dieser dem Fliehenden seinen Spott, da er ihn fragte, ob er auch naß geworden? und ihm zurief, er sei jetzt gekommen Zaum und Gebiß aus seinen Händen anzunehmen. Er verfolgte seinen Sieg, trieb die Feinde aus dem ganzen Herzogtum und verheerte einen großen Teil des wendischen Landes."

Nr. 5. „An Bacchus." Das Gedicht ist nach dem Muster von Klopstocks Oden und Gerstenbergs Liedern in einem den antiken Strophen nachgebildeten freien Metrum entworfen; doch hat er dasselbe in den vier Strophen nicht gleichmäßig durch- zuführen verstanden. Obwohl das Thema, welches er darin behan- delt, bei den Dichtern jener Zeit gewöhnlich ist, so kann man doch Carstens gegenüber nicht ganz vergessen, daß er als Küferlehr- ling fünf Jahre lang den „Bacchus" gründlich kennen gelernt. In seinen übrigen Gedichten mit ihrem klagenden, die Vergänglich- keit alles Irdischen sattsam betonenden Inhalt kehrt der Gedanke an den Sorgenbrecher nur einmal wieder.

Nr. 6. „Die Vergänglichkeit." Die trübe Stimmung, die durch das ganze Gedicht geht, wird im Gegensatz zu Nr. 7, 8, 9 am Schluß durch einen Hinweis auf die „Frühlingsblüten seiner Tage" in etwas gehoben.

Nr. 7. „Friedrich von Wörger." Elegie über den Tod seines Freundes, des Arztes Friedrich von Wörger aus Kiel, der, wahrscheinlich der Sohn eines früheren Offiziers, in den Jahren 1779 und 1780 der Kopenhagener chirurgischen Societät angehörte. Zwei kleine Schriften von ihm haben fol- gende Titel: „Heilungsgeschichte einer Hodengeschwulst, welche unter Herrn Callisens Vorsitz in der Kopenhagener chirurgischen Societät Friedrich Wörger aus Kiel, ord. Mitglied der Gesell- schaft, d. 20. Oktober 1779 vertheidigen wird. Kopenhagen gedruckt bey Johann Rudolph Thiele." „Heilungsgeschichte eines gallichten Fiebers, welche unter Callisens Vorsitz in der Kopen- hagener chirurgischen Societät Friedrich Wörger aus Kiel den 13. Dezember 1780 vertheidigen wird. Kopenhagen 1780." Nach

Carstens' Angaben war er auf einem dänischen Kriegsschiff erster Arzt gewesen und machte mit demselben eine Reise nach den nördlichen Meeren (wohl nach Island). Er starb im Jahre 1782. Die Krankheit, von der er Carstens heilte, wird in die Jahre 1780 und 1781 fallen. Die obengenannte zweite Schrift enthält nicht, wie man leicht vermuten könnte, die Krankheitsgeschichte unseres Künstlers. Über die Persönlichkeit Wörgers hat sich im übrigen nichts weiter feststellen lassen. Vergl. p. 183.

Nr. 8. „Elegie" auf den Tod seiner einzigen Schwester Anna Katharina Carstens, die, am 6. Mai 1760 geboren, während seiner Anwesenheit in Eckernförde im Hause des Vormundes Jakob Mohr am 13. Nov. 1775 zu Schleswig starb. Vergl. p. 117. Der trüben Stimmung nach zu urteilen, die das ganze Gedicht durchzieht, dürfte die Abfassungszeit in die Jahre 1780 bis 1782 fallen.

Nr. 9. „Ingeborg." Klagegesang der Ingeborg, der Gemahlin des im Ringsteder Walde auf Seeland am 7. Jan. 1131 von seinem Vetter Magnus schmählich ermordeten Knud Laward. Sie war die Tochter des Fürsten Mstislav Wladimirowitsch von Nowgorod und seit 1125 mit dem Herzoge vermählt. Ihr Sohn, den sie kurz nach dem Tode ihres Gemahls gebar, war Wladimir, den die Dänen Waldemar (I.) nannten. Der Dichter denkt sie sich an der Schlei und in den Schleswig umgebenden Waldungen ihre Klagelieder singen. Die Abfassung wird mit der von Nr. 3 und 4 gleichzeitig sein.

Nr. 10. „Der Schrittschuhläufer." ist eine ziemlich verunglückte Nachahmung des bekannten Klopstockschen „Eislaufs", in der Ausgabe der Klopstockschen Oden von Dünzer Nr. 47. Man darf daraus den Schluß ziehen, daß Carstens sich auch in Kopenhagen wie früher in Schleswig diesem Vergnügen hingegeben

habe. Das Gedicht gibt für die Zeit der Abfassung keinen An=
halt; doch wird es, wenn man aus der Reihenfolge der Gedichte
etwas schließen darf, nicht vor 1779 fallen.

Nr. 11. Eine Epistel an Jürgensen, worin er demselben
seine nah bevorstehende Abreise nach Italien anzeigt und von ihm
Abschied nimmt; verfaßt im Frühling des Jahres 1783 und viel=
leicht nicht ganz vollständig erhalten. Vergl. p. 196.

Nr. 12. Eine Epistel an Jürgensen, wohl nicht voll=
ständig erhalten, im Winter des Jahres 1783 oder Anfang 1784
in Lübek verfaßt. Der Eingang scheint darauf hinzudeuten, daß
er von Jürgensen Unterstützungen in seiner bedrängten Lage
erhalten hatte. Vergl. p. 205.

## I. Eine poetische Epistel an Jürgensen in Schleswig.

Aus Kopenhagens statlichen Mauren sendet dankbaren Herzens
seinem Freunde der Freund den Gruß in die Heimath zurück.

Wer war es, der mein noch gedachte,
welcher mit väterlichen Armen mich aufnahm,
als ich, aus der Kaufmannschaft Banden entronnen,
eilte zurück in der Heimath fremd gewordene Stadt.

O Schleswig, wo meine Lieben begraben,
wo der Vater, kaum gekannt,
wo die Mutter, die Schwester ins Grab sank,
wer nahm des Verlassnen und Verwaisten sich an,
welchen das Schicksal mit eisernen Banden fesselte?

O Dom, ich schaue dich noch, wo des Knaben schüchterner Geist
im Gebet zu den Werken des Meisters emporblickte!
Welch ein Sehnen, welch ein Hoffen erfüllte dort
meinen fühlbaren Geist!
Aber wer war es, der mich zu höheren Bahnen lenkte?
zu dir, o Vetter, kehrt aus Kopenhagens ummaureten Burgen
mein dankbares Herz mit frohem Gruße zurück.

Noch gedenk' ich die Stunde, da du mich über die hohe Brücke geleitet
und mein zagender Fuß die fürstlichen Stufen betreten.
Es eröffnete sich der Saal mit den Werken des Meisters meinem staunenden
Blick.

Rings von den Wänden schauten auf mich die Gestalten der Fürsten,
groß wie im Leben. Liebliche Bilder der Frauen
blickten herab und schienen zu grüßen.
Wundersame Figuren, in Gruppen zertheilet,
wollten zum Tanze beginnen und wollten uns laden.

O Christian, Dänemarks König, vor deinem Bilde steh' ich noch heute,
wenn die Gedanken zurück in die Vaterstadt schweifen,
bewundernd still und gedenke die Stunde,
da du mich erfülltest mit neuen Gedanken erhabener Kunst.

Auch den Löwen seh' ich noch und den Helden,
der mit gewaltiger Faust den entsprungenen zähmte,
auch die goldene Rose, welche der Papst dem Könige schenkte,
Hamburger, Dithmarscher seh' ich im Bilde sich neigen!
O, wie strahlten Gewand und Waffen in glänzenden Farben!
Feuchten Blickes sah ich umher und wagte zu denken,
daß auch mich der erhabene Schöpfer zu ähnlichem Schaffen berufen.

Oft noch hab' ich mit dir die Säle des Schlosses durchwandert!
Oft noch wandert mit dir mein Geist zu den festlichen Stätten,
sendet Worte des Danks, der Erinnrung Worte,
bringet ein Lied bir dar auf der Flöt, dem theuren Vermächtniß.

---

## II. Lustgefilde.

Lebende Schönheit liegt über Thal und Hügel,
aus der freien Hand der Natur über euch ausgegossen!
Bäume des Waldes, regt ihr euch noch?
Spiegelt noch des Teiches glatte Fläche eure schattigen Wipfel?
Speien sie noch, die Schlangen, dem mächtigen Helden entgegen?
Quellen, o strömt von euren Höhen herunter!
Spielet, o Fische, in eurem kühlen Gewässer!
Eilet, o Rehen und Hirsche, durch Wälder und Büsche!

O Amalienburg, in deinen Gemächern
zeigten sich mir zuerst des Olymps Gestalten.
Kaum entsinn' ich mich noch, wo des Knaben Fuß
das Wasser der kühlenden Quelle benetzte,
wenn der springende Strahl hoch in die Lüfte emporstieg.
Oft auch zog es mich hin, die Höh' zu ersteigen
und von fern die freundlichen Mauern zu schauen.

O, wie leuchtete drinnen das Auge des Kriegsgotts;
lenkend das Taubengespann, so zieht ihm entgegen die liebende Göttin!
Willkommen! scheint sie zu rufen. Willkommen! dem Sieger der Schlachten.
Phöbus, von strahlendem Glanze umgeben, du leitest
sicher den Wagen, der Freude den sterblichen Menschen gewährt.
Jupiter, König der Götter, und Juno, deine Gemahlin,
euch war das Zepter verliehen im Reiche der Götter!
Apoll und die Musen, Ceres, Diana, Minerva,
alle umlagerten euch, bereit zu jeglichem Dienste.

Seh' ich recht? Rings umgeben mich heute
eure Gestalten in hoher Vollendung.
Was ich im Herzen empfind', wie soll ich Worte ihm leihen?
O wie sehnt sich der Geist in eilenden Schritten zu ziehen,
wo ihr einst geherrscht, in jene gesegneten Fluren,
wo der Römer Geschlecht den Ruhm zu den Sternen emportrug.

---

p. 4                III.  Friedrich der Dritte.

Hinan, hinan meine Seele!
hinan die Bane des Lobs.
Trage auf deine Schwingen, Friedrichs Ruhm,
durch des Aethers-Wüste hoch unter die Sterne empor.
Ihm, dem Vater, Beschützer,
dem Retter des Vaterlands —
schalle der Harfe liebliches Wonnegetön,
rausche der Musen freudebringender schnelbefiederter Pfeil,
graden Fluges zum Ziele hin.

Wie wen um die Tafel des Freundes,
der lieblichbuftende Wein,
Herz und Sinne erheiternd,
jegliche Sorge der Seele verscheucht —
Thaten der Vorwelt,
Thaten ruhmerkämpfender Väter,
dem Erzehler den Busen mit Wonne durchglühet:
so schreite auch ich, berauscht vom Nectar der Musen,
im Lobe der Helden daher.

Nichts dunkles, nichts aus entfernter Zeit,
ich will nichts schwankendes Tönen. ¹
Du Erdball, sey Zeuge!
sey ob der Wahrheit Schmuck,
meine prüfende Richterin.

Schwedens Monarch, so sagt's die Geschichte;
zerriß die geheiligte Bande des Friedens.

---

1) So in der Handschrift und im Druck.

Ha! wie riß den siegenden Helden
unwiederstehlich die Ehrsucht dahin.
Mit Lorbeern des Sieges geschmückt,
sein Reich mit Provinzen erweitert,
war dennoch unzufrieden sein Herz.
Nur einen Schritt — so dachte Karl Gustav,
und ich habe des Ruhmes Gipfel bestiegen.
Schon fühl' im Geiste ich, Dänmarks
lorbeerumwundene Kron meinen Scheitel umgeben.

   Wie tief in der Nacht,
wen über die Mülden,
der erquickende Schlaf,
sein samftes¹ Gefieder verbreitet:
ein Bergstrom verheerend ins Thal sich ergießt,
so kam auch Karl mit sein kriegerisch Heer,²
und umlagerte der dänischen Könige
maurenumkränzeter Sitz.
Erstaunen umfaßte
jeden Bewohner der Burg.
König Friedrich sandte
Herolde, geheiligte Boten des Friedens,
zum Könige der Feinde.
Ließ ihm das festgeknüpfte Band,
seines vortheilhaft geschlossenen Friedens erinnern;
erinnern wie ungerecht, ohne Erklärung
seinen Nachbarn mit Krieg zu beziehen. —

   Sagt eurem Führer an,
so sprach der Stolz des Helden,
sagt ihm, daß er sich beuge
vor meinen siegenden Arm.
Erst will ich erobern die Stadt:
alsdann wird man sehn
ob recht ich, oder unrecht gehandelt.

   Ach, wie oft umnebelt nicht Stolz und Uebermuth,
mit Finsterniß den glücklichen Mann.
Traun! schrecklich ist oft,
gegen geringerer Macht
der Verachtung Folge.

p. 5

---

1) „samft" so immer.
2) „Mit sein kriegerisch Heer" nach dem Niederdeutschen und so immer.

Regnerb Lobbrob[1] stürzte die unüberwindliche Macht,
des fränkischen Kaisers zu Boden.
Auch Knub Laward,[2] dem die erhabensten Tugenden
den mächtigen Busen beseelten;
schlug mit geringerer Macht, die verheerende Wenden

p. 6    aus ihre festummauerte Burg. —
Töne laut, meine Harfe!
ob dem Ruhme des Helden.
Er war gewaltig,
im Männervertilgenden Schlachtengebrüll;
im Frieden trug ihn die Liebe des Volks.
Doch! welcher Sterblicher genoß
des Glückes immerwährende Wonne.
Wie oft stürzt nicht
mit grimmiger Faust dahinschmetternd
der Neid den mit Ruhm bepanzerten Mann.

Auf, und lenke mein Geist,
von des Abweges glänzende Spuren,
mit des Gesanges süßtönendem Saitengelispel
deine Fittigen in die gerechte Heerstraße des Lobes hin.

So wie die summende Biene,
bald auf diese, bald auf jene Blume sich senkt,
wendet in ihrem Flug die Seele des Sängers
bald zu diesen, bald zu jenem Helden sich hin.

Traurige Botschafft bringend,
kamen muthloß die Herolde zu ihrem Könige zurück.
Doch! dem Vater des Volks,
schreckten nicht Tod, nicht Verderben,
nicht der Gefahren schrecklichster Blick.
Er bestand, wie eine Klippe,
des Meeres grimmige Wuth.
Streckt ruhig die ernste[3] Stirn,
zum sternenbesäeten Himmel empor;

---

1) Der Skiolbung Regnar Lobbrog, eine sagenhafte Gestalt, dessen Regierungszeit in das Ende des 8. Jahrhunderts gesetzt wird. Der fränkische Kaiser ist Karl der Große. Nach der nordischen Überlieferung ward Regnar von König Ella in Schottland in einen Schlangenturm geworfen und sang hier sterbend das berühmte Bjarkamal.

2) Knud Laward († 1131), eine Lieblingsperson unseres Carstens, Herzog von Süd-jütland, wird in de folgenden Gedicht noch besonders gefeiert.

3) Im Druck: erste. Manuskript: ernste.

nicht fürchtend den schmetternden Donner,
nicht der Elemente krachenden Sturz.

    Seelig ist, wer die Gottheit vertraut.           p. 7
Seelig wes Fuß unverrückt
den graben Pfad der Weisheit hinwandelt.

    Des Landmanns brennende Hütte,
wand auf die Fittigen des Sturmwinds
seine wirbelnde Purpurglut durchs Dunkel der Nacht
hoch in die Luft empor.
Da stürzte König Friedrich im Klang' seiner Rüstung heran.
Ihm begleitete des Krieges
fernherrollender Donner.

    Sein Stahl
folgte triumphirend der Tod.
Die Feinde sanken zu Boden
wie vor dem Hagel die Getraide des Feld's.
Wer konte die Kraft seines Armes begegnen.
Der Sieg zwang ihm in seine Mauren zurück.

    Wuth,
ergrif die finstere Seele des schwedischen Helden;
seine Augen
blitzten Verderben.
Ein Sturm,
solte in Schutt verwandeln die Stadt;
solte Dänmark
von Grundaus zerstören.

    Wenn den dornigten Weg der Tugend,
der Führer hinanklimt,
folgt durch eblere Triebe bewegt,
der Diener ihm nach. —
Des Lasters blumigter Weg,
führt auf den jähen Abhang des Felsen,
den die verheerende Zeit untergrub.
Es staunt der Wandrer — ein Schwindel           p. 8
stürzt ihn vom Felsen herab.

    Die Nacht des Schreckens wälzte heran.
Die Nacht, die Dänmarck den Untergang drohte.
Der Mond verhüllte in Wolken sich.
Der Sturmwind brauste.
Das Meer rolte tobend seine Fluten aus Ufer hin.
Itzt gossen in ihrer Kraft,
einem zerstörenden Orkane vergleichbar,

die Feinde sich an die schwächliche Mauren der Stadt:
wolten erobern oder auch sterben.
Das letzte ward ihnen von die ewige Weisheit gewähret.
Sie schwammen in ihrem Blut'
unter König Friedrichs mächtige Hand.
Die kommende Sonn' schaute Karl Gustavs Heer
aufs Schlachtfeld gestreckt.
Der Erdkreis staunte,
ob dem Sturz von Schwedens
schredbarem König'.

———————

### IV. Meine Vaterstadt.

p. 9      Mit Ehrfurcht, o Schleswig!
staun ich deine zertrümmerte Mauren [1] an,
und dich kleiner Insel,
der du im Schooße des Stromes weilst;
wo einst Knud Lawards mächtiger Arm,
schwerbewapnet auf die Scheitel barbarischer Wenden herabdrang. —
Ha! hier war's,
wo sein kühnes Roß, den Feind verfolgend,
seinen jungen, seinen muthigen Streiter,
über die schäumende Fluten des Stromes trug.

     Fliehe nicht Heinrich,
     Krieger, fliehe nicht!
     ich komme Zaum und Gebiß
     aus deinen Händen zu nehmen.

So schrie der Held
seinen vor ihm fliehenden Feinde nach;
dem die Furcht mit schneller Hand
seinem Auge entriß.

     Itzt verfolgt' er des Flüchtigen bluttriefende Spur,
und rannte mit verhängtem Zügel
in des Sieges offene Arme hin.
Er kehrte mit unvergänglichen Ruhm,
o Schleswig!
p. 10   siegreich in deine [2] Mauren zurück.

———————

1) So immer nach dem Niederdeutschen.
2) Druck: bine.

Auf und empfahe den Kranz,
meines Geistes tönender Lobgesang.
Hell leuchte in die Zeiten der Zukunft
dein Ruhm hin;
es fliehe der Vergessenheit finsterer Nebel,
von dein glänzendes Angesicht weg.

------

## V. An Bacchus. p. 11

O Vater Lhäus,
Des donnerlenkenden Jupiters,
Wonnebringender Sohn! dir sing ich —
Dir will ich tönen, tönen ein Lied, zum festlichen Pomp.

Kreuch nicht hin mein Gesang
Am schwärzlichem Boden; nein heb dich
Auf Adlers kühnschwebenden Fittig
Sturm tobend mit Brausen in zirkelnden Kreisen empor.

Bacchanten, Najaden,
Und ihr! mächtige Bacchantinnen,
Mit umwundenen eschenem Speer,
Auf! und beginnet den Reigentanz.

Raß't wüthend,
Gleich wälzende Fluthen des Meeres.
Jauchzt, mit frohen Gesang ihm! den Gott!
der unsern Geist, mit nectarduftenden Rebensaft stärkt.

------

## VI. Die Vergänglichkeit. p. 12

Eitel, sind die Tage unseres Lebens.
Eitel das Bestreben der sterblichen Menschen.
Wir furchen die Bahn,
Rastlos, auf und hinab;

Leere Hoffnungen,
Werfen bald an dieses,
Bald an jenes,
Ufer uns hin.

Wie ein Traum,
Sind die Jahre des Lebens verschwunden.
Und unwiederbringlich
Ist die verfloßene Zeit.
　　Geschlechter auf Geschlechter, wälzen
In des Stromes Fluthen sich fort.
Er reißt Monarchien, in seinen Strudeln dahin.
Monarchien liegen an seinem Boden zerstreut.

p. 13　　　Wo bleibt die Kraft des Starken?
Und wo, des Kriegers gefürchtete Macht? —
Sie verschwindet,
Wie Nebel, vorm Hauche des Thals.
　　Finsterniß
Umhüllet den Schwachen.
Der Weise
Wird sanft zur Ruhe gelullt.
　　Es reißt unwiederstehlich
Von ihrer Seite,
Das Schicksal den Gatten hinweg.
Dem Jüngling die Braut.
　　Der Freund, sieht dem Freunde
Im Staube gestreckt.
Mit Jammer
Sind oft, die Tage des Lebens gehäufet.
　　Trübsale, werden vom Genosse,[1] des
Glückes verscheucht.
Eitel
Sind die Tage unseres Lebens.

p. 14.　　　Wohl dem!
Den die Vorsehung
Tugend und
Weisheit schenkt. —
　　Steige herab, meine Harfe!
Laß meine Seele deine Saiten berühren.
Laß meine Töne sich mischen
In deinen Melodischen = Klang.
　　Laß meine Stimme erschallen,
Da Frühlingsblüthen noch meine Tage bekränzen.
Eh' Winterschauer des Alters
Die Adern durchwühlt.

---

1) — Genuſſe nach der schleswigschen Aussprache.

VII. Friedrich von Wörger. p. 15

## Elegie.

Ach!

wie wirbelb durch Sonnenschein,
durch Sturm, durch Ungewitter,
zum gränzlosem Meere der Ewigkeit,
der Mensch den Strom des Lebens hinab.
Fröhlichen Muth begleitet den heut'gen,
und oft Jammer und Betrübniß
den folgenden Tag.

So sinkt die Blume in ihrem Frühlingsschmucke
vor dem verderbenden Hagel dahin,
wie du mein Wörger
vor des Todes verwüstende Hand.
Verberge nicht mein Auge deine Thränen,
um den schnellverwelkten Busenfreund.
Ihm, der in verheerende Seuchen,
zur Seite mir stand.
Ha! der Fieber grimmigsten einer,
durchfurchte jüngst meine Adern
mit entkräftenden Wuth;
als du zur Hülfe herbeyflogst,
und aus hofnungslosem Busen,
dennoch erquickenden Trost und Muth
mich Kraftlosen wie Balsam
in die Seele hinströmtest.
Der ewig Gütige,
gab deiner Stärkungsmittel heilende Kraft,
daß du aus des Todes
nervigte Arme mich wandtest. —
Nie! verlösche
undankbare Vergessenheit aus meinem Herzen
diese freundschaftliche That.
Itzt kann, itzt darf dank ich dir stammeln,
den du im Leben mich wehrtest.

p. 16

Ach! wie oft täuschen leere Hofnungen
der Sterblichen Sinn.

Damals, wie du als erster Arzt,
auf deinem fliegenden, schwergerüstetem Castel,
die nördlichen Meere durchpflügtest;
bald in den Wolken,
bald in den Abgrund dich sahst;
bald durch rasende Fluthen getrieben,
zwischen schreckliche Klippen und verhüllte Sandbänke,
den Schlund des Verderbens erblicktest;
wo des Hungers eiserner Zepter,
und des Durstes zweyschneidig Schwerdt,
den Wellenbesteiger regierten;
    damals,
kont' ich mit recht dein Unglück befürchten.
Itzo aber, wenige Meilen nur,
von Copenhagens stattliche Mauren entfernt;
auf des festen Landes zuverläßigem Boden,
die Kranken deines Schiffes flegend — —
wie der furchtbare Blitzstrahl,
vom prasselnden Donner begleitet;
den sanftruhenden Landmann,
um die Stunde der Mitternacht schreckt;
erschütterte[1] meine Gebeine,
die traurige Stimme,
des Boten des Todes.

p. 17     Schrecklich! wem unerbitlich der Todt
schleunig dauraft.

    Schrecklich! wenn aus die Arme der Liebe
das grausame Geschick den blühenden Jüngling reißt,
und das weinende Mädgen untröstbar,
tiefgewurzelter Gram im Herzen
den Glanz ihrer Tage verdirbt.
Undurchbringlich sind des Ewigen Rathschlüsse
dem kurzsichtigen Menschengeschlechte.
    So wandelt der eine hiehin —
dorthin der andere Freund,
und eh' es der Sterbliche denkt,
ins Thal des Todes hinab.

1) Druck: erschütterter.

## VIII. Elegie. p. 18

Fliehe nicht, geliebtes Bild!
fliehe nicht!
weile und laß in meine Arme dich schlingen.
Umsonst — —
der Schatten sinkt gestaltlos dahin.

Ach! wie oft bethört
trügender Wahn das menschliche Herz.
Wohin treibst du mich,
schwankende Fantasie?
Sie ist nicht mehr!
schon längst ist Sie im modernden Staube gesunken,
schon längst hat Sie der schreckliche Tod,
ihren geliebten Brüdern geraubt;
hat, mit furchtbarer Hand, ins Grab Sie geschleudert;
und ihrer Frühling lieblichste Jahre,
gewaltsam dem Leben, entrissen.

Du starbst, und ich konte dich nicht sehen,
dich nicht umarmen,
und meinen brüderlichen Kuß
auf deine sterbende Lippen dir drücken;
zuweit von dir entfernt, umgaben mich
der Kaufmannschafft eherne Bande.

Gesellige Einsamkeit, Gedankenfreundin,
Gefährtin der Nacht! wohin führtest du oft,
wenn Finsterniß die Erde bedeckte,
wenn der stille Mond p. 19
durch zerrißene Wolken
bloß auf mich herab schien,
meinen fühlbaren Geist? —
zu dir, Catharina!
zu dir hin, geliebte Schwester. —
Dann füllte Wehmuth
mein jugendlichs Herz,
dann schlich eine Thräne
mir über die Wange herab,
die meine Hand zu verbergen sich strebte.

Wohldann! du bist dahin.
Welcher Sterblicher vermag,
des Schicksals Rathschluß zu ändern, —

und ob die Felsen
meinem Gesange vernähmen,
und die Wälder
meiner Harfen getön:
bringt doch nicht mein Klaglied
deine Seele ins Leben zurück.

Vielleicht — nicht lange;
und des Todes gewaltige Hand,
stürzt auch mich in die Grube hinab.
Ich werde fallen,
in der vollen Blüthe des Lebens
werde ich fallen;
wie die Bluhme des Feldes,
vor des Ungewitters verderbende Kraft.

Ewiger! gütiger Gott.
Gedenke nicht die Sünden meiner Jugend:
und wenn den das Schicksal
den Faden meines Lebens zerreißt:
o dann,
dann schau gnädig auf mich Sterbenden,
in die Stunde meines Todes herab.

---

## IX.  Ingeborg.

p. 20　　Horch!
die Stimme der Wehmuth;
horch die Töne verfloßener Zeiten.

Empfangt mich ihr Schatten der Nacht,
ihr dunkelen Thäler empfangt mich.
Zu euch bin ich von meinem Lager entflohn,
meinen Gram, meine Schwermuth zu lindern.
Die Freuden des Lebens haben mich verlassen;
auf immer sind die Freuden meiner Tage dahin.
Der Harm hat die Blume
von meinen Wangen gerissen.
Mit offenen Busen,
die Haarlocken am Winde verbreitet;
schwärm ich als sinnlos umher.

Ich suche die Ruhe,
aber sie scheucht
vor meinen Blicken hinweg.

Kraftlos sinke ich darnieder
und wünsche erquickenden Schlaf.
Der Schlummer steigt
über die Lieder meiner Augen herab;
aber schreckliche Gestalten,
Mörder, mit Blute besudelt,
und dein Geist
mit all seinen Wunden bedeckt,
rauschen längs meiner Seele daher.
Dann raf' ich vom Lager mich auf,
dann flieh' ich zu euch, ihr Wälder,          p. 21
und schütte meine Klagetöne
in eure Finsterniß aus. —
    Weg sind die Vergnügungen der Erde,
weggerolt aus meinem Herzen.
Meine Schläfe wird nicht mehr
Der Kranz des Frühlings umwinden.
Nie wird an meinem schimmernden Busen,
die Rose, der Stolz des Frühlings erscheinen.
Die Liebreitze fürchten das schwarze Trauergewand.
    Seyd mir willkommen, ihr Einöde!
seyd mir willkommen ihr Lieblinge des Grams;
Unglückliche, können ihren Schmerz
sich euren Schatten entladen.
    Braust ihr Wälder!
euer Rauschen ist meinen Ohren Musick.
    Heule, Sturmwind!
schlagt in knarrende Eichen ihr Blitze!
ihr erschrecket mich nicht;
ich sah den Tag
an den mein Liebster erlag.
Er, der Schönste der Helden!
Er, der Mächtigste, der Kühnste im Schlachtengetümmel.
Ihm stürzte der niedere Neid,
der [1] nicht litte
seiner Strahlen gedoppelter Herschermacht. — [2]
    Lawarb, ach!
Lawarb! höre meine Stimme.

    —

1) Druck: „die".
2) Knud war Herzog von Südjütland und König der Wenden.

Wenn die Geister der geschied'nen,
ihre verlassnen Geliebten umschweben;
o! so kom, kom zu meinen Thränen;
laß in meine Verzweiflung

p. 22      noch einmal dich blicken.

Dann will ich eilen
meinen Kummer zu enden;
will, o Sley![1]
in deine Tiefe mich stürzen,
ober ich erblasse
durch die Schärfe des Stahls. — —

    Doch nein,
ein Weib, soll dennoch Feigheit,
nicht meine Seele entadeln.
An diesen Wäldern,
an diesen Usern,
will ich mein Trübsal ertragen;
und diese Ufer,
und diese Wälder,
sollen tönen von meinen Klagegeschrei.

    So floß die Stimme der Wehmuth,
in den Tagen verflossener Jahre.

---

## X.  Der Schrittschulaufer.

Hinter dem Berge, sank
Mit ihren Strahlen die Fackel des Tag's.
Am blauen Himmel,
Steiget röthlich der Mond empor.

p. 23      Der Wind saust über die Ebne;
Der Wandrer eilt.
Rauh, kalt, herb' ist die Winternacht.
Die See ist mit Eis bedeckt.
    Horch! den fernen Klang.
Nicht des beeisten Baums
Knarrende Aeste
Täuschen mein Ohr;

---

1) Niederdeutsch: „Sli“ für „Schlei“.

Kein Bach,
Der durch Eisklumpen murmelnd
Sich geußt.
Horch! der Schall böhnt[1] heran.

Das Horn des Hirten
ruht in der Hütte,
Das Vieh im Stall.
An die Pforte heulet der Hund.

Horch! — ein Besteiger des Schrittschu's,
Wie er daher rauscht.
Des Rosses fliegender Huf,
Gleicht nicht des Stahles Schwung.

Itzt kommt er,
O, faß' ihm mein Blick.
Schau hin,
Bewundre der beflügelten Füsse Spiel.

p. 24

Nun rechts,
Nun links,
O Kühnheit! o Tanz!
(Groß ist dein Erfinder.)

Nun, schwind't er dem Auge,
Es tönet die Bahn.
Er flieget —
Auf Flügel des Windes hinab.

Es friert,
Der Mond scheint hell,
Die Zähne klappern;
Ich will zu dem Freund' in der Hütte gehn.

---

## XI. An Jürgensen.

Sieh', ich wandere fort, schau' sehnsuchtsvoll über die Meere,
wo Neptun den Dreizack schwingt im heulenden Sturme.
Geleit' auch mich dorthin! Nicht werd' ich die Heimat vergessen,
welche den Bruder mir birgt und den Freund.

---

1) Niederdeutsch = „tönen" oder Schreib = und Druckfehler für „dröhnt".

Begeiſtrung ſchöpfend für die Geſtalten der Götter und Helden,
wandre ich fort meine Bahn, Italiens Himmel erſtrebend,
Italiens Kunſt, und ſchöner werden mir leuchten die Sterne,
wenn Michel Angelos Geiſt und Rafaels Hand mich geleitet.
Schauer der Zukunft! Ich fühl' mich umringt von neuen Geſtalten!
Griechiſche Schönheit umſchwebt mich, o könnt' ich Euch faſſen!
Könnt' ich Euch ſchauen! O laſſet mich blicken
zu den Sternen empor, die leuchten meinem Beginnen!

---

### XII. An Jürgenſen.

Dankbarkeit findeſt du ſchwer auf dieſer beſchwerlichen Erde,
Friede und Fröhlichkeit gab Gott nur wenigen Menſchen;
Dankbarkeit erfülle mein Herz, wenn Dein ich gedenke,
Friede und Fröhlichkeit erhebe mich im Gedanken begeiſterter Kunſt!
Soll ich erzählen die Fahrt nach dem Lande des Silbens?
wie ich den Fuß auf Italiens Boden geſetzet?
wie der Schimmel mich zog und den Freund und den Bruder?
wie wir heimwärts gewandert zu Fuß durch Städte und Dörfer?
Heute ſehe ich wieder die Fluthen des heimiſchen Meeres,
ſehe die Thürme ragen der wohlummaureten Feſte.
Eingeſchloſſen von düſterer einſamer Kammer,
ſehnt ſich der Geiſt zurück nach jenen geſegneten Fluren,
wo die Kunſt mir lachte in fremden Geſtalten,
neu mich erfüllend mit wunderbarer Begeiſtrung.
War ich ein Lehrling geweſen, — werd ich ein Meiſter.

# Urkunden.

# I.

Kontrakt zwischen Jürgen Carstens aus Schwabsted und dem Rate zu Schleswig wegen Anlegung einer Graupenmühle.

### 15. Mai 1739.

Kund und zu wissen sey Jedermänniglich, in sonderheit aber denen, so daran gelegen, daß, nachdem Jürgen Carsten zu Schwabstedt eine Gruben-Wind-Mühle bey hiesiger combinirten Stadt Schleswig anzulegen sich entschlossen, und dahero bey derselben angehalten, daß ihm dieses concediret, auch des Endes ein Stück Landes unter billigen Conditionen ausgewiesen werden möchte, solchem nach zwischen Bürgermeistere und Rath wie auch Deputirten Bürgern vorerwehnter Stadt Schleswig für sich, ihre Successores in officio und im Nahmen der ganzen Gemeinde daselbsten an einem und vorbesagtem Jürgen Carsten am andern Theil deshalben nachfolgender unwiederruflicher Vergleich und Contract mit wohl bedachtem Muhte und freisinnigen Rathe beliebet, errichtet und geschlossen worden, nämlich

1mo cediren und überlassen Bürgermeistere und Rath, auch Deputirte Bürgere gedachten Jürgen Carsten für sich, seine Erben und Nachkommen von der bey ermelbter Stadt Schleswig zwischen St. Jürgen und Galberg belegenenen Reeper-Bahn ein Stück Landes von vierundneunzig Fuß in der Länge und 24 Fuß der Breite hiedurch und kraft dieses ohne alles Entgelb erb- und eigenthümlich in der bündigsten und beständigsten Form Rechtens, doch daß er

2do mit dem fordersamsten und längstens innerhalb dreyen Monathen seinen Versprechen nach eine Gruben-Wind-Mühle darauf setzen und errichten lassen. Und gleich wie ihm

3tio freystehet zugleich auf sothanem Stücke Landes und Grunde eine dabei benötigte Wohnung und Stall zu bauen, so soll er

4to nach Verlauf 3 Monathen von dem Tage an, da er das Fundament zu beregter Mühle oder Wohnung zu legen den Anfang macht, jährlich und jedes Jahr wegen sothaner Mühle, Wohnung und Stalles loco recognitionis. überhaupt zehn Reichthl. Cour. (= 36 Mk.) an der hiesigen Stadtkasse zu bezahlen verpflichtet, hingegen

5<sup>to</sup> von allen übrigen ordinairen und extraordinairen, personellen und reellen Stadt-oneribus und Abgiften, sie haben immer Nahmen wie sie wollen, in Friedenszeiten gänzlich eximiret und befreiet, auch zu Krieges-Zeiten Keine andere Praestanda, als welche die übrige priviligirte Eingesessene hiesiger Stadt als dann abhalten müssen, pro rata et quota abzutragen schuldig und gehalten sein; wobey dann

6<sup>to</sup> ihm, seinen Erben und Nachkommen zwar verstattet wird, sich der aufzuführenden Wind-Mühle zum Gruben und Gruben-Grütz, auch Gruben-Mehl Mahlen ihrer besten Gelegenheit nach, zu bedienen, und die verfertigte Gruben, Gruben-Grütz und Gruben-Mehl, sowohl bei der Mühle, als auf öffentlichen Markten zu verkaufen und abzusetzen; allein sie sind

7<sup>mo</sup> das dazu erforderliche Getraide nicht anders, denn hieselbst auf öffentlichen Markte oder auf dem Lande und andern Orten einzukaufen, folglich dasselbe bey den Zugängen der Stadt, und wenn es herein zu Markte und zum Verkauf gebracht wird, auf Keine Art und Weise an sich zu erhandeln befugt; besgleichen sind sie

8<sup>vo</sup> auf besagter Windmühle samt deren Pertinentien etwas anderes, denn Gruben, Gruben-Grütz und Grubenmehl zu mahlen nicht bemächtiget, und wo sie sich unternehmen auf und in derselben cum pertinentiis Buchweitzen, Habern, Roggen ꝛc. zu mahlen, haben sie nicht allein zu gewärtigen, daß sie deßfals mit einer ansehnlichen Geld-Buße und der Strafe der Confiskation angesehen werden; insbesondere es ist auch die Stadt in casum hujus contraventionis potestiviret, ihnen die bewilligte Mühlen Gerechtigkeiten dem Befinden nach niederzulegen und hinwiederum zu entziehen. Sonsten bleibet

9<sup>no</sup> ihnen unbenommen, in der bey mehrberegter Mühlen zu erbauenden Wohnung eine Wirthschaft und andere Handthierung zu treiben, wie wohl sie als dann und wann sie dazu resolviren deßfals die gewöhnliche Nahrungschatzung an die Stadt-Cassa besonders entrichten und in diesem Fall so wohl als überhaupt sich aller Verkäuferey enthalten müssen. Wie nun

10<sup>mo</sup> die Stadt Schleswig mehrbesagtem Jürgen Carsten, seinen Erben und Nachkommen das cedirte Stück-Landes für alle An- und Zusprüche nach Rechte und Gewohnheit jederzeit frey zu eviniren verbunden, So ist übrigens

11<sup>mo</sup> bey dem allen per expressum stipulirt, daß, woferne von ihnen über Kurz oder lang die zu erbauende Wind-Mühle und Wohnung cum pertinentiis jemandem verkäuflich überlassen werden mögte, die Stadt Schleswig davon das jus protimes[e]os oder Näher Kaufs Recht haben und genießen, mithin ihr dieselbe für denjenigen Preiß, welchen ein anderer dafür zu geben gewilliget und veraccordiret hat, verlangenden Fals abgetreten und eingeräumt werden, auch hierwieder keine präscription noch terminus praeclusivus in einem proclamato und sonsten statt finden soll.

So geschehen Schleswig d. 15ten May 1739.

Folgen die Namen der gesamten Stadtvertretung, sowie die eigenhändige Unterschrift von Jürgen Carstens.

(Im Schuld - und Pfandprotokoll der combinierten Stadt Schleswig auf des Müllers Jürgen Carstens Namen protokolliert den 19. Januar 1740.)

## II.

### Erbvergleich der Geschwister Petersen auf Winkelholm bei Brebel in Angeln.

### 1. Mai 1753.

Kund und zu wissen sei hiemit, daß heute dato zwischen Christina Dorothea, Anna Margaretha, Catharina Hedwig und Ida Sophie Petersen als des seligen Asmus Petersens nachgelassenen Töchtern cum curatoribus Hans Carstens aus Schleswig, Peter Hansen in Brebel, Claus Paulsen aus Boholtz und Hans Nissen in Süderbrarup als Verkäufern eines-, sodann obgedachten Defuncti Sohne, Dethleff Johann Petersen als Käufern andern Theils, über die von ihrem seel. Vater vererbte aufm Brebel Felde belegene Bondenhufe, Winckelholm genannt, bestehend aus Eilf Mark-Goldes, nachfolgender Kauf- und respective Theilungscontract geschlossen worden.

### § 3.

(Der Käufer) soll schuldig und gehalten sein:

1. alle und jede bis hiezu auf der Hufe haftende, von unserm seelig. Vater herstammende Schulden, welche sich bey nahe auf 2000 Reichsth.[1] belaufen, auf sich nehmen und bezahlen;

2. an jede von den vier Schwestern zu entrichten die Summe von 360 Rthlr., insgesammt 1440 Rthlr.

3. Die allhie vorhandenen neuen eichenen Bretter aber soll er gleichfalls für uns zu Kisten und Coffres aptiren und beschlagen lassen.

### § 5.

In dem vorgedachten Verkaufe ist auch mitbegriffen und wird dem Käufer übertragen, nicht allein der völlige Beschlag von Kühen und Pferden

---

1) Der Reichsthaler = 3,60 Mk.; eine lübsche Mark = 1,20 Mk.

wie auch Bau = und Feld = Geräth, sondern auch alles im Hause vorhandene
Einguth an hölzern Zeug, Betten, Leinen und Wollen, Kupfer, Zinnen und
Meßing, und bekommen die vier Schwestern gantz nichts davon, ohne was sie
im verwichenen Winter für sich gemachet.

### § 7.

Und da ich Mit = Verkäuferin **Christina Dorothea Petersen,** itzo
verheirathete **Carstens,** meiner Erb = Portion wegen von meinem Bruder
völlig befriedigt worden, — so quittiern wir hiemit und eine jede für empfangene
Summe besonders cum curatore.

So verabredet Winckelholm d. 1ten Mai Anno 1753 und ausgefertigt vor **Gottorf** 14. Mart. A. 1754.

**Christina Dorothea Carstens.**

**Hans Carstens.**

**Anna Margaretha Petersen.**

**Peter Hanßen.**

**Catharina Hedewig Paulsen.**

**Claus Paulsen.**

**Ida Sophia Petersen.**

**Hanß Nissen.**

**Detthlev Johann Petersen.**

Nach dreyen besonderen insgesammt von obgesagten **Dethlev Johann
Petersen** sub dato Sleswig den 17. Januar 1756 ausgestellten Wechseln ist
derselbe an seine untengedachte drey Schwäger resp. deren Frauen schuldig:

1. an seinen Schwager, den Graupenmüller **Hans Carsten** zu Sleswig, capit. cur. 559 Mark.
2. an seinen Schwager **Claus Paulsen** zu Südensee 700 Mark.
3. an seinen Schwager, den Bürger und Amtsbecker **Jürgen Nicolaus Bösse** zu Eckernförde, 800 Mark.

(Enthalten im Nebenbuch des Schuld = und Pfandprotokolls der drei Angler Harden
p. 222. ff.)

---

### III.

**Hans Carstens',**
des Müllers auf der Graupenmühle vor Schleswig, Ausfagebrief
an seine Kinder erster Ehe.

10. Juli 1753.

Demnach ich Endesunterschriebener **Hans Carstens,** Müller auf der
Graupenmühle vor Schleswig, nach dem Absterben meiner sel. Ehefrau **Katharina Karsten,** gebohrene **Nissen,** bishierher in dem Wittwenstande gelebt,

meine Haushaltung und andere Umstände aber mich nöthigen, im Nahmen
. Gottes zu einer anderweitigen Ehe zu schreiten, die hiesigen Landesgesetze in
solchen Falle von mir erfordern, vor würklicher Vollziehung der anderweitigen
Ehe mit meinen beiden Kindern, welche ich mit meiner verstorbenen Frau
erzielet und nahmentlich Anna Maria Elisabeth und Jürgen Karsten
resp. in dem 4ten und 5ten Jahre deß Alters, wegen deß ihnen zustehenden
mütterlichen Erbantheils Richtigkeit zu treffen und ihnen solcherhalben gewissen=
hafte Aussage zu thun, ich auch zu dem Ende mit meiner Kinder Großvater
mütterlicher Seite, dem Bürger und Rollfuhrmann in Katsund Jeß Nissen,
meinen Zustand untersuchet: Als habe ich solche Aussage nachgesetzter Maaßen
beschaffen wollen und sollen.

Zum ersten verpflichte ich mich, meine beide vorbesagte Kinder wegen
ihres mütterlichen Erbantheils nicht allein in aller Gottesfurcht und christlichen
Tugenden zu erziehen und fleißig zur Kirchen und Schulen zu halten, beson=
dern auch dieselben mit Essen, Trincken, Kleidern, Schuen, Leinen, Wollenen
und allem sonst benöthigten bis zu ihrem zurückgelegten 18ten Jahre väterlich
zu versorgen.

Zum zweiten. Die Tochter Anna Maria Elisabeth soll im
Nehen, Strichen und andern solcher ihr bereinst zu Nutzen kommenden Sachen
unterrichtet werden und bei ihrer künftigen Verheirathung ein Bette oder Statt
dessen funfzig Mark (60 Mk.) von mir zu gewärtigen haben.

Zum britten verbinde ich mich, den Sohn Jürgen Karsten eine
ehrliche Profession und Handthierung, wozu er dermahleinst Lust haben und
geschickt sein wird, auf meine Kosten erlernen zu lassen, währenden (sic!)
Lehrjahren mit allem erforderlichen zu unterhalten und bei deren Endigung
demselben ein Gesellenkleid zu sechsunddreißig Mark (43,20 Mk.) und über
dieses zu Beförderung seines Glücks an baarem Gelde ein hundert Mark
(120 Mk.) zu geben. Gleichwie nun

zum vierten meine vorbenannte beide Kinder durch obiges alles,
wann sie solches erhalten, ihre materna zur vollen Genüge empfangen: also
ist auch deren obbemeldter nächster Anverwandte mütterlicher Seite dahero mit
gegenwärtiger Abfindung sothaner maternorum wohl zu frieden. — — —

• • •

So geschehen Schleswig den 10ten deß Monats Julius 1753.

Hans Carstens.

(Nebenbuch im Schuld= und Pfandprotokoll 3, 355 ff.)

## IV.

Gehorsamstes Gesuch und Bitte abseiten des Müllers Jürgen Carstens in Tetenbüll in der Landschaft Eidersted an Bürgermeister und Rat.
### 19. März 1762.

Es ist mein Sohn, der Müller auf der außer dem Gallberge auf Stadts = Grund belegenen Graupen = Mühle, Hans Carstens, neulicher Zeit Todes verblichen.

Er hat in der Zweyten Ehe gelebet und seine Zweyte Ehefrau als Wittwe und diesemnechst aus der ersteren Ehe 2 Kinder und aus der Zweyten Ehe 4 Kinder, die allesammt annoch unmündig sind, hinterlassen.

Ob nun gleich beregte Wittwe mit der Gattung der zuletzt besagten Kinder nach der bekannten Vormünder = Verordnung in der Gemeinschaft der Güter besitzen zu bleiben befugt ist und ihr bis weiter, fals sie die bona communia haushälterisch verwaltet und dabei nicht ad secunda vota schreitet, keine Theilung angemuhtet werden kann, so sind doch die Kinder ersterer Ehe, da sie ihre Stief = Kinder sind, diejenige, die eine Theilung zu diesem Ende ver= uhrsachen, weil außer ihren albereits ausgesagten maternis auch ihre paterna ausfündig gemacht und ihnen dabey sämmtlich ausgekehret werden müßen, bes= fals die Fortdauer der communionis bonorum von denen Gesetzen nicht zuge= standen wird.

Eben dieses beweget denn auch die vorberegte Wittwe meines verstorbe= nen Sohnes, daß sie den Entschluß gefaßt, eine gesetzmäßige Theilung zulegen zu wollen, wie sie sich denn solchergestalt gegen mich geäußert hat.

Diese Theilung kann nun aber ohne dem Beystand eines Vormundes in Hinsicht der unmündigen Kinder nicht zum Stande gebracht werden und da ich der sämmtlichen Kinder Groß = Vater väterlicher Seite bin, so ernennet das Gesetz mich schon von selbsten zum Vormünder und wenn nicht ein besonderer Umstand dazwischen käme, so würde auch ich alleine in Hinsicht aller Kinder die= ses officium füglich bestreiten können. Eben besagter Umstand bestehet darin, daß die Kinder ersterer Ehe sowohl die albereits ausgesagte materna als die ihnen nunmehro allererst angestorbene paterna fordern und hingegen die Kin= der zweyter Ehe nur bloß ihre paterna allein haben sollen. Außerdem wohne ich in der Landschaft Eyderstedt und kann also füglich nicht alle Zeit, wenn es etwa erfordert werden dürfte, hieselbst gegenwärtig seyn.

In Hinsicht dessen erfordert es die Nothwendigkeit, daß annoch ein hie= selbst wohnender Bürger zum zweyten Vormund verordnet wird, der gemein= schaftlich mit mir die jura pupillorum und insbesondere derer Kinder ersterer Ehe beobachten kann, wozu ich denn hiemit den hiesigen Bürger und Grob= schmidt Asmus Hammerich in Vorschlag bringe und zugleich gehorsahmst bitte, es wollen Ew. Hochedelgeb. wie auch Wohledelg. geneigen, denselben in der Qualitet eines Mit-Vormundes für meines obbregten verstorbenen Sohnes Kinder ersterer und zweyter Ehe, insbesondere aber für die erstere zu verordnen.

Schleswig d. 19ten Mart. 1762.

Jürgen Carstens.

(Aus dem früheren Vormundschaftsarchiv.)

## V.

### Gerichtliche Bestellung des Schmieds Hammerich zum Vormund der Kinder erster und des Bürgers Jakob Mohr zum Vormund der Kinder zweiter Ehe.

### 27. April 1762.

Es war der Müller Hans Carstens vor dem Gallberg verstorben und hatte eine Wittwe und unmündige Kinder aus zweyen Ehen nachgelassen. Der Vater des defuncti hatte sich nun in der bey liegenden Vorstellung qua tutor legitimus der unmündigen gemeldet und gebeten, daß er mit dem Schmidt Hammerich zum Vormund ordentlich constituirt werden mögte. Nun hatte zwar das Gericht wegen dessen Constituirung keine Bedenklichkeit; es hatte aber in Betracht, die Kinder erster und anderer Ehe disparia jura haben, für nötig gefunden, daß zwey Tutores hieselbst verordnet würden.

Diesem zufolge waren der in Vorschlag gebrachte Schmidt Hammerich und der Bürger Jacob Mohr anhiro citiret, um Ersterem die tutel über die Kinder der ersten Ehe und letzterem selbe über die Kinder zweyter Ehe anzutragen. Es übernahmen auch beide sothane Vormundschaft gesetzmäßig unter Verpfändung ihrer Güther und Consens zur Protocollation, worauf ihnen bedeutet, daß sie dem Grosvater ihrer Pupillen hievon Nachricht zu geben und anzuzeigen hätten, wie er sich hieselbst einzufinden und wegen dessen Constituirung zum Mitvormund das behufige zu gewärtigen hätte.

(Nach dem Ratsprotokoll.)

## VI.

### Ganz gehorsamste Vorstellung und Bitte abseiten des verstorbenen Graupenmüllers Hans Carstens nachgelassener Witwe cum curatore fratre Detl. Joh. Petersen am Galberg vor Schleswig an Bürgermeister und Rat.

### 27. Juli 1762.

Es haben die Herren Vormünder meiner Kinder mir angedeutet, wie sie Willens wären in diesen Tagen mit der Abtheilung zwischen mir und ihnen einen Anfang zu machen.

Ew. Wohlg., Ew. Hochebelg., Ew. Hoch- und Wohlebg. aber muß ich hiedurch gantz und gehorsamst zu erkennen geben, daß es mir eine wahre Unmöglichkeit sey, sogleich zu diesem Acte zu schreiten. Denn nicht zu gedencken, daß ich mich auf die gantze Handlung nicht präpariret, so habe ohne hin dergleichen Vorfälle und Ehehaften,[1] die vor der Hand eine Theilung anzustellen nicht erlauben.

Ich habe krancke Kinder und bin dabey selber patient.

Ehe die Sache ordentlich vor sich gehet, muß ich eine Reise zu meinen Verwandten vornehmen und mich mit denselben consuliren.

Periculum in mora ist auch nicht vor Handen. Denn es ist die Verlassenschaft meines seel. Mannes nicht verringert, sondern vielmehr verbessert worden.

Hauptsächlich aber gebrauche [ich] zur ebirung des Inventarii desfals eine dilation, weil solche jurato geschehen und ich also den statum massae vorherro in genaue Erwegung ziehen muß.

Hiezu nun bin [ich] einer zwey monathlichen Frist benöthiget;

Und bitte demnach Ew. Wohlgeb., Ew. Hochebelg., Ew. Hoch- und Wohlebelgeb. hierburch gantz und gehorsahmst, daß Sie mir eine Frist von 8 Wochen hierauf geneigtest zu verstatten gelieben wollen.

Supp. den 27. Julii 1762.

Christ. Doroth. Carstens.
Detl. Joh. Petersen.
Curator.

(Aus dem früheren Vormundschaftsarchiv.)

---

## VII.

Actum Schleswig in curia.

### b. 15. Februar 1763.

Des Müllers Hans Carstens nachgelassene Wittwe cum curatore, dem studioso Ms. Koch, erschien heute mit denen den Kindern beider Ehen bestellten Vormündern, dem Schmidt Hammerich und dem Handelsmann Mohr, um mit ihren Kindern Richtigkeit zu treffen. Da nun ein Inventurium über den Nachlaß behörig verfertiget, auch die Güther im Beysein der Vormünder taxiret, hieraus aber erhellte, daß die reine Massa nach Abzug der Schulden 1334 Rthl. ausmachte, So erklärte sich die Wittwe zuförderst bezüglich der beiden Kinder Erster Ehe, daß Sie die in dem Inventario nicht mit

---

1) Rechtsgültige Hindernisse.

in Anschlag gebrachte denen besagten Kindern von ihrem seel. Vater ratione
maternorum expromittirte alimenten und die freie Erlernung eines Handwercks
ihnen in natura geben und sie bey sich behalten, hiernächst aber nach erlangter
Mündigkeit den Antheil, der ihnen nach obiger massa inventarii nach Abzug
des ihr zustehenden Bettes und Kosten, so pp. auf 34 Thlr. gerechnet werden
könten, baar nebst den maternis auszahlen wolle. Dieses wurde von dem
Vormund Hammerich angenommen. Da aber die Kinder dabey leiden wür=
den, wenn ihnen keine Zinsen von ihren paternis und maternis während der
alimentation ausbezahlt, gegentheils aber auch die Wittwe zur Erlegung der
gesammten Zinsen während der alimentation, welche sie ohnehin als eine von
der ganzen massa abzuziehende Schuld in Anschlag zu bringen übernommen,
so ward ausgemacht, daß der Sohn loco usurarum ein für allemal 10 Rthlr.
und die Tochter 5 Rthlr. haben solle. Auch soll die Tochter ihrer seel. Mutter
Kleider mit Ausnahme des schwarzen manteau haben.

Die Kinder letzter Ehe verspricht die Wittwe und Mutter ratione
paternorum christlich zu erziehen und bis zur Mündigkeit zu alimentiren,
dabeneben einem jeden Sohn ein Handwerck lernen zu lassen wie auch ihm ein
Gesellen=Kleid zu 36 Mark und an Gelde 100 Mark, der Tochter aber ein Bett
zu 50 Mark und an Gelde 50 Mark zu geben, womit tutor frieblich.

(Nach dem Ratsprotokoll.)

## VIII.

### Actum Schleswig in curia.

### b. 16. Februar 1763.

Es erschien der Bürger Jacob Mohr und zeigte an, wie er sich in
pristina juridica bey der von der Wittwe Carstens zu thuenden Aussage
ihrer Kinder versehen. Er habe in proposition gebracht, daß die Mutter müße
demjenigen, was seinen pupillen nach dem Inventario ratione paternorum
zukommen konte, annoch die alimenten und ein Kleid für die Söhne, sowie
ein Bett für die Tochter aus mütterlicher Liebe expromittiren mögte, dadurch
aber wäre er nicht der Meinung gewesen, seine Pupillen dasjenige, was ihnen
nach dem Inventario zufallen könte, zu benehmen. Die Bedeutung des Ge=
richts, daß solches zu wenig und daß die Mutter wenigstens ihren Kindern
außer den alimenten soviel beylegen müste als die Kinder Erster Ehe ratione
maternorum ehedem von ihrem verstorbenen Vater expromittiret, habe Er
nicht verstanden. Die Wittwe sei bereit, ihren Kindern alles dasjenige zufließen
zu lassen, was die Stief=Kinder ratione paternorum erhalten. Die Alimente
wolle sie ihnen schenken und wolle Er bitten, daß der aus Versehen vor dem
Gerichte verabredete Vergleich dahin geändert werden mögte. Nachher erschien

auch die Wittwe mit eben erwehnten Vormund Mohr und erklärte, wie sie einem jeden Sohn die ihm nach der Theilung beykommende 130 Thaler und der Tochter 65 Thaler nach erlangten mündigen Jahren auszahlen und ihnen die alimenten aus mütterlicher affection schencken wolle.

Actum Schleswig b. 16. Febr. 1763.

(Nach dem Ratsprotokoll.)

## IX.

Erb= und Teilungsvergleich der verwitweten Christina Dorothea Carstens mit den Kindern erster und zweiter Ehe ihres verstorbenen Mannes Hans Carstens.

### 28. Febr. 1763.

Kund und zur wissen sey hiemit, daß zwischen des Weil. Bürgers und Graupen=Müllers Hans Carstens nachgelassene Wittwe Cristina Dorothea Carstens cum curatore Peter Wulff, Erbeingesessenen zu St. Jürgen an einem, so dann dem Bürger und Amts=Schmied Asmus Hammerich als gerichtlich bestellten Vormund des Defuncti Kinder Erster Ehe, namentlich: Anna Maria Elisabeth und Jürgen Karsten am andern und endlich dem Bürger und Handels=Mann Jacob Mohr in gerichtlich demandirter Vormundschaft des Defuncti Kinder letzter Ehe, namentlich: Asmus Jacob, Hans Hinrich, Anna Catharina und Friederich Christian Carstens am dritten Theil wegen des vor besagten Kindern nach ihrem verstorbenen Vater competirenden Erbes auf vorgängig ordentlich errich=tetes und von ermeldeter Wittwe Eydlich unterschriebenes Inventarium über ihre und ihres sel. Ehemannes sämmtliche Güther, wie auch fleißige Erwägung der vorgekommenen Umstände nachstehender Erb= und Theilungs=Vergleich ver=abredet, beliebet und heute dato wolbedächtlich geschlossen.

### § 1.

Das errichtete Inventarium nebst der beygefügten taxation ergiebet, wasgestalt die ganze Masse sich beträgt 2398 Thlr. 29 ß.

Dagegen aber sind die Passiva mit Einbegriff der denen Kindern Erster Ehe a Defuncto vermöge Aussagebriefes et a ratione maternorum expromittirte baaren Gelder, so sich für die Tochter . 33 = 16 =

und für den Sohn betragen . . 45 = 16 =;

zusammen . . . . . . . . : 1334 Thlr. 20 ß.

|  | | Transport | 1334 Thlr. 20 ß |
|---|---|---|---|

Davon ist ferner abzuziehen:

a. für das der Mutter nach hiesigem Stadtrecht competirende Bett, so taxiert zu . . . . . . . .   10 Thlr. — ß

b. die gewöhnliche Morgengabe . . .   1 = — =

c. Die Inventar= und Theilungsgebühre samt andern Kosten wegen Bestellung der Vormünder und sonst pptr. .   23 = 20 =

Betragen also zusammen . . . . .

Dergestalt daß zu theilen waren . . .

|  | 34 = 20 = |
|---|---|
|  | 1300 Thlr. — ß. |

Von welcher Summe dann die Wittwe nach Stadtrecht die Hälffte als . .   650 = — =

erhielte und die andere Hälfte . . .   650 = — =

unter gesammte Kinder als 4 Söhne und 2 Töchter dergestalt in zehn Theile zu vertheilen, daß die Söhne zwei, die Töchter aber eine Portion, mithin

a. die Kinder Erster Ehe als

    1. der Sohn Jürgen . . .   130 - — =

    2. die Tochter Anna Maria Elisabeth . . . . . .   65 = — =

b. die Kinder zweiter Ehe als

    3. Asmus Jacob . . . .   130 = — =

    4. Hans Hinrich . . . .   130 = — =

    5. Friedrich Christian . .   130 = — =

    6. Anna Catharina . . .   65 = — =

zu gewärtigen hätte.

## § 3.

Und da denen Stiefkindern von ihrem seel. Vater und Erblasser auß denen im § 1 in Anschlag gebrachten Gelder ratione maternorum die christliche Erziehung, alimentation und Bekleidung bis zu erlangten mündigen Jahren wie auch insbesondere dem Sohne die freye Erlernung eines Handwerkes und unterhalt in Kleidern während den Lehrjahren ausgesaget: So verbindet sich ferner die Wittwe jedoch ebenfals absque ulla novatione diese praestanda über sich zu nehmen und zu erfüllen, mithin ermelbete ihre beide Stiefkinder so viel an ihr nicht nur eine christliche Erziehung, sondern auch den erforderlichen Unterhalt bis zu erreichten mündigen Jahren, und was zur freyen Erlernung eines Handwercks, fals der Sohn dazu Lust haben mögte, gehöret, zu geben, wobey sie der Stief=Tochter Anna Maria Elisabeth die von ihrer seel. Mutter herrührende, in dem Inventario mit taxirte Kleider,

bloß mit Ausnahme des schwarzen Manteau, welche Kleider ohne den Manteau 12 Thlr. betragen, schenket und dieselben eigenthümlich sofort trabiret.
Damit indessen

## § 4.

wegen dieser von der Stief=Mutter übernommenen alimentation cum reli-
quis eine Billigkeit beobachtet und weder die Wittwe noch die Kinder
gefährdet werden, maßen die a patre expromittirte alimente sonsten den rechten
nach als eine andere Schuld von der massa hätte abgezogen, mithin auch
von den Stiefkindern pro rata mit abgehalten werden müssen: So ist beßfals
beliebet, daß die Mutter statt der von den bis zu der Kinder Mündigkeit bey
ihr stehen bleibenden paternis und maternis sonst zu erlegenden Zinsen ein
für allemal zu des Sohnes Antheil zehn Reichsth. und zu der Tochter portion
fünf Reichsth. geben und solche tempore adepte majorennitatis nebst den
obigen paternis und maternis auszuzahlen, dagegen aber von aller weiteren
Zinsenerlegung befreyet seyn sollte. Bei welcher Vereinbahrung es

## § 5.

dann auch sein Bewenden Behält, wen gleich der Pupillen Groß=Eltern
die Stieftochter, wie sie sich beßfals bereits erkläret, zu sich nehmen, mithin
die alimenten ratione ihrer cessiren würden, in Betracht daß die Wittwe doch
allemal die Stief=Tochter wieder anzunehmen und sie erforderlichen falls bis
zur Mündigkeit zu alimentiren schuldig bleibet, die Tochter auch ohnehin durch
die ihr beygelegte Kleider eine hinlängliche Zinsen=Vergiltung erhalte.

In Hinsicht der leiblichen Kinder der Wittwe und der mit denenselben
nach der Wittwe willen sogleich zu haltenden Theilung nun will

## § 6.

die Mutter denenselben dasjenige gleichfals ungekränckt lassen, was für einen
jeden in § 1 zu dessen Antheil ausgeleget, ohne darin wegen der denen=
selben zu leistenden alimentation und damit in Betracht ihrer zarten Jugend,
da sie resp. im 9ten, 6ten, 3ten und 1ten Jahre sind, verknüfften Kosten das
mindeste zu kürtzen. Sie verspricht daher

## § 7.

einem jeden Sohn ratione paternorum 130 Thlr. und ferner der Toch=
ter 65 Thlr. jedoch nicht eher als nach erreichten mündigen Jahren und
zwar als dann ohne einige Zinsen baar auszukehren und verpflichtet sich dabeneben aus mütterlicher Liebe und Zuneigung gesamte ihre Kinder nicht allein
christlich zu erziehen, sie fleißig zur Kirche und Schule zu halten, die Tochter
im Nehen und andern ihr dereinst zu Nutze kommenden Sachen zu unterrichten,
sondern sie auch bis zu ihren mündigen Jahren mit Essen und Trincken und
benöthigter Kleidung frey und ohnentgeltlich mütterlich zu versorgen, nicht

weniger die Söhne, fals sie zu einem Handwerck Lust haben mögten, solches auf ihre Kosten lernen zu laßen und ihnen wärend den Lehrjahren, und so lange sie die beregte paterna behelt, den Unterhalt in Kleidern zu geben. Und gleichwie nun

### § 8.

Vormündere mit obigen, von der Wittwe übernommenen praestandis friedlich zu seyn Ursache haben und solche Acceptiren, auch Tutor des Defuncti Kinder erster Ehe die der Tochter geschehenen Schenkung der Kleider, Tutor der Kinder zwoter Ehe aber besonders die Mütterliche generositet und Güte wegen der seinen Pupillen noch außer ihrer Väterlichen Erbportion expromittirten alimenten mit Danck erkennet, die Mutter auch noch generaliter sich verbindet alle auf die massam haftende Schulden, sie mögen bereits itzo bekannt seyn oder sich künftig erst hervor thun, allein und ohne Zuthun ihrer resp. Stief- und Leiblichen Kinder abzuhalten: So renunciren

### § 9.

sowol Tutores in specie nach Erfüllung obiger von der Wittwe übernommenen praestandorum, und wenn Pupilli das ihnen gegenwärtig stipulirte werklich erhalten, allen weiteren Ansprüchen. — —

Schleswig den 28. Febr. 1763.

Christina Dorothea Carstens.
Peter Wolff als Curator.
Asmus Hammerich als Vormund der Kinder erster Ehe.
Jacob Chr. Mohr als Vormund der Kinder letzter Ehe.

(Protokolliert im Schuld- und Pfandprotokoll unter der Wittwe Carstens Namen den 6ten März 1763. Nebenbuch 4, 706 ff.)

### X.

Heiratskontrakt zwischen Christina Dorothea Carstens geb. Petersen und dem Müller Jürgen Muhl.

15. August 1765.

Zu wissen sey hiemit denen, so daran gelegen, daß zwischen des weyl. Bürgers und Graupenmüllers Hans Carstens nachgelaßener Wittwe, Frau Christina Dorothea Carstens, sub assistentia curatoris als Braut an einem und dem Herrn Jürgen Muhl als Bräutigam am andern Theil nachstehender Ehe-Contract verabredet, beliebet und heute dato voll[er]zogen worden. Sowie nun

17 *

## § 1.

die Ehe zwischen obigen Verlobten durch priesterliche Copulation im Nahmen Gottes nechstens vollerzogen werden wird, so soll hingegen

## § 2.

die nach den hiesigen Landes Gesetzen zwischen Ehe Leuten obwaltende Gemeinschaft der Güter in dieser Ehe nicht statt haben, und es wil und soll auch der Ehemann schuldig und gehalten seyn seiner Seits diejenigen Prae-standa, welche der Ehefrau nach Maaßgabe des am 28. Februar 1763 errich-teten Erb = und Theilnngs = Vergleichs obliegen, genauest zu erfüllen.

Stirbet

## § 3.

der Ehemann vor der Ehefrau ohne Leibes = Erben aus dieser Ehe, so sollen an deßelben sodanne etwa annoch lebenden Vater H. Matthias Muhl der Pflicht = Theil mit Einhundert Mark und weiter überall nichtes von der Ehefrau als Wittwe ausgekehret werden, die Anverwandten des Ehe = Mannes aber zu aller Zeit keinen Erbtheil zu genießen haben.

Daferne nun aber

## § 4.

die Ehefrau vor ihrem Ehemann, ohne mit demselben Kinder erzielet zu haben, mit Tode abgehet, wird an denselben der halbe Theil der Güter ausgekehret.

Wie aber

## § 5.

wenn der Ehestand mit Kindern gesegnet werden und darauf die Ehefrau vor dem Ehemanne verstirbet, eine Erbtheilung hauptsächlich wegen der Ehefrau leiblichen Kinder voriger Ehe ihrer Maternorum nohtwendig ist und geschehen muß, so läßet sich der Ehemann damit begnügen und ist zufrieden, daß ihm, anstatt der ihm sonsten als Wittwer beykommenden Erb = Portion und ohne auf deßen in die Ehe eingebrachte Güter zu sehen, lediglich ein bester Kindes = oder Sohnes = Theil in der Erbtheilung zugeleget und ausgekehret werde.

Solchem nach sind diese Ehe = Pakten beschriebener maßen von beider=seits Eingangs benannten Contrahenten resp. cum curatore mit guten Vor-bedacht und reiflicher Ueberlegung verabredet und geschlossen worden, und die-selben verbinden sich auch unter und gegen einander, selbige bey Verpfändung ihrer Güter und unter Entsagung aller dawieder laufenden Ausflüchten und Behelfen, wie die immer Nahmen haben und erdacht werden mögen, genauest, zu halten und zu erfüllen, zu welchem Ende dann dieselben diesen Ehe = Contract resp. cum curatore eigenhändig unterschrieben und besiegelt, auch in deßen Protocollation consentiret, der vorerwehnter Vater des Bräutigams

H. Matthias Muhl, daß er mit dem für ihn § 3 stipulirten Pflicht-Theil
frieblich, sub hypotheca bonorum sich mit unterschrieben hat.

So geschehen Schleswig den 15. Augusti 1765.

**Christina Dorothea Carstens.**　　**Jürgen Muhl.**
**Joachim Wilhelm Dubel als**
**erbetener Curator (Amtsglaser).**　　**Matthias Muhl.**

(Enthalten im Hauptbuch des Schleswiger Schuld- und Pfandprotokolls 2 p. 1500 ff. Im
Nebenbuch 5 p. 50 ff.)

---

## XI.

### Des Graupenmüllers Jürgen Muhl Schenkung an seine Stiefkinder.
### 16. Januar 1769.

Demnach ich Endes Unterschriebener Jürgen Muhl, Graupen-Müller,
aus gewissen Ursachen mich bewogen gefunden, denen itzt vorhandenen vier
Kindern meiner itzigen Ehefrauen aus derselben ersten Ehe als 3 Söhnen und
1 Tochter eine Douceur angedeihen zu lassen und zwar auf den Fall, wenn
meine besagte Ehefrau vor mir versterben sollte;

als reservire mich zu dem Ende hiemit bey Verpfändung meiner Güter,
daß ich als denn schuldig und gehalten sein will an die vorbesagte drey
Söhne meiner Frau erster Ehe baar auszuzahlen und zwar an jeden Sohn
100 Mark, schreibe Einhundert Mark Courant (120 Mk.), wie nich weniger
über diß an die eine Tochter selbiger Ehe das beste Bett und ihrer Mutter,
meiner jetzigen Ehefrauen, gesamte Kleider und das Leinen-Zeug, was sie
an ihrem Leibe getragen; dessen Allen zur wahren Urkunde ich diese Rewer-
falls wolwissentlich eigenhändig unterschrieben habe und zwar auch mit der
Einwilligung, daß solche nach dem erfolgten Ableben meiner Frau in dem
Schuld- und Pfand Protocoll der Stadt Schleswig möge protocolliret
werden.

Geschehen Schleswig den 16. Januar 1769.

**Jürgen Muhl.**

(Nebenbuch des Schuld- und Pfandprotokolls 5, 916 ff.)

## XII.

Erbvergleich zwischen Jürgen Muhl und seinen Stiefkindern.
27. Dezember 1770.

Kund und zu wissen sey hiemit, daß, nach dem des hiesigen Bürgers und Graupenmüllers Jürgen Muhl Ehefrau, Christina Dorothea Vormals verwittwet gewesene Carstens, im Mart. aī. praet. verstorben und hierauf so wol die Inventatio als Taxatio ihrer und ihres nachgebliebenen Ehemanns Güther behörig vorgenommen, nunmehro zwischen vorbesagtem der Defunctae Ehemann für sich und in legitimer Vormundschaft seines mit erwehnter Erblasserin erzielten Sohnes Johan Hinrich Muhl an einem, wie auch dem Bürger und Kaufmann Jacob Christian Mohr und dem Bürger und Reiffschläger Josias Petersen als gerichtlich bestellten Vormünderen der Verstorbenen Ehefrauen Kinder Erster Ehe, namentlich Asmus Jacob, Hans Hinrich, Anna Catharina und Friedrich Christian Carstens, so resp. den 10ten Mai 54, den 25ten Mart. 57, den 6ten Maii 60, den 1ten Februar 62 gebohren sind, am andern Theil folgender Erb= und Theilungsvergleich wolbedachtlich errichtet und unwiderruflich vollerzogen worden.

### § 1.

Da gleich anfangs die Vereinbarung getroffen, daß der Wittwer die ganze Massam nach einer vor zu nehmenden Taxation annehmen solle, diese Taxation auch in Hinsicht der meubles beschaffet, wegen der Mühlen samt Hauß und übrigen pertinentien aber mit Zuziehung der Kinder Großvaters Jürgen Carstens und übriger Väterlicher Anverwandten ein gewisser accord getroffen; So ergiebet das mit den Taxations und Vergleichsquantis versehene und von dem Wittwer beeidigte Inventarium, was gestalt die ganze massa sich betrage . . . . . . . . . . . . . 4826 Thlr. 12¼ β;

wohingegen die gleichfals ad inventarium gebrachte Passiva ausmachen; . . . 3632 = 32 =

mithin die massa inventarii deductis passivis, . . . . . . . . . . 1193 Thlr. 28¼ β

wovon aber noch ferner in Betracht, daß verschiedene Activa theils ungewis theils gänzlich für verlohren zu achten, abgehen, 76 = ··· =

als welche Summe Tutores den Umständen und der Billigkeit nach dem Stief= vater bewilligen, wohingegen Er die übrige Activa übernimmt. Es blei= bet also nur die theilbare massa . . 1117 = 28¼ =

§ 2. Transport 1117 Thlr. 28¼ ß

An Gerichtskosten noch ferner als Passiva
in Anschlag zu bringen . . . . . 55 Thlr. 36 ß

Und ist ausgemacht, daß, da denen Kin=
dern Erster Ehe der Verstorbenen Ehe=
frauen vermöge des zwischen Letzterer
und denen Vormündere den 28ten
Februar 1763 errichteten Theilungs
Vergleichs wegen des Väterlichen unter
andern die alimentation, wie auch für
die Söhne die freye Erlernung eines
Handwercks samt Unterhalt in den Lehr=
jahren beygeleget, dieserwegen eine
Summe von . . . . . . . . 400  ”  —  ”
ausgesetzt werden solle.

Es bleiben also wercklich nur zu theilen
übrig . . . . . . . . . .  661  ”  40¼  -

§ 3.

Gleichwie nun von dieser massa nach
Stadtrecht der nachgebliebene Ehe=
mann die eine Hälfte, nämlich . . . 330  =  44¼  =
erhält: So wird dagegen die andere
Hälfte in neun Theile à 36 Thlr.
36⁸/₉ ß vertheilet, daran jedem Sohne
²/₉ und der Tochter ¹/₉, also den
Kindern Erster Ehe Namentlich
    Asmus Jacob Carstens . . 73  =  25⁷/₉  =
    Hans Hinrich . . . . . 73  =  25⁷/₉  =
    Anna Catharina . . . 36  =  36⁸/₉  ”
    Friedrich Christian . . . 73  ”  25⁷/₉  =
und dem Sohne zwoter Ehe als des
    Wittwers leiblichem Kinde . . . 73  25⁷/₉  =
zu Gute kommen.

§ 4.

Es behält der Wittwer die gesamte Vier Stief=Kinder vorläufig bey
sich und verspricht dieselbe christlich zu erziehen, mit Essen, Trinken, Kleidung,
Schuhen und allen nothwendigen sowol in gesunden als kranken Tagen bis
zum zurückgelegten 18ten Jahr väterlich zu versorgen, die Tochter im Nehen
und Stricken und andern ihr bereinst zu Nutzen kommenden Sachen unterrich•
ten, den Söhnen aber ein Handwerck oder Profession, wozu sie mit Einstimmung
der Vormündere geschickt seyn werden, erlernen zu lassen, anbey letztere wäh=

renb ben Lehrjahren mit Kleibung unb was bahin gehörig zu unterhalten
unb überhaupt basjenige zu präftiren, wozu beren Mutter sich in bem Thei=
lungsreceß vom 28. Febr. 1763, wobey es auch ratione biefes passus absque
ulla novatione verbleibet, verbinblich gemacht hat. Er referviret sich aber
hiebey ausbrücklich, baß, wenn Er in ber Folge es seiner Convenience nicht
gemäs finben sollte, bie Kinber zu behalten unb ihnen bie alimente s. w. b. a.
zu reichen, es ihm frey stehe, solche benen Vormünbern nach vorhergeschehener
Vierteljähriger Ankünbigung zu überliefern, welche benn schulbig für beren
Unterbringung zu sorgen; so wie es ihnen auch frey bleibet, in bem Fall,
wenn sie an ber Erziehung unb alimentation ber Kinber etwas zu erinnern
finben, biefelben bem Wittwer abzunehmen unb anberweitig unterzubringen;
wie aber ber Stief=Vater, so lange Er bie Kinber alimentiret unb in ben
Lehrjahren unterhält, feine Zinfen von benen ben Kinbern tam ratione paternorum quam maternorum beykommenben gefamten Capitalien erleget; So
profitiret Er auch bas zu beren alimentation 2c. ausgeselzte Quantum von
400 Thlrn. entweber in totum ober in tantum bergestalt, baß, wenn er bie
Vier Kinber insgefamt bis zum zurückgelegten 18ten Jahre würklich alimenti=
ret, auch bie Söhne währenb ben Lehrjahren mit bem erforberlichen unter=
halten, mithin solchergestalt bie im Theilungs receß vom 28ten Febr. 63 ent=
haltenen praestanda völlig präftiret haben wirb, Er sobann von besagten
400 Thlrn. überall nichts heraus giebet; fals aber bie Kinber nur zum Theil
bie alimentation unb ben Unterhalt währenb ben Lehrjahren von ihm genoffen,
er für jebes Kinb à Jahr 10 Thlr. schreibe zehn Reichsth., so lange näm=
lich basfelbe von ihm unterhalten worben, zu gewärtigen unb sothanes quantum von ber ganzen Summe ber 400 Thlr. abzuziehen befugt, bas residuum
aber an bie Vormünber zum Behuef ber von ihnen zu beforgenben alimenta=
tion auszukehren schulbig seyn solle.

## § 5.

Damit nun auch bie Vormünber auf ben Fall, wenn ber Stiefvater
sich ber alimentation entschlägt unb ihnen bie Kinber überliefert, zu Unter=
bringung berfelben besto eher Rath schaffen mögen, ift noch ferner vereinbaret,
baß ber Stiefvater von bem, was von obgebachten Capital zu bezahlen übrig
bleibet, sofort 50 Thlr. in klingenber Münze erlegen unb ferner alle halbe
Jahre eine gleiche Summe in eben ber Münze unb zwar mit Zinfen zu 4 pro
Cent. pro rata sortis et temporis abtragen solle, bis unb so lange bas ganze
Capital berichtiget. Unb wie auf biefen Fall ber Stiefvater gleichfals von
ben gefamten ben Stief=Kinbern beykommenben paternis unb maternis bie
Zinfen zu 4 pro Cent. von bem dato an, ba bie alimentation in natura
aufhöret, zu bezahlen hat, so erhalten auch Tutores bie Befugniß nach Gut=
bünken bes Mütterlichen wegen eine halbjährige Loskünbigung vorzunehmen.
Das Väterliche aber bleibet so lange bey bem Stief=Vater unaufgekünbigt

stehen, bis die Kinder das 18te Jahr erreichet; gleich denn auch, wenn der
Stiefvater die alimentation continuiret, keine Loskündigung überall stattfindet,
ehe die Kinder ihr 18tes Jahr erreichet, da ein jedes seine ratam nach Belie-
ben aufkündigen und nach Verlauf eines halben Jahres fordern kan.

### § 6.

Es müssen hiernächst die Kinder in eben erwehnten Fall, wenn sie nämlich bis zum 18ten Jahr nicht bey dem Vater bleiben, vielmehr von den Vormündern untergebracht werden sollen, mit guter, nothdürftiger Sonn- und
Werkeltags Kleidung und Leinenzeug versehen, auch rein und gesund denen
Vormündern überliefert werden. Es ist hier aber von unheilbaren Krankheiten
und Schäden, womit etwa ein oder anderes Kind befallen werden mögte,[1] die
Rede nicht. Auch sind Tutores zufrieden, wenn der Stiefvater die Kinder
solchergestalt in Kleidern hält und abliefert, wie Er sie bisher gehalten hat.
Ueberdem aber läßt sich der Stiefvater noch den Kindern zu gute gefallen,
daß, in so fern ein oder anderes von ihnen nach Gottes Willen vor dem
18ten Jahre sterben sollte, des Verstorbenen Antheil an dem zum Behufe der
alimentation ausgesetzten quanto nicht an die massam zurück fallen, sondern
den übrigen Pupillen verbleiben und ihnen lediglich zu nützen kommen.

### § 7.

Damit nun auch consistire, was die Stiefkinder überhaupt an paternis
zu fordern haben: So ist anzumerken, wie denen selben

1. des väterlichen wegen aus der mit ihrer Mutter, der itzt verstorbenen
   Erblasserin, zugelegten Theilung und der den 28ten Febr. 63 errichteten, den 6ten Mart. d. a. protocollirten Theilungsacte beykommen an
   Capital . . . . . . . . 455 Thlr. — ß
   wovon jeden Sohnes Theil . . 130 Thlr. — ß
   der Tochter Theil aber . . . . 65 = — =
2. Sind den Söhnen vermöge des
   d. 16ten Januar a. p. von dem
   Stiefvater ausgestellten d. 9ten
   Märt. protocollirten Revers von
   dem Vater zugestanden und expro-
   mittirt . . . . . . . . 100 — =
   Der Tochter aber competiren nach
   eben diesen Revers das beste Bett
   und der Ehefrauen gesamte Kleidung nebst Leinenzeug, welche insgesamt den Vormündern bereits
   extrabirt sind.

---

1) Einer von den drei Brüdern hatte ein starkes Bruchleiden. Vergl. p. 63.

Und endlich betragen

3. nach dem § 3 dieses Vergleichs
die materna . . . . . . . 257 Thlr. 18²/₉ β
Sie haben also zusammen . . . . . 812 = 18²/₀ =
welche Summe denn nebst denen zu ihrer
alimentation ausgesetzten . . . . . 400 = —
vorläufig bei dem Stiefvater stehen bleiben.

§ 8.

Und wie nun der Stiefvater die ganze massam für das quantum taxatum cum commodo et onere dergestalt übernimmt, daß Er alle und jede auf die massam haftende in inventario und protocollo profess. designirte sowie sonstige etwaige unbekannte Passiva ohne Zuthun der Kinder abhält, die denen Kindern zustehende paterna samt dem praecipuo von 100 Thlrn. auch unter den passivis mitbegriffen; So verbleiben dieserwegen denen Kindern die aus dem Theilungsrecess vom 28ten Febr. 1763 und ex protocollatione acquirirte jura. — —

Schleswig den 27. December 1770.

Jürgen Muhl.
Jacob Christian Mohr
Josias Petersen
als Vormünder.

(Nebenbuch im Schuld- und Pfandprotokoll 5, 1180 ff.)

---

**XIII.**

**Lehrkontrakt für Asmus Jakob Carstens.**

25. Juni 1771.

Zwischen dem Herrn Hofagenten Christian Bruyn, Weinhändler hieselbst, und den Herrn Kaufmann Jacob Mohr und dem Reifschläger Josias Petersen aus Schleswig als gerichtlich bestellte Vormünder des Pupillen Asmus Jacob Carstens aus Schleswig ist folgender Lehrcontract verabredet und beschlossen.

Asmus Jacob Carstens tritt vom 1. August anno 1771 auf fünf nach einander folgende Jahre als Küferlehrling in die Weinhandlung des Herrn Hofagenten Christian Bruyn und dient demselben nach Beendigung seiner Lehrzeit noch zwei Jahre als Küfer, verspricht während dieser Zeit seinem Principal ehrlich und treu zu dienen, sich dem Geschäfte nach Kräften anzunehmen und den Nutzen der Handlung in jeder Weise zu fördern sich zu bemühen, auch Niemand von der Handlung etwas zu offenbaren.

Dagegen verpflichtet sich Herr Christian Bruyn seinen Lehrling mit Beköstigung und Logis und Kleidung und Schuhwerk während seiner ganzen Lehrzeit und während der zwei Jahre, daß er noch als Küfer dient, zu versehen, ihn einen christlichen Lebenswandel führen zu lassen, fleißig zur Kirche und Abendmahl zu halten, ihn auch in seiner Handlung so zu unterrichten, daß er nach beendeter Lehrzeit als ein tüchtiger Küfer sein Unterkommen finden wird.

So verabredet Eckernförde den 25. Juni 1771.

Christian Bruyn.
Jacob Mohr.
Josias Petersen.

(Aus dem früheren Vormundschaftsarchiv.)

---

## XIV.

Vorstellung des Majors v. Lewetzow auf Schönhagen an den Rat, den Muhlschen Konkurs betreffend.

1. Juli 1773.

Nachdem Supplicatus (Muhl) die gegen ihn klagbar gewordenen Creditores unter Aufopferung vieler Kosten lange hingehalten, so hat er endlich vor kurzem selbsten bonis cediret und wie die Herren Officiales in Gefolge dessen die Versiegelung vorzunehmen gewilliget geworden sind, so ist das ganze Hauß nicht allein von allen Geräthen und Meublen entblöset, sondern auch sonsten überall nichts vorhanden gewesen.

Wir haben grosse Ursache zu befürchten, daß Supplicatus entweder selbst oder durch andere vieles zum Nachteil derer creditorum bey Seite geschaffet haben müsse und sich vielleicht mit dem ehestem gar unsichtbar machen möge, dergestalt, daß wir alsdann den sonst a cedente zu prästirenden Manifestations-Eyd nicht mehr erhalten können. Wir müssen daher von der sonst gewöhnlichen Regel, daß der Cedens und sein Hausgenoßen erst post publicationem sententiae prioritatis et confectum inventarium solches zu beeydigen pflege, quoad praesens aus den angezeigten richtigen Ursachen eine Abweichung machen und wollen dem zu Folge geziemend bitten:

Es wollen Ew. HochEdelgeb. und Ew. HochEdlen den Supplicatum, seine Haushälterin und das Mädchen und den Stiefsohn zum nächsten Gerichtstag zu citiren und diese Leute insgesamt dahin anzuhalten geneigen, daß sie vermittelst eines cörperlichen zu prästirenden Eydes erhärten sollen, wie sie so wenig selbst als durch andere etwas von des cedentis Sachen und Effekten zum Nachtheil der creditorum bey Seite geschaffet, noch auch wüsten, wo etwas vorhanden, welches sie sonsten ihrem Eyde gemäß getreulich zu offen-

bahren gehalten feyn wollen, und dazu wollen diefelben durch behörige Zwang-
mittel im etwaigem Weigerungsfall anzuhalten geneigen; wenn aber etwas
von diefem oder jenem angezeiget werden folte, fo wollen Ew. HochEdel=
gebohren und Ew. HochEdlen dieferwegen das rechtliche zu veranftalten
geneigen.

(Aus den Muhlfchen Konkursakten.)

---

### XV.

Vorstellung des Majors v. *Lewetzow* auf *Schönhagen* an den Rat,
den Muhlfchen Konkurs betreffend.

### 2. Juli 1773.

Wegen desjenigen Umftandes, daß unfer gemeinfchaftlicher Debitor, der
Graupenmüller Jürgen Muhl, vor kurzem bonis cediret und feine Güter an
feine Gläubigere übergeben hat, find wir und die übrigen Gläubigere deffel-
ben nunmehr domini davon geworden.

Wir können daher dem cedenti nicht das geringfte daran zugeftehen
und werden es ihm ebenfals nicht weiter geftatten können, daß er in dem Haufe
und auf der Mühle bleibe, noch weniger aber können wir ihm, als einem fo
muthwilligen Banquerottirer es einräumen, daß er durante concursu irgend
einige alimenten erhalte. Denn er kann praestitis praestandis als ein junger
Mann, der mit feinen Händen fich den Unterhalt verfchaffen kann, auf eine
andere Weife etwas verdienen, ohne daß wir ihm als einen Faulen füttern
und den Schaden für die creditores noch vergrößern follten. Die Mühle felbft
muß nothwenig unter der Aufficht und in Adminiftration genommen werden,
damit vorgängig zum Nutzen der massae mit felbiger verdienet werden kann.

Zu dem Ende wollen wir demnach den Herrn Stadtvoigt Jördening
dahin in Vorfchlag gebracht haben, daß er fich fowohl der curae bonorum
überhaupt annehmen und das officium curatoris beftmöglichft und gewißenhaft
verwalten möge, fondern daß er auch die obbefagte Mühle in die behörige
Adminiftration nehme, einen Gefellen bis weiter darauf engagire und gegen
die gefamte creditores Rechnung davon ablege. Hierzu hat beregter Herr
Stadtvoigt gegen unfern ausenbenannten advocatum causae, welcher ihm
diefes officium vorgefchlagen, fich bereitwillig erkläret, dahero werden wir
alfo bei Ew. Hochedelgebohren und Ew. Wohledlen ergebenft und gehorfamft
bitten müffen.

(Aus den Muhlfchen Konkursakten.)

## XVI.

Ganz demütiges Gesuch und Bitten

abseiten der

Christina Catharina Detlefssen, gewesener Haushälterin

bei Muhl, cum curatore.

5. August 1773.

Ew. Hochedelgeb. und Woledelg. wird es annoch in geneigten Behalt
schweben, wie daß der Herr Muhl seine Güther und Effecten vor kurtzen
seine Gläubiger zum Preyße gegeben, ich hingegen die Haushaltung, so lange
von der Mühle noch den Genuß hatte, ohne Zuschub fortgesetzet und nach
Abnahme der Mühle, da ohngefähr vor 8 Tagen mir 2 Mk. Alimentations-
Gelder von Ihren Stadtvoigt Jörbening als curator bonorum ausgetheilet
worden, annoch führe.

Vor Empfang der 2 Mk. hatte bereits, da nur wenige Einkünfte von
der Mühle hatte, 3 Mk. 8 ß von der Frau Klinckern aufgeborget, indem
ich täglich für uns zwei Dienstmägdgen und 4 Kinder die Lebens-Mitteln
herbeyzuschaffen hatte.

Der älteste Stiefsohn des Herrn Muhls hat mir zwar zum Danke,
daß ich so lange bei seinen Eltern gedient und ihn im Hause seines Stiefvaters immer wohl gehalten, 2 Mk. geschenckt, aber mehr kann er nicht thun.
Wir müssen doch, so lange Concurs da ist und die Haushaltung fortgesetzt
werden muß, unterhalten werden.

Der Credit ist durch unseren gehabten Herrn verlohren und erloschen!
Herr Stadtvoigt Jörbening will sich zu keinen Alimentations-Gelder nicht
ehender verstehen, bis Er von Ew. Hochedelgeb. und Wohledelgeb. eine gehörige
Anweisung erhalten.

Wie ich nun dann und die Stiefkinder und Herrn Muhls jüngster
Sohn und das Mägdgen doch unmöglich vom Winde leben können und noth-
wendig die Woche zwey Thlr. 24 ß zur Haushaltung bedürfen, da bereits uns
die Einkünfte von der Mühle beschnitten worden, indem dieselbe nun einem
Gesellen anvertrauet worden und wovon derselbe Rechnung abzulegen hat:

Dieserhalben bitte ich hiedurch Ew. Hochedelgeb. und Woledelgeb. gantz
demüthig: dieselben wollen geneigtest geruhen und mir für uns die gehörige
Alimentations-Gelder, bis dahin der Concurs geendigt ist, zufließen lassen,
mithin mir eine Assignation auf Ihren Stadtvoigt Jörbening als curator
bonorum gerechtest ertheilen. In Erwartung einer geneigten Erhörung verharre
mit besonderen Respect Ew. Hochedelgeb. und Ew. Woledlgeb. demüthige Magd
Christina Catharina Detlessen.
Matthias Detleff Haack als erbetener Curator.

(Aus den Muhlschen Konkursakten.)

## XVII.

Erklärung der Vormünder, die Ansprüche ihres Pupillen Asmus
Jakob Carstens an Muhls Konkursmasse betreffend.

20. Sept. 1773.

Pro Justificatione passus 23 beziehen Justificantes, die gerichtlich
bestellten Vormünder der Stief=Kinder des Cedenten, sich auf ihre gethane
Angabe und die darin angegebene Pöste mit ganz gehorsamster Bitte, daß sie

Quoad numer. 1<sup>mum</sup>

sowohl mit den ihren Pupillen in der Theilung nach ihrem verstorbenen Vater
an baarem Gelde zugelegten 455 Rthlr., als auch mit dem für die von ihrer
verstorbenen Mutter bey vorgedachter Theilung übernommene Alimentation
und freye Erlernung eines Handwerks in der mit dem Cedenten ratione maternorum errichteten Theilung festgesetzten Quanto von 400 Rthlr. salva liqui-
datione inter hypothecarios protocollatos secundum datum factae protocollationis der in der Angabe allegirten väterlichen Theilungs Acte classificiret
werden, zumal es hoffentlich nicht dem geringsten vernünftigen Zweifel wird
unterzogen werden können, daß Justificantes so wie mit dem ersten also auch
mit dem letzten Posten den gebetenen locum bekommen müssen, indem das
Debitum alimentationis und die freye Erlernung eines Handwerks für die
Söhne schon in der väterlichen Theilung gegründet und nur das Quantum
desselben in der mütterlichen Theilung und zwar n. b. absque ulla novatione
der väterlichen Theilung bestimmt worden ist, daher dasselbe auch alle aus
der väterlichen Theilung und deren Protokollation entspringende Gerechtsame
und Vorzüge behalten muß. Hiernächst bitten Justificantes

quoad numer. 2<sup>dum</sup>

in Hinsicht der ihren Pupillen aus dem von dem Cedenten unter dem
16<sup>ten</sup> Januar 1769 ausgestellten und den 9<sup>ten</sup> Mart. ejusd. ann. protocollir=
ten Revers competirenden 100 Rthlr. locum inter hypothecarios protocol-
latos secundum datum factae protocollationis dieses Reverses; wobey sie
zugleich anzeigen, daß die in der Angabe profitirte Zwey Kißen zu einem
Bette ihnen extrabiret worden sind. Ferner bitten Justificantes

quoad numerum 3<sup>tium</sup>

daß sie sowohl mit dem ihren Pupillen ratione maternorum nach Anleitung
der in der Angabe angeführten mütterlichen Theilung zugetheilten Erb=Quanto
von 257 Rthlr. 18²/₄ ß als auch mit demjenigen, was sie in termino liquidationis zu specificirenbermaßen für die Bekleidung ihrer Pupillen, nachdem sie
ihnen ausgeliefert worden sind, ausgeleget und bezalet haben, inter hypothecarios pro tocollatos secundum datum factae protocollationis der vorange=
führten mütterlichen Theilungs=Akte zu collociren.

Übrigens müſſen Justificantes annoch anzeigen, daß der älteſte ihrer Pupillen, **Asmus Jacob**, ſchon vor zweyen Jahren bei dem Herrn **Chri-ſtian Bruyn** in die Lehre gegeben und mit demſelben ein ſolcher Contract gemacht worden, daß er ihn die ganze Lehrzeit hindurch an Koſt und Kleider frey halten ſolle. Da alſo Cedens ſeit der Zeit, daß dieſer Pupill bey dem Herrn **Bruyn** geweſen, mit der alimentation desſelben nichts zu thun gehabt hat, in der obangeführten Theilungs = Acte und in dem nachher ausge-ſtellten Revers aber ſtipuliret worden iſt, daß Cedens nur ſo lange, als er die Kinder alimentirt und in den Lehr = Jahren unterhält, von den Erb = Geldern der Kinder keine Zinſen erlegen dürfe, So werden Justificantes mit Beſtand Rechtens verlangen können, daß ihrem obgedachten Pupillen von der Zeit an, daß er bei dem Herrn **Bruyn** in der Lehre geweſen, die Zinſen ſowol von ſeinem Paternis et maternis als wie auch von den ihm aus dem mehrangeführten Revers beykommenden 100 Mk. ex massa cedentis ausbezalet werden, daher dann Justificantes in Hinſicht dieſer näher zu beſtimmenden Zinſen locum inter hypothecarios secundum datum factae protocollationis resp. der väterlichen und mütterlichen Theilung und des quaest. Reverſes gebeten haben wollen.

(Aus den **Muhl**ſchen Konkursakten.)

---

## XVIII.

### Replik der Gläubiger auf die Erklärung der Vormünder
### vom 20. September 1773.
### 10. November 1773.

**C**ontra passum 23 protocolli professionis und den a tutoribus pupil-lorum getanen Juſtifications = Antrag erwiedern Creditores, daß ſie die in ejus sub numero 1mo juſtificirten 455 Rthlr. secundum datum protocolla-tionis der väterlichen Theilungsacte nemlich den 6ten Mart. 1763 zwar paſſiren laſſen wollen; was aber die alimentation und die Erlernung eines Handwerks betrift, ſo iſt denen Pupillen ſolches alles in dem erſten Theilungsvergleich wohl verſprochen und es iſt ihnen auch die alimentation bis dahin würcklich gereichet worden. Indeſſen iſt gleichwohl dieſerwegen erſt in dem zweyten mit dem Cedente ſelbſt errichteten Theilungs = Vergleich vom 27ten Dec. 1770 feſt-geſezzet worden, daß für die alimentation und freye Erlernung eines Hand-werks ſamt Unterhalt in den Lehrjahren eine Summe von 400 Rthlrn. aus-geſezzet ſein ſolle; wobey man aber zugleich in dem §pho 4to desſelbigen Ver-gleichs beſtimmt hat, daß Cedens für jedes von den Bier Kindern à Jahr 10 Rthlr. durante alimentatione ſolle zu gewärtigen haben und ſolches quantum von den vorberegten 400 Rthlr. solle abziehen können. Es ist also auf solche Art weit gefehlet, daß Tutores die ganze Summe von 400 Rthlr. prätenbiren können, immaßen Creditores es sich vorbehalten in termino liquidationis annoch näher beyzubringen, wie viele Jahre der Cedens die Kinder alimentiret und gekleydet habe et hoc facto wird dann mit nichten das totum sondern nur das residuum a tutoribus geforbert werden können. In Hinsicht dieses residui ist übrigens im geringsten nicht der unterm 6ten Mart. 1763 protocollirte Theilungs-Vergleich zur Richtschnur anzunehmen, sondern es muß vielmehr aus der Ursache, weil in dem letzterem cum cedente unterm 27ten Dec. 1770 geschlossenem und den 16ten Jan. 1771 protocollirtem Theilungs-Vergleich allererst das ganze quantum von 400 Rthlr. entstanden und stipuliret geworden ist, nach dem dato dieser ebengedachten protocollationis beurteilet werden. Und dahero wollen denn Creditores contradicentes bitten, daß Justificantes in Hinsicht der von ihnen praetense justificirten 400 Rthlr. nur mit dem Quanto, welches in termino liquidationis näher ausfündig gemacht werden soll, secundum datum der am 16ten Jan. 1771 geschehenen protocollationis des unterm 27ten Dec. 1770 cum cedente geschlossenen Theilungs-Vergleichs collociret werden sollen.

### Quoad numerum 2dum

lassen creditores die daselbst justificirte 100 Rthlr. gebetenermaßen secundum datum factae protocollationis des Reverses passiren und sind damit zufrieden, daß Tutores haben gestehen müssen, wie ihnen die in der Angabe bemerckte 2. Küssens ausgeliefert worden seyn.

### Quoad numerum 3tium

wollen creditores denen justificantibus ebenfalls die profitirtermaßen justificirte 257 Rthlr. 18²/₀ ß nach dem dato protocollationis des Teilungs-Vergleiches vom 27ten Dec. 1770 passiren lassen; inzwischen müssen sie wegen desjenigen annexi, was tutores von der Bekleidung derer Pupillen angeführet haben, erinnern, daß cedens seine Kinder nach Inhalt des Theilungs-Vergleichs ejusque §pho 6to nur mit guten und nothbürftigen Sonn- und Werckeltags-Kleidung hat halten sollen. In so ferne sie also die nothbürftigen Kleyder, wesfals Tutores werden zu erweisen haben, was und wieviel daran gefehlet habe, nicht gehabt haben, so ist ihnen das fehlende zwar eodem loco zu bewilligen, allein nullo modo können creditores den tutoribus alles, was sie in Überfluß etwa angeschaffet, überhaupt zugestehen, bevorab da noch nicht wohl die quaestio ausgemacht worden, wie viele Kleidungsstücke die Kinder zur Nothburft haben müssen und wie wenig sie dagegen nur gehabt haben. Es bitten dannenhero creditores. daß justificantes in defectu illius probationis mit ihrem Antrag wegen der Kleydung ab hac massa mögen abgewiesen werden. Was endlich aber die für den ältesten Pupillen geforderte Zinsen betrift, so wollen sie solche von der in termino liquidationis ausfündig zu machenden Zeit an, da die alimentation würcklich aufgehöret, wegen der in dem § pᵘᵒ 5ᵗᵒ des letzten Theilungs=Vergleichs enthaltenen Verfügung auf Weisung des Rathes mit 4 p. C. gebotenermassen passiren lassen.

(Nach den Muhlschen Konkursakten.)

## XIX.

Kontrakt zwischen der Stadt und Jürgen Muhl, die Überlassung eines neuen Mühlenplatzes betreffend, vom 14. Mai 1767. Für den Käufer der Mühle, Hansen Lundt, erneuert den 18. Septemb. 1773.

Kund und zu wissen sey hiemit Jedermänniglich, insonderheit aber denen, so daran gelegen: Nachdem die auf dem Galberg belegene Graupen=Mühle abgebrandt und befunden worden, daß der Platz, worauf die Mühle gestanden, zu nahe an der Heerstraße sey und daher eine gefährliche Lage habe, indem leicht ein Unglück durch schüchtere Pferde entstehen Könte, verschiedene Adeliche und andere aus Angeln auch dieserwegen Vorstellung gethan und Sr. Hochfrey herrl. Excellence, der Herr Geheime Rath und Statthalter Baron von Dehn, dem hiesigen Magistrat unterm 2ᵗᵉⁿ April eröfnet, wie man dahin zu sehen hätte, daß diese Mühle an eine bequemere Stelle verlegt würde; So ist zwischen Bürgermeistere und Rath wie auch Deputirten Bürgern der Stadt Schleswig für sich und ihre successores in officio und im Namen der ganzen Gemeine an einem und dem itzigen Eigner der Mühle Jürgen Muhl am andern Theil folgender unwiederruflicher Vergleich und Contract wegen Ver= legung dieser Graupen=Mühle mit wohlbedachtem Muthe und reiflichem Rathe beliebet, errichtet und geschlossen worden.

### § 1.

Bleibet der zwischen der Stadt und dem vormaligen Besitzer dieser Mühle, Jürgen Carstens, unterm 15ᵗᵉⁿ May 1739 geschlossener Contract, in so weit solcher nicht durch den gegenwärtigen Vergleich ausdrücklich geändert worden, in seiner völligen Kraft und wird außer denen veränderten, in diesem Contract näher beschriebenen Puncten auf die neu zu erbauende Mühle wie auch das etwa zu erbauende Neue Müller=Hauß wörtl. Inhalts extendiret; zu dem Ende denn solcher Abschriftlich diesem instrumento angehänget worden.

### § 2.

Wird abbrandtem Jürgen Muhl in der obersten Stadt=Koppel ein Stück Land 260 Fuß lang, nach Osten 100 Fuß und nach Westen 118 Fuß

Sach, A. J. Carstens. 18

breit, unentgeltlich gegeben und so gleich eingeräumt, wo er, so weit wie mög
lich von dem Wege entfernt, die Mühle bauen Könne. Er muß aber eine
haltbare Befriedigung um die Mühle aufführen, jedoch mit dem etwa zu setzen
den Graben und Zaun nicht über die ausgewiesenen Gränzen weichen, mithin
damit nicht in die Koppel einrücken. Ferner wird demselben auch

### § 3.

die schmale Strecke Landes von der Ecke der alten Mühlen=Koppel gleichfals
unentgeltlich übertragen, jedoch mit dem Bedinge, daß er mit dem Graben
und Zaun 4 Fuß von dem Pflaster der Land=Straße abbleibe und daß er in
Ansehung der Durchfahrt nach St. Jürgener Koppel sich mit den Einwohnern
zu St. Jürgen in der Güte setze und dafür sorge, daß die Zäune an der
Land=Straße jederzeit im guten Stande gehalten werden.

### § 4.

Stehet es dem Müller frey, fals er ein ander Müller=Hauß zu bauen
resolviren sollte, das Hauß an einem ihm bequemen Orte des ihm ausgewie
senen fundi zu bauen, wenn er nur damit nicht über die vorbeschriebene Grän
zen des ihm eingeräumten Landes tritt und den Weg beenget; So wie es
demselben gleichfals freystehet, die Einfahrt nach der Mühle zu machen, wo
er will.

### § 5.

Da nun oftbemeldter Jürgen Muhl hieburch ein gut Stück Land
gewinnet, die Stadt hingegen einen nicht geringen Theil der Koppel dabey ein=
büsset; So verpflichtet sich eben bemeldter Muhl dieserwegen Vier Rthlr.
recognition alljährig mehr, als bisher geschehen, an der Stadt zu bezahlen,
daß also alljährig und jedes Jahr auf Martini 16 Rthlr. schreibe sechszehn
Reichsthlr. in allen entrichtet werden, als Zehn Rthlr., welche aus dem oban=
gezeigten alten Contract entspringen, Zwey Rthlr. wegen des dißeits des alten
Mühlen=Platzes belegenen und bereits eingeheegten Landes, welches dessen Ver=
wesern als Besitzern der Mühle eingethan worden, und Vier Rthlr. für das itzo
abgetretene Land.

### § 6.

Jedoch wird für das itztlaufende 1767te Jahr statt der zuletzt erwehn=
ten 4 Rthlr. nur Ein Rthlr. bezahlt, mit denen Pächtern der Koppel wegen
des Schadens dieses Jahr nur zwey Rthlr. in allen vergütet werden. —

### §. 7.

Wird bemeldtem Muhl verstattet, durch eine von ihm in seiner Befrie=
bigung zu setzende und von ihm zu unterhaltende Pforte oder Steg das benö=
thigte Wasser aus der Tränke beregter Stadt=Koppel zu holen und sich zu
nutzen zu machen. —

### § 8.

Sollte der iige Eigner ein neues Müller=Hauß bauen und daß alte nicht niederreissen, so wird von dem alten Müller=Hause alljährig zwey Rthlr. Contribution bezahlt, jedoch bleibet es von der ordinairen Einquartierung eben so wie die in St. Jürgen belegene, zur Stadt gehörige, im Catastro mit aufgeführte Häuser befreyet, wohingegen die gedoppelte Schaungen gleich denen St. Jürgen=Häusern abgetragen werden; auch bezahlet der künftige Bewohner, wenn er Bürgerl. Nahrung treibt, die gewöhnliche Nahrungsteuer, im übrigen aber werden die in obigen Fall von dem Alten Hause zu erlegende Zwey Rthlr. Contribution in dem quanto der auf Sechzehn Rthlr. überhaupt bestimmte recognition hinwiederum gekürget, so daß der Müller alsdenn nur der Mühle und des zu erbauenden Neuen Hauses wegen in allen Vierzehn Rthlr. bezahlt.

### § 9.

Da der Müller nach dem angebogenen älteren Contract § 5^to verbunden zu Kriegs=Zeiten diejenigen praestanda, wozu die übrige Priviligirte Eingesessene hieselbst verbunden, pro rata mit abzuhalten, so wird hiedurch zur Vorbeugung künftiger zu besorgender Weitläuftigkeiten festgeseet, daß die Verhöhung der Recognition demselben hierinnen nicht praejudiciret, vielmehr das vorhin festgesete Recognitions=quantum pro norma angenommen werden solle.

### § 10.

Ist der Eigner dieser Mühle und des daran liegenden Grundes nicht bemächtiget, mehrere Wohnhäuser als in §^bis 4 et 8 bemelbter Häuser zu bauen und solche an andere zu verkaufen und zu vermiethen, wobey es ratione des Verkaufs der beeden Häuser sowol als der neu zu erbauenden Mühle bey dem der Stadt in den älteren Contract reservirten Näher=Kaufsrecht verbleibet und denen künftigen Bewohnern beeder Häuser nach wie vor untersaget ist, sich mit der Auf= oder Verkäuferey zu befassen.

Dessen allen zu wahrer Urkund und steter Festhaltung ist gegenwärtiger Vergleich und Contract in duplo ausgefertiget etc.

So geschehen Schleswig 14. May 1767.

Folgen die Namen der gesamten Stadtvertretung sowie die eigenhändige Unterschrift Jürgen Muhls.

(Nach dem Nebenbuch des Schuld= und Pfandprotokolls unter b. J. 1767.)

## XX.

Kontrakt zwischen Jürgen Muhl und dem Rate, die Überlassung eines Bauplatzes für ein Wohnhaus betreffend, vom 15. Dezember 1770. Für den Käufer der Mühle, Hansen Lundt, erneuert den 18. September 1773.

Kund und zu wissen sey hiemit, wasgestalt zwischen Herrn Bürger= meistere und Rath, auch Deputirten Bürgern der combinirten Stadt Schleswig an einem und dem Bürger und Graupen=Müller Jürgen Muhl hieselbst am andern Theil folgender Ueberlassungs=Kontract und Vergleich nach reiflicher Erwägung der Sachen=Umstände errichtet und unwiederruflich vollenzogen worden.

1. Nachdem Herrn Bürgermeistere und Rath wie auch Deputirte Bür= gere sich in aō 1767 veranlasset gefunden, dem Graupen=Müller Jürgen Muhl in der am Galberg belegenen großen Stadt=Koppel ein Stück Lan= des . . . . zu dem Ende anzuweisen, damit Er hierauf eine Neue Graupen= Mühle . . . . aufbaue, Erwehnter Muhl auch . . . . daselbst eine Neue Grau= pen=Mühle erbauet, So haben

2. Bürgermeistere und Rath samt Deputirten Bürgere dem mehr= benannten Müller Muhl annoch in derselben Koppel ein anderweitiges Stück Landes an der Heerstraße, so von dem zum Behuef der erbauten Mühle einge= nommenen Grunde angerechnet bis zu der östlicher Seite befindlichen Quelle in der Länge 154 Fuß und eben in der Gegend der Mühle in der Breite Nörd= licher Seite 63, unten an der Wasser=Quelle Südlicher Seite aber 77 Fuß hält, eingeräumet und erb und eigenthümlich überlassen, damit Er daselbst ein Wohn=Hauß aufführen möge. . . . . Für sothanes zu Erbauung eines Wohn=Hauses eingeräumtes Stück Landes nun zahlet

4. der Müller Muhl überall keinen Kaufschilling. Er muß aber dagegen sich mit den itzigen Pächtern der Koppel wegen des ihnen dadurch ent= zogenen Grundes abfinden . . . . von Maytag 1773 an eine jährliche Recogni= tion von Acht Reichsthalern an die Stadtcasse erlegen, von welchem Quanto Er dann um Martini 1773 die Hälfte mit 4 Rthlrn. bezahlet. . . . . Und wie übrigens

6. obenerwehnte, von dem Müller Muhl wegen des itzigen Wohn= platzes künftig zu erlegende Recognition von jährlich 8 Reichsth. von eben der Art und Beschaffenheit, als die von besagtem Müller nach Einhalt der vorigen mit seinem Verweser und ihm selbst geschlossenen Contracte bisher zu erlegen gewesene jährl. Abgabe seyn und als augmentum der vorhin stipulirten Recognition betrachtet werden soll, So werden auch die vorhergegangenen Con= tracte als . . . vom 15ten Maii 1739 mit Hans (richtig Jürgen) Carstens wie auch der . . . mit dem Contrahonte Muhl selbst in aō 1767 geschlossene Contract . . ., in so ferne solche nicht durch gegenwärtigen Contract ausdrück= lich geändert, auf das zu erbauende Müller=Hauß in allen Puncten und Clauseln extendiret . . . . Da aber

7. Contrahent Muhl den ihm nach dem Contract vom 15ten Maii 1739 gehörigen Platz, worauf die abgebrandte Mühle und das alte Müller=Hauß gestanden und weßfals Er nebst der Concession wegen der Mühle bezahlet hat . . . . . . . . . . . . . . . . . . . . . 10 Rthlr.

wie auch das in ao 1762 abgetretene, gleichfals eingefriedigte Stück Landes, wofür er jährl. zahlet . . . . . . . . . . 2 =

zusammen . . . . . . . . . . . . . . . . . 12 Rthlr.

an den Einwohner Thomas Klincker in St. Jürgen berge=stalt verkaufet, daß Er sich das darauf stehende Müller=Hauß samt Stall abzubrechen reserviret und Käufer mit dem Lande eine jährl. Abgabe von . . . . . . . . . . . 2 Rthlr.

übernimmt, beede Collegia auch wieder diesen Handel salvo jure des Näher=Kaufsrechts bey einem etwanigen künftigen Verkauf nichts zu erinnern finden, so haben Contrahent Muhl und künftige Besitzer der Mühle und des jetzigen Müllerhauses aus denen Ersten Contracten pro concessione der Mühlen . . . . . . . . . . . . . 10 Rthlr.

Aus dem Contract de ao 1767 . . . . . . . . . 4 =

Hiernächst aber nach Ablauf der itzigen Pacht der Galbergs=Koppel und . . . . vermöge itzigen Contracts also . . . . Martini 74 zum Erstenmal . . . . . . . . . . . . . . 8 =

zu zahlen und mit diesem Quanto der . . . . . . . 22 Rthlr.

alsjährlich um Martini zu continuiren, wogegen

8. Thomas Klincker und die künftigen Besitzer des Alten Mühlen=Landes von besagtem Lande jährl. . . . . 2 Reichsth. gleichfals an die Stadt=kasse erlegen, als welche denn auch sich demjenigen, was in den ob allegirten Contracten de 1739 et 67 enthalten, platterdings unterwerfen, auch solcher=gestalt, wenn sie auf gedachtem Lande wieder ein Hauß bauen wollten, die in angezogenem Contract de 1767 stipulirte praestanda übernehmen und sich aller Verkäuferey enthalten müssen . . . . wobey

10. nochmalen erinnert wird, daß alle und jede Verbindlichkeiten und Rechte, welche aus den beeden vorhergegangenen Contracten resultiren, in so ferne sie durch gegenwärtiges nicht ausdrücklich geändert, in ihrer völligen Kraft bleiben und Contrahent Muhl als Besitzer des Neu zu erbauenden Hauses und dessen Nachkommen sich nach dem Inhalt der vorhergegangenen Contracte eben so zu richten haben, als wenn solche dieses Neu zu erbauenden Müller=Hauses wegen würcklich geschlossen wären, wie denn auch der Stadt das Näher=Kaufsrecht wegen dieses Neuen Hauses verbleibet . . . .

So geschehen Schleswig d. 15ten December 1770.

(Protokolliert im Schuld= und Pfandprotokoll der Stadt Schleswig d. 18. Januar 1771. Des=gleichen im Nebenbuch.)

Halle a. S., Buchdruckerei des Waisenhauses.

www.ingramcontent.com/pod-product-compliance
Lightning Source LLC
Chambersburg PA
CBHW021045030726
47496CB00006B/1696